조선후기 통신사 필담창화집 번역총서 23

# 朝鮮人對詩集 二

## 조선인대시집 이

조선후기 통신사 필담창화집 번역총서 23

# 朝鮮人對詩集 二

## 조선인대시집 이

김유경 역주

보고사

이 역서는 2008년도 정부재원(교육과학기술부 학술연구조성사업비)으로 한국연구재단의 지원을 받아 연구되었음(KRF-2008-322-A00073)

이 번역총서는 2012년도 연세대학교 정책연구비(2012-1-0332) 지원을 받아 편집되었음.

# 차례

# 일러두기

1. 통신사 필담창화집 번역총서는 제1차 사행(1607)부터 제12차 사행(1811)까지, 시대순으로 편집하였다.
2. 각권은 번역문, 원문, 영인자료(우철)의 순서로 편집하였다.
3. 300페이지 내외의 분량을 한 권으로 편집하였으며, 분량이 적은 필담창화집은 두 권을 합해서 편집하고, 방대한 분량의 필담창화집은 권을 나누어 편집하였다.
4. 번역문에서 일본 인명과 지명은 한국 한자음 그대로 표기하고, 처음 나오는 부분의 각주에 일본어 발음을 표기하였다. 그러나 번역자의 견해에 따라 본문에서 일본어 발음대로 표기를 한 경우도 있다.
5. 번역문에서 책명은 『 』, 작품명은 「 」로 표기하였다.
6. 원문은 표점 입력하였는데, 번역자의 의견에 따라 표기하는 것을 원칙으로 하였지만, 가능하면 한국고전번역원에서 정한 지침을 권장하였다. 이 경우에는 인명, 지명, 국명 같은 고유명사에 밑줄을 그어 독자들이 읽기 쉽게 하였다.
7. 각권은 1차 번역자의 이름으로 출판되었는데, 최종연구성과물에 책임연구원과 공동연구원의 이름이 반드시 들어가야 한다는 한국연구재단의 원칙에 따라 최종 교열책임자의 이름으로 출판되는 책도 있다.
8. 제1차 통신사부터 제12차 통신사에 이르기까지 필담 창화의 특성이 달라지므로, 각 시기 필담 창화의 특성을 밝힌 논문을 대표적인 필담창화집 뒤에 편집하였다.

# 조선인대시집 이

## 朝鮮人對詩集 二

# 대를 이은 문사들의 교류, 『조선인대시집(朝鮮人對詩集)』

일본에 에도 막부가 성립된 이래 조선에서 온 사신과 가장 먼저 필담과 창화를 했던 인물은 단연 하야시 라잔[林羅山, 1583-1657]이다. 막부 최초의 유관(儒官)이자 어용학자(御用學者)였던 그는 1636년 병자통신사 때부터는 직접 외교문서를 관장하기 시작했고, 조선 사신과 직접 대면하여 필담과 창화를 나누었다. 다른 일본인들이 쓰시마의 중개를 통해서만 만날 수 있었던 점을 미루어보면 매우 특별한 경우라 할 수 있다. 하야시 라잔은 탐적사(探賊使)로 일본에 파견되었던 사명대사(四溟大師, 1544-1610)과의 만남을 시작으로, 사신이 파견될 때마다 필담과 창화시를 나누었고, 이 기록은 그의 문집에 실려 있다.

하야시 라잔은 1636년부터 그의 아들들을 대동하고 사신들을 만났고, 1655년에는 라잔이 은퇴하여 아들 하야시 가호[林鵝峰, 1618-1680]가, 하야시 가호가 죽은 후인 1682년부터는 라잔의 손자 하야시 호코[林鳳岡, 1645-1732]가 대를 이어 사신들을 접대하였다. 이들은 공자의 석전(釋奠)을 주재하였으므로 조선인이 이해하기 쉬운 "좨주(祭酒)"라는 호칭을 사용하였고, 하야시 호코가 유시마성당[湯島聖堂]을 세운 이후에는 “대학두(大學頭)”라는 호칭을 혼용하였다. 유시마성당은 일종의 문묘면서 일본의 국학(國學) 역할을 하던 곳이었기 때문이었다. 이렇게 일본 유학이 발전하자 국학에서 공부하는 생도들이 늘어났고, 1711년부터는 대학두의 인솔 아래 다수의 유학자들이 조선에서 파견된 제술관, 서기 일행과 만나 시를 주고받았다.

도쿠가와 요시무네[德川吉宗, 1684-1751]가 1716년 에도막부의 제 8대 쇼군(將軍)에 즉위하였는데, 이를 축하하기 위해 1719년 조선에서 통신사를 파견하였던 것이다. 당시 정사는 홍치중(洪致中, 1667-1732), 부사는 황선(黃璿, 1682-1728), 종사관은 이명언(李明彦, 1674-?)이었다. 통신사 일행이 에도에 머물던 1719년 9월 29일, 하야시 호코는 아들 하야시 류코[林榴岡, 1681-1758], 하야시 다이쇼[林退省, ?-?] 형제를 데리고 통신사의 관소로 사용되었던 아사쿠사[淺草]의 혼간지[本願寺]를 방문하였다. 이때 명자(名刺)와 함께 시를 주었고 사신 일행도 이에 화답하였다. 이어서 이들 부자는 제술관 신유한(申維翰, 1681-1752), 정사 서기 강백(姜栢, 1690-1777), 부사 서기 성몽량(成夢良, 1718-1795), 종사관 서기 장응두(張應斗, 1670-1729)를 만나 시와 필담을 주고받았다. 여기에 황선의 자제군관이었던 정후교(鄭後僑, 1675-1755)도 함께 하였다.

하야시 호코의 문인들은 10월 3일, 10월 5일, 10월 관소를 방문하여 제술관 일행과 시를 주고받았고, 10월 7일 세 차례 방문하였다. 방문한 일본 문사는 葛廬 林又右衛門, 桃原 人見又兵衛, 鷺洲 人見七郎右衛門, 綫菴 和田傳藏, 鶴汀 桂山三帝扈衛門, 有隣 得力十之承, 卓窩 秋山半藏, 二水 津田武右衛門, 池菴 佐佐木万次郎, 東溪 飯田左仲, 龍嵒 小出義兵衛, 峴岳 小見山中兵衛, 天水 雨森三哲,, 翠陰 太

田治太夫, 竹窩 天津源之承, 柳塢 川副兵扈衛門, 桑園 松田新藏, 金巒 眞木弥市, 桂軒 小見山次郎右衛門, 雪溪 井上仁扈衛門, 東里 星野小平太, 素行 吉田淸次郎, 貴溪 村上舍人, 黃陵 岡井彦太郎, 芝山 岡井金治, 廣澤 細井次郎太夫, 援之 岡島援之이다. 이들은 막부나 번(藩)에 소속된 유학자들로, 당시 일본의 유학계를 대표하는 인물이라 할 수 있다.

『조선인대시집(朝鮮人對詩集)』은 흥성해가는 일본 유학계의 단면을 볼 수 있는 귀중한 자료이다. 현재 일본공문서관에 소장된 2권 2책의 필사본으로, 본래 아사쿠사문고에 소장되었다가 이관된 것이다. 따라서 이 책은 하야시 집안의 당사자들과 문인들이 주고받은 본래 초고를 정서한 것으로서, 대대로 하야시 집안의 문고에 소장되어왔었다는 사실을 알 수 있다.

1권에는 통신사 일행과 나눈 시와 편지가, 하야시 호코, 하야시 류코, 하야시 다이쇼의 순으로 정리되어 있고, 말미에는 "韓客筆語"라는 제하에 세 사람이 조선인과 나눈 필담이 시간 순서대로 함께 실려 있다. 2권에는 일본 문사들이 제술관 이하 조선 문사들과 나눈 시와 편지가 일본 문인별로 정리되어 있고, 역시 말미에 간단한 필담이 실려 있다.

하야시 호코는 아버지 가호와 함께 조선의 사신을 접대했었고 아들 류코 역시 후대 조선 사신을 접대하였다. 중간에 신유한이 "鶏峰"에 대해 묻고 시어에도 등장시키는데, 1682년 뛰어난 시재로 조선 문사들을 놀라게 했던 가호의 아들이자 호코의 형인 하야시 바이도[林梅洞]를 가리킨다. 또 성몽량은 1682년 제술관이었던 성완(成琬, 1639-?)이 자신의 숙부라고 밝히기도 한다. 통신사가 거듭되면서 대를 이어 만나는 양국의 문사가 등장하였던 것이다. 국학의 생도 역시 마찬가지여서, 이들은 이후 번이나 막부의 유관으로 활동하면서 1748년과 1764년에 걸쳐 통신사를 접대하기도 하였다.

『조선인대시집』은 조선과 일본 양국의 문사가 대를 이어 교류를 하는 모습을 보여주는 자료이다. 양국의 문사들은 각 국을 대표하는 만큼 매우 공손하고 우호적인 태도를 견지하였다. 직접 대면했던 만큼 민간 자료에 보이는 상대국에 대한 환상이나 멸시의 모습은 찾아볼 수 없다. 일본의 유학자들이 갈고 닦은 한시 실력을 조선인에게 보이고 "문(文)"을 함께 하는 동지로서의 결속을 다진다. 가장 외교적인 언사로 충만한 필담창화집이라 평가할 수 있다.

구지현 | 선문대학교 인문과학연구소

# 조선인대시집 이

葛廬 林又右衛門
鷺洲 人見七郎右衛門
鶴汀 桂山三帝扈衛門
卓窩 秋山半藏
池菴 佐佐木万次郎
寧齋 上鳥彈藏
峴岳 小見山中兵衛

桃原 人見又兵衛
幾菴 和田傳藏
有隣 得力十之承
二水 津田武右衛門
東溪 飯田左仲
龍嵒 小出義兵衛
天水 雨森三哲

翠陰 太田治太夫
柳塢 川副兵扈衛門
金巒 眞木弥市
雪溪 井上仁扈衛門
素行 吉田清次郎
黃陵 岡井彦太郎
廣澤 細井次郎太夫

竹窩 天津源之承
桑園 松田新藏
桂軒 小見山次郎右衛門
東里 星野小平太
貴溪 村上舍人
芝山 岡井金治
援之 岡島援之

기해년(己亥年) 10월 3일 회집(會集)

## 조선국 제술관 신공에게 부치다
### 奉寄朝鮮國製述官申公

노주 인견호(鷺洲 人見浩)

| | |
|---|---|
| 맑은 조정에서 멀리 친하려 사신을 보내니 | 淸朝柔遠致嘉賓 |
| 예부터 사귄 이웃 정이 더욱 기쁘네 | 更喜交情舊作隣 |
| 천고의 문장 오래 이어질 길 있으니 | 千古文章長有路 |
| 몇 해 동안 강과 바다에 절로 티끌 없으리 | 幾年江海自無塵 |
| 푸른 물결엔 긴 창 그림자 비치고 | 蒼波搖彩蛇矛影 |
| 붉은 해는 비단옷[1]에 빛을 더하네 | 紅日添光獸錦身 |
| 부평초 인생의 만남이 한스러우니 | 會面浮萍只堪恨 |
| 옥같은 그대 머나먼 곳 옥당사람[2]일세 | 玉人萬里玉堂人 |

## 노주가 보내온 시에 화답하다
### 奉和鷺洲見贈

청천(靑泉)

| | |
|---|---|
| 황화[3]의 옛 음악으로 사신을 대접하시니 | 皇華古樂餉周賓 |
| 하늘이 양국을 덕스러운 이웃으로 만드시네 | 天以韓和德有隣 |

1 비단옷[獸錦] : 짐승의 무늬를 수놓은 매우 귀한 비단옷을 말한다.

2 옥당사람 : 옥당 곧, 홍문관 관리. 이 시를 받는 제술관 신공은 신유한(申維翰, 1681-?)이다. 신유한이 이 사행 한 해 전인 숙종 43년(1717)에 비서(秘書) 저작랑(著作郎)에 제수되었기 때문에 이와 같이 말한 것이다.

3 황화(皇華) : 사신을 뜻한다. 사신을 칭송한 『시경(詩經)』「소아(小雅)」황황자화(皇皇者華)에서 유래한다.

멀리 바라보니 구름은 섭영[4]처럼 달리는데　滿目雲騏行躡影
가슴이 열려 바닷새처럼 티끌세상 벗어나네　開襟海鶴逈離塵
백년 간 이와 잇몸 같은 두 나라요　百年唇齒相須國
만 리 먼 곳 시서(詩書)가 이 몸에 이르렀네　萬里詩書遠適身
오늘의 이 즐거움 모두 다 성은(聖恩)이니　今日歡娛皆聖澤
각자 화축(華祝)[5]으로 대하고자 하네　各將華祝擬對人

화축(華祝)의 화(華)는 삼(三)으로도 쓴다.

## 학사 신공에게 드리다
**謹呈學士申公**

유린 덕력양현(有隣 德力良顯)

맑은 물 푸른 산이 만 리에 통하여　白水青山萬里通
행로에 탈 없이 동쪽나라에 들어왔네　舟車無恙入天東
글속에 진실로 구름 능가하는 기운 있고　文中眞處凌雲氣
부상[6]의 바람 속에서 한 번 읊조리네　一嘯扶桑海上風

4 섭영(躡影) : 좋은 말의 이름. 섭경(躡景)이라고도 한다.

5 화축(華祝) : 송축(頌祝)을 나타내는 말. 화(華) 땅에 봉해진 제후가 수(壽)·부(富)·다남자(多男子) 세 가지로 요(堯) 임금에게 축원했다 하여 생긴 말이다. 화봉삼축(華封三祝).

6 부상(扶桑) : 동해의 해가 돋는 곳에 있다는 전설상의 나무 이름으로, 일본을 가리킨다.

## 유린이 보내온 시에 화답하다

**奉和有隣見贈**

청천(青泉)

고아한 노래 먼저 읊어주시니 마음이 통하여　高歌先與行心通
가을 든 청산에서 해동으로 떠나왔네　秋色青山出海東
그대의 재주는 구만리에 뛰어나니　自是君才搏九萬
열흘 동안 찬바람 타는 나는 부끄럽네　愧儂旬日御冷風

## 청천 신공에게 드리다

**奉呈青泉申公**

이수 진전현현(二水 津田玄賢)

사신 행차가 한양성을 떠나올 때부터　使星始動漢陽城
만 리 먼 부상의 그 이름 이미 알았네　萬里扶桑早識名
예전에 파식곡[7] 있었는지 묻지 마시오　莫問當年波息曲
신선 같은 그대의 백설가[8] 동쪽 바다에 그득하니　仙郎白雪滿東瀛

---

7 파식곡(波息曲) : 신라 때의 전설상의 피리 만파식적(萬波息笛)으로 연주한 곡을 말함. 만파식적은 신문왕(神文王)이 문무왕(文武王)을 위하여 동해 가에 감은사(感恩寺)를 지은 뒤, 문무왕이 죽어서 된 해룡(海龍)과 김유신이 죽어서 된 천신(天神)이 합심하여 용을 시켜서 보낸 대나무로 만들었다. 이것을 불면 적병이 물러가고 병이 낫는 등 나라의 모든 근심, 걱정이 사라졌다고 한다. 당시 일인들이 이 만파식적에 관하여 알고 있었음은 신유한(申維翰)의 『해유록(海遊錄)』에 수록된 임신지(林信智 : 임신독(林信篤)의 아들)의 시구 "보배 피리로 만파식곡을 불러낸다[寶管吹徹萬波息]"로도 확인할 수 있다.

8 백설가(白雪歌) : 노래 이름. 양춘곡(陽春曲)과 함께 꼽히는 초(楚) 나라의 2대 명곡으로 내용이 매우 고상하였다.

## 이수의 시에 화답하다
和呈二水詞案

청천(青泉)

| | |
|---|---|
| 청총마에 비단 띠로 오운성에 이르러 | 青驄錦帶五雲城 |
| 성 위에서 서로 만나 이름 물었네 | 城上相逢各問名 |
| 문득 거문고 타는 곡조 들리니 | 忽聽瑤絃彈一曲 |
| 여기는 신선 사는 삼신산이라네 | 天然仙洞自蓬瀛 |

## 학사 신공에게 삼가 부치다
奉寄學士申公

지암 좌좌목현룡(池菴 佐佐木玄龍)

| | |
|---|---|
| 바다 밖에서 진작부터 두터운 명성 들었더니 | 海外先聞愽洽名 |
| 이제야 맑은 기품 맞아 총명함을 받드네 | 清標新接仰聰明 |
| 그대의 글 솜씨는 능운필[9]에 못지않고 | 翰場莫惜凌雲筆 |
| 그대의 웅변은 세속 마음을 시원하게 하네 | 雄辨因君豁俗情 |

9 능운필(凌雲筆) : 구름 위로 솟아오르는 글 솜씨. 사마상여(司馬相如)가 「대인부(大人賦)」를 지어서 신선(神仙)의 일을 서술하여 한 무제(漢武帝)에게 바쳤는데 무제가 크게 기뻐하며, 표표(飄飄)하여 구름 위로 솟아오르는[凌雲] 기상이 있다고 칭찬한 데서 유래하였다.

## 지암이 보내온 시에 화답하다
### 奉和池菴見贈

청천(靑泉)

| | |
|---|---|
| 청춘 시절 해국에서 명성을 떨쳐 | 靑春海國振香名 |
| 시(詩)가 부상에서 상서로운 밝은 해와 같네 | 詩得扶桑瑞日明 |
| 만 리에서 만나보니 말은 서로 달라도 | 萬里相逢言語異 |
| 웃으며 쌍검[10] 과시하여 한 번 정을 나누네 | 笑誇雙劒一交情 |

## 학사 청천 신공에게 드리다
### 謹奉呈靑泉學士申公案下

동계 반전융흥(東溪 飯田隆興)

| | |
|---|---|
| 향기로운 신선[11]들 안장을 풀어놓고 | 香然仙客解驂騑 |
| 열흘[12]이나 머물러 즐김은 세상에 드문 일인데 | 十日留歡世所希 |
| 바다 동쪽에 붓을 날리니 해가 높이 솟고 | 揮翰海東擎旭日 |
| 삼신산 그림자 움직이는 곳에 오색구름 나네 | 三山影動五雲飛 |

10 쌍검(雙劒) : 신유한(申維翰)의 『해유록(海遊錄)』 10월 3일조에는 좌좌목 현룡(佐佐木玄龍, 자는 환보(渙甫), 호는 지암(池菴)) 등 여러 인물을 소개하고, '이들이 현관(顯官)의 반열에 있는 사람들인데도 머리에는 관을 쓰지 않고 두 폭의 아롱진 옷에 아롱진 바지를 끌며 칼을 차고 한쪽 무릎을 세우고 앉았다고' 하였다. 쌍검은 이들이 찬 칼을 말하는 것으로 보인다.

11 신선 : 여기서 신선은 사신을 뜻한다.

12 통신사 일행이 에도에 도착한 것은 9월 27일이다. 이 회집이 10월 3일이므로 실제로는 7일에 해당한다.

## 동계가 보낸 시에 화답하다

### 奉和東谿見贈

청천(青泉)

| | |
|---|---|
| 만나보니 그대 탄 말 헌걸차고 씩씩하니 | 相逢天馬儼騑騑 |
| 화려한 행차[13] 세상에 드므네 | 絡月鳴珂世共希 |
| 황금대 위의 뜻[14]을 풀어서 말해주면 | 解道黃金臺上意 |
| 천리 길도 그대 위해 나는 듯 달리리 | 爲君千里疾如飛 |

## 청천 신공에게 삼가 부치다

### 奉寄青泉申公

용암 소출장경(龍嵓 小出長卿)

| | |
|---|---|
| 부상의 해가 뜨는 바닷가 성 머리에 | 扶桑日出海城頭 |
| 구름 끝 아득한 데 푸른 물 흐르네 | 雲盡微茫碧水流 |
| 바람은 만 리에 불고 불지만 | 萬里天風吹不度 |
| 어룡이 길이 목란주[15]를 보호하리 | 魚龍長護木蘭舟 |

13 화려한 행차 : 낙(絡)은 말의 가슴에 매는 줄을 말하며, 명가(鳴珂)는 귀한 사람이 타는 말의 장식 또는 귀인의 행차.

14 황금대 위의 뜻 : 여기서는 상대가 탄 말이 훌륭하다는 것을 말한다. 황금대는 전국시대 연(燕)나라 소왕(昭王)이 곽외(郭隗)를 위하여 지은 대이다. 소왕(昭王)이 국가를 부흥할 목적으로 곽외에게 인재 추천을 부탁하니, 곽외가 "옛날 어떤 임금이 천리마를 구하려고 사자에게 천금을 주었는데, 죽은 천리마의 뼈를 500금에 사왔습니다. 임금이 노하자 그가 '죽은 말을 샀으니 산 말은 곧 들어올 것입니다.' 하였는데, 과연 1년이 지나기 전에 세 마리의 천리마가 들어왔습니다. 왕께서도 인재를 오게 하려면 먼저 곽외로부터 시작하십시오." 하였다. 소왕이 이에 곽외를 스승으로 삼고 황금대를 쌓아 인재를 불러 부강한 나라를 만들었다.

## 용암이 보내준 시에 화답하다
### 奉和龍嵓見贈

청천(青泉)

| | |
|---|---|
| 신선 같은 이 만나보니 참으로 젊은데 | 邂逅仙郎自黑頭 |
| 한자리에 노래하고 웃으니 가장 풍류스럽네 | 一坐歌笑最風流 |
| 흥에 취해 삼신산 찾아가고 싶은데 | 興酣欲訪三山去 |
| 청조가 바다 위 배를 재촉하여 부르네 | 青鳥催呼海上舟 |

## 청천 신공에게 드리다
### 奉呈青泉申公案下

계헌 소견산창교(桂軒 小見山昌嶠)

| | |
|---|---|
| 여덟 잎 부용은 푸른 옥이 이어진 듯 | 八葉芙蓉碧玉連 |
| 긴 바람 불어 와 만 겹 안개 흩어내네 | 長風吹散萬重烟 |
| 봉래산 신선 손님 고운 난새 타고 | 蓬萊仙客彩鸞駕 |
| 멀리 부상의 하늘가를 맴도네 | 遙繞扶桑天日邊 |

15 목란주(木蘭舟) : 나무배. 춘추전국 시대 오나라 왕 합려(闔閭)가 심양강(潯陽江)에 있는 목란주(木蘭洲)에 목란수(木蘭樹)를 많이 심었다고 한다. 궁전을 짓기 위해 심은 것인데 노반(魯班·魯般)이 목란으로 배를 만들어 그 이후 시인들이 배를 아름다운 배를 목란주라고 일컫는다.

## 규헌이 보내온 시에 화답하다
### 奉和桂軒見贈

청천(靑泉)

| | |
|---|---|
| 화려한 객관에 머물러 앉았을 때 | 不看華館坐留連 |
| 봉래산 오색 안개에 붓 휘날림 보지 못하다가 | 筆洒蓬山五色烟 |
| 다만 맑은 향기 퍼져 자리에 가득하니 | 但覺淸香來滿席 |
| 그대 집 계수나무 가에 있음을 알겠네 | 知君家在桂枝邊 |

## 청천 신공에게 부치다
### 奉寄靑泉申公

동리 성야유효(東里 星野惟孝)

| | |
|---|---|
| 사신 배[16]가 명을 받아 해 뜨는 곳으로 와 | 星槎奉命日邊來 |
| 만 리 봉래산에 아직 돌아가지 않고 | 萬里蓬壺人未回 |
| 누대 위에서 한번 백설가를 부르니 | 一向樓頭歌白雪 |
| 오색 구름 연기 노래 속에 펼쳐지네 | 烟雲五色賦中開 |

16 사신 배[星槎] : 하늘의 은하수를 왕래하는 나무배라는 뜻으로 사신이 타는 배를 가리킨다.

## 동리가 보내준 시에 화답하다
### 奉和東里見贈

청천(青泉)

| | |
|---|---|
| 나그네 뗏목 타고 만 리에서 오니 | 客有乘槎萬里來 |
| 봉래산 구름과 달 잠시 머무는 듯한데 | 蓬山雲月暫遲回 |
| 신선도 웃으며 반도[17] 나무에 기대어 | 仙人笑倚蟠桃樹 |
| 천향[18]도 그대를 기다려 열린 거라 말하리 | 爲道天香待子開 |

## 청천 신공에게 부치다
### 奉寄青泉申公

소행 길전태명(素行 吉田泰明)

| | |
|---|---|
| 사신 배 만 리 먼 하늘에서 오니 | 萬里星槎霄漢間 |
| 신선의 맑은 절개 뉘 능히 따를까 | 仙郎清節孰能攀 |
| 동쪽으로 온 노자[19] 배를 멈추니 | 東來老子停輸去 |
| 함곡관[20]엔 붉은 기운[21] 띤 구름이 높아라 | 紫氣雲高函谷關 |

17 반도(蟠桃) : 동해(東海) 가운데의 신산(神山)에 있다는 큰 복숭아. 이 복숭아나무는 3000년 만에 한 번씩 꽃이 피고 열매를 맺는다고 한다.

18 천향(天香) : 여기서는 복숭아를 말함.

19 동쪽으로 온 노자[東來老子] : 함곡관(函谷關)의 관령(關令) 윤희(尹喜)가 자기(紫氣)가 동쪽에서 서쪽으로 옮겨 오는 것을 보고 성인이 오실 것이라고 기대하였는데, 과연 노자(老子)가 청우(青牛)를 타고 와 윤희에게 『노자(老子)』 3천자를 전했다고 한다.

20 함곡관(函谷關) : 중국의 호남성(河南省) 북서부에 있는 관문.

21 붉은 기운[紫氣] : 상서로운 기운. 위의 동래노자(東來老子) 주 참조.

## 소행이 보내준 시에 화답하다
奉詶素行見贈

청천(青泉)

| | |
|---|---|
| 봉래산 궁궐의 채색 구름 사이에서 | 蓬萊宮闕彩雲間 |
| 웃으며 옥수 기화[22]를 더위잡네 | 玉樹琪花一笑攀 |
| 소매 가득 가을 향은 싫증나지 않으니 | 滿袖秋香看不厭 |
| 취하여 강마을에 해 지는 줄 모르네 | 醉忘西日落江關 |

## 강·성·장 세 진사[23]에게 부치다
寄姜成張三進士

노주 인견호(鷺洲 人見浩)

| | |
|---|---|
| 공무로 떠난 길이니 나그네 깊이 수심 마오 | 官遊莫作客愁深 |
| 돌아갈 일정이 조만간 되리라 | 唯有歸程在昨今 |
| 묻건대 먼 하늘에 무엇을 기억하시나 | 借問長天何所記 |
| 저녁놀과 외로운 집오리[24]는 고향 생각일 것을 | 落霞孤鶩故園心 |

22 옥수(玉樹) 기화(琪花) : 선경(仙境)에 있다는 아름답고 고운 나무와 꽃으로, 상대방을 높여 이른 말이다.

23 강·성·장 세 진사 : 강백(姜栢)·성몽량(成夢良)·장응두(張應斗) 등 세 명의 서기이다.

24 저녁놀과 외로운 집오리[落霞孤鶩] : 왕발(王勃)의 「등왕각서(滕王閣序)」 중 "낮게 드리운 저녁놀은 외로운 집오리와 나란히 날고 가을 물은 아득히 먼 하늘과 한빛이네[落霞與孤鶩齊飛 秋水共長天一色]"라는 구절의 일부이다.

## 노주에게 화운하다
**奉和鷺洲韻**

경목자 강백(耕牧子 姜栢)

| | |
|---|---|
| 하늘가의 나그네 사념 가을과 함께 깊더니 | 天涯客思與秋深 |
| 다행히 이제 검과 시를 논하네 | 說劒論詩幸有今 |
| 서로의 말 다른 건 근심하지 않으니 | 相對不愁言語異 |
| 훤하게 서로의 마음 비추기 때문이지 | 湛然相照一腔心 |

## 노주가 보내온 운에 화답하다
**奉和鷺洲示贈韻**

장소헌 성몽량(長嘯軒 成夢良)

| | |
|---|---|
| 부사산 푸른 봉우리가 말머리에 다가오니 | 富士青峯馬首生 |
| 몇 천 장정[25]을 다 지났네 | 長亭過盡幾千程 |
| 요금[26] 들어 물과 산[27]을 연주하려니 | 瑤琴欲向海山奏 |
| 응당 종자기[28] 있어 나의 뜻을 알리라 | 應有子期知我情 |

25 장정(長亭) : 예전에 도로의 십리 마다 설치한 정자. 먼 길을 떠나는 사람을 전송하거나 여행객이 쉬던 곳이다.

26 요금(瑤琴) : 옥으로 장식한 아름다운 금(琴)을 말한다.

27 물과 산[海山] : 춘추시대 금의 명인 백아(伯牙)가 흐르는 물에 뜻을 두고 연주하면 종자기(鍾子期)가 듣고 '善哉乎鼓琴, 湯湯乎若流水.'라고 하였으며, 태산에 뜻을 두고 연주하면 종자기가 듣고 '善哉乎鼓琴, 巍巍乎若太山.'라고 하였다고 한다.

28 종자기(鍾子期) : 춘추시대 초나라 사람. 백아의 벗으로, 백아가 연주하면 그 뜻을 잘 알았다. 종자기가 죽은 후 백아는 지음(知音)을 잃었다고 더이상 금을 연주하지 않았다고 한다.

## 노주가 주신 운에 차운하다
奉次鷺洲惠贈韻

국계 장응두(菊溪 張應斗)

| | |
|---|---|
| 묻건대 무주[29]의 형승은 어떠한지 | 武州形勝問如何 |
| 원교[30]의 수정[31]이라도 이보다 낫지 않으리 | 員嶠殊庭不足過 |
| 그대 머무는 이곳에 신의 멋 넘치니 | 君住此間仙趣逸 |
| 아름다운 시 읊으며 재주 많음 걱정하네 | 朗吟瓊律患才多 |

## 강·성·장 세 진사에게 부치다
奉寄姜成張三進士

유린 덕력양현(有隣 德力良顯)

| | |
|---|---|
| 수레바퀴 덜컹이고 수레 덮개 휘날리며 | 車自轔轔蓋自飛 |
| 동쪽으로 온 상서로운 기운 아침 햇살에 어리네 | 東來紫氣映朝暉 |
| 신선들이 멀리 봉래산 밖을 바라보더니 | 仙郎縱目蓬壺外 |
| 주옥같은 아름다운 글 소매 가득 돌아오네 | 咳唾成珠滿袖歸 |

29 무주(武州) : 여기서는 에도[江湖]를 말한다.

30 원교(員嶠) : 다섯 선산(仙山) 중 하나인 방장(方丈)의 다른 이름. 다섯 선산은 대여(岱輿)·원교(員嶠)·방호(方壺)·영주(瀛洲)·봉래(蓬萊)로, 발해(渤海)의 동쪽에 있다는 다섯 개의 섬이다.

31 수정(殊庭) : 신선이 산다는 색다른 지역.

## 유린당에게 차운하다
奉次有隣堂韻

경목자(耕牧子)

| | |
|---|---|
| 물가 성 나뭇잎은 기러기와 함께 날고 | 湖城木葉雁同飛 |
| 나그네 읊는 시는 자리에 떨어져 빛나는데 | 客子吟詩坐落暉 |
| 만 리 가을 슬퍼 끝없는 정 일어나니 | 萬里悲秋無限意 |
| 돛대는 어느 날에나 고향으로 돌아갈까 | 行帆何日故園歸 |

## 유린당에게 차운하다
奉次有隣堂韻

소헌(嘯軒)

| | |
|---|---|
| 학 한 마리 가을 타고 만 리를 나니 | 一鶴乘秋萬里飛 |
| 부상의 바다 풍경 아침 해를 비추네 | 扶桑海色映初暉 |
| 구름 가에서 참 신선을 만났으니 | 雲邊邂逅眞仙侶 |
| 삼신산 약초를 함께 캐 돌아가리 | 共採三山藥草歸 |

## 유린이 보내온 운에 화답하다
奉次有隣見示韻

국계(菊溪)

| | |
|---|---|
| 부상 동쪽 언덕에 채색 구름 날리니 | 扶桑東畔彩雲飛 |
| 함지 맑은 빛에 머리를 말리네[32] | 晞髮咸池淡淡暉 |

여러 신선들 따라 흥취를 일으키니　賴有群仙同推致
마땅히 취하여 노래하며 돌아오리　興酣端合詠而歸

## 세 진사에게 드리다
### 奉呈三進士

이수(二水)

바닷가 온 산에 기러기 우는 가을에　海上千山鳴雁秋
사신 깃발은 창주[33]에 내렸네　使臣旌旆下滄洲
고향생각은 물을 따라 서쪽으로 돌아가는데　鄕思唯逐西歸水
저물녘 연기에 수심이 그지없네　日暮煙雲不盡愁

## 이수의 시에 화답하다
### 和呈二水詞案

경목자(耕牧子)

객지에서 황국이 다 핀 가을을 만났는데　黃花開盡客中秋
기러기 떼는 서리에 놀라 저문 물가에 내리네　雁陳驚霜下晚洲
차 화로와 책상에 세속 일 적으니　茶竈筆床塵事少
그대와 더불어 타향 근심을 푸노라　與君消遣異鄕愁

---

32 머리를 말리다 : 머리칼을 햇볕에 쪼여 말림. 고상하고 탈속한 행동을 말한다.

33 창주(滄洲) : 물빛이 푸른 물가 또는 섬. 은자(隱者)가 사는 곳 또는 은거(隱居)를 뜻하기도 한다. 여기서는 일본을 가리킨다.

## 이수가 보내온 운에 차운하다
### 奉次二水見示韻

소헌(嘯軒)

| | |
|---|---|
| 강성[34]에 잎 지니 바로 가을 깊었는데 | 江城落木正高秋 |
| 신선 행차 표연히 십주[35]에 내리네 | 仙馭飄然降十洲 |
| 이수[36]의 연파(煙波)에 시흥이 넘치니 | 二水煙波詩興逸 |
| 영중의 백설가[37]에 수심을 견디네 | 郢中白雪唱堪愁 |

## 이수가 주신 운에 차운하다
### 奉次二水惠贈韻

국계(菊溪)

| | |
|---|---|
| 잎 진 나무 쓸쓸한 섬나라 가을인데 | 落木蕭蕭海國秋 |
| 뭇 신선의 진경이 영주산에 가깝네 | 列仙眞境近瀛洲 |
| 화려한 집에서 시모임 하기 좋으니 | 華軒好作論文會 |
| 나그네 많은 시름 절로 잊히네 | 忘却羇人萬斛愁 |

34 강성(江城) : 강호(江戶 : 에도).

35 십주(十洲) : 도교에서 칭하는 큰 바다 가운데 신선이 사는 경치 좋은 열 곳. 선경(仙境)을 이른다.

36 이수(二水) : 책 서두의 인물 명단에는 '진전 무우위문(津田 武右衛門)'이라 하였다. 신유한(申維翰)의 『해유록(海遊錄)』 10월 3일조에는 진전현보(津田玄寶)의 자는 자순(子順), 호는 이수(二水)라 소개하였는데, 같은 인물일 것이다.

37 영중의 백설가 : 영중은 초(楚)나라의 도읍이다. 백설가는 초나라의 명곡으로 내용이 매우 고상하였다.

## 강·성·장 세 진사에게 부치다
### 兼寄姜成張三進士

지암(池菴)

| | |
|---|---|
| 계림의 뛰어난 문사들 청주(蜻州)[38]로 건너와 | 鷄林才雋涉蜻州 |
| 일산 기울여[39] 새로 사귀며 장한 유람 기뻐하네 | 傾蓋新交喜壯遊 |
| 시는 수·당을 압도하고 글씨는 위·진을 압도하니 | 詩壓隋唐書魏晋 |
| 쇠로 만든 문지방[40]이라도 쉴 틈이 없구나 | 銕成門限敢無休 |

## 지암에게 차운하다
### 奉次池菴韻

경목자(耕牧子)

| | |
|---|---|
| 누대와 성곽이 뛰어난 고을이라 | 樓臺城郭是雄州 |
| 남아가 만 리 길을 장쾌히 찾아왔네 | 萬里男兒辨壯遊 |
| 평소에 시 좋아하는 병을 스스로 웃었더니 | 自笑平生詩癖在 |
| 술통을 앞에 두고 붓을 쉬기 어렵네 | 樽前弄墨若難休 |

38 청주(蜻州) : 잠자리 모양이라는 뜻으로, 일본의 별칭이다.

39 일산을 기울이다 : 수레를 멈추고 일산을 기울인다는 뜻으로, 길에서 잠깐 만남을 말한다.

40 쇠로 만든 문지방[銕成門限] : 철문한(鐵門限). 남조(南朝) 때 진(陳)나라 지영선사(智永禪師)가 오흥(吳興) 영흔사(永欣寺)에 갔었는데, 글씨를 청해 오는 사람들이 워낙 많이 모여들어서 그의 문지방이 모두 닳아져 없어지므로, 쇠로 문지방을 하였다는 고사가 있다.

## 지암에게 차운하다
### 奉次池菴韻

소헌(嘯軒)

| | |
|---|---|
| 바다 밖 이름난 곳 단주[41]라 일컬어 | 海外名區說亶州 |
| 뛰어난 기상의 여러 신선 이어서 노닐었지 | 高標況接列仙遊 |
| 붓끝의 맑은 기운 금석 같이 쟁쟁하니 | 筆端淸韻鏘金石 |
| 이로부터 뇌문에는 포고[42] 소리 그치리라 | 從此雷門布鼓休 |

## 지암이 주신 운에 차운하다
### 奉次池菴惠贈韻

국계(菊溪)

| | |
|---|---|
| 사신 배 비로소 무장주를 벗어나 | 星槎初稅武藏州 |
| 멋진 모임 이루니 한림의 유람이네 | 勝會仍成翰林遊 |
| 한 당에서 담소하니 화기가 들썩거려 | 談笑一堂和氣動 |
| 좋구나 그대들의 고상한 격조 아름답네 | 多君雅趣正休休 |

41 단주(亶州) : 단주(亶洲). 동해에 있다는 섬. 진시황의 명으로 불사약을 찾으러 떠난 서불(徐市)이 이곳에 머물렀다고 한다.

42 뇌문포고(雷門布鼓) : 뇌문은 월(越) 나라 회계(會稽)의 성문(城門)인데, 뇌문고(雷門鼓)라 불리는 큰 북이 있어 그 소리가 백리 밖에까지 들렸다고 한다. 포고는 베로 만든 북으로 소리가 잘 나지 않는 북이다. "포고를 가지고 뇌문(雷門)을 지나가지 말라."는 옛말이 있다.

## 경목자 강백·소헌 성몽량·국계 장응두 삼공에게 드리다
### 謹奉呈姜耕牧成嘯軒張菊溪三公

동계(東溪)

| | |
|---|---|
| 아침 해 따사롭게 바다 구름에 떠오르니 | 朝陽暖舞海雲中 |
| 천 리 길도 짧은 한 번의 바람이네 | 千里分光一擧風 |
| 문채 명성 나란한 신진 선비들이니 | 文采齊名新進士 |
| 봉새 셋이 하동[43]에 왔음을 알겠네 | 可知三鳳在河東 |

## 동계의 운에 답하다
### 奉酬東溪韻

경목자(耕牧子)

| | |
|---|---|
| 말에 기댄 재주[44]로 문단에 있으니 | 倚馬高才藝苑中 |
| 법문 전승[45]에도 으뜸 기풍 있도다 | 法門衣鉢有宗風 |
| 접역[46]에 전해진 시문을 보건대 | 將看鰈域傳詩草 |
| 명성은 일동에만 가득한 게 아니네 | 不獨聲名滿日東 |

43 하동(河東) : 여기서는 일본을 말한다.

44 말에 기댄 재주[倚馬高才] : 짧은 시간에 시문을 짓는 재주가 민첩함을 말한다. 진(晉)나라 환온(桓溫)이 북정(北征)할 때 원호(袁虎)가 말 앞에 기대서서 즉시 일곱 장에 걸친 장문(長文)을 지었는데 모두 명문이었다는 데서 나온 말이다.

45 법문 전승[衣鉢] : 가사(袈裟)와 바리때를 아울러 이르는 말. 선원에서, 스승으로부터 전하는 교법(敎法)이나 불교의 깊은 뜻을 이르는 말.

46 접역(鰈域) : 우리나라의 다른 이름으로, 우리나라 동해에서 가자미가 많은 나는 데서 붙은 이름이다.

## 동계가 보낸 운에 화답하다

### 奉和東溪見示韻

소헌(嘯軒)

| | |
|---|---|
| 채색 놀 가운데 만나 한바탕 웃으니 | 相逢一笑彩霞中 |
| 뜰의 나무 쓸쓸하니 잎 떨구는 바람 부네 | 庭樹蕭蕭落葉風 |
| 술 마시며 시 읊느라 해 긴 줄 모르더니 | 觴詠不知淸晝永 |
| 발 너머 물시계 소리만 똑똑똑 들려오네 | 隔簾蓮漏響丁東 |

## 동계에게 차운하다

### 奉次東溪玉韻

국계(菊溪)

| | |
|---|---|
| 여러 인재들 아름답게 연마하는 중에 | 群才炳蔚濯磨中 |
| 임공(林公)[47]의 선비 사랑 더욱 뛰어난데 | 爭聳林公愛士風 |
| 여러 선비 고아한 글 잠깐 살펴보니 | 試看諸賢詞致雅 |
| 한 시대의 화려한 명성 일본 땅에 우뚝하네 | 一時華問擅桑東 |

47 임공(林公) : 하야시(林) 가문. 임도춘(林道春)으로부터 하야시 호코(林鳳岡), 하야시 류코(林榴岡)에 이르기까지 태학두(太學頭)를 맡았다.

## 세 진사에게 부치다
### 奉寄三進士

용암(龍嵓)

바다 앞에 맑은 새벽이 눈앞에 열리더니 海門淸曉望中開
화려한 일산 행렬 만 리 길에 오도다 華蓋參差萬里來
푸른 하늘에 다시금 오색 기운 더하니 更使碧霄多五色
신선들 이르신 이곳이 봉래라네 神仙到處卽蓬萊

## 용암에게 차운하다
### 奉次龍巖韻

경목자(耕牧子)

단풍잎 쓸쓸하고 국화꽃 다 핀 때에 楓葉蕭蕭菊盡開
타향의 외로운 길손 기러기와 함께 왔네 異鄕孤客雁俱來
긴 바람에 파도 헤치기[48]는 남아의 뜻이니 長風破浪男兒志
초야에서 고개 숙여 지내기 달갑지 않았다오 不肯低頭在草萊

48 긴 바람에 파도 헤치기 : 남조(南朝) 송(宋)나라 종각(宗慤)이 소년 시절에 "내 소원은 장풍을 타고 만 리의 물결을 헤쳐 보는 것이다.[願乘長風萬里浪]"라고 포부를 밝힌 고사가 있다.

## 용암에게 화운하다
### 奉和龍嵓韻

소헌(嘯軒)

| | |
|---|---|
| 맑은 날 화려한 당에서 술자리 열리니 | 華堂晴日一樽開 |
| 부사산 연기와 이내 붓끝에 와 이르네 | 富岳烟嵐筆底來 |
| 서쪽 바라보니 고향은 바다 구름에 막혔으니 | 西望故園雲海隔 |
| 돛대는 어느 날에나 동래에 이르려나 | 行帆何夜到東萊 |

## 용암이 준 운에 화답하다
### 奉次龍嵓所贈韻

국계(菊溪)

| | |
|---|---|
| 삼신산 안개구름 만 리에 열렸는데 | 三嶋煙雲萬里開 |
| 이 몸은 사신 따라 뗏목을 타고 왔네 | 身隨漢使泛槎來 |
| 고향 소식을 물을 데가 없으니 | 故園消息無由問 |
| 어느 때나 노래자처럼 색동옷[49]을 입을까 | 戲綵何時學老萊 |

49 색동옷 : 고향으로 돌아가 부모님을 뵙는 것을 말한다. 춘추시대 초(楚)나라 효자 노래자(老萊子)는 일흔 살에 색동옷을 입고 어린아이의 놀이를 하여 어버이를 기쁘게 하였다.

## 추수·소헌·국계 삼공에게 부치다
### 奉寄秋水嘯軒菊溪三公

계헌(桂軒)

| | |
|---|---|
| 고운 깃털로 바람 타고 만 리를 날아오니 | 玉羽隨風萬里來 |
| 고결한 신선 학이라 평범한 재주 아니시네 | 昻昻仙鶴不群才 |
| 홍려시[50]에서 비로소 삼장객[51]을 알아보아 | 鴻臚初識三場客 |
| 오색의 고운 구름이 붓 아래 펼쳐지네 | 五色彩雲筆下開 |

## 계헌공에게 차운하다
### 奉次桂軒公韻

경목자(耕牧子)

| | |
|---|---|
| 사문에서 시를 말하면 광정[52]이 온다는데 | 師門匡鼎說詩來 |
| 붉은 휘장 두르고 경서 펼친[53] 모두 뛰어난 재주네 | 絳帳橫經摠異才 |
| 문장은 나머지 일이지만 기저[54]에서 나오니 | 餘事文章出機杼 |

50 홍려시(鴻臚寺) : 외국에 관한 사무와 조공(朝貢) 등의 일을 맡아 보는 관청을 말한다.

51 삼장객 : 초시(初試)·복시(覆試)·전시(殿試)에 합격한 사람을 말한다.

52 광정(匡鼎) : 한(漢)나라 때 문인 광형(匡衡)을 말한다. 정(鼎)은 어릴 때의 자(字)이다. 경학에 밝고 특히 시(詩)를 잘 말하였으므로, 당시 제유(諸儒)들이 서로 말하기를, "시를 말하지 말라, 광형이 곧 올 것이다. 광형이 시를 말하면 모두 입이 벌어질 것이다. [無說詩 匡鼎來 匡說詩 解人頤]"라고 하였다.

53 붉은 휘장 두르고 경서 펼친 : 스승의 가르침이 이루어지는 곳 또는 학자의 서재를 말한다. 붉은 휘장이란 후한(後漢)의 대유(大儒) 마융(馬融)이 고당(高堂)에 앉아 붉은 휘장을 드리운 앞에서 생도를 가르쳤던 고사에서 유래한다. 경서를 펼쳤다[橫經]는 것도 경서를 갖추어놓고 수업을 하거나 독서를 하는 일을 말한다.

54 기저(機杼) : 시문을 지을 때 가장 중요한 관건. 시문의 창작 중 참신한 구상.

연석의 붓끝마다 꽃들이 피어나네　　筵前箇箇筆花開

## 계헌공에게 차운하다
### 奉次桂軒公韻

소헌(嘯軒)

한 시대의 어진 선비들 많기도 한데　　一代群賢濟濟來
봉읍[55]의 제자들 모두 다 영재이니　　鳳邑門下摠英才
밤사이 천문대에선 응당 아뢰겠지　　夜來應有淸臺奏
동벽[56]에 별이 빛나 서광이 열린다고　　東壁奎花瑞彩開

## 계헌공에게 차운하다
### 奉次桂軒公韻

국계(菊溪)

여주[57] 백 낱을 소매 안에 얻어 보곤　　袖得驪珠百顆來
그대의 시 뭇 인재 중 으뜸임에 기뻐　　歡君詩格冠群才
동쪽 만 리 뗏목 타고 온 나그네가　　東遊萬里乘槎客

55 봉읍(鳳邑) : 봉강(鳳岡). 봉의 언덕이라는 뜻과 함께 임신독(林信篤)의 호를 뜻한다. 임신독은 나산(羅山) 임도춘(林道春)의 손자로, 대를 이어 태학두를 맡았으며, 흔히 하야시 호코(林鳳岡)로 불린다. 다른 호는 정우(整宇)이다.

56 동벽(東壁) : 시문을 주관하고 장서(藏書)를 관장하는 곳.

57 여주(驪珠) : 여룡(驪龍)의 턱 밑에 있다는 보주(寶珠)를 이르는데, 구하기 매우 어려운 것이므로 뛰어난 시문(詩文)을 비유하는 말로 쓰인다.

반가운 눈으로 은근히 자리에 마주하네 　　 靑眼慇勤對榻開

## 세 진사에게 부치다
### 奉寄三進士

동리(東里)

만 리 길 신선 뗏목 은하수를 건너니 　　 萬里仙槎銀漢流
하늘가엔 신기(蜃氣)가 오층 다락 이루는데 　　 天邊蜃氣五層樓
관산의 달빛에 찬바람 일어나니 　　 關山月色寒風起
잎 진 나무 쓸쓸하여 객의 수심 보태네 　　 落木蕭蕭添客愁

## 동리에게 차운하다
### 奉次東里韻

경목자(耕牧子)

구월의 가을 하늘에 기러기 떼 나는데 　　 九月秋空雁陳流
고향 그리는 먼 나그네 등루부[58]를 읊누나 　　 思鄕遠客賦登樓
나그네 시름이 시 짓는 괴로움보다 더하니 　　 羈愁較似詩情苦
술동이 앞에서 유독 한 가닥 시름을 짓네 　　 別作樽前一段愁

58 등루부(登樓賦) : 삼국(三國) 시대 위(魏) 나라 왕찬(王粲)이 동탁(董卓)의 난을 피하여 형주(荊州)의 유표(劉表)에게 의지하고 있으면서 강릉(江陵)의 성루(城樓)에 올라 고향을 그리워하며 읊은 작품이다. “아무리 아름다워도 내 고향이 아님이여, 어찌 족히 조금이나마 머무를 수 있으랴.[雖信美而非吾土兮 曾何足以少留]”는 구절이 있다.

## 동리가 주신 운에 차운하다
### 奉次東里惠贈韻

소헌(嘯軒)

| | |
|---|---|
| 부사산의 금빛 은빛 붓 따라 흐르는데 | 士岳金銀筆下流 |
| 함께 호기를 띠고 높은 누에 기대었네 | 共將豪氣倚高樓 |
| 쉬지 않고 계속 금광초[59]를 캔다면 | 行行採擷金光草 |
| 뜬 세상에 어찌 백발을 근심하리 | 浮世寧爲白髮愁 |

## 세 진사에게 부치다
### 奉寄三進士

소행(素行)

| | |
|---|---|
| 임금 은혜 몸소 갚으니 바로 영웅호걸이요 | 主恩新報是豪英 |
| 맑은 절개 기이한 재주로 큰 이름 전하네 | 清節奇才傳大名 |
| 밤새 문창성[60]이 자줏빛 바다[61]에 높아 | 一夜文星超紫海 |
| 찬란한 빛 저절로 강성[62]에 가득하네 | 光華猶自滿江城 |

59 금광초(金光草) : 신선들이 먹는다는 풀. 먹으면 장수한다고 한다.

60 문창성(文昌星) : 글재주를 담당한다는 별. 문재가 뛰어난 사람을 지칭한다.

61 자줏빛 바다 : 전설상의 바다. 물빛이 찬란하며 옷을 물들일 수 있으며 물고기와 돌과 모래와 풀이 모두 자주색이라고 한다.

62 강성(江城) : 강호(江戶 : 에도).

## 소행에게 차운하다

### 奉次素行韻

경목자(耕牧子)

| | |
|---|---|
| 고수들의 문단에 있는 준재 영재들 | 大手詞林有俊英 |
| 앞날에 주작[63]으로 높은 이름 얻으리라 | 他時朱雀繫高名 |
| 다정한 스물여덟 보배로운 글자[64]는 | 慇勤廿八瓊琚字 |
| 값어치 화씨벽의 열다섯 성[65]보다 더하네 | 價重和珠十五城 |

## 소행에게 화답하다

### 奉和素行韻

소헌(嘯軒)

자리에 삼대 같이 나란한 이들 모두 문단의 영재이니

筵前麻列摠詞英

| | |
|---|---|
| 예전의 조경[66]도 그 명성을 양보하리 | 千古晁卿讓盛名 |

63 주작(朱雀) : 별자리 28수(宿) 가운데 남방 7수의 별칭 또는 남방을 맡은 신을 가리키는 말로, 뛰어난 인재를 뜻한다.

64 스물여덟 보배로운 글자 : 칠언절구의 28자를 말한다. 경거(瓊琚)는 아름다운 패옥인데, 흔히 화려한 시문을 비유한다.

65 화씨벽의 열다섯 성 : 15개 성의 값어치가 있는 보옥과도 같은 시문을 뜻한다. 진(秦)나라에서 조(趙)나라에게 15개 성과 화씨벽(和氏璧)을 바꾸기를 청한 일이 있다. 이때 인상여(藺相如)가 옥을 가지고 갔다가 진나라에서 15성을 줄 생각이 없으므로 도로 옥을 가지고 돌아왔다.

66 조경(鼂卿) : 일본인 안배중마려(安倍仲麻呂)의 중국 이름이다. 일본의 사신으로 중국에 갔다가 중국의 문물을 흠모한 나머지 50년 동안이나 경사(京師)에 머물며 벼슬도 하였다.

비단 띠와 모시옷[67] 주고받음은 본래 우호의 뜻이니 縞苧相酬元好意
오로지 오언성[68]에 올라 감히 성을 깨리라 偏陟敢破五言城

## 소행의 높은 운에 화답하다
**奉和素行高韻**

국계(菊溪)

높은 기풍 우아한 운치 뛰어난 영재시니 高風雅韻拔群英
뉘라서 문단의 으뜸 칭호를 함께 하겠나 誰埒騷壇第一名
소매 안의 맑은 시편은 초나라 구슬[69]과 같으니 袖裡淸篇同楚璧
정녕 그 명성 여러 성[70]에 해당함을 알겠네 定知光價敵連城

67 비단 띠와 모시옷 : 생사(生絲)로 만든 띠와 모시옷이라는 뜻으로, 우정이 매우 깊음을 비유한 말. 오(吳)나라의 계찰(季札)과 정(鄭)나라의 자산(子産)이 흰 비단 띠와 모시옷을 주고받은 고사에서 유래한다.

68 오언성(五言城) : 오언시(五言詩)를 비유한다. 당(唐) 나라 때 시인(詩人) 유장경(劉長卿)이 오언시(五言詩)에 유독 뛰어나서 오언장성(五言長城)으로 자칭했던 데서 온 말이다.

69 초나라 구슬 : 화씨벽(和氏璧)을 말한다.

70 여러 성 : 화씨벽의 15개 성을 말한다. 위의 주 참조.

## 국당 정공에게 드리다
### 奉呈菊塘鄭公

유린(有隣)

| | |
|---|---|
| 아득한 강산이 길 하나로 통하고 | 縹緲江山一路通 |
| 마음 사귐 간격 없어 뜻이 무궁하네 | 心交不隔思無窮 |
| 이 행차는 가히 문장미를 드러낼 만하니 | 此行可揬文章美 |
| 붓으로 물결을 말며 해동으로 들어오셨네 | 筆捲波瀾入海東 |

## 유린당이 주신 운에 차운하다
### 奉次有隣堂惠韻

국당 정후교(菊塘 鄭后僑)

| | |
|---|---|
| 적수[71]는 멀리 은하수에 통하고 | 赤水遙應銀漢通 |
| 신선 뗏목 아득히 하늘 끝에 다하였는데 | 仙槎迢遞海天窮 |
| 그대와 종일토록 좋은 대화 하노라니 | 對君盡日成佳話 |
| 몸이 석목의 동쪽[72]에 있음도 잊노라 | 却忘身遊析木東 |

71 적수(赤水) : 신화 전설상의 물 이름. 황제(黃帝)가 이 북쪽에서 노닐다가 돌아오는 길에 이곳에서 현주(玄珠)를 잃어버렸다고 한다.

72 석목의 동쪽 : 일본을 뜻한다. 석목은 기(箕)·두(斗) 두 별 사이의 별자리인데, 정동쪽 인방(寅方)에 해당하며, 지역으로는 요동 지방 또는 우리나라를 지칭하는 말로 쓰이는 말이다.

## 국당공에게 부치다
### 奉寄菊塘公

이수(二水)

| | |
|---|---|
| 바다 호수는 바람 불어 길이 험하고 | 湖海天風行路難 |
| 신선 옷자락 가을이라 차가워 놀 낀 산에 비치네 | 仙袍秋冷映烟巒 |
| 새 노랫말 떠오르지 않아 시는 슬픈데 | 新詞不入悲哉賦 |
| 객관 밖에 단풍은 밤마다 차갑구나 | 館外丹楓夜夜寒 |

## 이수가 주신 운에 답하다
### 奉酬二水惠示韻

국당(菊塘)

| | |
|---|---|
| 가을 깊은 바다 밖에 길손 회포 괴로워 | 秋深海外客懷難 |
| 수심 겨워 안개 낀 물과 푸른 산만 마주하다가 | 愁對煙波又綠巒 |
| 오늘 그대를 만나 한바탕 웃으면서 | 此日逢君成一笑 |
| 청안으로 마주하니 추운 줄도 모르겠네 | 青眸相對不知寒 |

## 정국당에게 부치다
### 寄鄭菊塘

지암(池菴)

| | |
|---|---|
| 바다에는 채익(彩鷁)[73] 뭍에는 좋은 말로 | 瀛浮彩鷁陸銀鞍 |
| 사신 깃발 따라 흥 다할 때까지 읊조리니 | 征旆隨行吟興闌 |

| | |
|---|---|
| 지나는 산천마다 경책[74]됨이 많으니 | 川岳所經多警策 |
| 주머니 속에 볼 만한 시 좀 들어가겠지 | 囊中蛋許碧眸看 |

## 지암이 주신 운에 답하다
### 奉詶池菴惠韻

국당(菊塘)

| | |
|---|---|
| 나그네 하늘 끝에 와 비로소 말안장 벗기니 | 客到天涯初稅鞍 |
| 먼 곳의 계절은 이미 한 해 저무네 | 殊方歲月已云闌 |
| 이렇게 좋은 모임을 어찌 기대나 했을까 | 如今勝會何曾料 |
| 취해 기대 함께 황국 보며 웃노라 | 醉倚黃花共笑看 |

## 국당 정공에게 드리다
### 奉菊塘鄭公

동계(東溪)

| | |
|---|---|
| 늦봄 꾀꼬리 울 때 집 떠났을 텐데 | 已聽殘鶯一別家 |
| 늦가을 저물녘에 하늘 끝에 이르셨네 | 杪秋云暮到天涯 |
| 탈속한 풍채라 속세 티끌 절로 끊어 | 仙標自絶緇塵色 |
| 동쪽 울타리 서리 뒤 꽃같이 소쇄하구려 | 瀟洒東籬霜後花 |

---

73 채익(彩鷁) : 화려하게 꾸민 배. 익(鷁)은 물새의 일종인데, 이 새가 풍파를 잘 견디므로 뱃머리에 이 새의 모양을 그려 넣었던 데서 유래한다.

74 경책(警策) : 따끔하게 일깨우는 충고를 말한다.

## 동계가 주신 운에 차운하다
奉次東溪惠韻

국당(菊塘)

| | |
|---|---|
| 돌아갈 꿈은 계속 서울 집에 잇달았건만 | 歸夢追追漢上家 |
| 서리 엄한 시월에 객은 하늘 끝에 있네 | 嚴霜十月客天涯 |
| 좋은 때에 만났으니 또다시 기이한데 | 佳辰邂逅還奇事 |
| 웃으며 술동이 앞에서 국화를 마주하네 | 善笑樽前對菊花 |

## 국당 정공에게 부치다
奉寄菊塘鄭公

용암(龍嵓)

| | |
|---|---|
| 하늘 끝에서 서검 논하니 장쾌한 유람인데 | 書劍天涯此壯遊 |
| 선랑의 뛰어난 기상이 창주[75]를 둘렀네 | 仙郎逸氣遶滄洲 |
| 무단히 밤마다 집에 돌아가는 꿈꾸지만 | 無端夜夜還家夢 |
| 비바람만 쓸쓸히 역 다락집을 채우겠지 | 風雨蕭條滿驛樓 |

75 창주(滄洲) : 물빛이 푸른 물가 또는 섬. 여기서는 일본을 가리킨다.

## 용암이 주신 운에 차운하다
### 奉次龍嵓惠韻

국당(菊塘)

| | |
|---|---|
| 부상 만 리 길에 기이한 유람을 하노라니 | 扶桑萬里作奇遊 |
| 가을빛 아득한 바다 위의 땅인데 | 秋色悠悠海上州 |
| 맑게 웃는 한 자리에 맑은 흥 일어나고 | 淡笑一床淸興動 |
| 바람 부니 지는 잎이 빈 누대에 드네 | 風吹落葉入虛樓 |

## 국당 정공에게 부치다
### 奉寄菊塘鄭公

동리(東里)

| | |
|---|---|
| 빛나는 문장으로 이름 높은 한성[76]의 관리가 | 文采英名漢省郎 |
| 하늘 끝으로 돛배 타고 석양을 띠고 와 | 天涯帆影帶斜陽 |
| 구름 속 호탕한 기운은 삼천 글자[77]요 | 雲間豪氣三千文 |
| 글이 이뤄지니 연하가 무창[78]에 가득하네 | 賦就烟霞滿武昌 |

76 한성(漢省) : 여기서는 조선의 조정을 말함.

77 삼천 글자 : 훌륭한 말씀을 비유한 것이다. 함곡관(函谷關)의 관령(關令) 윤희(尹喜)가 자기(紫氣)가 동쪽에서 서쪽으로 옮겨 오는 것을 보고 성인이 오실 것이라고 기대하였는데, 과연 노자(老子)가 청우(靑牛)를 타고 와 윤희에게 『노자(老子)』 3천자를 전했다고 한다.

78 무창(武昌) : 경치 좋은 곳. 소식(蘇軾)의 「적벽부(赤壁賦)」에 "서쪽으로 하구(夏口)를 바라보고 동쪽으로 무창을 바라보니, 산천(山川)이 서로 엉켜 울창하다."라고 하였다. 여기서는 일본의 에도를 뜻한다.

## 동리가 주신 운에 차운하다
### 奉次東里惠韻

국당(菊塘)

| | |
|---|---|
| 봉래산에서 오늘 신선을 만나서 | 蓬山此日見仙郞 |
| 저녁 해 기울도록 빈 누대에 앉았네 | 坐來虛閣到夕陽 |
| 부럽도다 뛰어난 그대 재주 포사[79]를 능가하니 | 羡子逸才凌鮑謝 |
| 응당 알겠네 오늘은 문창성[80]이 빛날 것을 | 應知此日耀文昌 |

## 국당 정공에게 부치다
### 奉寄菊塘鄭公

소행(素行)

| | |
|---|---|
| 멀리서 명산을 물어 붓을 싣고 오시니 | 遠問名山載筆來 |
| 시원한 바람이 불어 속세 티끌 벗어나네 | 飄飄風來出塵埃 |
| 새로이 만났으나 예전부터 알아온 듯한데 | 新知恰似舊相識 |
| 깊은 정을 그리고자 하나 재주 없어 부끄럽네 | 欲寫深情愧菲才 |

79 포사(鮑謝) : 남조(南朝) 송(宋)나라 때의 뛰어난 시인 포조(鮑照)와 사령운(謝靈運)을 아울러 이르는 말.

80 문창성(文昌星) : 글재주를 담당한다는 별. 문재가 뛰어난 사람을 지칭한다.

## 소행이 주신 운에 화답하다
### 奉和素行惠贈

국당(菊塘)

| | |
|---|---|
| 나그네 배 멀리서 바다 건너오니 | 客帆悠悠渡海來 |
| 신선의 땅엔 원래 티끌이 없구려 | 仚寰元是隔塵埃 |
| 어제 임공[81]과 인사하고 오늘 그대 만나 보니 | 昨拜林公今見子 |
| 후파[82] 또한 절로 기이한 재주로다 | 候芭亦自有奇才 |

## 소행의 운에 첩운하여
### 疊素行韻

국당(菊塘)

| | |
|---|---|
| 오늘 다정하게 손님에게 문안하니 | 此日殷勤問客來 |
| 신선 같은 맑은 풍채 세속 티끌 벗어났네 | 淸儀仙格超塵埃 |
| 떠도는 인생에 이 만남은 참으로 행운이요 | 萍蹤一遇眞爲幸 |
| 새로운 시의 칠보재[83]에 다시금 기뻐하네 | 更喜新詩七步才 |

81 임공(林公) : 하야시 호코(林鳳岡).

82 후파(候芭) : 후파(侯芭). 전한(前漢) 시대 양웅(揚雄)의 제자. 이 시를 받는 소행(素行) 곧 길전청차랑(吉田淸次郎)을 가리킨다. 신유한(申維翰)의 『해유록(海遊錄)』 10월 3일조에는 '유관(儒官) 10여 인이 와서 화답하기를 구하였는데 이들은 모두 임봉강(林鳳岡)의 문도(門徒)로서 강도(江都)에서 녹을 먹는 자들'이라고 하였다.

83 칠보재(七步才) : 매우 탁월한 시재(詩才). 삼국 시대 위(魏) 나라 문제(魏文帝) 조비(曹丕)가 그의 아우 조식(曹植)의 재능을 시기하여 일곱 걸음을 걸을 동안 시를 짓지 못하면 처형하겠다고 하자 조식이 일곱 걸음을 걸으면서 칠보시(七步詩)를 지었다는 데서 유래한다.

## 국당 정공에게 부치다
### 奉寄菊塘鄭公

계헌(桂軒)

| | |
|---|---|
| 장부의 절의 지킴이 일찍부터 뛰어나니 | 丈夫推節夙雄飛 |
| 푸른 하늘의 소미성[84]에 비길 만하네 | 㲀色雲霄倚少微 |
| 문단에서 서로 만나 의기를 논하는데 | 相値文場論意氣 |
| 기품이 탁월하니 그대 같은 이 드무리 | 風姿卓犖似君稀 |

## 계헌이 주신 운에 차운하다
### 奉次桂軒惠贈韻

국당(菊塘)

| | |
|---|---|
| 아득한 바다 빈 하늘에 기러기 날고 | 海溟天空旅雁飛 |
| 부사산 구름 빛은 저물녘에 희미하네 | 富山雲色晩依微 |
| 서로 만난 오늘이 참으로 꿈같은데 | 相逢此日眞如夢 |
| 세상에 드문 신선 풍모 다시금 기쁘네 | 更喜仙風世所稀 |

84 소미성(少微星) : 태미성(太微星) 서쪽에 있는 네 개의 별로 사대부(士大夫)·처사(處士) 를 상징한다.

## 계헌의 운을 첩용하여 부치다
疊用桂軒韻奉寄

국당(菊塘)

| | |
|---|---|
| 가을 깊은 누대에 낙엽이 날리는데 | 秋晩樓前黃葉飛 |
| 취하여 머무니 석양이 희미하네 | 相留一醉夕陽微 |
| 하늘 끝에서 글과 술로 지기를 만나니 | 天涯文酒逢知已 |
| 인간 세상에 드문 일임을 응당 알겠네 | 應識人間此事稀 |

## 국당공의 운을 이어 화답하다
奉和菊塘公疊用韻

계헌(桂軒)

| | |
|---|---|
| 백학은 바람을 가르며 바다 위 날고 | 白鶴摶風海上飛 |
| 석양은 돛대 멀리 점차 아득한데 | 夕陽帆外轉霏微 |
| 시모임 즐거움이 운무조차 흩어내니 | 騷盟堪喜披雲霧 |
| 하늘 끝 이 모임이 드문 일임을 알겠네 | 共識天涯際會稀 |

## 국당 정군에게 다시 화답을 청하다
奉寄菊塘鄭君復乞高和

계헌(桂軒)

| | |
|---|---|
| 붕새 나는 곳 멀리 지나 바다 동쪽으로 | 鵬際遙過海日東 |
| 비단 돛대는 만 리 길을 장풍에 의지했겠지 | 錦帆萬里倚長風 |

| | |
|---|---|
| 오나라 육적[85]의 재주라서 뛰어나고 | 吳中陸子才尤秀 |
| 낙양의 가의[86]만큼 명성 헛되지 않네 | 洛下賈生名不空 |
| 찬 비 맞은 기러기 소리 구름 길 너머로 끊겼고 | 寒雨鴻聲雲路隔 |
| 고향 산 학의 꿈은 밝은 달에 통하였네 | 故山鶴夢月明通 |
| 문단에서 비로소 숭산[87] 남쪽의 객 만나보니 | 詞場初值嵩陽客 |
| 호기가 펄럭펄럭 무지개처럼 나부끼네 | 豪氣翩翩飄彩虹 |

## 계헌이 주신 운에 차운하다
### 奉次桂軒惠贈韻

국당(菊塘)

| | |
|---|---|
| 나그네 배 비로소 바다 동쪽에 닻을 대고 | 寄帆初泊海雲東 |
| 잎 떨구는 바람 부는 높은 누에 기댈 뿐 | 徒倚高樓落木風 |
| 부사산 기이한 봉은 쌓인 눈에 환하고 | 富士奇峯明積雪 |
| 부상의 가을빛은 찬 하늘에 떠 있누나 | 扶桑秋色泛寒空 |
| 여러 현인 모인 자리에 화려한 글 넘치니 | 諸賢聯榻文華溢 |
| 두 나라 사귐에 참된 의리 통하였네 | 兩國交隣信義通 |

85 육적(陸績) : 삼국 시대 오(吳)나라 사람으로 박학다식하였고 특히 역학(易學)에 정통하였다. 그가 여섯 살 때 원술(袁術)에게 인사를 갔는데 접대하는 상에 내놓은 귤을 품에 간직했다가 떠나려고 절을 할 때 품에서 귤이 떨어졌다. 원술이 그 까닭을 묻자 돌아가 어머니에게 드리겠다고 한 고사가 있다.

86 가의(賈誼) : 전한(前漢) 문제(文帝) 때의 현신(賢臣). 불과 20세의 나이에 재주와 학문으로 인정받아 태중대부(太中大夫)에 발탁되었으나 대신들의 미움을 받아 장사왕(長沙王)의 태부(太傅)로 좌천되어 33세의 젊은 나이로 죽었다.

87 숭산(嵩山) : 중국 오악(五嶽)의 하나. 숭산의 남쪽이란 여기서는 조선을 가리킨다.

이러한 좋은 모임 예전에도 적었는데　勝會如斯古亦少
걸작과 웅변들을 무지개처럼 토해 놓네　傑篇雄辨吐長虹

## 국당 정형에게 부치다
### 奉寄菊塘鄭兄

노주(鷺洲)

가을 깊은 객관에서 먼뎃손님 맞이하니　客亭秋晩遠人迎
잎 지는 강 머리에 날씨는 청신하네　落木江頭天氣淸
그대의 지금 괴로움을 헤아려 알듯하니　料識君今辛苦意
바다 산 만 리 길에 몇 번이나 맑고 흐렸을까　海山萬里幾陰晴

## 국당 정공이 보낸 운에 다시 화답하다
### 再和菊塘鄭公示韻

지암(池菴)

부상의 명산에서 나그네 탄 말 전송하는데　扶桑名岳送征鞍
흥취가 풍광으로 인해 고상한 뜻 다하네　趣引風光雅意闌
뛰어난 재주 청신하니 보통 수준 벗어나고　俊逸淸新出凡品
높은 기상 우뚝하니 하류들이 바라보네　高標無屬下流看

## 계헌에게 드리고 겸하여 여러 공에게 드리다
**奉贈桂軒兼呈諸公**

소헌(嘯軒)

| | |
|---|---|
| 보통 때 여관은 적막하기만 하더니 | 常時旅館偏寥闃 |
| 한가한 날 여러분이 방문하여 주시니 | 暇日群公乃肯臨 |
| 일대의 문단이 산처럼 우뚝하고 | 一代騷壇山共屹 |
| 양국의 교의가 바다처럼 깊도다 | 兩邦交意海俱深 |
| 술동이 여니 연꽃 세상에 가을이 깊고 | 開樽秋晩蓮花界 |
| 붓을 드니 귤나무 숲에 바람이 이네 | 搖筆風生橘樹林 |
| 스승과 벗의 학통 유래 있음 알겠으니 | 師友淵源知有自 |
| 봉강[88]에 천고의 아름다운 음악 들리네 | 鳳岡千古有徽音 |

## 소헌이 주신 운에 화답하다
**奉和嘯軒惠韻**

노주(鷺洲)

| | |
|---|---|
| 모두 말하길 객관에 덕성[89]이 모였다더니 | 皆言賓館德星聚 |
| 북두성 같이 높은 인재들 임하심을 우러르네 | 泰斗高才尤仰臨 |
| 술 마주하여 현인들은 정이 얕지 않고 | 酒對賢人情不淺 |

88 봉강(鳳岡) : 봉의 언덕이라는 뜻과 함께 임신독(林信篤)의 호를 뜻한다. 임신독은 나산(羅山) 임도춘(林道春)의 손자로, 대를 이어 태학두를 맡았으며, 흔히 하야시 호코(林鳳岡)로 불린다. 다른 호는 정우(整宇)이다.

89 덕성(德星) : 나라에 도(道)나 복(福) 또는 현인(賢人)이 있을 때 나타난다고 하는 별이다. 현인을 뜻한다.

붓 날리자 시인들은 분기함이 더욱 깊네　毫揮騷客起猶深
조정 의식 치르는 날 아침부터 맑으니 기껍고　晴晨有喜朝儀日
서리 내린 숲 큰길에는 먼지도 없네　官路無塵霜落林
두 나라 교류 맺어 천리 길이 익숙하니　兩地把交千里熟
거문고 탈 때 지음(知音) 적단 말씀 마시길　彈琴休說少知音

## 같이 화답하다
**同和**

유린(有隣)

사신이 글을 전해 예전 맹세 이어지니　星軺傳信舊盟尋
채색 깃발 놀을 띠고 멀리서 임하셨네　文旆帶霞遙照臨
손님 맞으니 창밖으로 날씨도 맑은데　對客一窓風日靜
교류 논하는 두 나라 사이엔 바다와 산이 깊네　論交兩國海山深
높이 나는 큰기러기 푸른 구름길에 아득히 날고　冥鴻縹渺青雲路
채색 봉황은 비취빛 대숲에서 날갯짓하네　彩鳳毰毸翠竹林
이 모임은 인간 세상에서 다시 얻기 어려운데　此會人間難再得
영중 백설가[90]의 맑은 음악 이어지네　郢中白雪繼淸音

90 영중 백설가 : 영중은 초(楚)나라의 도읍. 백설가는 초나라의 명곡으로 내용이 매우 고상하였다.

## 같이 화답하다
### 同和

이수(二水)

| | |
|---|---|
| 좋은 모임에서 악수하니 옛 친구 같아 | 把手雅筵如舊識 |
| 함께 기뻐하며 사신들과 이 자리에 오르니 | 俱歡星使此登臨 |
| 하늘 끝 바닷가 산에 밝은 달빛 가득하고 | 天邊海嶽月明滿 |
| 역 위 누대에는 가을빛이 깊도다 | 驛上樓臺秋色深 |
| 신선 행차는 바람 이는 먼 땅에 내리고 | 仙馭風生降遠地 |
| 객의 옷은 서리 연기 낀 찬 숲에 비추네 | 客衣霜冷映烟林 |
| 이별 후 소식 없을까 문득 걱정되니 | 却愁別後信書少 |
| 강가 성에서 기러기 소리나 들어야겠네 | 堪聽江城鴻雁音 |

## 같이 화답하다
### 同和

지암(池菴)

| | |
|---|---|
| 초겨울이 따뜻하니 볕을 등지고서 | 孟冬和煖負暄處 |
| 빈관에서 맞이하여 왕림하심 우러르네 | 賓館相迎仰賁臨 |
| 경책[91]이 우뚝하고 글씨도 빼어나며 | 警策翹然筆峯秀 |
| 문장의 못 드넓고 먹의 못[92] 깊도다 | 文章淵泫墨池深 |

91 경책(警策) : 따끔하게 일깨우는 충고.

92 묵지(墨池) : 먹물을 한데 모으도록 된 벼루 속의 오목한 곳. 문자(文字)를 써 익히는 서가(書家)의 학문 또는 필법이 뛰어난 것을 뜻하기도 한다.

| | |
|---|---|
| 장경[93]은 울금주[94]를 취토록 권하고 | 長庚勸醉鬱金酒 |
| 두로[95]는 단풍 숲에서 시를 짓는데 | 杜老題詩楓樹林 |
| 슬프다 아름다운 모임 짧은 해를 재촉하니 | 惆悵瑤筵催短晷 |
| 나의 글은 다른 날에 파도소리에나 붙일까 | 余篇它日附潮音 |

## 같이 화답하다

**同和**

동계(東溪)

| | |
|---|---|
| 강동에서 소매 당겨 짧은 해를 재촉하니 | 挹袖江東催短晷 |
| 바람은 석양이 임함을 매우 안타까워하네 | 風□偏惜夕陽臨 |
| 오질[96]이 멀리 노님을 문득 그리워하다 | 却憶吳質作遊逈 |
| 진림[97]의 온축한 생각 깊음을 함께 인정하네 | 共許陳琳蓄念深 |
| 수심 속에 외기러기 저 멀리 구름을 뚫고 | 愁裡斷鴻穿杳靄 |
| 취한 중 먼 데 경쇠소리 찬 숲을 울리네 | 醉來遠磬動寒林 |

93 장경(長庚) : 당(唐)나라 때 시인 이백(李白). 장경은 자(字).

94 울금주(鬱金酒) : 심황을 넣어 만든 술.

95 두로(杜老) : 두보(杜甫).

96 오질(吳質) : 달 속의 신(神)인 오강(吳剛). 한(漢)나라 때 사람으로 질(質)은 자(字)이다. 일찍이 선술(仙術)을 배우다가 죄를 지어 그 벌로 달 속으로 귀양 가서 계수나무 베는 일을 맡게 되었다고 한다.

97 진림(陳琳) : 삼국시대 위(魏)나라의 문인. 공융(孔融)·왕찬(王粲) 등과 함께 건안칠자(建安七子)의 한 사람. 일찍이 원소(袁紹)의 밑에 있을 때 조조(曹操)에게 보내는 격문을 지어 죄를 꾸짖었는데 원소가 패하자 조조에게로 가니, 조조가 그의 재주를 아껴 죄주지 않고 기실(記室) 을 삼았다. 그가 일찍이 격문(檄文)을 지어 조조에게 바치니 두풍(頭風)을 앓아오던 조조는 그 글을 읽고 "이 글이 나의 병을 낫게 했다." 하였다.

| | |
|---|---|
| 달 밝은 밤 한 줄기 맑은 휘파람만 부는데 | 一爲淸嘯月明夜 |
| 도성에는 오직 난학[98] 소리만 들린다네 | 都下唯聞鸞鶴音 |

## 같이 화답하다

**同和**

용암(龍嵓)

| | |
|---|---|
| 바람 먼지 다소 있어 날지 못할 텐데 | 風塵多少飛無敢 |
| 학 탄 신선이 바로 여기 임하셨네 | 乘鶴仙人正此臨 |
| 만 리 길 채색 깃발이 하늘 끝에 이르렀고 | 萬里文旌天際到 |
| 삼신산 약초는 빗속에 깊었네 | 三山藥草雨中深 |
| 새로운 시편은 다시 유개부[99]가 낸 듯하고 | 新篇更出庾開府 |
| 뛰어난 기상은 이한림[100]임을 먼저 알겠네 | 逸氣先知李翰林 |
| 뜬 세상에서 이런 좋은 만남은 얻기 어려운데 | 良會萍蓬可難得 |
| 절현[101]한 뒤에 다시 맑은 음악 듣게 되네 | 絶絃再聽有淸音 |

98 난학(鸞鶴) : 난새와 학 또는 신선을 말한다.

99 유개부(庾開府) : 북주(北周) 시대 시인이며 문장가 유신(庾信). 개부(開府)라는 호칭은 그의 관직이 표기대장군(驃騎大將軍)을 거쳐 개부의동삼사(開府儀同三司)에 이르렀기 때문이다. 두보의 「춘일억이백(春日憶李白)」에 "청신함은 유개부의 시와 같고, 준일함은 포참군의 시와 같네.[淸新庾開府 俊逸鮑參軍]"라는 구절이 있다.

100 이한림(李翰林) : 당(唐)나라 때 시인 이백(李白). 그가 현종(玄宗) 때에 한림공봉(翰林供奉)을 지냈기 때문에 이와 같이 부른다.

101 절현(絶絃) : 고음(古音) 또는 고도(古道)가 사라진 세상 또는 지음(知音)의 벗이 없는 세상. 춘추 시대 때 금(琴)을 잘 탔던 백아(伯牙)가 지음(知音)의 벗 종자기(鍾子期)가 죽자 금 소리를 들을 사람이 없다 하여 금의 현(絃)을 모두 끊고 다시는 금을 타지 않았다.

## 같이 화답하다
同和

계헌(桂軒)

| | |
|---|---|
| 고운 배로 바다 나라 구름 가에 내리니 | 海國瑤舟雲際下 |
| 하늘 끝 파도에 멀리서 임하셨네 | 天涯波浪遠相臨 |
| 교인[102] 집의 구슬은 깨끗도 하고 | 鮫人室裏珠光淨 |
| 신기루에 걸린 달빛 깊기도 하네 | 蜃氣樓中月影深 |
| 예복 갖춰 만 리 길에 부절을 받들고 와 | 萬里衣冠遙奉節 |
| 한자리에 문장이 절로 숲을 이뤘네 | 一筵翰墨自成林 |
| 풍류는 붓 날리는 손님이 최고임을 보겠고 | 風流最見揮毫客 |
| 노래는 초나라 영중 노래[103]를 따르네 | 曲就新歌楚郢音 |

## 같이 화답하다
同和

동리(東里)

| | |
|---|---|
| 업하[104]의 명사라도 누가 이와 같을까 | 鄴下高名誰得似 |

102 교인(鮫人) : 남해(南海) 물속에 산다는 전설 속의 인어. 교인이 물가의 인가(人家)에 머물며 날마다 지성으로 베를 짜다가, 떠날 적에는 눈물방울을 짜내어 진주 구슬로 변하게 한 뒤, 소반에 가득 담아서 주인에게 이별 선물로 주었다고 한다.

103 초나라 영중 노래 : 초(楚)나라 영중(郢中)의 노래. 곧 백설가(白雪歌) 등 고상한 노래를 뜻한다. 영중은 초(楚)나라의 도읍을 말한다.

104 업하(鄴下) : 삼국 시대 조조(曹操)가 도읍한 업(鄴)을 가리키는 말. 업중(鄴中). 이때에는 조조·조비(曹丕) 부자를 비롯하여 공융(孔融)·진림(陳琳)·왕찬(王粲)·서간(徐幹)·완우(阮瑀)·응창(應瑒)·유정(劉楨) 등 소위 건안칠자(建安七子)라고 불리는 문인들이 활동하였다.

| | |
|---|---|
| 오늘 이 좋은 자리에 비로소 임하였네 | 瓊筵今日始登臨 |
| 뛰어난 재주는 흡사 용이 나는 듯하고 | 雄才恰若龍蛇起 |
| 사귐은 절로 푸른 바다처럼 깊네 | 契闊自如滄海深 |
| 비 내리는 천 산에 고향 서신 멀고 | 鴻雁書遙千嶺雨 |
| 단풍진 만 숲엔 가을바람에 잎이 지네 | 霜風葉落萬楓林 |
| 여러 선비들이 오공자[105]에게 뒤지지 않아 | 諸賢不減吳公子 |
| 또한 하늘가에서 아름다운 음악 들음이 기뻐라 | 且喜天涯聽鳳音 |

## 같이 화답하다
### 同和

소행(素行)

| | |
|---|---|
| 소매를 걷고 높은 당에서 시 읊는 자리에 | 搴袂高堂詞墨苑 |
| 강동의 준재[106]들이 올라 임하셨네 | 江東諸子此登臨 |
| 단풍 든 누대 위에 사귄 정 간절하여 | 丹楓樓上交歡切 |
| 백설가 노래 속에 의기가 깊네 | 白雪歌中意氣深 |
| 주렴 밖에 바람소리 한 나무에 날고 | 簾外風聲飛一樹 |

105 오공자(吳公子) : 춘추시대 오(吳)나라 왕 수몽(壽夢)의 넷째 아들인 계찰(季札)을 말한다. 봉호(封號)는 연릉(延陵)으로, 연릉계자(延陵季子)라고도 한다. 그가 현명하므로 임금으로 세우려 하였으나 적자(適子) 제번(諸樊) 이 왕위를 이어야 한다고 사양하여 절개를 지켰다. 노(魯)나라에 사신으로 갔을 때 음악을 듣고는 치란(治亂)과 흥망(興亡)을 알았다고 한다.

106 강동의 준재 : 두목(杜牧)의 「제오강정(題烏江亭)」에서 "강동의 자제들 중엔 호걸들도 많으니, 권토중래했다면 뒷일을 알 수 없으리.[江東子弟多豪俊 捲土重來未可知]"고 한 데 유래한다.

봉우리 끝에 서리 빛은 온 숲에 어리네　峯頭霜色動千林
밤마다 그대는 집에 가는 꿈 꿀 테지만　知君夜夜還家夢
어느 때에나 기러기가 집 소식 전해주려나　鴻雁何時遍信音

## 따로 율시 한 수를 드려 제공의 화답을 구하다
### 別呈一律要諸公高和

경목자(耕牧子)

나그네 사념 무료히 깊기만 하더니　客思無聊甚
시 벗이 뜻밖에 찾아와 주니　詩朋意外來
이야기하는 중에 기러기 날고　談間鴻雁過
술동이 밖에는 국화 피었네　樽外菊花開
이미 편사[107]로 모시는 것이 분명하니　已分偏師侍
감히 한 번 싸워 꺾을 생각이나 하겠습니까　敢思一戰摧
좋은 시구 없음을 탄식하며　沉吟無好語
종일토록 퇴고[108]만 하고 있다네　終日費敲推

107 편사(偏師) : 주력 부대가 아닌 부대, 한 쪽의 군사를 말한다. 당 나라 진계(秦系)와 유장경(劉長卿)이 오언시(五言時)를 서로 주고받았는데, 권덕여(權德輿)가 말하기를, "유장경이 스스로 오언장성(五言長城)이라 하지마는, 진계가 한쪽의 군사를 가지고 친다."고 한 고사가 있다.

108 퇴고(推敲) : 당(唐)나라 시인 가도(賈島)가 나귀를 타고 도성에 나갔다가 '새는 못가 나무에 들고 중은 달 아래 문을 두드린다(鳥宿池邊樹 僧敲月下門)'는 시구를 짓고는 혼자 손짓을 하면서 퇴(推)를 쓸까, 고(敲)를 쓸까 수없이 고심하다가, 마침 당시 경조윤(京兆尹)이던 한유(韓愈)의 행차를 만나서 한유에게 묻자, 한유가 그에게 고자가 더 좋다고 말해 준 데서 유래한다.

## 석상에서 경목자 강공에게 화답하다
### 席上和耕牧子姜公韻

노주(鷺洲)

| | |
|---|---|
| 가벼운 옷 살진 말로 천리 오신 사신 | 輕肥千里使 |
| 태평시대라 갔다가 다시 오셨네 | 淸世去還來 |
| 촉도[109] 길도 험하지 않고 | 蜀道行無嶮 |
| 함곡관 문은 밤에도 열리리 | 函關夜亦開 |
| 재주가 호방하여 말할 수 없이 뛰어나니 | 才豪言外秀 |
| 시를 겨루나 마침내 꺾이누나 | 詩戰到頭摧 |
| 객관 안에는 석 잔 술 있으니 | 館裡三盃酒 |
| 객의 수심 응당 절로 사라지리 | 客愁當自推 |

## 같이 화답하다
### 同和

유린(有隣)

| | |
|---|---|
| 구름 산 푸른 바다 밖으로 | 雲山蒼海外 |
| 사신들이 관문을 지나서 오셨네 | 使節度關來 |
| 신의로 두 나라가 화합을 하여 | 信義兩邦合 |
| 좋은 정이 하루에 열리는구나 | 好懷一日開 |
| 취하여 노래하니 호기가 발하니 | 酣歌豪氣發 |

109 촉도(蜀道) : 촉(蜀)으로 통하는 길. 길이 매우 험하였다. 이태백(李太白)이 촉도의 험난함을 묘사한 촉도난(蜀道難)을 지었다.

장한 뜻이 칼끝도 꺾으리 壯志劍鋒摧
천리 밖 글 모임에서 千里文壇會
훌륭하다 그대는 바퀴 밀어줌[110]을 잡았네 多君執轂推

## 같이 화답하다
**同和**

이수(二水)

타향에서 밤에 달을 보다가 異鄉看夜月
응당 친구가 올 것을 생각하는데 應懷故人來
밝은 달은 다락에 기대어 지고 白日依樓轉
청운은 종이 위에 펼쳐지네 青雲落紙開
회랑이 비었는데 신소리 나더니 廊空珠履響
노랫소리 들리며 옥 술병 이르네 歌就玉壺摧
그대는 참으로 산동[111]의 재주이니 君是山東妙
문단의 그 뉘라서 추앙하지 않을까 騷壇誰不推

110 바퀴 밀어줌 : 장수가 됨을 말한다. 예전에 임금이 출정하는 장수를 보낼 때 꿇어앉아 수레바퀴를 밀며 "궐문 안은 과인이 다스리고 궐문 밖은 장군이 다스린다."라고 했던 데서 유래한다.

111 산동(山東) : 화산(華山)의 동쪽. 예전부터 화산의 서쪽에선 명장(名將)이 많이 배출되었고 동쪽에서는 명상(名相)이 많이 배출되었다고 한다.

## 같이 화답하다
**同和**

지암(池菴)

| | |
|---|---|
| 사신이 선린을 닦으러 | 星使修隣好 |
| 동쪽을 향하여 내려오실 때 | 指東日下來 |
| 부사산 봉우리에 화려한 수레 느긋하고 | 士峯朱轂緩 |
| 영해[112]에 비단 돛 펼쳐졌네 | 瀛海錦帆開 |
| 속기를 몰아내니 집원[113]이 색다르고 | 驅俗蓻園異 |
| 무리에서 우뚝하니 필진이 꺾이네 | 拔群筆陣摧 |
| 높은 노래에 백설가 나부끼니 | 高歌飄白雪 |
| 나를 위해 퇴와 고[114]를 정해 주시길 | 爲我定敲推 |

## 같이 화답하다
**同和**

동계(東溪)

| | |
|---|---|
| 뒤따라 신선 산 밖으로 갈마드니 | 追遞仙山外 |
| 신선의 수레가 만 리 밖에서 이르렀네 | 鸞驂萬里來 |
| 나는 구름은 오모[115]위로 높은데 | 飛雲烏帽岸 |

112 영해(瀛海) : 동쪽 끝에 있다는 큰 바다. 여기서는 일본을 말함.

113 집원(蓻園) : 국화가 우거진 곳. 여기서는 일본을 말함.

114 퇴와 고 : 퇴고(推敲)를 말한다.

115 오모(烏帽) : 관의 일종. 고대에는 귀한 사람이 평상복으로 썼으나 후대에는 상하가 다 통용하여 보통 사람 또는 은자의 일상 복장이 되었다.

기우는 해는 취병에 펼쳐졌네 落日翠屛開
해가 오래니 소나무 삼나무 굳세고 年久松杉勁
찬서리 내리니 부들과 버들 꺾였네 霜寒蒲柳摧
뛰어난 재주로 일찍 계수나무 더위잡았으니[116] 宏才早攀桂
화려한 수레를 뉘라서 밀까나 華轂孰何推

## 같이 화답하다
### 同和

용암(龍嵒)

청조[117]가 구름을 헤치고 青鳥披雲下
명홍[118]이 바다를 건넜네 冥鴻度海來
맑게 읊조리니 시 천 편 이뤄지고 清吟千首就
호탕한 기운이 한 통 술에 펼쳐지네 豪氣一樽開
먼 데 물이 숲과 함께 어두워지는데 遠水兼林暗
얇은 얼음이라 잎 떨어지니 깨지네 薄氷受葉摧
돌아가실 때 임하여 재회를 생각하나 臨歸思再會
어느 날에나 문이 밀어줌을 견딜까[119] 何日戶堪推

116 계수나무를 더위잡다 : 과거에 급제함을 뜻한다.

117 청조(青鳥) : 신화 전설에서 서왕모(西王母)가 길렀다는, 소식을 전하는 새.

118 명홍(冥鴻) : 높이 나는 큰 기러기. 재주가 높은 선비나 원대한 이상을 지닌 사람을 비유적으로 이르는 말.

119 조선 사신이 다시 찾아와 방문할 수 있을까 하는 말이다.

## 같이 화답하다
**同和**

계헌(桂軒)

| | |
|---|---|
| 비단 옷 입은 손님 처음 만날 때 | 初見錦袍客 |
| 의의도 대단히 오시더니 | 威儀濟濟來 |
| 호탕한 글로 자리 잇대 대화하니 | 文豪聯榻語 |
| 아름다운 붓이 자리에 밝게 펼쳐지네 | 毫彩映筵開 |
| 저문 빛은 깊은 숲에 어두운데 | 暮色深林暗 |
| 바람소리는 마른 잎을 떨구네 | 風聲枯葉摧 |
| 여러 공의 재주는 절로 풍부하니 | 群公才自富 |
| 어찌하여 남들에게 사양하겠나 | 何用對人推 |

## 같이 화답하다
**同和**

동리(東里)

| | |
|---|---|
| 서쪽 뫼부리 밖에 잎이 지더니 | 落木西巒外 |
| 만 리에서 찬바람 불어오네 | 霜風萬里來 |
| 내 낀 구름이 붓에서 일어나고 | 烟雲毫裏起 |
| 흰 눈이 글 속에서 펼쳐지네 | 白雪賦中開 |
| 국량이 강호 같이 드넓고 | 量似江湖濶 |
| 기세가 산악을 능가하니 | 氣淩山岳摧 |
| 지금도 알겠네 세 분 사신 | 今知三使客 |
| 곡하[120]에서 서로 추천할 것을 | 轂下舊相推 |

## 같이 화답하다
### 同和

소행(素行)

| | |
|---|---|
| 나그네 살랑살랑 뗏목을 타고 | 飄飄槎上客 |
| 천리 길에 바람을 타고 오니 | 千里駕風來 |
| 동해에 저녁 조수 일렁이고 | 東海晩潮湧 |
| 서산에 낙조가 열리네 | 西山落照開 |
| 꿈 깨니 은촛대 차가운데 | 夢殘銀燭冷 |
| 시 이뤄지니 옥 술병을 미네 | 詩就玉壺推 |
| 부용의 아름다움을 누가 당할까 | 誰當芙蓉美 |
| 기이한 재주이니 따르기 어렵도다 | 奇才不易推 |

## 이별에 임하여 율시 한 편을 드려 제공에게 한 번 보아주기를 청하다
### 臨分呈一律要諸公電覽

경목자(耕牧子)

| | |
|---|---|
| 두 나라가 이제 우호를 이으니 | 兩邦方繼好 |
| 우리들 또한 시를 읊는다네 | 吾輩亦吟詩 |
| 술잔을 따라서 마음을 알겠고 | 意逐杯心見 |
| 붓을 따라서 말씀을 알겠네 | 談憑筆舌知 |
| 가을 기러기는 햇살에 펄럭이며 가고 | 霜鴻翻日去 |

120 곡하(轂下) : 도성. 여기서는 조선의 도성을 가리킴.

| | |
|---|---|
| 늦은 국화는 사람을 향해 드리웠는데 | 老菊向人垂 |
| 석별의 정이 끝이 없어서 | 惜別無窮意 |
| 바다 물결이 묵지[121]로 쏟아지도다 | 洋瀾瀉墨池 |

## 경목자 강공에게 화답하다

**奉和耕牧子姜公韻**

노주(鷺洲)

| | |
|---|---|
| 주량은 말술이 아니지만 | 酒雖非一斗 |
| 시는 능히 백편[122]을 읊으시네 | 能賦百篇詩 |
| 말씀하는 태도에 고취가 있으니 | 談態有高趣 |
| 사귄 정이 예전부터 안 듯하네 | 交情如舊知 |
| 마을에는 오디 익어 떨어지는데 | 村中桑落熟 |
| 다리 위엔 버들가지 늘어졌구나 | 橋上柳條垂 |
| 이별하기 안타까운 타국 손님은 | 惜別異邦客 |
| 재주와 명성이 봉지[123]에 드러나리 | 才名出鳳池 |

121 묵지(墨池) : 먹물을 한데 모으도록 된 벼루 속의 오목한 곳을 말한다.

122 말 술과 시 백 편 : 두보(杜甫)의 「음중팔선가(飮中八仙歌)」에, "이백은 술 한 말에 시가 백 편이라.[李白一斗詩百篇]"고 하였다.

123 봉지(鳳池) : 대궐 또는 예문관(藝文館) 또는 재상(宰相)의 지위. 당(唐)나라 때 중서성(中書省)에 봉황지(鳳凰池)가 있었으므로 중서성을 봉지라고 칭한 데서 유래한다.

## 같이 화답하다
同和

유린(有隣)

뉘라서 타국 말에 통역해줄까 誰通殊域語
다행히 한 편 시가 있어서 幸有一篇詩
술동이 앞에 풍월이 열리니 風月開樽對
천지에 일산 기울여[124] 알게 되었네 乾坤傾蓋知
바다 산에 수레가 두루 이르러 海山過轍遍
죽백에 아름다운 이름 드리웠도다 竹帛美名垂
돌아가면 윤고[125]를 맡을 것이니 歸後掌綸誥
그대 궁궐 못에서 목욕할 것을 알겠네 料君浴鳳池

## 같이 화답하다
同和

이수(二水)

삼천 리 여행하시는 동안 客路三千里
주머니엔 다소간 시가 있었으리니 錦囊多少詩
수레에선 고사를 생각했겠고 星軺思故事
구름 일산 아래선 새로 앎을 기뻐했겠지 雲蓋樂新知

124 일산을 기울이다 : 수레를 멈추고 일산을 기울인다는 뜻으로, 길에서 잠깐 만남을 말한다.

125 윤고(綸誥) : 임금의 명령서. 윤고(綸告).

| | |
|---|---|
| 밤 달은 푸른 바다 멀리만 하니 | 夜月滄溟遠 |
| 고향 하늘은 은하수에 드리웠겠지 | 鄕天河漢垂 |
| 다행히 신선 모임에 관여하시어 | 幸關仙子會 |
| 생각건대 봉황지[126]에 드시겠지 | 疑入鳳凰池 |

## 같이 화답하다
**同和**

지암(池菴)

| | |
|---|---|
| 여러 인재 사절단을 따르니 | 群英隨使節 |
| 이당(李唐)[127]의 시를 다시금 보네 | 再示李唐詩 |
| 이별 눈물이 두 소매 채우는 것은 | 別淚盈雙袖 |
| 새로 사귄 정이 옛정보다 더하기 때문이네 | 新交勝舊知 |
| 단풍 숲은 비를 맞아 붉게 물들고 | 楓林經雨染 |
| 귤나무 유자나무는 서리 띠어 늘어졌는데 | 橘柚帶霜垂 |
| 고국 동산으로 이제 돌아가시니 | 故苑今歸去 |
| 앞날은 봉지에 의지하시겠지 | 前程依鳳池 |

126 봉황지(鳳凰池) : 대궐 또는 예문관(藝文館) 또는 재상(宰相)의 지위. 당(唐)나라 때 중서성(中書省)에 봉황지(鳳凰池)가 있었으므로 중서성을 봉지라고 칭한 데서 유래한다.

127 이당(李唐) : 당(唐)나라 때를 말함. 당나라 황실의 성씨가 이씨이므로 이와 같이 부른다.

## 같이 화답하다
同和

동계(東溪)

| | |
|---|---|
| 소주[128]보다 경치 좋은 아름다운 이곳에서 | 麗絶蘇州美 |
| 다섯 자 시를 놀라서 보네 | 驚看五字詩 |
| 두터운 정은 또 얼마나 지극한지 | 厚情何又盡 |
| 만나서 대화하니 서로가 알아보네 | 晤語託相知 |
| 고국으로 돌아갈 길 천리인데 | 故國路千里 |
| 먼 하늘 구름은 사방에 드리웠네 | 長天雲四垂 |
| 술동이 하나 저물녘 객관에 놓였고 | 一樽賓館暮 |
| 지는 해는 가을 못에 잠기네 | 落日蘸秋池 |

## 같이 화답하다
同和

용암(龍嵒)

| | |
|---|---|
| 강물 위에 단풍 물드니 | 江上丹楓色 |
| 바람과 이내가 온통 시가 되네 | 風烟都是詩 |
| 글을 논할 적에 예부터 알던 사이 아니나 | 論文非舊識 |
| 일산을 기울이니 새로 사귄 정이 있네 | 傾蓋有新知 |

128 소주(蘇州) : 지명. 중국 강소성(江蘇省) 남부의 풍광이 뛰어난 곳. 사자림(獅子林)·유원(留園)·현묘관(玄妙觀)·보은사(報恩寺)·쌍탑사(雙塔寺)·한산사(寒山寺)·풍교(楓橋) 등(等)의 명승고적이 많다.

| | |
|---|---|
| 누대에 오르니 봉새 깃[129]을 보겠고 | 登閣鳳毛見 |
| 하늘에 닿으니 붕새 깃이 드리웠네 | 摩天鵬翼垂 |
| 해 저문데 돌아가려 하나 가지 못하고 | 斜陽歸不去 |
| 다시 습가지[130]에서 취하도다 | 更醉習家池 |

## 같이 화답하다
**同和**

계헌(桂軒)

| | |
|---|---|
| 백년의 고아한 글 모임에 | 百年文雅會 |
| 주옥같은 새로운 시 몇 편이나 되나 | 珠玉幾新詩 |
| 재주와 기예는 한 시대에 우뚝하고 | 才氣一時秀 |
| 이름과 소문은 만고에 알려졌네 | 名聲萬古知 |
| 웅장한 기풍이라 활달하기 생각하다 | 雄風思磊落 |
| 저무는 해 안타까워 고개 숙이네 | 愛日晚低垂 |
| 맑은 술동이 아래 함께 마주 앉아 | 共對淸樽下 |
| 한가롭게 습가지를 생각하네 | 優遊想習池 |

129 봉새 깃 : 빼어난 풍채를 지닌 인물을 말한다.

130 습가지(習家池) : 술과 음식을 가지고 호수에 나가 배 위에서 마음껏 취하고 노닐다 오는 풍취. 진(晉)나라 산간(山簡)이 양양(襄陽)에서 호족(豪族)인 습씨(習氏) 집안의 연못 위에 배를 띄우고 술 마시며 노닐었던 고사에서 유래한다.

## 같이 화답하다
**同和**

동리(東里)

| | |
|---|---|
| 듣자니 유헌[131]의 사신들에겐 | 聞道輶軒使 |
| 산과 강이 모두 시에 든다는데 | 江山總入詩 |
| 좋은 술동이 앞에 놓고 모두 함께 취하니 | 金樽同一醉 |
| 비단 띠와 모시옷[132]이 상지[133]를 만났네 | 縞苧遇相知 |
| 흐르는 물은 노래 속에 흐르고 | 流水曲中動 |
| 버들가지는 피리 소리에 늘어졌네 | 柳條笛裏垂 |
| 몇 해일까 시문 읊는 나그네 | 幾年詞賦客 |
| 대궐에서 명옥[134]을 울릴 것이 | 鳴玉鳳凰池 |

## 같이 화답하다
**同和**

소행(素行)

| | |
|---|---|
| 여러 신선들 고운 붓 휘날리니 | 群仙飛彩筆 |

131 유헌(輶軒) : 사신이 타는 수레 또는 사신을 가리키는 말.

132 비단 띠와 모시옷 : 생사(生絲)로 만든 띠와 모시옷이라는 뜻으로, 우정이 매우 깊을 비유한 말. 오(吳)나라의 계찰(季札)과 정(鄭)나라의 자산(子産)이 흰 비단 띠와 모시옷을 주고받은 고사에서 유래한다.

133 상지(相知) : 서로 마음을 알아주는 친구를 말한다.

134 명옥(鳴玉) : 벼슬아치들이 장식으로 허리에 차는 구슬. 조정에서 벼슬살이함 또는 벼슬아치를 비유한다.

| | |
|---|---|
| 산천도 새로이 시 속에 드네 | 雲水入新詩 |
| 내 재주 부질없이 부끄러움 견딜까 | 才調空堪愧 |
| 준걸의 뛰어남을 평소부터 이미 알았으니 | 俊雄素已知 |
| 외로운 기러기는 소식이 멀고 | 孤鴻風信遠 |
| 만 그루 나무엔 달빛이 드리웠네 | 萬樹月光垂 |
| 그대들 집에 돌아가신 뒤 | 定識歸家後 |
| 은혜가 대궐에 가득 찰 줄 알겠네 | 恩波滿鳳池 |

## 시회를 끝낼 때에 단률을 급히 적어 제공에게 드려 작은 정성을 펴다

臨罷走章短律奉呈諸公詞案以申鄙忱

국계(菊溪)

| | |
|---|---|
| 여관이라 안부 물을 사람 없어 | 旅館無人問 |
| 아침내 쓸쓸히 앉아 있느라 | 終朝坐寂寥 |
| 구름 속 기러기는 내 마음처럼 멀고 | 雲鴻心共遠 |
| 서리 맞은 잎은 머리칼과 함께 시들었는데 | 霜葉鬢俱凋 |
| 그대의 두터운 정에 감동이 되어 | 感子風情厚 |
| 색다른 흥취가 풍부하게 일어나네 | 令人逸趣饒 |
| 새로 사귄 기쁨 아직 충분치 않은데 | 新歡猶未洽 |
| 슬프게 먼 바다 길 바라보노라 | 悵望海天遙 |

## 국계 장공이 주신 운에 화답하다
### 奉和菊溪張公惠韻

노주(鷺洲)

| | |
|---|---|
| 손님 모신 자리 맑은 담론 오가는 중에 | 賓席高談裡 |
| 고향 그리는 마음만 푸른 하늘에 비치는데 | 鄕心映碧寥 |
| 그대 문체 강건함이 부럽고 | 羨君文體健 |
| 내 시든 모습 부끄럽네 | 愧我鏡光凋 |
| 돌아갈 생각엔 배와 수레 더디고 | 歸思舟輿滯 |
| 근심스런 마음엔 눈서리도 많구나 | 愁情霜雪饒 |
| 누구에게 물어 고향 소식 얻을까 | 憑誰得書信 |
| 바닷길이라 기러기 나는 산도 멀구나 | 海路雁山遙 |

## 같이 화답하다
### 同和

유린(有隣)

| | |
|---|---|
| 함께 글도 짓고 술도 마시며 | 共修文字飮 |
| 여관에서 쓸쓸함을 달래었는네 | 旅館慰寥寥 |
| 누런 국화는 모름지기 연수객[135]이요 | 黃菊須延壽 |
| 푸른 솔은 본래 추운 뒤에 시든다네 | 靑松本後凋 |
| 보배 구슬[136]은 품에 가득하고 | 珠璣懷裡滿 |

135 연수객(延壽客) : 수명을 연장하는 손님이라는 뜻으로 국화를 말한다.

136 보배 구슬 : 아름답고 좋은 글 또는 글 가운데 매우 뛰어난 부분을 비유한다.

| | |
|---|---|
| 바람과 달[137]은 주머니에 넘치네 | 風月橐中饒 |
| 일산을 기울이매 대화는 끝없는데 | 傾蓋談難盡 |
| 돌아갈 길 구름과 물은 멀기만 하네 | 歸程雲水遙 |

## 같이 화답하다

**同和**

이수(二水)

| | |
|---|---|
| 여러 신선 모습들 어찌 그리 뚜렷한지 | 群仙何歷歷 |
| 멋진 모임이 쓸쓸하지 않다네 | 勝會不寥寥 |
| 역로에는 매화 피었고 | 驛路梅花發 |
| 강가에는 풀빛 시들었네 | 開河草色凋 |
| 바닷물 소리는 객관에 임해 먼데 | 海聲臨館遠 |
| 별빛은 누대에 의지해 풍성하네 | 星影倚樓饒 |
| 이별한 뒤를 미리 헤아려보니 | 早想解携後 |
| 이내 낀 묏부리는 꿈속에 멀리라 | 烟巒入夢遙 |

137 바람과 달 : 시문(詩文)을 말한다.

## 같이 화답하다
**同和**

지암(池菴)

| | |
|---|---|
| 객관에 준걸들 이르시니 | 賓館英髦至 |
| 다시금 적막할 일 없도다 | 更無説沈寥 |
| 지초와 난초는 향기를 내고 | 芝蘭須讓馥 |
| 소나무 잣나무는 시들지 않나니 | 松栢不稱凋 |
| 솜씨 서툰 나는 전별시도 모자란데 | 愣拙餞詩乏 |
| 우아한 그대는 집어[138]에도 넉넉하네 | 雅操執御饒 |
| 우연한 만남이라 사귐 말 부족하나 | 萍逢交語短 |
| 가는 길 먼 것이 매우 한스럽네 | 偏恨去程遙 |

## 같이 화답하다
**同和**

동계(東溪)

| | |
|---|---|
| 소매 걷고 만날 적에 맑았었는데 | 褰袂逢晴日 |
| 날 추워지니 절로 쓸쓸하구나 | 天寒自沈寥 |
| 깊은 눈 무릅쓰고 매화는 피는데 | 梅侵深雪發 |
| 엄한 서리에 풀들은 시들었네 | 草帶肅霜凋 |
| 백년토록 단심은 남아 있겠지만 | 百歲丹心在 |

138 집어(執御) : 수레를 모는 일. 또는 일을 맡음. 공자가 제자들에게, “나는 무엇을 할까? 수레를 몰까? 활쏘기를 할까? 나는 수레 모는 일을 하겠다.” 하였다.

| | |
|---|---|
| 천 가닥 머리칼은 온통 희어질 테지 | 千莖白髮饒 |
| 소리 높여 산천을 노래하면서 | 高歌山水咀 |
| 멀리 있는 고운 이 그리워하리 | 唯思玉人遙 |

## 같이 화답하다
**同和**

용암(龍嵒)

| | |
|---|---|
| 저물녘 외로운 객관에서 만나 | 相逢孤館暮 |
| 이야기 나누며 적적함을 달랬네 | 晤語散寥寥 |
| 일찍이 몸이 단계[139]에 이르렀고 | 丹桂身先達 |
| 뜻은 푸른 솔 같이 시들지 않았지 | 青松志不凋 |
| 새벽 가깝도록 꿈도 적은 채 | 夢經殘夜少 |
| 타향에 있느라 시 더욱 많았으리 | 詩入異鄉饒 |
| 강 머리 이별이 한스럽기만 하니 | 只恨江頭別 |
| 흰 구름은 만 리에 멀기도 하네 | 白雲萬里遙 |

139 단계(丹桂) : 과거에 급제함을 뜻한다.

## 같이 화답하다
同和

계헌(桂軒)

| | |
|---|---|
| 고아한 자리에 사신[140]들 모이니 | 雅筵冠蓋聚 |
| 바람 부는 날이라 맑고도 쓸쓸해 | 風日尙淸寥 |
| 하늘의 계수나무 향 흩어지려는데 | 天桂香將散 |
| 눈 쌓인 솔은 푸르러 시들지 않네 | 雪松綠不凋 |
| 빛나는 재주는 책상을 맑게 채우는데 | 才華盈案淨 |
| 비낀 해는 주렴에 넉넉히 드네 | 斜景入簾饒 |
| 눈으론 기러기 그림자 전송하고 | 目送飛鴻影 |
| 흰 구름에 마음만 절로 아득하네 | 白雲心自遙 |

## 같이 화답하다
同和

동리(東里)

| | |
|---|---|
| 신선 뗏목이 외딴 곳에 이르니 | 仙槎通絶域 |
| 고향 소식은 절로 쓸쓸하네 | 鄕信自寥寥 |
| 달빛은 천 산에 멀리 비치고 | 月色千山遠 |
| 찬바람에 만 나무 다 시들었네 | 寒風萬木凋 |
| 붓 날리니 보배 구슬 떨어지고 | 揮毫珠玉落 |
| 일산 기울이니 술잔이 넉넉하네 | 傾蓋酒盃饒 |

140 관개(冠蓋) : 관리의 관복과 수레라는 뜻으로 높은 벼슬아치 또는 사신을 말한다.

| | |
|---|---|
| 알겠도다 그대들 돌아가는 꿈엔 | 知是還家夢 |
| 오히려 멀리 푸른 바다 보게 될 것을 | 猶看碧海遙 |

## 같이 화답하다
### 同和

소행(素行)

| | |
|---|---|
| 하늘 끝 가을 다 지난 뒤라 | 天涯秋盡後 |
| 쓸쓸치 않은 곳 하나 없는데 | 無處不寥寥 |
| 바다 위엔 어룡이 놀고 | 海面魚龍動 |
| 못 가엔 버들이 시드네 | 池頭楊柳凋 |
| 나그네는 수심 간절해도 상관없으리 | 何嫌客愁切 |
| 평소에 임금 은혜 넉넉히 받았을테니 | 常浴主恩饒 |
| 천년 전 박망후[141]의 일이 있으니 | 博望千年事 |
| 고국이 멀다고 말하지 마오 | 休言故國遙 |

141 박망후(博望侯) : 장건(張騫)의 봉호(封號). 장건이 일찍이 대하국(大夏國)에 사신으로 가는 길에 황하(黃河)의 근원을 찾아서 떼를 타고 달포를 지나 한 곳에 이르러 베를 짜는 한 여자와 소를 끌고 물을 먹이는 한 남자를 만났는데, 뒤에 돌아와서 엄군평(嚴君平)에게 그 사실을 물으니, 엄군평이 말하기를, "아무 해 아무 달에 객성(客星)이 견우(牽牛)와 직녀(織女)를 범했었다."고 했다고 한다.

## 다시 한 편을 읊어 제공에게 드리다

**更賦一律奉贈諸公**

국당(菊塘)

| | |
|---|---|
| 좋은 날 좋은 선비들을 만나니 | 佳辰得佳士 |
| 자리에 온통 광채 나도다 | 一榻動光輝 |
| 흰 기러기는 무슨 생각으로 우나 | 白雁何心叫 |
| 누런 국화는 꽃잎 떨구려 하지 않는데 | 黃花不肯飛 |
| 인연이로다 오늘의 모임이여 | 有緣今日會 |
| 지기는 예로부터 드물다건만 | 知己古來稀 |
| 읊기를 마치고 다시 깊게 취하려니 | 吟罷還深酌 |
| 그대들은 장차 돌아가지 마시구려 | 諸君且莫歸 |

## 국당 정공이 주신 운에 화답하다

**奉和菊塘鄭公惠韻**

노주(鷺洲)

| | |
|---|---|
| 천리 길에 전명이 간곡하니 | 千里懇傳命 |
| 조선의 덕휘를 보겠네 | 朝鮮覽德輝 |
| 천리마 타고 관산 떠나와 | 關山從驥去 |
| 기러기 나래 타고 강해 건넜네 | 江海附鴻飛 |
| 재자들 별처럼 펼쳤으니 | 才子星相列 |
| 세상에 영웅들 드물지 않네 | 英雄世不稀 |
| 구름 속에도 오히려 길이 있으니 | 雲間猶有路 |
| 다만 사룡이 돌아간다[142]고 말할 뿐 | 只道士龍歸 |

## 같이 화답하다
### 同和

유린(有隣)

| | |
|---|---|
| 봉래산에 신선들 이르니 | 蓬山仙客到 |
| 약목[143]에선 새벽빛 발하네 | 若木發晨輝 |
| 한 자루 검은 허리에서 빛나고 | 一劍腰間耀 |
| 오색구름은 옷 위에서 날리네 | 五雲衣上飛 |
| 맑은 술동이엔 호기가 가득한데 | 淸樽豪氣滿 |
| 백설가에 화답하는 이 드무네[144] | 白雪和人稀 |
| 만나자 곧 이별인데 | 相遇便相別 |
| 신선 수레는 천리 길로 돌아가리 | 驂鸞千里歸 |

142 구름 속에도 오히려 길이 있으니 다만 사룡이 돌아간다 : 진(晋)나라 재사(才士) 육운(陸雲)과 순은(荀隱)이 장화(張華)의 소개로 처음 만났을 때, 장화는 두 사람이 다 큰 재사들이므로 보통의 말을 하지 못하게 하였다. 육운이 "구름 사이의 육사룡(陸士龍)이요."라고 자신을 소개하니, 순은은 "해 아래 순명학(荀鳴鶴)이요."라고 대답했다고 한다. 사룡(士龍)과 명학(鳴鶴)은 두 사람의 자(字)이다.

143 약목(若木) : 고대 신화 속의 나무. 곤륜산 서쪽에 있다고 한다. 일설에는 부상(扶桑)이라고도 한다.

144 백설가에 화답하는 이 드물다 : 「백설가」는 초(楚)나라 영중(郢中)의 명곡으로, 매우 고상하여 화답하는 이가 드물었다고 한다.

## 같이 화답하다
同和

이수(二水)

| | |
|---|---|
| 천 길 봉황의 나래가 | 千仞鳳凰翼 |
| 푸른 하늘에서 덕휘를 보네 | 靑霄覽德輝 |
| 사귐은 가을 물처럼 맑고 | 交兼秋水談 |
| 생각은 북쪽 구름을 따라서 나네 | 思逐朔雲飛 |
| 강가에서 고운 구슬 합하였는데 | 江上明珠合 |
| 영중에는 백설가 드물다네 | 郢中白雪稀 |
| 쓸쓸히 지는 해를 바라보다가 | 悵然看落日 |
| 흥에 겨워 돌아갈 줄 모르네 | 乘興不知歸 |

## 같이 화답하다
同和

지암(池菴)

| | |
|---|---|
| 사신 배 천리 밖에서 오시니 | 星槎千里外 |
| 문장의 광휘를 우러르네 | 文藻仰光輝 |
| 울타리 아래 국화향기 나고 | 籬下菊花馥 |
| 말 앞엔 수풀 잎이 날리네 | 馬前林葉飛 |
| 옷깃 당겨 좋은 날에 모임하노니 | 攝衣佳日會 |
| 자리를 함께함은 다른 해엔 드무리 | 連榻異年稀 |
| 드리는 말 졸렬하나 어찌하리오 | 無奈贈言拙 |
| 헤어짐에 임하여 금의환향 부럽다오 | 臨岐羨錦歸 |

## 같이 화답하다
同和

동계(東溪)

| | |
|---|---|
| 객의 방석 차가울 줄 어찌 알리오 | 那識客氈冷 |
| 바다 동쪽이라 햇빛이 떨치니 | 海東拂日輝 |
| 먼 땅 사귐은 다시 두터운데 | 殊方交且厚 |
| 먼 곳 밤에는 꿈이 날리네 | 遙夜夢相飛 |
| 응당 신발 소리 많아짐을 들으며 | 應聞履聲劇 |
| 마침 버들잎 성글어짐에 관해 쓰리라 | 偏題柳葉稀 |
| 모름지기 서대초[145]는 자라나리니 | 須生書帶艸 |
| 이번에 가셔도 마땅히 일찍 돌아오시겠지 | 此去早當歸 |

## 같이 화답하다
同和

용암(龍嵒)

| | |
|---|---|
| 그대의 품평을 거친 뒤에 | 經君評品後 |
| 초목도 밝은 빛을 발하는데 | 草木發明輝 |
| 굳센 붓은 용사처럼 휘달리고 | 健筆龍蛇走 |
| 웅장한 글은 난봉처럼 나누나 | 雄文鸞鳳飛 |

145 서대초(書帶草) : 한(漢)나라 정현(鄭玄)의 문인들이 책을 맬 때 썼다는 길고 질긴 풀. 소식(蘇軾)의 시 「서헌(書軒)」에 "뜰아래 이미 서대초가 생겼으니, 사군은 아마도 정강성인가 보오.[庭下已生書帶草 使君疑是鄭康成]"라는 구절이 있다. 강성(康成)은 정현의 자(字).

바람 소리는 단풍나무에 늙고 風聲楓樹老
비 기운은 국화에 성글다 雨色菊花稀
응당 하늘 신선 모임에 應是天仙會
생황소리 들려 돌아갈 줄 모르리 笙歌不識歸

## 같이 화답하다
**同和**

계헌(桂軒)

재주 뛰어나니 고양[146]과 흡사하고 匹似高陽里
여러 별 모이니[147] 덕휘가 보이도다 聚星見德輝
뜬구름은 성가퀴에 먼데 浮雲遙睥睨
새로운 곡조는 절로 울려퍼지네 新曲自翻飛
고국은 관산에 막혀 있고 故國關山隔
하늘 끝에 편지도 드무네 天涯音信稀
행로에 눈비 많으리니 行途多雨雪
버들가지로 옷깃 털며 돌아가시리 楊柳拂衣歸

146 고양(高陽) : 재주가 뛰어난 사람이 모여 사는 마을. 동한(東漢) 때 순숙(荀淑)이 살던 마을 이름. 순숙의 아들 여덟 명이 모두 재주가 뛰어났으므로, 상고(上古) 시대 제왕인 고양씨(高陽氏) 전욱(顓頊)에게 재주가 뛰어난 아들 여덟 명이 있었던 것에 비겨서 그 마을의 이름이 원래 서호(西豪)였던 것을 고양리(高陽里)로 바꾸어 불렀다.

147 여러 별이 모이다 : 덕망과 재주를 갖춘 선비들의 회합. 진식(陳寔)이 두 아들인 원방(元方), 계방(季方)과 손자 장문(長文)을 데리고 순숙(荀淑)의 집에 가자 하늘에 덕성(德星)이 모이는 상서(祥瑞)가 나타났는데, 태사(太史)가 이것을 보고 "하늘에 덕성(德星)이 모였으니 500리 안에 현인(賢人)들이 회합했을 것입니다." 하고 보고하였다.

## 같이 화답하다
### 同和

동리(東里)

| | |
|---|---|
| 연운(煙雲)은 사신을 따르고 | 烟雲隨使者 |
| 돛 그림자는 가을빛에 걸렸도다 | 帆影掛秋輝 |
| 자리를 잡으니 맑은 바람 일고 | 當座清風動 |
| 붓을 휘두르니 흰 눈 날린다 | 揮毫白雪飛 |
| 달은 둥글어 천리에 그득한데 | 月輪千里滿 |
| 나뭇잎은 떨어져 온 산에 드물다 | 木葉萬山稀 |
| 떠도는 인생에 우연히 만나 | 萍水相逢處 |
| 돌아갈 생각 없이 취하였노라 | 一醉不思歸 |
| 서로 만나 난릉[148]의 술을 마시니 | 相遇蘭陵酒 |
| 온 산에는 지는 해 가득하네 | 萬山多落輝 |
| 다락 앞 단풍나무 늙었는데 | 樓前霜樹老 |
| 하늘 밖으로 흰 구름 나네 | 天外白雲飛 |
| 멀리서 솜옷 입은 나그네 되어 | 爲客綈袍遠 |
| 집을 생각하나 편지 드물다 | 思家尺素稀 |
| 바라보는 건 무엇인가 | 望中何所見 |
| 끊임없이 북녘 기러기 돌아가는 모습이네 | 不斷朔鴻歸 |

148 난릉(蘭陵) : 지명. 이백(李白)의 「객중행(客中行)」에 "난릉의 아름다운 술에 울금향 그윽해라, 옥 사발에 가득 호박 빛 술을 담아왔네.[蘭陵美酒鬱金香 玉椀盛來琥珀光]"라고 한 구절이 있다.

## 같이 화답하다
### 同和

소행(素行)

| | |
|---|---|
| 그대의 원대한 뜻 부러운데 | 羡君千里志 |
| 시부에서도 맑은 광채 발휘시하네 | 詩賦發淸輝 |
| 단혈[149]엔 봉황이 깃털 떨치고 | 丹穴鳳毛奮 |
| 고운 다락엔 나그네 꿈 날리네 | 玉樓客夢飛 |
| 사귄 정은 오래 잊히지 않으리니 | 交情長不忘 |
| 이렇게 좋은 만남 다시 있기 어려우리 | 好會亦應稀 |
| 은근한 말씀을 드리려 하나 | 欲寄慇懃語 |
| 지는 해 부질없이 돌아가기 재촉하네 | 斜陽空促歸 |

## 추수·소헌·국계 세 진사에게 다시 부치다
### 再奉寄秋水嘯軒菊溪三進士

동리(東里)

| | |
|---|---|
| 시월이라 높은 누엔 찬바람 이는데 | 高樓十月起寒風 |
| 손님의 명성은 해동에 그득하네 | 客子才名滿海東 |
| 읊는 시구 영롱하니 무엇 같은가 | 賦就玲瓏何所似 |
| 부용과 백설이 오색구름에 있다네 | 芙蓉白雪五雲中 |

149 단혈(丹穴) : 전설상의 산 이름. 『산해경(山海經)』에 의하면, 단혈산에 봉황이 산다고 하였다.

## 동리에게 차운하다
### 奉次東里韻

경목자(耕牧子)

| | |
|---|---|
| 후파[150]에게 절로 자운[151]의 기풍 있으니 | 侯芭自有子雲風 |
| 시 짓는 법은 오랜 세월 해동에 있네 | 詩道千秋在海東 |
| 향기와 빛깔 분명하니 무엇에 비할까 | 香色分明較何似 |
| 부용 한 떨기 연못에 피어있네 | 芙蓉一朶出池中 |

## 다시 동리에게 차운하다
### 再次東里韻

경목자(耕牧子)

| | |
|---|---|
| 대마[152]는 쓸쓸히 북풍을 품었는데 | 代馬蕭蕭懷北風 |
| 한 해는 가을 하늘 나그네로 동쪽에 있네 | 一年秋色客天東 |
| 간소한 행장이라 시주머니만 있는데 | 行裝淡泊詩囊在 |
| 뜬 인생 여관에서 그대를 만났네 | 萍水逢君旅館中 |

150 후파(侯芭) : 중국 한(漢) 나라 양웅(揚雄)의 제자. 훌륭한 스승의 뛰어난 제자를 뜻함.

151 자운(子雲) : 한(漢)나라 때 문인 양웅(揚雄). 자운(子雲)은 자(字). 박학다식하여 문장으로 이름을 떨쳤다. 『주역(周易)』을 본떠 『태현경(太玄經)』을 지었으며, 『논어(論語)』를 본떠 『법언(法言)』을 쓰는 등 많은 저서를 남겼다.

152 대마(代馬) : 중국의 북방에서 생산되는 좋은 말의 이름이다.

## 동리에게 차운하다
### 奉次東里韻

소헌(嘯軒)

| | |
|---|---|
| 만 리 먼 길에서 종각의 바람[153]을 타고 오니 | 萬里遙來宗慤風 |
| 여러 신선들이 해운의 동쪽에서 맞아주네 | 群仙芙迓海雲東 |
| 붓 휘날려 주옥같은 글로 속세의 안목을 놀래주니 | 揮毫珠玉驚塵眼 |
| 어렴풋이 절로 자부[154]에서 노니는 듯하네 | 恍若自遊紫府中 |

## 같이 화답하다
### 同和

국계(菊溪)

| | |
|---|---|
| 몇 떨기 고운 국화 서풍 등져 피어 | 數叢佳菊背西風 |
| 은은한 찬 향기 언덕 동쪽에 풍기네 | 細細寒香小塢東 |
| 자리한 신선들은 물색을 즐기느라 | 坐上詩仙耽物色 |
| 일시에 그 향기를 비단 주머니에 담네 | 一時收入錦裏中 |

153 종각의 바람 : 장쾌한 뜻을 품고 먼 길을 떠나는 것. 종각은 송(宋)나라 때 사람으로 자는 원간(元幹)이다. 그의 숙부 병(炳)은 뜻이 고상하여 벼슬하지 않았는데, 종각이 어릴 때 숙부가 그의 뜻을 물으니 "원컨대 긴 바람을 타고 만 리의 풍랑을 헤치고 싶습니다.[願乘長風 破萬里浪]"라고 대답했다.

154 자부(紫府) : 신선이 산다고 하는 하늘 위의 공간을 말한다.

## 추수·소헌·국계 세 진사에게 부치다
### 奉寄秋水嘯軒菊溪三進士

동리(東里)

| | |
|---|---|
| 붉은 기운[155] 서쪽으로 와 층층 산에 가득한데 | 西來紫氣滿層巒 |
| 시월 바람에 잎 진 나무 차갑구나 | 十月天風落木寒 |
| 산 빛은 기러기 연기구름 밖에 나는데 | 山色雁飛烟雨外 |
| 바다 어귀는 돛이 푸른 구름 끝 지나네 | 海門帆度碧雲端 |
| 시편이 만 리에 명성을 일으키니 | 詩篇萬里名聲起 |
| 비단 띠 모시옷[156]은 천년의 사귐을 넓히네 | 縞苧千年契濶寬 |
| 밤마다 누대에는 나그네 마음이니 | 夜夜樓頭遊子意 |
| 고향 그리는 꿈 멀리 삼한에 들리라 | 遙知鄕夢入三韓 |

## 동야 성리가 주신 운에 차운하다
### 奉次星野東里惠投韻

경목자(耕牧子)

| | |
|---|---|
| 말머리에 부사산 자락 갠 햇빛 비치니 | 馬首晴光富士巒 |
| 계절이 점점 닥쳐 북녘에선 찬바람 부네 | 天時漸迫朔吹寒 |

155 붉은 기운 : 함곡관(函谷關)의 관령(關令) 윤희(尹喜)가 자기(紫氣)가 동쪽에서 서쪽으로 옮겨 오는 것을 보고 성인이 오실 것이라고 기대하였는데, 과연 노자(老子)가 청우(靑牛)를 타고 와 윤희에게 『노자(老子)』 3천 글자를 전했다고 한다.

156 비단 띠 모시옷 : 생사(生絲)로 만든 띠와 모시옷이라는 뜻으로, 우정이 매우 깊을 비유한 말이다. 오(吳)나라의 계찰(季札)과 정(鄭)나라의 자산(子産)이 흰 비단 띠와 모시옷을 주고받은 고사에서 유래한다.

| | |
|---|---|
| 공무로 멀리 부상 밖으로 떠나와 | 王程遠接扶桑外 |
| 석목[157] 끝에서 부질없이 고국을 바라보네 | 故國空瞻析木端 |
| 시든 국화는 이미 귀밑털을 따라 변하였는데 | 衰菊已隨鬢髮改 |
| 나그네 시름은 술잔 따라 마구 넓어지네 | 羈愁無賴酒杯寬 |
| 남쪽이 바로 회포 펼칠 곳이니 | 南來最是開懷處 |
| 만고의 벼슬도 한 번 형주를 앎[158]보다 가볍네 | 萬古侯輕一識韓 |

## 같이 차운하다
### 同次

소헌(嘯軒)

| | |
|---|---|
| 여섯 자라[159] 머리 위엔 푸른 산이 솟아 있고 | 六鼇頭上聳青巒 |
| 단풍 지는 강가 성엔 저녁 빛이 차가운데 | 落楓江城暮色寒 |
| 다만 이 자리에 시선의 참석만을 기꺼하다가 | 偏喜詩仙來席上 |
| 홀연 붓끝에서 부는 가을 비바람에 놀라누나 | 忽驚秋雨颯毫端 |

---

157 석목(析木) : 기(箕)·두(斗) 두 별 사이의 별자리. 정동쪽 인방(寅方)에 해당하며, 지역으로는 요동 지방 또는 우리나라를 지칭한다. 석목의 끝이란 일본을 가리킨다.

158 한 번 형주를 알다 : 훌륭한 사람을 만나보게 된 것이 영광스럽다는 말이다. 이백(李白)의 「여한형주서(與韓荊州書)」에 나오는 "이 세상에 태어나서 만호후에 봉해지기보다는 그저 한 형주를 한번 알기만을 바랄 뿐이다.[生不用封萬戶侯 但願一識韓荊州]"라는 말에서 유래한다. 형주(荊州)는 당(唐) 나라 때 형주의 자사(刺史)였던 한조종(韓朝宗)을 말한다.

159 여섯 자라 : 전설에 따르면 발해(渤海)의 동쪽에 큰 바다가 있으며 이 가운데 대여(岱輿)·원교(員嶠)·방호(方壺)·영주(瀛洲)·봉래(蓬萊)의 다섯 선산(仙山)이 있는데, 여기에는 신선과 성인(聖人)이 살고 있는바, 여섯 마리의 자라가 산을 떠받치고 있어 바다 위에 떠 있다 한다.

| | |
|---|---|
| 이국 땅 절기는 황국이 시드는데 | 異鄕節序黃化老 |
| 고국으로 돌아갈 마음 푸른 바다에 넓구나 | 故國歸心碧海寬 |
| 종일토록 술 마시며 읊조린들 어떠하리 | 觴詠何妨終日夕 |
| 창수함은 예전부터 양국을 기쁘게 하였으니 | 唱酬從古說和韓 |

## 같이 차운하다
同次

국계(菊溪)

| | |
|---|---|
| 바람 불어 옅은 아지랑이 푸른 산 위로 걷히고 | 風吹細靄捲青巒 |
| 서리에 놀란 기러기 떼 찬바람에 울고 간다 | 雁陣驚霜廻叫寒 |
| 하늘 밖에 나그네 수심 매우 적지만 | 天外客心偏少況 |
| 병중이라 고향 생각 매우 많다네 | 病中鄕思太多端 |
| 글 사귐에 나의 붓끝 무딤이 부끄러우나 | 交酬媿我詞鋒鈍 |
| 토론 중에 그대 학문 넓음이 기껍도다 | 對討喜君學海寬 |
| 또한 신선 사는 곳 이곳과 멀지 않음 기꺼우니 | 且喜仙區不相遠 |
| 이로부터 청도[160]는 조선과 친할 만하리 | 淸都從此可親韓 |

160 청도(淸都) : 옥황상제가 사는 곳 또는 천제(天帝)의 도성. 여기서는 일본 땅을 비유적으로 이른 말이다.

## 다시 세 진사에게 부치다
### 再奉寄三進士

소행(素行)

| | |
|---|---|
| 목란주[161] 타고 맑은 가을 바다를 건너 | 蘭舟蒼海度淸秋 |
| 두 곳 강산에 장쾌한 놀음 다하였네 | 兩地江山窮壯遊 |
| 장안의 여러 영웅 뉘라 이와 같을까 | 都下群雄誰得似 |
| 호기로운 시와 부는 절로 풍류일세 | 健豪詩賦自風流 |

## 다시 소행이 보여준 운에 차운하다
### 再奉次素行見贈韻

국계(菊溪)

| | |
|---|---|
| 객창에서 가을 석 달 동안 병으로 신음하다 | 旅牕吟病度三秋 |
| 기쁘게도 여러분들 만나 좋은 놀이 갖추었네 | 喜遇諸公辨勝遊 |
| 객을 따라 창화하며 길이 이 밤을 길게 하니[162] | 唱和從客永今夕 |
| 당에 가득한 좋은 손님 모두 다 시인일세 | 滿堂佳客摠詩流 |

161 목란주(木蘭舟) : 아름다운 나무배를 말한다. 춘추전국 시대 오나라 왕 합려(闔閭)가 심양강(潯陽江)에 있는 목란주(木蘭洲)에 목란수(木蘭樹)를 많이 심었다고 한다. 궁전을 짓기 위해 심은 것인데 노반(魯班·魯般)이 목란으로 배를 만들어 그 이후 시인들이 배를 아름다운 배를 목란주라고 일컫는다.

162 이 밤을 길게 하다 : 『시경(詩經)』「소아(小雅)」'백구장(白駒章)'에, "하얀 망아지가 나의 마당에 콩잎을 먹는다하여 얽어매고 얽어매어, 오늘 밤을 길게 하리라.[皎皎白駒食我場藿 縶之維之 以永今夕]"라고 하였는데, 그 서에, 어진 이가 떠나는 것을 섭섭히 여겨 지은 시라고 하였다.

## 또 세 진사에게 부치다
## 又寄三進士

소행(素行)

| | |
|---|---|
| 하늘에서 오늘 좋은 인연을 빌려주시어 | 上天此日假良緣 |
| 멀리서 관리들이 귀한 자리에 임하였네 | 冠佩遙臨玳瑁筵 |
| 언덕과 골짜기엔 구름 걷혀 다 눈에 들어오는데 | 丘壑雲開渾入眼 |
| 관산엔 길이 멀어 함께할 사람 없네 | 關山路遠孰差肩 |
| 상대할 이 없는 기재니 문단의 으뜸이요 | 奇才無敵騷壇將 |
| 성절[163]이 볼만하여 이국에 우뚝하다 | 盛節可觀殊域賢 |
| 업하[164]의 원유[165]가 지금 이곳에서 | 鄴下元瑜今尚在 |
| 채필을 종횡으로 훨훨 휘날리네 | 縱橫彩筆正翩翩 |

163 성절(盛節) : 고상한 기개.

164 업하(鄴下) : 삼국 시대 조조(曹操)가 도읍한 업(鄴)을 가리키는 말. 업중(鄴中). 이 때에는 조조·조비(曹丕) 부자를 비롯하여 공융(孔融)·진림(陳琳)·왕찬(王粲)·서간(徐幹)·완우(阮瑀)·응창(應瑒)·유정(劉楨) 등 소위 건안칠자(建安七子)라고 불리는 문인들이 활동하였다.

165 원유(元瑜) : 완우(阮瑀). 삼국 시대 위(魏)나라에서 활동한 건안칠자(建安七子)의 한 사람. 원유(元瑜)는 자(字). 젊어서 채옹(蔡邕)에게 수학하였으며 조조(曹操)의 참모가 되어 기실(記室)을 관장하여 모든 서격(書檄)이 그 손에서 많이 나왔다. 죽림칠현의 한 사람인 완적(阮籍)의 아버지이다.

## 길전 소행에게 화답하다
### 奉和吉田素行韻

경목자(耕牧子)

| | |
|---|---|
| 한나절 맑은 놀음도 좋은 인연인데 | 半日淸遊亦勝緣 |
| 책상 위 시문이 잔치 열고 마주했네 | 筆床詩墨對開筵 |
| 부질없이 고개 돌려 하늘 끝 고국 바라보는데 | 天邊故國空回首 |
| 자리의 여러 신선 함께 어깨를 치네[166] | 座上群仙共拍肩 |
| 영해[167]의 산천은 드러나게 빼어난데 | 瀛海山川偏秀異 |
| 봉강[168] 문하 제자들은 다 재주 있고 어질도다 | 鳳岡門弟總才賢 |
| 들렘 없는 전사들은 재갈 문 용사 같으니[169] | 無譁戰士啣枚勇 |
| 부럽도다 시장에 임하니 뛰어난 기운 펄럭이네 | 美爾臨場逸氣翩 |

166 어깨를 치다 : 우호와 애호를 표시하는 행동이다.

167 영해(瀛海) : 동쪽 끝에 있다는 큰 바다. 여기서는 일본을 말함.

168 봉강(鳳岡) : 봉의 언덕이라는 뜻과 함께 임신독(林信篤)의 호를 뜻한다. 임신독은 나산(羅山) 임도춘(林道春)의 손자로, 대를 이어 태학두를 맡았으며, 흔히 하야시 호코(林鳳岡)로 불린다. 다른 호는 정우(整宇)이다.

169 들렘 없는 전사들은 재갈 문 용사 같다 : 전쟁터에서 기습공격을 할 때 적이 눈치채지 못하도록 말에는 재갈을 물리고 군사의 입에 막대기를 물리는 일을 통하여 문사들이 말없이 시 짓는 일에 열중함을 표현한 것이다. 구양수의 「예부공원열진사취시(禮部貢院閱進士就試)」에 "들렘 없는 전사들은 재갈 문 용사 같은데, 붓 휘두르는 소리는 봄 누에 뽕잎 먹는 소리로다.[無譁戰士銜枚勇 下筆春蠶食葉聲]"라는 구절이 있다.

## 같이 화답하다
同和

소헌(嘯軒)

| | |
|---|---|
| 지난날 용문에 오름을 다행히 인연 삼아 | 龍門曩日幸攀緣 |
| 다시 후파[170]와 자리를 함께 함이 기쁘네 | 更喜侯芭共一筵 |
| 구름 같은 만 리 길은 천리마 발아래 펼쳐졌는데 | 萬里雲衢展騏足 |
| 기운찬 젊은 풍채는 솔개 어깨[171] 같도다 | 妙年風骨宛鳶肩 |
| 거친 글귀니 감히 재주를 견주리오 | 荒詞敢較才長短 |
| 고아한 흥취는 모두 청주와 탁주[172]에 의지했네 | 雅趣都憑酒聖賢 |
| 신선 산에 비 개어 시 경치 좋으니 | 仙嶠雨晴詩景好 |
| 종죽[173]들 줄지어 펄럭여도 괜찮으리 | 不妨棕竹又聯翩 |

170 후파(侯芭) : 중국 한(漢) 나라 양웅(揚雄)의 제자. 훌륭한 스승의 뛰어난 제자를 뜻함.

171 솔개 어깨 : 위로 치올라간 어깨. 솔개가 멈추어 둥지에 앉을 때 양쪽 날개의 어깨 부분이 위로 뾰족하게 튀어나온 모습이다. 관상법에서 이러한 어깨는 젊어서 현달한다고 한다.

172 청주(淸酒)와 탁주(濁酒) : 술을 즐기는 사람들이 청주를 일러 성인(聖人)이라 하고, 탁주를 일러 현인(賢人)이라 하였다. 『삼국지(三國志)』「위지(魏志)」「서막전(徐邈傳)」에서 유래한다.

173 종죽(棕竹) : 종죽(椶竹). 늘 푸른 떨기나무의 한 가지. 잎은 종려나무와 비슷하다. 신유한(申維翰)의 『해유록(海遊錄)』 9월 22일자에는 "종죽은 일명 봉미(鳳尾)라고도 하는데, 그 잎이 가늘고 길어 대롱대롱 드리워진 것이 봉황새의 꼬리와 같다."고 하였다.

## 같이 화답하다
### 同和

국계(菊溪)

| | |
|---|---|
| 단란히 한자리에 모인 건 참으로 인연인데 | 一榻團圓信有緣 |
| 빛나는 연회에서 화평하게 인사하네 | 雍容禮數華筵[174] |
| 곁에 있는 주옥들은 모두 귀한 보물들이니 | 在傍珠玉皆殊價 |
| 눈에 뵈는 임랑[175]들과 뉘라서 견줄까 | 觸目琳琅孰與肩 |
| 금곡[176]의 모임 같이 벌주[177]를 행하는데 | 金谷怳如行罰酒 |
| 여러 현인 모였으니 난정[178]도 부럽지 않네 | 蘭亭不羡會群賢 |
| 좋은 종이 펼친 곳에 붓은 다투어 휘날리고 | 彩牋展處爭揮筆 |
| 목마른 준마[179] 내닫는 곳에 상서로운 봉황 날갯짓하네 | 渴驥奔騰瑞鳳翩 |

---

174 한 글자가 모자란다.

175 임랑(琳琅) : 아름다운 옥이라는 뜻에서, 아름다운 시문을 비유적으로 이르는 말.

176 금곡(金谷) : 금곡원(金谷園). 진(晉)나라 때 부호 석숭(石崇)이 금곡원에 빈객들을 모아 놓고 크게 주연(酒宴)을 베풀면서 시부(詩賦)를 짓고 노닐었다.

177 벌주(罰酒) : 석숭(石崇)이 금곡에서 연회를 베풀 때, 시제(詩題)를 내걸고 시를 짓지 못하는 사람에게는 벌로 술 서 말을 마시게 하였다.

178 난정(蘭亭) : 중국 절강성 회계현(會稽縣) 산음(山陰) 지방에 있던 정자. 동진(東晉) 때에 많은 명사들이 그곳에서 모임을 갖고 놀았다. 진목제(晉穆帝) 영화(永和) 9년 3월 3일에 왕희지(王羲之)가 사안(謝安), 손작(孫綽) 등 당대의 명사(名士) 40여 인을 난정에 모아 놓고 유상곡수(流觴曲水)의 풍류로 계사(禊事)를 닦고 난정서(蘭亭序)를 지었다.

179 목마른 준마 : 갈기분천(渴驥奔泉). 목마른 준마가 샘으로 내닫는다. 당(唐)나라 때 명필(名筆) 서호(徐浩)가 일찍이 42폭의 병풍(屛風)을 썼는데, 여기에는 팔체(八體)가 다 갖추어진 데다 초서(草書)와 예서(隸書)가 더욱 뛰어났으므로 당시 사람들이 그 서법(書法)을 형용하여 말하기를, "성난 사자가 돌을 후벼낸 듯, 목마른 준마가 샘으로 내닫는 듯하다.[怒猊抉石 渴驥奔泉]"라고 했다는 데서 유래한 말이다.

## 소헌공의 첩운을 써서 다시 화답하여 대학을 주신 데 사례하다
**復奉和嘯軒公疊用作謝惠大字**

계헌(桂軒)

| | |
|---|---|
| 금천(琴泉)과 인정(忍亭)에 붓을 휘둘러 | 揮筆琴泉與忍亭 |
| 객을 좇아 홀로 묵지[180]에 임하셨네 | 從客獨向墨池臨 |
| 운연이 종이에 떨어지니[181] 기운이 먼저 상쾌하고 | 雲烟落紙氣先爽 |
| 용과 봉이 하늘을 나니 그림자 절로 깊도다 | 龍鳳翔空影自深 |
| 시객의 재주 높아 옥 책상에 푸르르고 | 詞客才高青玉案 |
| 비단옷 빛이 고와 구름숲에 빛나도다 | 錦衣光映彩雲林 |
| 그대의 글을 마음으로 사모하고 손으로 따르니 | 手追心慕君文字 |
| 보배로운 자리에서 다시 천상의 음악 듣노라 | 復得瓊筵天上音 |

## 다시 세 진사에게 드리다
**再奉寄三進士公**

계헌(桂軒)

| | |
|---|---|
| 신선의 백설가 평범치 않아 | 仙郎白雪不尋常 |
| 향내 나는 보배 가지[182] 자리에 비춰 향기롭네 | 芬芬瓊枝映坐芳 |

180 묵지(墨池) : 먹물을 한데 모으도록 된 벼루 속의 오목한 곳. 문자(文字)를 써 익히는 서가(書家)의 학문 또는 필법이 뛰어난 것을 뜻하기도 한다.

181 종이에 떨어지다 : 종이에 쓰다. 두보(杜甫)의 「음중팔선가(飮中八仙歌)」에 "장욱(張旭)은 석 잔 술에 초서 성인을 전하는데, 왕공의 앞에서도 모자 벗어 이마를 드러내고, 종이에 붓 대고 휘두르면 구름 연기 같았네.[張旭三杯草聖傳 脫帽露頂王公前 揮毫落紙如雲煙]"라고 하였다

가장 기쁜 건 첫 잔치에 인재들과 함께 참여하여　最喜初筵才竝入
오늘 사귄 정은 문장에 남을 일이네　交情此日在詞章

## 계헌에게 차운하다
### 奉次桂軒韻

경목자(耕牧子)

뛰어난 기풍은 속세인과 달라　鶴骨仙姿異俗常
사란[183]과 치계[184]가 아울러 향기롭네　謝蘭郗桂竝芬芳
황국 피는 계절 이국에서 서로 만나　相逢異國黃花節
말없이 연이어 짧은 글귀만 드리네　脉脉無言贈短章

## 같이 화답하다
### 同和

소헌(嘯軒)

읊조리는 글귀 평범함을 넘고　唱來詞格逈超常

182 보배 가지[瓊枝] : 귀한 집안의 자제 또는 속진을 벗어난 맑은 인품.

183 사란(謝蘭) : 출중한 자제나 후손. 진(晉) 나라의 사안(謝安)이 자질(子侄)들에게 묻기를, "사람들은 왜 자기의 자제들이 출중하게 되기를 바라는가?" 하자, 조카 사현(謝玄)이 답하기를, "비유컨대, 지란옥수(芝蘭玉樹)가 뜰에 나기를 바라는 것과 같습니다." 한 데서 유래한다. 뒤에 사란연계(謝蘭燕桂)라는 말로 좋은 집안의 훌륭한 자제를 뜻하였다.

184 치계(郗桂) : 치 땅의 계수나무라는 뜻으로, 사란연계(謝蘭燕桂)와 같은 뜻으로 보임. 치는 지명으로 지금의 하남성(河南省) 심현(沁縣)에 있던, 주(周)나라의 읍이다.

| | |
|---|---|
| 구절마다 맑은 귤 유자 향 머금었네 | 句句淸含橘柚芳 |
| 정우[185]의 명성 들은 지 오래건만 | 整宇大名聞已久 |
| 문하의 문장 성한 줄 이제 비로소 알겠네 | 始知門下盛文章 |

## 같이 화답하다
### 同和

국계(菊溪)

| | |
|---|---|
| 신선 사는 곳이라 물색도 범상치 않은데 | 仙區物色出凡常 |
| 기화와 요초들은 여러 향기 모아 내네 | 琪草瑤花集衆芳 |
| 경치 뛰어나고 사람도 어질어 둘 다 얻었는데 | 地勝人賢兩相得 |
| 계헌[186] 높은 기예 문장도 좋도다 | 桂軒高藝善文章 |

## 다시 국계공이 보인 운에 화답하다
### 再和菊溪公示韻

지암(池菴)

| | |
|---|---|
| 멀리 삼도[187]와 구주[188]를 지나도록 | 三島遠過又九州 |

185 정우(整宇) : 임신독(林信篤). 정우는 호. 다른 호는 봉강(鳳岡)이다. 나산(羅山) 임도춘(林道春)의 손자로, 대를 이어 태학두를 맡았다.

186 계헌(桂軒) : 소궁산교(小宮山嶠). 이 창수집의 서두에는 계헌을 소견산차랑우위문(小見山次郎右衛門)이라고 기록하였다. 신유한(申維翰)의 『해유록(海遊錄)』 10월 3일자에는 소궁산교(小宮山嶠)의 자는 위장(偉長), 호는 계헌(桂軒)이라고 하였다.

187 삼도(三島) : 봉래(蓬萊)·방장(方丈)·영주(瀛洲)의 삼신산(三神山).

| | |
|---|---|
| 상아 돛대 비단 닻줄로 맑은 유람 하였네 | 牙檣錦纜作清遊 |
| 땅이 달라 말은 다르나 정에는 간격 없어 | 地殊言異情無隔 |
| 좋은 글귀 백 섬 되도록 읊기를 쉬지 않네 | 百斛明珠誦不休 |

## 경목 강공이 보인 운에 화답하다
### 和奉耕牧姜公示韻

지암(池菴)

| | |
|---|---|
| 좋은 글귀 이미 유유주[189]보다 뛰어나고 | 麗藻已超柳柳州 |
| 산마루며 물가는 한가히 노닐기 매우 좋은데 | 山顚水渚極優游 |
| 좋은 인연에 갱장[190]한 구절까지 얻으니 | 良緣幸得鏗鏘句 |
| 권서[191]를 반복하여 다시는 그만두지 않으리 | 反復卷舒更莫休 |

188 구주(九州) : 중국 전체. 여기서는 매우 먼 거리를 말한다. 고대에 중국 전역을 9주로 나눴던 데에서 유래한다.

189 유유주(柳柳州) : 당(唐)나라의 문호 유종원(柳宗元). 유종원이 유주(柳州)의 자사(刺史)를 지냈기 때문에 이와 같이 불렀다.

190 갱장(鏗鏘) : 금옥(金玉)이나 악기의 맑은 소리. 맑은 목소리. 문학 작품의 음절이 유창함.

191 권서(卷舒) : 말았다 폈다 함. 나아감과 물러남. 재덕(才德)의 숨김과 나타냄.

## 소헌진사가 보여준 운에 화답하여 감사하다
**和謝嘯軒進士示韻**

지암(池菴)

| | |
|---|---|
| 나그네 다만 꿈에 익주[192]를 좋게 여기더니 | 客夢徒來多益州 |
| 만 리에 사신 배로 자장의 유람[193]을 하네 | 星槎萬里子長遊 |
| 한때의 만남은 백년의 그리움이리니 | 一時交會百年思 |
| 막역한 친한 정은 어느 날에 그칠까 | 莫逆親情何日休 |

기해년(己亥年) 10월 5일 회집(會集)

## 조선국 제술관 신공에게 부치다
**寄朝鮮國製述官申**

갈려 임신여(葛廬 林信如)

| | |
|---|---|
| 사신 배 만 리 길에 하늘 끝에 이르니 | 萬里使槎天一方 |
| 긴 바람이 붓을 날려 부상에서 읊노라 | 長風揮筆賦扶桑 |

192 익주(益州) : 한(漢)나라 화제(和帝)가 각 지방에 민정(民情)을 순찰하는 사신(使臣)을 보내면서 미복(微服)으로 암행(暗行)하게 하였더니, 두 사신이 익주에 들어가서 이합(李郃)의 집에 자는데, 이합이 두 사람에게 묻기를, "두 분이 서울을 떠날 때에 조정에서 두 사신 보낸 것을 알고 오셨는가." 하였다. 두 사신이 놀래어, "우리는 듣지 못하였다. 어찌 아는가." 하니 이합이 하늘에 별을 가리키며 "두 사신별[使星]이 익주의 분야(分野)로 향하였기 때문에 천문(天文)을 보고 안다." 하였다.

193 자장(子長)의 유람 : 사마천(司馬遷)의 유람. 자장은 사마천의 자(字). 그는 유람을 좋아하여, 일찍이 남쪽의 강수(江水), 회수(淮水)로부터 북쪽의 양(梁)과 초(楚) 지방까지 두루 유람하였다. 송(宋)나라 소철(蘇轍)은 사마천이 천하의 대관(大觀)을 보고 호걸들과 교유하여 그의 문장이 툭 트이고 기이한 기운이 서려 있다고 평하였다.

강산은 곳곳마다 그림같이 새로운데　　江山處處新圖畵
시 읊는 주머니엔 낙랑[194]이 포함되네　　包括吟囊入樂浪

## 갈려가 주신 운에 화답하다
**奉和葛廬惠韻**

청천(青泉)

겸가[195]는 가을 물에 끝없이 아득한데　　蒹葭秋水杳無方
강가는 청산이라 바로 드넓은 부상이네　　江上青山是廣桑
그대 시 맑고 받들만 하여 스스로 기꺼우니　　自喜君詩淸可挹
창랑[196]에 옷과 패물 씻을 필요 없네　　不須衣佩濯滄浪

## 조선국 제술관 신공에게 부치다
**奉寄朝鮮國製述官申公**

도원 인견지후(桃原 人見知後)

이국이라 풍물은 매우 다른데　　殊方風物與天分
나그네 길 이어지매 생각 홀로 우뚝하네　　客路追追思不群

194 낙랑(樂浪) : 조선(朝鮮)을 말한다.

195 겸가(蒹葭) : 갈대. 『시경(詩經)』「진풍(秦風)」「겸가(蒹葭)」. 물가에 있으면서 친구를 그리워한다는 의미를 담고 있다.

196 창랑(滄浪) : 강물 이름. 전국시대 초(楚)나라 시인 굴원(屈原)의 「어부사(漁父詞)」에, "창랑의 물이 맑으면 내 갓끈을 씻고, 창랑의 물이 흐리면 내 발을 씻는다[滄浪之水淸兮 可以濯吾纓 滄浪之水濁兮 可以濯吾足]."는 노래가 있다.

변방 기러기[197]는 바로 편지 전하리니　　定有塞鴻能寄字
서쪽 끝에서 한 번 옥당[198] 구름 돌아보리　　西邊一顧玉堂雲

## 도원이 주신 운에 화답하다
**奉和桃原惠韻**

청천(青泉)

소매 안 고운 향기 그득하니　　袖裡天香擁十分
맑기가 들 학[199]이 군계 속에 있는 듯　　清如野鶴在雞群
요지[200]의 멋진 일을 참으로 자랑할 만하니　　瑤池勝事眞堪詑
절로 소리 높여 노래 불러 흰 구름에 화답하네　　自有高歌和白雲

한껏 웃으며 연하(煙霞)를 그대와 함께 나누니　　一笑烟霞與子分
긴 하늘 넓은 바다에서 여러 신선 얻었도다　　天長海濶得仙群
알겠네 뛰어난 음향이 궁부[201]로부터 나와　　遙知逸響從宮府

197 변방 기러기 : 가을에 남쪽으로 날아오고 봄에 북쪽으로 날아가는 변방의 기러기라는 뜻으로, 고향을 멀리 떠난 나그네의 그리움을 표현한다.

198 옥당(玉堂) : 홍문관을 말한다. 이 시를 받는 신유한(申維翰)은 이 사행 한 해 전인 숙종 43년(1717)에 비서(秘書) 저작랑(著作郎)에 제수되었다.

199 들 학 : 은사(隱事)를 비유한다.

200 요지(瑤池) : 곤륜산(崑崙山)에 있다는 전설상의 못. 서왕모(西王母)가 산다는 선경(仙境)으로, 주(周)나라 목왕(穆王)이 일찍이 여덟 준마(駿馬)를 얻고는 서쪽으로 유람하여 곤륜산(崑崙山)에 올라가서 선녀(仙女)인 서왕모의 요지연(瑤池宴)에 참석하여 즐겼다고 한다.

201 궁부(宮府) : 제왕(帝王)의 궁정과 부서라는 뜻으로, 여기서는 하늘의 공간을 비유하는 듯.

| | |
|---|---|
| 붓길 아래서 새로이 오색구름 엉김을 | 筆下新凝五色雲 |

## 청천 신공에게 부치다
### 奉寄青泉申公

기암 화전장방(幾菴 和田長房)

| | |
|---|---|
| 서쪽 손님 동쪽 해의 끝까지 와 | 西覲東寄日邊來 |
| 다행히 지미[202]를 만나 한바탕 웃네 | 幸接芝眉一笑開 |
| 부끄럽구나 이역의 약한 기질[203]은 | 異域羞將蒲柳質 |
| 화성[204]에서 온 동량재에게 창피 당하네 | 辱逢華省棟梁材 |

## 기암이 주신 운에 화답하다
### 奉和幾菴惠贈

청천(青泉)

| | |
|---|---|
| 서산에 손이 참석하니 상쾌한 기운 불어오고 | 客與西山爽氣來 |
| 고상한 노래 한 곡조에 채색 구름 열리도다 | 高歌曲彩雲開 |

---

202 지미(芝眉) : 이마에 지초(芝草)의 빛이 있는 귀한 얼굴이라는 뜻으로, 남의 얼굴을 높여 이르는 말.

203 약한 기질[蒲柳質] : 포류는 물버들로, 가을이 되면 먼저 시들어 잎이 진다. 『진서(晉書)』「고열지전(顧悅之傳)」에, '열지가 간문제(簡文帝)와 동갑인데 머리가 일찍 희어지니 간문제가 이유를 물었다. 열지가 "송백(松柏)의 바탕은 추위를 겪어도 오히려 무성하고, 포류의 기질은 가을만 바라보면 먼저 진다"고 대답하였다.

204 화성(華省) : 존귀한 관서. 여기서는 조선의 관서를 가리킨다.

세상은 태평하고 명당은 상서로운데　　太平天地明堂瑞
깊은 빈숲에 노성(老成)한 기재[205] 있네　　千尺空林老杞才

## 청천 신공에게 부치다
### 奉寄青泉申公

영참 상도영승(寧參 上島英勝)

대아[206]는 여전히 노나라 국풍 전해주고　　大雅猶傳魯國風
천년의 성씨는 신공(申公)을 설명하네　　千年姓氏說申公
이번 행차 봉래의 물까지 이르려고　　此行欲極蓬萊水
돛 그림자 찬 가을날 창해 동쪽에 있네　　帆影秋寒滄海東

## 영참에게 화답하다
### 奉和寧參韻

청천(青泉)

보나니 그대 붓놀림 긴 바람 일으켜　　看君彩筆起長風
천태의 사와 부[207]가 흥공[208]에게 맡겨졌네　　詞賦天台屬興公

205 기재(杞才) : 기(杞)는 가래나무. 좋은 나무라는 뜻에서 인재를 말하는 듯. 기재(杞梓)는 좋은 재목이라는 데서, 유용한 인재를 이르는 말.

206 대아(大雅) : 『시경(詩經)』 중 가장 전아(典雅)한 글로, 왕도(王道)의 융성함을 노래한 시이다.

207 천태의 사와 부 : 손작(孫綽)의 명편 「천태산부(天台山賦)」를 말한다. "적성에 놀이 일어나 표(標)가 세워졌다.[赤城霞起而建標]"는 글귀가 특히 유명하다.

우습다 삼한의 여화[209]하는 나그네 堪笑三韓藜火客
어째서 십주[210] 동쪽에 함께 앉았나 胡爲竝坐十洲東

## 청천 신공에게 부치다
### 奉寄青泉申公

천수 우삼삼철(天水 雨森三哲)

비단 도포 봉명사신 멀리 뗏목 타고 오시니 錦袍奉使逈乘槎
어둔 연기 속 일화[211] 움직이는 걸 이미 보았지 已見冥烟動日華
봉래산 구름 근처가 아니라면 不是蓬萊雲近處
패옥이 하늘 끝에 드리울 줄 어찌 알리오 爭知佩下天涯[212]

208 흥공(興公) : 진(晉)나라 시인 손작(孫綽). 흥공은 자(字). 어려서부터 고상한 뜻을 지녔으며 박학(博學)하고 시문(詩文)에 능하였다. 「수초부(遂初賦)」와 「천태산부(天台山賦)」로 유명하다.

209 여화(藜火) : 밤에 독서함. 또는 부지런히 학습함. 한(漢)나라 성제(成帝) 때 유향(劉向)이 천록각(天祿閣)에서 서책을 교정하고 있을 적에 한번은 밤에 묵송하고 있었는데, 황의(黃衣)를 입은 노인이 청려장(靑藜杖)을 짚고 찾아와서는 청려장 끝에 불을 일으켜 유향을 비춰 주며 홍범오행(洪範五行), 천문지도(天文地圖) 등의 글을 유향에게 전해 주었다. 이때 유향이 그 노인의 성명을 묻자, 그 노인은 "나는 태을(太乙)의 정기인데, 천제께서 유씨의 자식 중에 박학한 자가 있다는 말을 듣고 내려가서 살펴보게 하였다."라고 했다 한다.

210 십주(十洲) : 도교에서 칭하는 큰 바다 가운데 신선이 사는 경치 좋은 열 곳. 선경(仙境)을 이른다.

211 일화(日華) : 도가에서 말하는 해의 정수(精髓).

212 한 글자가 모자란다.

## 천수가 보내온 시에 화답하다
### 奉和天水見贈

청천(青泉)

| | |
|---|---|
| 훨훨훨 파란 참새 고운 뗏목 쪼면서 | 翩翩青雀啄芳槎 |
| 신선이 달의 정기를 줍는다고 말해주네 | 報道仙人拾月華 |
| 외로운 흥이 잠시 술잔 따라 일어나는데 | 孤興暫隨盃底出 |
| 빼어나고 고결한 분이 강가에 있구나 | 皎然瓊樹在江涯 |

## 청천 신공에게 부치다
### 奉寄青泉申公

현악 소견산창경(峴岳 小見山昌卿)

| | |
|---|---|
| 백대의 이웃 사귐 예의와 대우 아름다워 | 百代隣交禮數嘉 |
| 우뚝한 고관[213]들 집을 떠나왔네 | 雲山劍佩遠辭家 |
| 재주와 명성 모두 장원[214]에 들었으니 | 才名總入龍頭撰 |
| 오늘 첫 잔치에 나라 인재[215] 보겠네 | 今日初筵觀國華 |

213 고관[劍佩] : 칼과 패옥(珮玉)을 찼다는 뜻으로, 조정의 신하를 가리킨다.

214 장원[龍頭] : 문과(文科)의 장원(狀元)을 뜻한다.

215 나라 인재[國華] : 국가의 걸출한 인재를 말한다.

## 현악이 주신 운에 화답하다
奉和峴岳惠贈

청천(青泉)

| | |
|---|---|
| 중구일엔 청광 지닌 맹가[216]를 웃었다는데 | 九日淸狂笑孟嘉 |
| 천추의 높은 모임이 신선 집에 있도다 | 千秋高會在仙家 |
| 맑은 노래 절로 좋아 새로 곡을 알겠는데 | 淸歌自愛新知曲 |
| 산에는 소나무 키 크고 습지엔 꽃 피었네 | 山有喬松隰有華 |

## 청천 신공에게 부치다
奉寄青泉申公

광택 세정지신(廣澤 細井知愼)[217]

| | |
|---|---|
| 바람 신 따라 역사 오랜 나라가 옛 맹세 찾아오니 | 風伯舊邦尋舊盟 |
| 사신은 동로[218]의 노성한 유생이로다 | 使乎東魯老儒生 |
| 두 나라 기뻐하니 온 백성의 복이요 | 相歡兩國黎民福 |
| 임금 성스럽고 신하 어지니 물도 이에 맑도다 | 主聖臣賢河此淸 |

216 맹가(孟嘉) : 진(晉)나라 때 문장가. 환온(桓溫)의 참군(參軍)으로 있다. 중구일에 환온이 용산(龍山)에 잔치를 열어 막료들이 즐겁게 노닐 때 맹가의 모자가 바람에 날아갔는데 알아차리지 못하므로, 환온이 손성(孫盛)을 시켜 조소하는 글을 짓게 하였는데, 맹가가 즉석에서 명문을 지어 대답하자 주위에서 모두 탄복하였다.

217 세정광택(細井廣澤, 호소이 고타쿠, 1658-1736). 강호시대 전-중기의 유학자. 이름은 지신(知愼), 자는 공근(公謹), 호는 광택(廣澤), 별호는 사이재(思貽齋)·기승당(奇勝堂). 통칭은 차랑태부(次郎太夫). 저서로 『자미자양(紫薇字樣)』·『관아백담(觀鵞百譚)』·『기문불재주(奇文不載酒)』 등이 있다.

218 동로(東魯) : 원래 춘추시대 노(魯)나라를 가리키는 말이다. 노나라가 산동(山東) 지역에 있기 때문에 이렇게 부르는 것이다. 여기서는 조선을 뜻하는 말로 쓰였다.

## 광택이 주신 운에 화답하다
### 奉和廣澤惠韻

청천(青泉)

| | |
|---|---|
| 황화[219]와 야록[220]이 시모임에서 만났는데 | 皇華野鹿亦詩盟 |
| 그대는 절로 풍류 있어 직하[221]의 사람이네 | 君自風流稷下生 |
| 새로운 글 풀이함에 속세 기운 전혀 없어 | 解道新篇無俗氣 |
| 봉래산 구름과 달이 온통 다 청신하네 | 蓬山雲月十分淸 |

## 청천 신공에게 부치다
### 奉寄青泉申公

상원 송전중도(桑園 松田重度)

| | |
|---|---|
| 만 리 길 사신 뗏목 푸른 구름 헤치니 | 萬里星槎淩碧雲 |
| 먼 바다 끝 기러기 소리 차마 듣지 못하리 | 大涯鴻雁不堪聞 |
| 이상하다 놀빛은 사람을 따라 일어나는데 | 怪來霞色隨人起 |
| 고운 붓 종횡함은 원래 그대에게 맡겨졌네 | 彩筆縱橫原屬君 |

219 황화(皇華) : 사신을 칭송한 『시경(詩經)』「소아(小雅)」 황황자화(皇皇者華)에서 유래한 말로, 사신을 지칭한다.

220 야록(野鹿) : 들판에 뛰노는 사슴이라는 뜻으로, 아무 거리낌 없이 평화롭게 살아가는 백성을 말한다.

221 직하(稷下) : 전국시대(戰國時代)에 제(齊)나라 도성 임치(臨菑)의 직문(稷門)에 있던 땅 이름. 제선왕(齊宣王)이 학자를 우대하여 직문에 학관(學館)을 지어놓고 추연(騶衍)·순우곤(淳于髡)·전병(田駢)·접자(接子)·신도(愼到)·환연(環淵) 등 76인을 초빙하여 집을 주고 상대부(上大夫)로 삼아 직무는 없이 토론만 하게 하였다.

## 상원이 주신 운에 화답하다
### 奉和桑園惠韻

청천(青泉)

| | |
|---|---|
| 세모라 시의 뜻이 백운[222]에 있는데 | 歲暮詩情在白雲 |
| 바람 부니 학의 울음 먼 하늘에서 들리네 | 風吹鶴唳九霄聞 |
| 봉강[223]의 문하에는 많은 인재 모여 있어 | 鳳岡門下千林玉 |
| 넉넉한 빛 모아들여 그대에게 이르렀네 | 拾得餘光已到君 |

## 청천 신공과 아울러 세 진사에게 부치다
### 奉寄青泉申公幷三進士

강도 원지(岡島 援之)

| | |
|---|---|
| 타국 오는 길 어렵다 말씀 마오 | 莫道他邦行路難 |
| 깃발이 이곳에 이르니 만인이 기뻐하네 | 文旌到此萬人歡 |
| 두산[224]이 멀리 하늘 끝 손을 바라보며 | 斗山遙望天邊客 |
| 천리에서 구름 헤쳐 문안을 하네 | 千里披雲且問安 |

222 백운(白雲) : 타향에서 부모를 그리워함을 뜻한다.

223 봉강(鳳岡) : 봉의 언덕이라는 뜻과 함께 임신독(林信篤)의 호를 뜻한다. 임신독은 나산(羅山) 임도춘(林道春)의 손자로, 대를 이어 태학두를 맡았으며, 흔히 하야시 호코(林鳳岡)로 불린다. 다른 호는 정우(整宇)이다.

224 두산(斗山) : 북두칠성과 태산(泰山). 덕망이 높거나 업적이 탁월하여 존경 받는 인물을 비유하는 말.

## 원지가 주신 운에 화답하다
### 奉和援之惠韻

청천(靑泉)

| | |
|---|---|
| 그대의 고상한 백설가는 모두 화답하기 어려우니 | 高歌白雪和皆難 |
| 화려한 당의 술자리가 한바탕 웃음이네 | 盃酒華堂一笑歡 |
| 현주[225]의 뜻을 기억해 알았으니 | 認得玄洲多少意 |
| 역 마루 밝은 달 아래서 서울을 꿈꾸네[226] | 驛樓明月夢長安 |

현주(玄洲)가 당신의 호를 명경(明敬)이라고 하였는데, 지금 받은 종이 끝에 이 말이 있습니다.

---

225 현주(玄洲) : 일본인 조문연(朝文淵)의 호. 자(字)는 덕함(德涵). 미장주(尾張州)의 기실(記室). 현주의 뜻이란, 조문연과 만났을 때 나눈 이야기를 말한다. 조문연은 9월 16일에 사신 숙소를 찾아와 신유한과 시를 수창한 일이 있는데, 이때 조문연이 지금 만나는 원지(援之)에 관해 언급한 것으로 보인다.(『해유록(海遊錄)』 9월 16일자)

226 신유한은 이 두 구와 관련된 일화를 『해유록』 10월 3일자에 기록하였다. "야노주(野鷺洲)와 계학정(桂鶴汀) 두 사람은 용모가 준수하고 깨끗하며 시도 약간 나았다. 나와 앉은 자리가 가까워 필담(筆談)으로 마음에 있는 바를 자못 쏟아 놓았다. 강도박(岡島璞)이란 자는 호를 원지(援之)라 하였는데, 장서(長書)와 단시(短詩)로 자기의 의사를 통하였다. 내가 미장주를 지날 때에 조문연이 이 사람을 나에게 부탁하던 것이 기억나서, 그의 시에 '認得玄洲多小意 驛樓明月夢江關'라고 화답하고, 이어 현주에게서 들은 말을 하니, 그가 깜짝 놀랐다."

## 원지에게 화답하다
### 奉和援之韻

경목자(耕牧子)

| | |
|---|---|
| 선경(仙境)[227]의 글은 예로부터 어렵다는데 | 玄洲詞翰古來難 |
| 여관으로 방문해 주시니 한밤내 즐거웠네 | 旅榻曾尋一夜歡 |
| 이별 후에도 시객(時客) 꿈에 자주 들 테이니 | 別後音客頻入夢 |
| 그대를 만나 다시 안부를 묻고 싶네 | 逢君且欲問平安 |

## 원지에게 화답하다
### 奉和援之韻

소헌(嘯軒)

| | |
|---|---|
| 땅 끝 하늘 끝이라 서로 알기 어렵다가 | 地角天涯識面難 |
| 우연히 서로 만나 참으로 기뻤다오 | 水萍相遇爲餘歡 |
| 오는 길에 겪은 고생 묻지 마시오 | 休問向來行役若 |
| 한 번 마음 붙였으니 바다 물결도 잔잔하다오 | 一心定處海波安 |

227 현주(玄洲) : 신선이 산다는, 북해(北海)에 있다는 섬. 선경(仙境). 조문연(朝文淵)의 호를 중의적으로 표현하였다.

## 원지에게 화답하다
### 奉和援之韻

국계(菊溪)

| | |
|---|---|
| 오늘 아침 좋은 모임에 이난[228]이 함께했으니 | 勝會今朝並二難 |
| 시 읊기와 술 마시기 모두 맑은 즐거움이네 | 吟詩把酒共淸歡 |
| 나그네는 특별히 무궁한 기쁨 있고 | 行人別有無窮喜 |
| 이웃 사귐 이뤄지니 세상이 평안하네 | 隣交修來海宇安 |

## 원지의 책상에 다시 드리다
### 復奉呈援之詞案

국계(菊溪)

| | |
|---|---|
| 마주하여 종일토록 함께 글을 논할 적에 | 對床終日共論文 |
| 대화가 선경(仙境)에 이르니 뜻이 더욱 기쁘네 | 語到玄洲意倍欣 |
| 공무를 쉴 적이면 응당 흥을 타 | 公務歇時應有興 |
| 달빛을 띠고 다시 와 위로해도 좋으리 | 不妨乘月再來勤 |

228 이난(二難) : 어진 주인[賢主]과 아름다운 손님[嘉賓]. 당(唐)나라 시인 왕발(王勃)이 「등왕각서(滕王閣序)」에서, "사미(四美)가 갖추어지고, 이난이 함께하였다.[四美具 二難幷]"고 하였다. 사미는 양신(良辰)·미경(美景)·상심(賞心)·낙사(樂事)이다.

## 국계가 보인 운에 화답하다
### 奉和菊溪見眎高韻

원지(援之)

| | |
|---|---|
| 인연 있어 천리 길에 기이한 문장을 보니 | 有緣千里見奇文 |
| 나의 마음 위로되고 얼마나 기쁜지 | 頓慰鄙懷何等欣 |
| 화제가 현주[229]에 이르니 전부터 알던 사이 같아 | 話及玄洲如舊識 |
| 다른 날 객을 만나면 다시 은근하리라 | 當客異日復勤勤 |

## 다시 전운을 사용하여 원지의 책상에 드리다
### 再用前韻奉呈援之詞案

국계(菊溪)

| | |
|---|---|
| 여러분의 높은 재주는 광문[230]과 흡사하니 | 多子高才似廣文 |
| 양흔[231] 정도인 나의 재주 부끄럽다오 | 慚吾拙筆類羊欣 |
| 고운 종이에 어찌 함부로 붓을 날릴까 | 彩牋揮洒今何敢 |
| 정녕 박식하여 부지런히 뜻을 이루시는데 | 多識丁寧致意勤 |

229 현주(玄洲) : 조문연(朝文淵)을 말한다.

230 광문(廣文) : 당(唐)나라 때 문인 정건(鄭虔). 시(詩)·서(書)·화(畫)에 모두 뛰어나서 일찍이 당현종(唐玄宗)으로부터 '정건삼절(鄭虔三絶)'이란 어필을 받았다. 현종이 일찍이 그를 위해 광문관(廣文館)을 설치하고 그를 박사(博士)로 삼았던 데서, 그 후 그를 광문이라 일컫게 되었다. 그의 벗 두보(杜甫)는 정건을 높여서 광문 선생이라고 불렀다.

231 양흔(羊欣) : 진(晉)나라 때 사람. 어렸을 때부터 행동이 차분하였고, 경적을 두루 보았으며 특히 예서(隸書)에 능하였다.

## 청천 신공에게 부치다
**奉寄靑泉申公**

황릉 강정효조(黃陵 岡井孝祖)

| | |
|---|---|
| 바다 위 사신 뗏목에 물은 아득한데 | 海上仙槎水渺茫 |
| 봉래의 붉은 기운[232]이 부상을 껴안았네 | 蓬萊紫氣擁扶桑 |
| 지금 어찌 지기석[233]을 물으리오 | 卽今何問支機石 |
| 이미 구름 속에 직녀의 무늬 보았으니 | 已見雲間織女章 |

## 황릉이 보여준 운에 화답하다
**奉和黃陵見贈**

청천(靑泉)

| | |
|---|---|
| 객지에서 만나보니 공연히 아득한데 | 相逢雲水白茫茫 |
| 새로 사귐 절로 기뻐 습상[234]을 읊조리네 | 自喜新知詠隰桑 |

232 자기(紫氣) : 상서로운 붉은 기운. 함곡관(函谷關)의 관령(關令) 윤희(尹喜)가 자기(紫氣)가 동쪽에서 서쪽으로 옮겨 오는 것을 보고 성인이 오실 것이라고 기대하였는데, 과연 노자(老子)가 청우(靑牛)를 타고 와 윤희에게 『노자(老子)』 3천자를 전했다고 한다.

233 지기석(支機石) : 베틀을 괴는 돌. 한(漢)나라 무제(武帝) 때 장건(張騫)이 서역(西域)에 나갔던 길에 뗏목을 타고 황하(黃河)의 근원을 한없이 거슬러 올라가다가 한 곳에 이르렀는데, 여인은 방 안에서 베를 짜고 남자는 소를 끌고 은하(銀河)의 물을 먹이고 있었다. 장건이 그들에게 "여기가 어디인가?"라고 묻자, 그 여인이 지기석 하나를 장건에게 주면서 말하기를 "성도(成都)의 엄군평(嚴君平)에게 가서 물어보라."고 하였다. 그가 돌아와서 엄군평을 찾아가 지기석을 보이자 엄군평은 "이것은 직녀(織女)의 지기석이다. 전에 객성(客星)이 견우성(牽牛星)·직녀성(織女星)(牽牛)을 범한 일이 있는데, 지금 헤아려보니 그때가 바로 이 사람이 은하에 당도한 때였도다."라고 말했다고 한다.

234 습상(隰桑) : 『시경(詩經)』 「소아(小雅)」의 편명으로, 군자를 만나 봄을 기뻐하는 시.

| | |
|---|---|
| 밤 되어 은하에 달빛 훤하니 | 銀浦夜來多月色 |
| 칠양[235]의 신선 비단 고운 무늬 드러내네 | 七襄仙錦露文章 |

## 청천 신공에게 부치다

**奉寄青泉申公**

지산 강정효선(芝山 岡井孝先)

| | |
|---|---|
| 사신들 훨훨 만 리 길에 통하시니 | 使節翩翩萬里通 |
| 바다 밖 장한 놀음 다시 무엇 같을까 | 壯遊海外復誰同 |
| 모름지기 알리라 봉래산 아득한 달 | 須知縹緲蓬壺月 |
| 밝은 구슬[236]로 변하여 시 주머니에 가득할 것을 | 化作明珠滿橐中 |

## 지산이 보여준 운에 화답하다

**奉和芝山見贈**

청천(青泉)

| | |
|---|---|
| 거문고 한 곡조에 마음이 통하는데 | 瑤絃一闋行心通 |
| 열여덟 글의 구비는 바다와 한가질세 | 十八文瀾滄海同 |
| 감축하네 그대는 젊은 시절 달에 올라 | 青鬢祝君登月府 |
| 구소[237]와 명옥[238]이 채운 중에 있으니 | 九韶鳴玉彩雲中 |

235 칠양(七襄) : 베를 짜서 아름다운 문양을 이룬다는 뜻. 칠양은 일곱 번 성차(星次)를 옮기는 직녀성(織女星)을 말하는데, 흔히 직녀를 가리키는 말로 쓰인다.

236 명주(明珠) : 아름다운 글귀를 비유적으로 이른 말이다.

## 강·성·장 세 진사에게 부치다
### 奉寄姜成張三進士

갈려(葛廬)

| | |
|---|---|
| 살진 말은 바람에 울고 가죽 옷은 가벼운데 | 肥馬嘶風裘亦輕 |
| 절모[239]는 멀리 무창성[240]을 향하였지 | 節旄遙指武昌城 |
| 시통[241]이 갈마들 제 원백을 압도[242]하고 | 詩筒相遞壓元白 |
| 일산을 기울일[243] 때 공정[244]을 알겠도다 | 羽蓋便傾知孔程 |
| 여러 물 여러 산은 객관에서 꾸는 꿈인데 | 萬水千山僑館夢 |
| 외로운 구름 큰 나무는 고향 그리는 정이로다 | 孤雲喬木故園情 |
| 이제 이웃나라 사귐의 우호 소중하니 | 秖今珍重隣交好 |
| 하늘이 좋은 인연 빌려주어 옛 맹방을 찾네 | 天假良緣尋舊盟 |

237 구소(九韶) : 순(舜)임금 때의 악곡(樂曲)이름.

238 명옥(鳴玉) : 벼슬아치들이 장식으로 허리에 차는 구슬. 조정에서 벼슬살이함 또는 벼슬아치를 비유한다.

239 절모(節旄) : 임금이 사신(使臣)에게 부신(符信)으로 주는 깃대. 모(旄)는 깃대 머리에 다는 쇠꼬리 털, 또는 그 기(旗).

240 무창성(武昌城) : 일본의 강호[江戶 : 에도]를 말한다.

241 시통(詩筒) : 한시의 운두(韻頭)를 얇은 대나무 조각에 써넣어 가지고 다니던 작은 통을 말한다.

242 원백(元白) : 당(唐)나라 때 시인 원진(元稹)과 백거이(白居易)를 말한다. 당시 형부시랑(刑部侍郎) 양여사(楊汝士)의 시가 원진과 백거이를 탄복하게 했다는 데서, 평소 자기를 앞섰던 사람을 굴복시켰을 때 또는 남의 시구를 칭찬할 때 원백을 압도한다고 표현한다.

243 일산을 기울이다 : 길에서 잠깐 만남을 말한다. 우개(羽蓋)는 깃으로 만든 일산이다.

244 공정(孔程) : 공자(孔子)와 정자(程子)를 말하는데 유학을 가리킨다. 정자는 송(宋)나라의 정호(程顥)·정이(程頤) 형제를 아울러 지칭하는 말.

## 갈려가 주신 운에 화답하다
### 奉和葛盧惠韻

경목자(耕牧子)

| | |
|---|---|
| 문단에서 기와 북[245]을 어찌 소홀히할까마는 | 騷壇旗鼓敢相輕 |
| 부끄럽도다 피로한 병사라 성 지키기 힘드네 | 自愧疲兵佀守城 |
| 그대 자질 보통 아님을 이미 알았는데 | 早覺風姿非俗輩 |
| 시학에도 과정이 있음을 다시 알겠네 | 更看詩學有工程 |
| 읊어내니 노성하여 사람을 놀라게 하고 | 吟成老去驚人語 |
| 풀어내니 가을이 와 나그네 정을 지어내네 | 解釋秋來作客情 |
| 우리는 백 년 동안 마음을 통하였으니 | 吾輩百年肝膽照 |
| 어찌하여 구슬 쟁반에 두 나라 맹약을 갖추겠나[246] | 珠盤奚俱兩邦盟 |

245 기고(旗鼓) : 기와 북. 원래 전장(戰場)에서 군사를 지휘하는 것인데, 문장 실력을 겨루는 기세를 이와 같이 말한 것.

246 구슬 쟁반에 두 나라의 맹약을 갖추다 : 전국시대에 조(趙)나라의 모수(毛遂)가 합종을 맺기 위해 평원군(平原君)을 따라 초(楚)나라로 갔을 때 평원군과 초나라 왕의 회담이 결판이 나지 않자 모수가 칼을 잡고 당에 올라 세 나라의 이해관계를 따져 가며 설명하여 맹약이 성사되자 닭과 개와 말의 피를 가져오게 하여 그것을 구리 쟁반에 받쳐들고 왕에게 올렸다. 『사기(史記)』 76권 「평원군우경열전(平原君虞卿列傳)」 이때의 구리 쟁반이 구슬 쟁반으로 인용된 것이다. 1643년의 통신부사로서 『동사록(東槎錄)』을 남긴 조경(趙絅)은 「차진해관판상운(次鎭海館板上韻)」에서, '모수는 조 나라를 중히 여겨 구슬소반을 받들었고[ 毛生重趙奉珠盤]'라고 하였다.

## 갈려에게 화답하다
### 奉和葛廬韻

장소헌(長嘯軒)

| | |
|---|---|
| 신선 학은 가을이라 날개 가벼운데 | 仙鶴乘秋羽翼輕 |
| 나산[247] 가문은 대대로 강성[248]에서 벼슬하네 | 羅山家世冠江城 |
| 가슴엔 천년 비책이 든 책상자를 품었고 | 胸藏玉笥千年秘 |
| 다리는 만 리 노정의 청운을 밟았네 | 脚踏青雲萬里程 |
| 두 나라 사귐은 본디 우호의 뜻이요 | 兩國交隣元好意 |
| 한바탕 시회 또한 기쁜 정이라네 | 一場詩會亦歡情 |
| 서로 속마음 드러낸들 어떠하리 | 不妨相對披肝膽 |
| 정우[249]의 빈 당에 맹약이 오래이니 | 整宇虛堂舊有盟 |

## 갈려가 주신 운에 화답하다
### 奉和葛廬惠示韻

국계(菊溪)

| | |
|---|---|
| 아득한 깊은 하늘로 저녁 바람 지나가니 | 沉寥天遠夕風經 |
| 제제[250]한 선비들이 무성으로 모이누나 | 濟濟衣冠集武城 |

---

247 나산(羅山) : 임도춘(林道春). 나산은 호. 임도춘은 처음으로 태학두(太學頭)를 맡았으며 이후 하야시 호코(林鳳岡)와 하야시 류코(林榴岡)로 이어졌다.

248 강성(江城) : 강호[江戶 : 에도].

249 정우(整宇) : 임신독(林信篤) 곧, 임봉강(林鳳岡 : 하야시 호코)을 말한다. 정우는 호이다. 다른 호는 봉강(鳳岡)이다.

250 제제(濟濟) : 훌륭하고도 많은 모습. 선비의 모습을 칭송하는 말이다.

| | |
|---|---|
| 섬돌 국화와 벼랑 단풍는 경치를 새롭게 하고 | 砌菊崖楓新物色 |
| 기이한 글 고운 글씨는 옛 모습 지녔도다 | 綺篇花筆古工程 |
| 청운의 높은 기품은 모두 신선과 짝이 되는데 | 青霞氣逸皆仙侶 |
| 높이 백설가를 읊으니 속기가 전혀 없네 | 白雪吟高不俗情 |
| 이 바로 인간 세상 무한한 경사이니 | 最是人間無限慶 |
| 두 나라는 우호 닦아 백년맹약 이루네 | 兩邦修好百年盟 |

## 강·성·장 세 진사께 부치다
奉寄姜成張三進士

도원(桃源)[251]

| | |
|---|---|
| 구름 밖 사신 뗏목이 물가를 묻더니 | 雲外星槎問水濱 |
| 첫 잔치[252]에 만나보고 기쁨이 넘쳐나네 | 初筵相遇喜津津 |
| 학문의 근원은 천리도 멀다 않으니 | 學源猶不遠千里 |
| 모두 다 문장으로 성취한 사람일세 | 俱是文章得意人 |

251 도원(桃源) : 도원(桃原) 인견우병위(人見又兵衛)와 동일인으로 보인다.

252 첫 잔치 : 잔치하는 처음 또는 잔치하는 처음에 위의(威儀)가 정중함. 『시경(詩經)』「소아(小雅)」 빈지초연(賓之初筵)에 "손님들이 잔치에 처음 모임에, 좌우로 앉은 모습 가지런하거늘.[賓之初筵 左右秩秩]"이라 하였다.

## 도원에게 화답하다

**奉和桃源韻**

경목자(耕牧子)

| | |
|---|---|
| 꾀꼬리 울고 꽃 피는 사월[253]에 한강을 떠난 뒤 | 四月鶯花別漢濱 |
| 사신 배는 두우성을 범하고 은하수를 거슬렀지 | 仙槎犯斗泝銀津 |
| 오래 살 비결은 연하의 모습이라는데 | 長生秘訣烟霞貌 |
| 도원[254]을 만나보니 세상 밖 사람일세 | 邂逅桃源世外人 |

## 도원에게 화답하다

**奉和桃原[255]韻**

소헌(嘯軒)

| | |
|---|---|
| 차가운 매화 소식이 한강 가에 있을 적에[256] | 寒梅消息漢江濱 |
| 만 리 길 배는 가석나루[257] 지나리라 | 萬里舟經駕石津 |
| 좋은 집에 날을 잡아 모임을 이루니 | 暇日華堂成一會 |
| 두 나라 우호가 시인에게 미치도다 | 兩邦和好及詩人 |

---

253 사신 일행이 4월에 한양을 출발한 것을 말한다.

254 도원(桃源) : 도원(桃原) 인견우병위(人見又兵衛)이다.

255 도원(桃原) : 도원(桃源)을 가리킴.

256 겨울이 되어야 사신 일행이 귀국할 것이라는 말이다.

257 가석나루 : 바위를 몬 나루라는 뜻으로 일본을 지칭하는 듯. 진시황(秦始皇)이 돌다리를 놓아 바다를 건너가서 해가 뜨는 곳을 살펴보려 할 때 신인(神人)이 바위를 몰아 바다로 내려가게 하였다고 한다. 이때 속도가 느리면 채찍질을 가하였으므로, 바위마다 모두 피를 흘린 흔적을 지니게 되었는데 그 돌을 가석이라고 한다.

## 도원이 주신 운에 화답하다

**奉和桃原惠視韻**

국계(菊溪)

산언덕과 물가를 모두 다 거치고 歷盡山厓與水瀕
구름 돛은 만 리에 푸른 나루 건넜네 雲帆萬里涉滄津
여러분들 특별히 은근한 정 있어서 諸公別有殷勤意
동쪽으로 온 나그네를 오랫동안 기다렸네 相訪東來久客人

## 강진사에게 부치다

**奉寄姜進士**

기암(幾菴)

맥추[258]에 비로소 부산을 출발한 뒤 麥秋初出釜山涯
세 계절 흐름이 더디기만 했을 텐데 三季推移歲月賖
화목한 기운 단란한 사신 숙소에 和氣一團賓館裡
겨울에도 봄기운을 아울러 본 듯하리 倂看冬景似春華

258 맥추(麥秋) : 익은 보리를 거두어들이는 철이라는 뜻으로 초여름을 말한다.

## 기암이 주신 운에 화답하다
### 奉和幾菴惠韻

경목자(耕牧子)

| | |
|---|---|
| 나그네가 하늘 끝에서 가을을 슬퍼하는 것은 | 客子悲秋天一涯 |
| 북쪽으로 바라보는 고향 아득하기만 해서인데 | 鄕園北望道途賖 |
| 마음을 푸는 데는 오직 시 벗이 있을 뿐이니 | 寬心獨有詩朋在 |
| 여관에서 맑은 술동이 앞에 놓고 국화를 감상하네 | 旅舍淸樽賞菊華 |

## 성진사에게 드리다
### 奉寄成進士

기암(幾菴)

오늘 만나 뵈니 참으로 반갑습니다. 해월옹(海月翁)[259]의 조카를 만나게 되었습니다. 임술년[260]에 옹과 만나 창수한 것이 어느덧 40년 가까이 되었으니 참으로 어젯밤 꿈과 같아 새로운 기쁨과 예전의 감회가 한꺼번에 떠오릅니다. 급히 절구 한 수를 읊어 저의 뜻을 펴니, 제 마음은 시에 드러납니다.

259 해월옹(海月翁) : 1682년 통신사행의 제술관 성완(成琬, 1639-?)으로 보인다. 이어지는 소헌(嘯軒) 성몽량(成夢良)의 시에서, 해월헌은 자신의 백부라고 하였다. 성완의 본관은 창녕(昌寧). 자는 백규(伯圭), 호는 취허(翠虛). 1666년(현종 7) 병오(丙午) 식년시(式年試)에 진사(進士) 2등 8위로 합격하였다. 시에 뛰어나다는 이름이 있었으며, 관직이 찰방에 이르렀다. 문집에 『취허집(翠虛集)』이 있다.

260 임술지세(壬戌之歲) : 1682년의 통신사행을 말한다.

사십년 전에는 먼젓번 현인과 만났었는데 四十年前會昔賢
오천 리 밖에서 온 하늘 신선을 맞이하네 五千里外迓天仙
한 번 만나니 옛 친구 같아 슬픔 기쁨 반반인데 一逢如故悲歡半
일산을 기울인 처음에 옛 인연 있었음을 알겠네 傾蓋初知有夙緣

## 옛 벗을 그리워하는 기암의 시에 삼가 화답하다
### 肅次和幾菴感舊韻

소헌(嘯軒)

해월헌(海月軒)은 저의 백부입니다. 백부께서 서쪽으로 돌아가신[261] 뒤로 늘 귀국의 문학과 유학의 풍부함을 칭찬하셨습니다. 다행히 제가 지금 사신으로 와 임정우 옹을 만났고 또 귀하를 만났습니다. 임술년의 창수를 말씀하니 어제 일과 같이 완연하여 슬픔과 기쁨이 어떠하겠습니까?

재주 적어 종현[262]을 잇기 이미 부끄러운데 微才已愧嗣宗賢
만 리 길에 약 캐는 신선을 찾아오니 萬里來尋采藥仙
학 같은 밝은 기품이 늙지도 않고서 鶴骨曜形猶不老
두 대에 걸쳐 등용됨을 인연 있다 기뻐해주네 龍門兩世喜攀緣

261 서쪽으로 돌아가다 : 성완이 통신사행을 마치고 서쪽으로 조선에 돌아간 것을 말한다.
262 종현(宗賢) : 문중 어른이라는 뜻으로, 여기서는 백부를 가리킨다.

## 장진사에게 부치다
### 奉寄張進士

기암(幾菴)

| | |
|---|---|
| 장쾌한 유람이 먼 곳 해동의 물가에 다하여 | 壯遊窮遠海東瀕 |
| 서로 만나 문을 논하니 자리 위의 보배[263]로다 | 邂逅論文席上珍 |
| 사신 배 거듭 은하수[264] 길에 통하시니 | 槎使重通銀浦路 |
| 한나라 때 장씨 성 가진 이[265]를 따랐네 | 追隨漢代姓張人 |

## 기암이 주신 운에 화답하다
### 奉和幾菴惠示韻

국계(菊溪)

| | |
|---|---|
| 밝은 구슬이 큰 바닷가에서 나와 | 明珠出自大瀛瀕 |
| 임공(林公)[266]의 울타리에 머물러 보배 되었네 | 留作林公柙裏珍 |

263 자리 위의 보배 : 출중한 학덕 또는 그러한 인물을 말한다. 춘추시대 노(魯)나라 애공(哀公)이 유복(儒服)과 유행(儒行)에 대하여 질문한 다음 공자(孔子)에게 자리를 권하자, 공자가 애공을 모시고 앉아서 "선비는 자리 위의 보배를 가지고 초빙해 주기를 기다리는 사람[儒有席上之珍以待聘]"이라고 말한 데서 유래한다.

264 은포(銀浦) : 은하수. 사행의 행로를 은하수에 비유한 것.

265 한나라 때 장씨 성 가진 이 : 한(漢)나라 무제(武帝) 때 문신 장건(張騫). 서방 대월지국(大月氏國)과 동맹을 촉진할 목적으로 사신으로 떠나 서역(西域)을 두루 돌아다니며 인도 통로를 개척하고, 서역 정보를 가져와 동서의 교통과 문화 교류의 길을 열었다. 또한 사신 길에 사신 길에 떼를 타고 은하수(銀河水)까지 이르렀다가 되돌아왔다는 고사가 있다.

266 임공(林公) : 임신독(林信篤)을 말한다. 임신독은 나산(羅山) 임도춘(林道春)의 손자로, 대를 이어 태학두를 맡았으며, 흔히 하야시 호코(林鳳岡)로 불린다.

| | |
|---|---|
| 네 주군[267] 섬기어 이제 노성(老成)하시니 | 身事四朝今老大 |
| 그대 같이 복 있는 사람 다시 어디 있을까 | 似君榮福更何人 |

## 제공에게 드려 화답을 청하다
### 奉呈諸公要和

경목자(耕牧子)

| | |
|---|---|
| 이별 잔치 뒤라 국화 보고도 시 짓지 못하는데 | 餞了黃花不作詩 |
| 나그네 수심에 머리칼은 쉽사리 희어지네[268] | 客愁容易鬢如絲 |
| 백아[269]의 거문고를 오늘 그대 만나 연주하니 | 牙琴此日逢君奏 |
| 세상에 종자기[270] 있음을 비로소 알겠네 | 始覺人間有子期 |

## 경목자 사백에게 화답하다
### 奉和耕牧子詞伯

갈려(葛廬)

| | |
|---|---|
| 기재라 입만 열면 곧바로 시가 되니 | 奇才開口便爲詩 |
| 흡사 봄누에가 처음으로 실 뽑는 듯하네 | 恰似春蚕初吐絲 |

267 네 주군 : 제5대부터 제8대까지 4대의 장군(將軍)을 말한다.

268 빈여사(鬢如絲) : 구레나룻이 흰 실 같아진다는 뜻으로 머리가 셈을 말한다.

269 백아(伯牙) : 춘추 시대 거문고 명인. 지음(知音)의 벗 종자기(鍾子期)가 죽자 그 소리를 들을 사람이 없다 하여 거문고 줄을 끊고 다시는 연주하지 않았다.

270 종자기(鍾子期) : 춘추시대 초나라 사람. 백아의 벗으로, 백아가 연주하면 그 뜻을 잘 알았다.

이별시를 읊자니 산수가 먼데 吟袂相分山水遠
흰 구름은 앞으로 어느 날을 기약할까 白雲他後奈幽期

## 화답하다
和

도원(桃源)

진귀한 새로운 음악은 시경의 대아[271]이니 金玉新聲大雅詩
양양[272]히 이어지는 소리 거문고 줄에 드네 洋洋繼響入琴絲
구름과 물은 간격 없이 삼천리에 이었는데 水雲不隔三千里
서로 만나 대화하니 마치 기약한 듯하도다 相遇只言得如期

## 화답하다
和

기암(幾菴)

사랑스럽다 뛰어난 준재라 모두 시에 능하니 太憐英俊悉能詩
맑은 운이 어찌 사죽(絲竹)[273]에만 있겠나 淸韻豈唯竹與絲
사십 년 사이에 세 번의 통신사행[274]이 四十年來三通信

271 대아(大雅) : 『시경(詩經)』 중 가장 전아(典雅)한 글로, 왕도(王道)의 융성함을 노래한 시이다.

272 양양(洋洋) : 맑게 울리는 소리.

273 사죽 : 현악기와 관악기를 말한다.

백년을 품었으니 기약이 없네　　好懷百歲無期[275]

## 화답하다
和

영참(寧參)

풍소[276]가 하나하나 새로운 시에 드니　　風騷一一入新詩
장쾌한 선비가 어찌 흰머리를 말할까　　壯士何須說鬓絲
정녕 이 강가 성에는 새벽꿈이 맑으니　　好是江城淸曉夢
대 나무창에 달 밝을 제 마음속 기약 있네　　竹窓明月有心期

## 화답하다
和

현악(峴嶽)

그대의 당당한 기풍은 새로운 시에 드는데　　軒昻豪氣入新詩
늘그막에 나는 흰머리가 부끄럽네　　愧我老來雙鬢絲
그대 가시면 운산 온통 적적할 텐데　　君去雲山皆寂寂

---

274 사십 년 사이에 세 번의 통신사행 : 1682년 임술(壬戌) 사행, 1711년 신묘(辛卯), 1719년 기해(己亥) 사행까지를 말한다.

275 한 글자가 모자란다.

276 풍소(風騷) : 풍요(風謠)와 시소(詩騷)를 말한다. 풍(風)은 『시경(詩經)』의 국풍(國風), 소(騷)는 굴원(屈原)의 「이소(離騷)」가 유명하다. 소(騷)는 운문(韻文)의 한 체(體)로 시가 변하여 소(騷)로, 소가 변하여 사(辭)가 되었다.

좋은 모임 언제 할까 기약이 어렵도다 如何好會更難期

## 화답하다
和

광택(廣澤)

만 리 고향을 꿈속에서 시로 쓰다가 萬里鄉園夢裡詩
가을바람 부니 바로 백발을 생각하네 秋風定是憶銀絲
한 자리 좋은 모임에 석 잔 술 마시면서 一堂雅會三杯酒
덕에 취해 앞으로 어느 때를 기약할까 德醉向來何日期

## 화답하다
和

상원(桑園)

취한 중에 백 편 시 지으심에 놀라고 醉中驚眼百篇詩
천년의 기이한 만남에 귀밑머리 희어졌네 奇遇千年雙鬢絲
듣건대 우군[277]은 세속 밖을 생각하였다니 聞道右軍思遠寄
속세 밖에서 노닐 좋은 약속 있으리라 優遊塵外有佳期

277 우군(右軍) : 왕희지(王羲之). 왕희지가 우군장군(右軍將軍)을 지냈으므로 그를 왕우군(王右軍)이라 칭한다.

## 화답하다
和

황릉(黃陵)

| | |
|---|---|
| 서산의 백설가[278]가 새로운 시에 드는데 | 西山白雪入新詩 |
| 한 곡을 연주하니 음률이 다 흐르네 | 一曲彈來寫竹絲 |
| 이후로는 거문고 연주 아끼지 마오 | 自是朱絃休惜奏 |
| 세상 어느 곳에 종자기 없을까 | 乾坤何處少鐘期 |

## 화답하다
和

지산(芝山)

| | |
|---|---|
| 아름다운 붓으로 영중시[279]를 지어내고 | 彩毫裁作郢中詩 |
| 양춘곡[280]을 읊어내어 음률에 실으시네 | 堪寫陽春被竹絲 |
| 파인[281]을 꺼리지 않고 하조[282]로 화답하는 것은 | 莫厭巴人酬下調 |

278 백설가(白雪歌) : 양춘곡(陽春曲)과 함께 꼽히는 초(楚) 나라의 2대 명곡

279 영중시(郢中詩) : 영중(郢中)의 노래 곧, 백설가(白雪歌)를 뜻한다. 영중은 초(楚)나라의 도읍. 백설가는 초나라의 명곡으로 내용이 매우 고상하였다.

280 양춘곡(陽春曲) : 초(楚)나라의 고상한 가곡 이름. 백설곡(白雪曲)과 함께 화답키 어려운 노래로 꼽힌다.

281 파인(巴人) : 초(楚)나라의 속된 가요. 초나라 때 대중적 노래인 '하리(下里)'와 '파인(巴人)'은 수천 명이 따라 부르더니, 고상한 '백설(白雪)'과 '양춘(陽春)'의 노래는 너무 어려워서 겨우 수십 명밖에 따라 부르지 못하더라는 이야기가 송옥(宋玉)의 「대초왕문(對楚王問)」에 나온다.

282 하조(下調) : 당시에 유행하는 악조를 말한다.

천리 길에 이별하면 다시 기약 없기 때문이네　　分携千里更無期

## 여러 공들께 드리다
### 奉呈諸公座下

소헌(嘯軒)

마주하니 여러분들 반가운 눈빛 하시려하고[283]　　坐對諸賢眼欲青
글의 샘은 드넓어서 푸른 바다 기울일 듯　　詞源浩蕩倒滄溟
관원(菅原)[284]의 유학을 임공(林公)[285]이 이었고　　菅原儒化林公繼
부사산이 직하[286]의 정자가 되었도다　　富士山爲稷下亭

283 반가운 눈빛 하시려하고 : 눈빛이 파래지려고 하다. 청안(青眼)이 되려고 하다. 청안은 반가워하는 눈빛. 진(晉)나라 죽림칠현(竹林七賢)의 한 사람인 완적(阮籍)은 속된 선비가 찾아오면 백안(白眼)으로 대하고, 맑은 고사(高士)가 찾아오면 청안(青眼)으로 대했다는 데서 유래한다.

284 관원(菅原) : 관원도진(菅原道眞). 남용익(南龍翼)은 『동사록』「문견별록(聞見別錄)」에서 '고래 문사(古來文士) 20인' 가운데 한 명으로, '그가 죽은 뒤에 영령(英靈)이 있으므로 사당을 세워 제사지내고 호를 북야천신(北野天神)이라 하였다.'고 소개하였다. 이덕무(李德懋)는 『청령국지(蜻蛉國志)』「직관(職官)」에서 '동·서 두 조(曹)가 있는데, 관(菅 스가와라[菅原]·강(江 오오에[大江]) 두 가문에서 그 조주(曹主)가 되고, 유생들은 이 두 가문에서 학술을 배운다.'고 하였다. (『청장관전서(青莊館全書)』 64권)

285 임공(林公) : 임신독(林信篤)을 말한다. 나산(羅山) 임도춘(林道春)의 손자로, 대를 이어 태학두를 맡았으며, 흔히 하야시 호코(林鳳岡)로 불린다.

286 직하(稷下) : 많은 선비 학자들이 모여 담론하는 곳. 전국시대(戰國時代)에 제(齊)나라 도성 임치(臨菑)의 직문(稷門)에 있던 땅 이름. 제선왕(齊宣王)이 학자를 우대하여 직문에 학관(學館)을 지어놓고 학자들을 초빙하여 토론만 하게 하였다.

## 성진사에게 화답하다
奉和成進士

갈려(葛廬)

바다 동쪽 구름 끝에 먼 산 푸른데 海東雲盡遠山青
만 리나 뛰어올라 북명[287] 물을 치도다 萬里雄飛擊北溟
풍상 겪을 나의 약한 기질[288] 부끄럽지만 愧我經霜蒲柳質
마주하여 송백처럼 우뚝하길 기약해보네 對期松柏秀亭亭

## 화답하다
和

도원(桃原)

흰 구름 한 번 치니 해동이 푸른데 白雲一擊海東青
날개를 높이 펼쳐 큰 바다 건너셨네 羽翼高張超大溟
풍찬노숙하며 먼 길 도리어 짧게 하여 露宿風飡猶縮遠
일흔 다섯 장정[289]을 지나셨겠지 經過七十五長亭

287 북명(北溟) : 북쪽 끝에 있다고 하는 큰 바다.

288 약한 기질 : 포류는 물버들로, 가을이 되면 먼저 시들어 잎이 진다. 『진서(晉書)』「고열지전(顧悅之傳)」에, '열지가 간문제(簡文帝)와 동갑인데 머리가 일찍 희어지니 간문제가 이유를 물었다. 열지가 "송백(松柏)의 바탕은 추위를 겪어도 오히려 무성하고, 포류의 기질은 가을만 바라보면 먼저 진다"고 대답하였다.

289 장정(長亭) : 십리 마다 설치한 정자. 먼 길을 떠나는 사람을 전송하거나 여행객이 쉬던 곳이다.

## 화답하다
和

기암(幾菴)

| | |
|---|---|
| 뛰어난 분 처음 만나 눈이 먼저 파래지니 | 白眉初接眼先青 |
| 하늘 밖 구만리 바다 멀리서 오신 분이네 | 天外遠來九萬溟 |
| 겨울 햇살 아래 누가 낙매곡[290]을 부는가 | 冬晷誰吹落梅曲 |
| 차츰 화답하는 옥저 소리 가정[291]에서 나오네 | 漸和玉笛出柯亭 |

## 화답하다
和

영삼(寧參)

| | |
|---|---|
| 공명을 예전부터 떨쳐 역사를 빛내시니 | 功名振古煥丹青 |
| 홀연 곤붕[292]이 북명[293]에 솟구침을 보네 | 忽見鯤鵬搏北溟 |
| 좋은 술이 잔에 가득하니 황홀히 취해 | 美酒盃濃人惚醉 |

290 낙매곡(落梅曲) : 악곡 이름. 악부(樂府)의 횡취곡(橫吹曲) 가운데 하나이다. 매화락(梅花落) 또는 매화곡(梅花曲)이라고도 한다.

291 가정(柯亭) : 절강성(浙江省) 소흥(紹興)에 있는 지명으로, 좋은 젓대를 형용하는 말. 이곳에서 나는 대나무는 질이 아주 좋은데, 후한(後漢) 때의 문인 채옹(蔡邕)이 이곳에서 나는 대나무를 가지고 젓대를 만들었더니 유명한 보물이 되었다.

292 곤붕(鯤鵬) : 곤어(鯤魚)와 붕조(鵬鳥). 북명(北溟)에 곤(鯤)이라는 물고기가 있는데 그 크기가 몇천 리인지 모른다. 그 물고기가 화하여 붕(鵬)이라는 새가 되는데 그 붕새의 등이 몇천 리나 되는지 모른다고 한다. 아주 거대한 사물이나 큰 포부의 비유로 쓰인다. 『장자(莊子)』 「소요유(逍遙遊)」

293 북명(北溟) : 북쪽 끝에 있다는 큰 바다.

바람 부는 저물녘 정자[294]에 기대 읊조리네　風前吟倚夕陽亭

## 화답하다
和

현악(峴嶽)

신선 사는 섬이라 응당 반가우리니　神洲仙島眼應青
채익[295]이 구만리 파도를 무릅썼네　彩鷁凌波九萬溟
뜻이 서로 맞았으니 장차 편지로 안부하겠지만　相遇將爲寄字問
타향이라 자운의 정자[296]에서 만나기는 어려우리라　異鄕難遇子雲亭

## 화답하다
和

광택(廣澤)

부상과 삼한의 기이한 만남을 책[297]에서만 보다가　桑韓奇會照汗青

294 석양정(夕陽亭) : 고유명사로 정자 이름을 뜻할 수도 있다. 그 터는 하남성(河南省) 낙양(洛陽)에 있다. 동한(東漢) 때 태위(太尉) 양진(楊震)이 참소를 입어 귀양 갈 때 이 정자에서 독을 마시고 죽었다. 당(唐)나라 때에는 전별연이 이루어지는 장소였으며 뒤에는 전별하는 곳을 뜻하게 되었다.

295 채익(彩鷁) : 화려하게 꾸민 배. 익(鷁)은 물새의 일종인데, 이 새가 풍파를 잘 견디므로 뱃머리에 이 새의 모양을 그려 넣었던 데서 유래한다.

296 자운정(子雲亭) : 사천성(四川省) 면양현(綿陽縣)에 있던 정자. 전한(前漢) 때 학자 양웅(揚雄)이 독서하던 곳이어서 양웅의 자 자운(子雲)으로 이름을 삼았다.

297 책[汗青] : 종이가 없던 시절에 푸른 대를 불에 구워 진을 빼어 푸른빛을 없애고 종이

지금 북쪽에서부터 남쪽을 향함[298]을 보았네　今見圖南自北溟
사신 배 오래 머물지 못함을 탄식하노니　嘆息星槎難久駐
잔치가 시작되자 곧 이별 정자[299] 되니 어찌하리　初筵無奈卽離亭

## 화답하다
和

상원(桑園)

역로의 산천은 만 리에 푸른데　驛路山川萬里青
그대는 서신 가지고 동쪽 바다에 이르렀네　君携鴻雁到東溟
상봉하여 건필 휘두르니 구름안개 일어나고　相逢健筆雲烟起
손과 주인 함께 희우정[300]에 오르려 하네　賓主將登喜雨亭

---

대신 쓴 데서 유래한다.

298 북쪽에서부터 남쪽을 향하다 : 대붕(大鵬)이 북해에서 남해로 멀리 날아가는 것을 뜻하는 말로, 사신이 일본을 향해 옴을 비유한다. 대붕의 도남은 『장자(莊子)』「소요유(逍遙遊)」에서 유래한다.

299 이정(離亭) : 이별을 하는 정자. 고유명사로 이정도 있다. 중국 고대에 이성(離城)에서 조금 떨어진 길가에 세운 정자인데 사람들이 쉬는 장소였으며, 때로 이곳에서 송별이 이루어졌다.

300 희우정(喜雨亭) : 비가 옴을 기뻐하는 정자. 고유명사 희우정도 있다. 섬서성(陝西省) 기산현(岐山縣)에 있는 정자 이름이다. 송(宋) 나라 소식(蘇軾)이 이곳 태수(太守)로 있을 때 지은 것으로 때마침 가뭄 끝에 비가 내려 모두가 기뻐하였으므로 이렇게 이름 짓고 기문(記文)을 지었다.

## 화답하다
和

황릉(黃陵)

| | |
|---|---|
| 부용의 고운 빛 만 겹으로 푸른데 | 芙蓉黛色萬重青 |
| 장쾌한 놀음은 아득히 바다에 떴도다 | 縹緲壯遊浮海溟 |
| 듣자니 그대들 글 솜씨 뛰어나다 하니 | 見說諸君奇字擅 |
| 큰 재주 어찌 자운의 정자에 양보할까 | 大才何讓子雲亭 |

## 화답하다
和

지산(芝山)

| | |
|---|---|
| 천 길 봉래산은 예로부터 푸른데 | 千仞蓬萊千古青 |
| 신선이라 문채는 바다를 비추네 | 仙郎文采照重溟 |
| 누가 알았으리 만 리에서 온 시인과 | 那知萬里風騷客 |
| 이곳에서 만나 채필을 휘두를 줄 | 彩筆縱橫會此亭 |

## 제공에게 드려 화답을 청하다
奉呈諸公詞案要和

국계(菊溪)

| | |
|---|---|
| 좋은 당에서 날을 잡아 잔치를 여니 | 華堂暇日設賓筵 |
| 자리 가득 현인들 모두 다 지상선(地上仙)[301]이네 | 滿座群賢總地仙 |

속세인으로서 뛰어난 모임에 참여함이 절로 즐거워 自喜塵蹤叨勝集
억지로 거친 말을 지어내며 종이를 더럽히네 强將蕪語染瑤牋

## 장진사에게 화답하다
奉和張進士

갈려(葛廬)

잔치 처음[302]에 맑은 손을 서로 잇대어 淸手相接秩初筵
풍류의 제일 신선임을 바로 알겠네 便識風流第一仙
봉래섬 오색구름은 천리를 비추고 蓬島五雲千里影
종횡하는 굳센 붓은 화전지에 날리누나 縱橫健筆落華牋

## 화답하다
和

도원(桃原)

아름다운 잔치에서 모실 줄 어찌 알았을까 豈憶來陪秩秩筵
도인의 자태와 골격 신선을 이었도다 風姿道骨接神仙
새벽녘엔 오직 고향 돌아갈 꿈만 꿀 테니 殘更唯有還鄕夢

301 지선(地仙) : 인간 세상에 사는 신선.

302 잔치 처음 : 잔치하는 처음에 위의(威儀)가 정중함. 『시경(詩經)』「소아(小雅)」 빈지초연(賓之初筵)에 "손님들이 잔치에 처음 모임에, 좌우로 앉은 모습 가지런하거늘.[賓之初筵 左右秩秩]"이라 하였다.

모르겠네 관산으로 편지 부칠 수 있을지 不識關山寄雁牋

## 화답하다
和

기암(幾菴)

아름다운 삼한 손님을 잔치 처음에 대하니 韓賓秩秩對初筵
오늘 뭇 신선과 만남이 먼저 기쁘네 今日先欣會列仙
건필을 종횡하니 온통 그림 같은데 健筆縱橫都似畵
다시 화폭 위에 안개와 놀 그려내네 描成烟幅又霞牋

## 화답하다
和

영재(寧齋)

관사에서 만나보고 자리를 함께 하니 館舍相逢共一筵
인간 세상에서 십주[303]의 신선을 만났네 人間邂逅十洲仙
시 이뤄지니 상서로운 기운 맞을 만한데 詩成堪訝有詳氣
좋은 붓을 휘둘러도 평범한 글[304]만 되네 彩筆揮來鳳字牋

303 십주(十洲) : 도교에서 칭하는 큰 바다 가운데 신선이 사는 경치 좋은 열 곳. 선경(仙境)을 이른다.

304 평범한 글[鳳字] : 보통 새. 평범한 새. 봉(鳳)을 파자(破字)하면 범조(凡鳥)가 된다.

## 화답하다
和

현악(峴嶽)

옷차림 엄숙하니 바로 잔치의 시작이요　衣冠濟濟是初筵
문채와 풍류는 탈속의 신선이네　文采風流脫俗仙
봄 지렁이와 가을 뱀[305]이 좌중을 놀래나니　春蚓秋蛇驚四座
그대에게 의지하여 설도의 종이[306]에 부치고자　賴君欲寄薛濤牋

## 화답하다
和

광택(廣澤)

늙고 서툰 솜씨로 시부의 자리에 잘못 와　老拙誤來詩賦筵
현번[307]의 자리에서 유선[308]과 만났네　玄蕃席上値儒仙
김생[309]의 명필은 한림의 묘미인데　金生大筆翰林妙

305 봄 지렁이와 가을 뱀 : 졸렬한 필체를 말한다.

306 설도전(薛濤牋) : 설도의 종이라는 뜻으로 짧은 시를 적어 넣기에 알맞은 조그마한 채색 종이를 말한다. 당(唐)나라 때 장안(長安)의 명기(名妓)로 시를 잘 지었던 설도가 만년에 성도(成都) 완화계(浣花溪)에 우거하면서 빨간 채색 종이를 짧게 잘라 시를 적어 넣었던 데에서 유래한 것이다.

307 현번(玄蕃) : 홍려시(鴻臚寺)에 해당하는 일본의 관서. 남용익(南龍翼)의 『문견별록(聞見別錄)』 등에서, 여러 번방(蕃邦) 및 승니 경연(僧尼慶緣)의 일을 맡아보는 부서로 현번료(玄蕃寮)를 설명하였다.

308 유선(儒仙) : 유학과 도학을 겸한 사람을 말한다.

309 김생(金生) : 신라 때의 명필가로, 해동서성(海東書聖)이라고 일컬어졌다.

| | |
|---|---|
| 설전[310]에 쓰인 왕희지 필체[311]를 얻어보네 | 得見換鵝落薛牋 |

## 화답하다
## 和

상원(桑園)

| | |
|---|---|
| 백설가 노래가 시 잔치에 드는데 | 唱歌白雪入詞筵 |
| 민첩한 천 편 시는 이적선[312]과 같도다 | 敏捷千篇李謫仙 |
| 이 바로 용사(龍蛇)라 구름이 일 듯한데 | 自是龍蛇雲欲起 |
| 채필을 오색의 종이 위에 휘두르네 | 彩毫落處五花牋 |

## 화답하다
## 和

황릉(黃陵)

| | |
|---|---|
| 천년의 사와 부가 이 잔치에서 열리니 | 千年詞賦此開筵 |
| 봉래산에서 약 캐는 것은 신선 찾고 싶어서지 | 採藥蓬萊欲覓仙 |
| 주머니 속에는 산천과 지기[313]의 계책 들었고 | 囊裏山川知幾計 |

310 설전(薛牋) : 설도전(薛濤牋).

311 왕희지 필체 : 진(晉)나라 때의 명필 왕희지는 거위[鵝]를 좋아하는데, 거위 여러 마리를 가진 산음(山陰)의 도사(道士)에게 『황정경(黃庭經)』을 써 주고 거위를 얻은 일이 있다.

312 이적선(李謫仙) : 당(唐)나라 때 시인 이백(李白)을 말한다.

313 지기(知幾) : 지기(知機). 일의 기미나 낌새를 미리 알아차린다는 뜻이다.

채필은 오색구름 종이 위에 요동치네 彩毫搖動五雲牋

## 화답하다
### 和

지산(芝山)

사와 부들 이 잔치에서 펄럭이니 聯翩詞賦此開筵
재자들 모두 적선[314]과 같네 才子爭稱似謫仙
만 리 길 고래 타고[315] 동해에 오르니 萬里乘鯨東海上
구름과 놀이 붓을 따라 화전지 위에 그득하네 雲霞從筆滿華牋

## 세 진사에게 드리다
### 奉呈三進士

영재(寧齋)

사신 배 멀리 흰 구름 가로 움직이니 星槎遙動白雲邊
바라보니 천리 유헌[316]은 바로 매달렸었지[317] 千里輶軒望正懸
좋구나 이 풍류는 여러 서기들이 好是風流諸記室

314 적선(謫仙) : 귀양 온 신선이라는 뜻으로, 당(唐)나라 때 시인 이백(李白)을 말함.
315 승경(乘鯨) : 고래를 탄다는 뜻에서 신선이 된다는 말이다. 달을 잡으려다가 채석강에 빠진 이백이 고래 등에 올라타 하늘에 올랐다는 전설에서 유래한다.
316 유헌(輶軒) : 가벼운 수레라는 뜻으로 사신이 타는 수레 또는 사신을 가리키는 말.
317 수레를 매달다 : 지세가 험준함을 말한다.

| | |
|---|---|
| 아름다운 붓 펄럭이지 않는 곳 없도다 | 彩毫無處不翩翩 |

## 영재에게 화답하다
### 奉和寧齋韻

경목자(耕牧子)

| | |
|---|---|
| 외로운 기러기 잎 진 나무에 들며 우는데 | 孤鴻落木入吟邊 |
| 여관에서 만나보곤 매달린 의자를 푸네[318] | 旅館相逢解榻懸 |
| 산천이 천 리나 떨어진 것 탓하지 마오 | 莫恨山川千里隔 |
| 오늘 하늘 끝에서 함께 모여 시 지었으니[319] | 天涯今日共聯翩 |

## 영재에게 화답하다
### 奉和寧齋韻

소헌(嘯軒)

| | |
|---|---|
| 하늘 동쪽 길은 욕아[320] 가로 향하고 | 天東路指浴鴉邊 |

---

318 매달린 의자를 풀다 : 동한(東漢) 때 예장(豫章)의 태수(豫章太守) 진번(陳蕃)은 다른 빈객들은 전혀 접대하지 않았는데, 오직 남주(南州)의 고사(高士) 서치(徐穉)가 올 때에만 매달아 놓았던 의자를 내려놓고 접대하다가 서치가 떠난 뒤에는 도로 매달아 놓았다고 한다. 『후한서(後漢書)』「서치열전(徐穉列傳)」.

319 연편(聯翩) : 새가 나는 모양. 쉼 없이 이어지는 모습. 여기서는 시 짓기가 이어지는 모습으로 풀이하였다.

320 욕아(浴鴉) : 일본을 상징한 말로 추정된다. 태양을 가리키는 말인 적아(赤鴉)에서 나온 말로 보인다.

온 나무의 가을빛은 귤나무에 매달렸네 萬樹秋光橘柚懸
고운 집에서 마침 시와 술 모임 이루어지니 華館好成詩酒會
여러분들 문채가 봉새같이 펄럭이네 諸公文采鳳翩翩

## 영재의 운에 화답하다
### 奉和寧齋韻

국계(菊溪)

신선들 찾아온 자줏빛 놀[321] 가에 仙青來自紫霞邊
명주를 따다가 나무마다 매달았네 摘取明珠樹樹懸
소매 안의 새로운 시가 광채를 내니 袖裡新篇光彩射
상서로운 난새 봉새 함께 펄럭이네 詳鸞瑞鳳共翾翩

## 세 진사에게 드리다
### 奉呈三進士

천수(天水)

의상의 모임[322] 이룬 성에서 음악을 들으며 城會衣裳歌頌聞
양국 문사 함께 글 짓는 걸 우러러 보네 仰觀兩土共修文
여러분들 기량은 대부의 명망이니 群公才器大夫望

321 자하(紫霞) : 자주색 놀. 도가(道家)에서는 신선이 자하를 타고 온다고 한다.
322 의상의 모임 : 의상지회(衣裳之會). 국가 간에 예의로써 평화롭게 만나는 모임을 말한다.

부상에서 지은 시문 구름만큼 높구나　　賦就扶桑高處雲

## 천수에게 화답하다
**奉和天水韻**

경목자(耕牧子)

우연히 만나보니 들던 바와 같아 기쁜데　　邂逅相逢愜素聞
그대 뜻이 기이한 글 익힘에 있음을 알겠네　　知君用意學奇文
하늘 밖 뗏목[323] 탄 나그네가 사랑하는 건　　自憐天外浮槎客
현정[324]에 십년 간 머문 양웅[325]과 같음이네　　十載玄亭等子雲

## 천수에게 화답하다
**奉和天水韻**

소헌(嘯軒)

시 운율 음악보다 맑게 들리니　　詩韻淸於絲管聞
말은 달라도 글은 또한 한가지네　　不同言語亦同文
어찌하면 아름다운 문장[326]의 솜씨를 얻어　　何由携得擲金手

---

323 뗏목 : 사신이 탄 배 또는 사신 행차를 말한다.

324 현정(玄亭) : 그윽한 정자. 또는 고유명사 초현정(草玄亭)을 뜻하기도 한다. 초현정은 전한(前漢) 때의 문인 양웅(揚雄)이 칩거하며 『태현경(太玄經)』을 저술한 곳이다.

325 자운(子雲) : 양웅(揚雄)을 말한다. 자운은 자(字)이다.

326 아름다운 시문[擲金] : 진(晉)나라 손작(孫綽)이 「천태산부(天台山賦)」를 짓고서 벗 범영기(范榮期)에게 시험 삼아 이 글을 땅에 던져 보면 금석의 소리가 날 것이라고 한

| | |
|---|---|
| 구름 낀 부사산 봉우리에 함께 오를까 | 共踏士峯峰上雲 |

## 천수에게 화답하다
### 奉和天水韻

국계(菊溪)

| | |
|---|---|
| 그대 매우 박식하다고 문단에 명성 있고 | 詞林聲價聳瞻聞 |
| 글 짓는 데 솜씨 좋다고들 말하네 | 爭道夫公善綴文 |
| 오늘의 모임[327]은 참으로 훌륭한 일이요 | 今日盍簪眞勝事 |
| 시 모습이 봄 구름같이 포근함을 보겠네 | 喜看詩態藹春雲 |

## 세 진사에게 부치다
### 奉寄三進士

현악(峴嶽)

| | |
|---|---|
| 더위 올 때[328] 집 떠났다가 봄에 돌아가리니 | 徂暑離家歸去春 |
| 삼장[329]의 현인들이 이방인이 되었구나 | 三場吉士異邦人 |
| 한 번 만나 심맹 맺을 줄 뉘 알았으리 | 誰知一面心盟在 |

데서 유래한다.

327 모임[盍簪] : 뜻 맞는 이들이 빨리 달려와 회동함을 뜻한다.

328 조서(徂暑) : 여기서는 더위가 시작됨을 말한다. 사행은 4월 11일에 사은숙배하고 길을 떠났다.

329 삼장(三場) : 과거 시험의 초시(初試)·복시(覆試)·전시(殿試)를 뜻하는데 여기서는 과거시험을 말한다.

만나서 웃으며 하는 말 낯설다고 하지 마오 莫道相逢笑語新

## 현악이 주신 운에 화답하다
### 奉和峴嶽惠韻

경목자(耕牧子)

높이 백설가 부르며 양춘곡을 묻다가 高歌白雪問陽春
우연히 아름다운 한 풍류객을 만났도다 邂逅風流一玉人
남국의 좋은 보배 몇이나 되는가 南國明珠知幾箇
만난 곳의 반가운 눈빛이 그대 때문에 새롭네 逢場青眼爲君新

## 현악에게 화답하다
### 奉和峴嶽韻

국계(菊溪)

모임 장소의 화기는 봄날 같이 따사론데 逢場和氣暖如春
유독 풍류가 호탕한 사람이네 別是風流浩蕩人
새로 아는 즐거움보다 더 큰 즐거움 없음[330]을 아나니
我識相知樂莫樂

330 새로 아는 즐거움보다 더 큰 즐거움 없다 : 이 세상의 즐거움 중에는 새로 사람을 알아서 사귀는 것보다 더한 것이 없다는 뜻으로, 굴원(屈原)의 「소사명(少司命)」에, "살아서 이별하는 것보다 더 큰 슬픔은 없고, 새로 사람을 알아서 사귀는 것보다 더 큰 즐거움은 없다.[悲莫悲兮生別離 樂莫樂兮新相知]"는 구절이 있다.

흰머리 내게 어느 것이 새로 앎만 같으랴 白頭何者尙如新

## 세 진사에게 부치다
**奉寄三進士**

광택(廣澤)

춤추는 익새[331]는 바다에 얼마나 떠 있었나 滄溟舞鷁幾時浮
부럽도다 남행을 결단하여 장쾌한 유람 하셨네 羨斷圖南擅壯遊
조위[332] 지극한 정성으로 외교가 오랜데 曹偉至誠修聘久
한 편의 시사가 역사에 빛나리 一篇詩史照春秋

## 광택이 주신 운에 화답하다
**奉和廣澤惠韻**

경목자(耕牧子)

시모임 약속하여 큰 술잔 띄웠는데[333] 約東騷壇大白浮
시문이 훙겨우니 또한 기이한 놀음이라 詩文跌宕亦奇遊

331 춤추는 익새 : 항해하는 배를 말한다. 익(鷁)은 물새의 일종인데, 이 새가 풍파를 잘 견디므로 뱃머리에 이 새의 모양을 그려 넣었다.

332 조위 : 조위(曺偉, 1454-1503). 통신사로 일본에 다녀온 일이 있다. 자는 태허(太虛). 호는 매계(梅溪). 김종직의 문인으로, 도승지를 역임하고 대사성으로 지춘추관사가 되어 『성종실록』을 편찬할 때 김종직의 〈조의제문〉을 실어 무오사화 때 유배되어 죽었다. 저서에 『매계집』이 있다.

333 큰 술잔을 띄우다 : 술을 많이 마심을 뜻함.

| | |
|---|---|
| 은근한 그대들의 뜻 다시금 알겠는데 | 慇懃更識諸君意 |
| 서풍이 황국 핀 가을날과 함께 답해주네 | 共償西風黃菊秋 |

## 광택에게 화답하다

### 奉和廣澤韻

소헌(嘯軒)

| | |
|---|---|
| 온화한 기쁜 기운[334]에 양미간이 가벼운데 | 藹然黃氣兩眉浮 |
| 여러 신선 기쁘게 맞아 되는대로 노닐면서 | 喜接群仙汗漫遊 |
| 길고 짧게 시 지으며 깊고 얕게 잔질하니 | 長短詩篇深淺酌 |
| 황국 핀 가을을 저버리지 않게 하리 | 免教孤負黃花秋 |

## 광택에게 화답하다

### 奉和廣澤韻

국계(菊溪)

| | |
|---|---|
| 사신 배 만 리 길에 달빛 타고 돌아갈 때 | 星槎萬里月還浮 |
| 선현의 자취 좇아 찬 바다 노닐 것을 | 踪繼前賢冷海遊 |
| 매로[335]의 지극한 정성은 경복을 하게 하고 | 梅老至誠堪敬服 |
| 맑은 시 한 연은 천년에 비치도다 | 一聯清藻映千秋 |

334 기쁜 기운[黃氣] : 기쁜 기운 또는 천자의 기운이나 상서로운 기운을 말한다.
335 매로(梅老) : 조위(曺偉, 1454-1503)를 가리킨다. 호가 매계(梅溪)이다.

## 세 진사에게 부치다
**奉寄三進士**

상원(桑園)

| | |
|---|---|
| 사신 별 바다 멀리 서쪽에서 동쪽으로 움직일 때 | 使星遙動海西東 |
| 돛 그림자는 만 리 바람에 물결을 비추었지 | 帆影映波萬里風 |
| 이들이 바로 업중[336]의 문인들임을 알겠으니 | 知是鄴中詩賦客 |
| 연하 같은 붓길은 높은 하늘에 접하였네 | 烟雲筆下接高空 |

## 상원에게 화답하다
**奉和桑園韻**

경목자(耕牧子)

| | |
|---|---|
| 공동산의 칼 하나[337] 다시금 하늘 동쪽에 있는데 | 崆峒一劍更天東 |
| 황국이 다한 뒤에 다시금 삭풍 부네 | 開盡黃花又朔風 |
| 저물녘 객관에서 그대를 만나보고 | 邂逅逢君賓館夕 |
| 크게 취해 멋대로 노래하니 나그네 수심 사라지네 | 狂歌大醉客愁空 |

---

336 업중(鄴中) : 삼국 시대 조조(曹操)가 도읍한 업(鄴)을 가리키는 말. 이 시절 이곳에는 조조·조비(曹丕) 부자를 비롯하여 공융(孔融)·진림(陳琳)·왕찬(王粲)·서간(徐幹)·완우(阮瑀)·응창(應瑒)·유정(劉楨) 등 소위 건안칠자(建安七子)라고 불리는 문인들이 활동하였다.

337 공동산의 칼 하나 : 천하의 난리를 평정하고 싶다는 뜻을 담고 있다. 두보(杜甫)가 토번(吐蕃)의 침략을 막기 위해 공동산에 주둔하고 있던 가서한(哥舒翰)에게 보낸 「투증가서개부이십운(投贈哥舒開府二十韻)」에서, "몸을 막는 장검 한 자루를, 공동산에서 비껴들고 싶다오.[防身一長劍 將欲倚崆峒]" 한 데서 유래한다. 공동산(崆峒山). 중국 계주(薊州)에 있는 산으로, 옛날에 헌원씨(軒轅氏)가 이곳에서 신선인 광성자(廣成子)를 만나 도(道)를 듣고 놀았다고 한다.

## 상원에게 화답하다
**奉和桑園韻**

소헌(嘯軒)

| | |
|---|---|
| 신선 찾아 만 리에 계수 동쪽[338]에 이르니 | 萬里尋仙鷄首東 |
| 강성에 잎이 지는 바로 가을바람이네 | 江城落木正西風 |
| 국화 아직 시들지 않았을 때 좋은 손님 이르고 | 黃花不老佳賓至 |
| 게다가 동이에는 술도 비지 않았네 | 況復樽中酒不空 |

## 상원에게 화답하다
**奉和桑園韻**

국계(菊溪)

| | |
|---|---|
| 문성[339]이 십주[340]의 동쪽에 빛을 내니 | 文星動彩十洲東 |
| 야윈 듯한 맑은 기품에 고풍을 갖추었네 | 成削淸儀有古風 |
| 술잔 잡고 시를 논하니 탈속함을 갖췄는데 | 把酒論詩俱不俗 |
| 좌중이 온통 나그네 수심 사라짐을 깨닫네 | 座間渾覺客愁空 |

338 계수동(鷄首東) : 계림(鷄林)의 동쪽이란 뜻으로 일본을 지칭하는 듯.

339 문성(文星) : 문창성(文昌星), 문곡성(文曲星). 문운(文運)을 맡고 있다는 별 이름으로 문장가를 뜻한다.

340 십주(十洲) : 도교에서 칭하는 큰 바다 가운데 신선이 사는 경치 좋은 열 곳. 선경(仙境)을 이른다.

## 세 진사에게 부치다
### 奉寄三進士

황릉(黃陵)

| | |
|---|---|
| 만 리 부상에 물결이 높은데 | 萬里扶桑波浪高 |
| 길을 보니 광릉의 물결[341] 어찌하여 줄었나 | 觀程何減廣陵濤 |
| 사신 배가 팔월에 신선의 노를 멈추니 | 星槎八月停仙棹 |
| 그대 칠발[342]로써 다시 붓 들 줄 알겠네 | 七發知君復抽毫 |

## 황릉에게 화답하다
### 奉和黃陵韻

경목자(耕牧子)

| | |
|---|---|
| 새로운 시 이뤄지려니 솟은 눈썹 높아지고 | 新詩欲就聳眉高 |
| 붓길 아래 바람 일어 파도를 보내네 | 筆下天風送海濤 |
| 취한 뒤 세상이라 두 눈 커지니 | 醉後乾坤雙眼大 |
| 참으로 태산이 한 터럭 같도다 | 泰山眞似一秋毫 |

341 광릉의 물결 : 광릉 곧, 지금의 양주(揚州) 곡강(曲江)의 물결. 한(漢)나라 때 문인 매숙(枚叔)이 태자를 깨우치기 위해 지은 시 「칠발(七發)」의 제5발에서 "客曰 將以八月之望 與諸侯遠方交遊兄弟 並往觀濤于廣陵之典江"이라 하였다. 광릉도는 한(漢)나라 때에는 기세가 호대하여 매우 장관이었으나 이후 기세가 점점 줄어 당(唐)나라 때 이르러서는 볼 만한 것이 없었다고 한다.

342 칠발(七發) : 한(漢)나라 때 문인 매숙(枚叔)이 태자를 깨우치기 위해 지은 시. 『문선(文選)』 8권에 실렸다. 위의 주 참조.

## 황릉에게 화답하다

**奉和黃陵韻**

소헌(嘯軒)

| | |
|---|---|
| 여러분의 새로운 시 운격이 높아 | 諸子新詩韻格高 |
| 취하니 높은 기상 파도처럼 솟구치네 | 酣來逸氣湧如濤 |
| 문단에선 뜻 없이 기와 북을 다투지만[343] | 騷壇無意爭旗鼓 |
| 일찍이 꿈속에서 오색 붓 되돌려 주었도다[344] | 夢裡曾還五色毫 |

## 황릉에게 화답하다

**奉和黃陵韻**

국계(菊溪)

| | |
|---|---|
| 시가 성하니 가을빛과 높기를 다툴 만하고 | 詩將秋色可爭高 |
| 흥이 높으니 푸른 바다 만 겹 파도와 같네 | 興逸滄溟萬疊濤 |
| 선경에서 그대와 마주하니 아담한 풍치 많아 | 仙境對君多雅致 |
| 세상의 티끌 일 모두 가느다란 터럭 되네 | 世間塵事總纖毫 |

343 기와 북을 다투 : 기와 북은 전쟁에서 신호로 쓰는 것이다. 문사들이 서로 문장을 겨루는 것을 전쟁터의 싸움에 비유한 표현이다.

344 오색 붓을 되돌려주다 : 남조(南朝) 때 양(梁)의 문장가 강엄(江淹)이 송(宋)·제(齊)·양(梁) 3조(朝)에 걸쳐서 문명을 떨쳤는데, 만년에 이르러 꿈속에서 곽박(郭璞)이라고 자칭하는 이에게 오색필(五色筆)을 돌려주고 난 뒤로는 문재(文才)가 감퇴하였다고 한다. 『남사(南史)』 「강엄전(江淹傳)」

## 세 진사에게 부치다
### 奉寄三進士

지산(芝山)

| | |
|---|---|
| 부상의 바다와 산악 하늘에 닿아 이어졌는데 | 扶桑海嶽接空連 |
| 깃발들 빽빽하게 하늘가에 이르렀네 | 旌旆葳蕤到日邊 |
| 이 행렬이 기상에 관계될 줄 어찌 알리오 | 那識此行關氣象 |
| 객성들 높이 십주의 하늘을 둘렀으니 | 客星高拱十洲天 |

## 지산이 주신 운에 화답하다
### 奉和芝山惠韻

경목자(耕牧子)

| | |
|---|---|
| 수선조[345] 거문고 연주 성련자를 배움인데 | 水仙琴操學成連 |
| 우연히 뗏목 따라 하늘가에 이르렀네 | 偶逐浮槎到日邊 |
| 여관에서 그대 만나 한 번 웃음을 날리니 | 旅館逢君翻一笑 |
| 가을 하늘 마주하여 술 마시기 딱 좋구려 | 好將樽酒對秋天 |

345 수선조(水仙調) : 백아(伯牙)가 스승 성련자(成連子)에게 금(琴)을 배울 때, 성련자가 백아에게 "거문고 곡조는 거의 배웠으나 이제는 너의 정(情)을 옮겨 바꾸어야겠다."고 하고, 섬으로 데리고 가서 "나의 스승이 저 건너편 섬에 계시니 모시고 올 때까지 기다려라."라고 하고 배를 타고 간 뒤 10여 일 동안 오지 않았다. 물새만 울부짖는 숲에 혼자 있던 백아는 감동되어, "이것이 우리 스승이 나의 정을 바꾸는 것이다." 하고, 거문고를 탔는데 그 곡조가 수선조(水仙調)라고 한다.

## 지산에게 화답하다
### 奉和芝山韻

국계(菊溪)

| | |
|---|---|
| 문단의 좋은 만남에 자리를 이어보니 | 詞場佳會一床連 |
| 신선 섬 안개 놀이 담소하는 가에 있네 | 仙島烟霞笑語邊 |
| 반가운 눈으로 서로 보니 예부터 알던 듯해 | 青眼相看如舊識 |
| 해가 질 때까지 앉아 있어도 좋겠네 | 不妨坐到夕陽天 |

## 청천 신공에게 드려 여회를 위로하다
### 奉呈青泉申公以慰旅懷

천수(天水)

| | |
|---|---|
| 우혈과 용문[346]에 장쾌한 놀음 지었으니 | 禹穴龍門作壯遊 |
| 부상 천지에 다시 어디 배를 댈까 | 扶桑天地復留舟 |
| 해 저물녘 중관[347]에서 자주 고개 돌려보니 | 重關斜日頻回首 |
| 시월 첫 추위에 다시 갖옷이네 | 十月初寒更裘[348] |

346 우혈(禹穴)과 용문(龍門) : 모두 회계산(會稽山)에 있는 우(禹)임금의 유적이다. 용문은 산서성(山西省) 하진(河津)의 서북, 섬서성(陝西省) 한성(韓城)의 동북에 있는 산악이 대치(對峙)한 곳으로 사마천(司馬遷)이 성장한 곳. 전한(前漢)의 태사령(太史令) 사마천(司馬遷)은 10여 세에 고문을 다 통하고, 20여 세에는 천하를 유람하고자 하여 남으로 강회(江淮)·회계(會稽)·우혈(禹穴)·구의(九疑)·원상(沅湘) 등지를 유람하고, 북으로 문수(汶水)·사수(泗水)를 건너 제(齊)와 노(魯) 지방을 거쳐 양(梁)·초(楚) 지방까지 두루 유람하였다. 이렇게 천하를 유람한 결과 위대한 문장을 성취할 수 있었다고 한다.

347 중관(重關) : 지세가 험하여 방어하는 데에 중요한 관문을 말한다.

348 한 글자가 모자란다.

| | |
|---|---|
| 다만 서산이 있어 지극한 볼거리 되어주니 | 只有西山供劇覽 |
| 남쪽으로 온 나그네 수심 어찌 풀리지 않겠나 | 不那南客遣羈愁 |
| 청천[349]의 한 갈래가 구름 사이에서 떨어져 | 青泉一派雲間落 |
| 힘차게 문장을 일으키니 만고에 흐르겠네 | 激起文章萬古流 |

## 천수가 주신 운에 거듭 화답하다
### 重和天水惠韻

청천(青泉)

| | |
|---|---|
| 세상의 호탕한 유람을 그대가 좋아해주어 | 憐君天地辨豪遊 |
| 푸른 바다 만 리에서 문에 배를 매었네 | 門繫滄溟萬里舟 |
| 주수[350]가 모두 매달려 구레나룻 푸르고[351] | 珠樹共懸青髩色 |
| 상서로운 구름 멀리 떠 담비 갖옷은 검도다 | 瑞雲遙上黑貂裘 |
| 약초 찾는 주머니는 진왕의 꿈[352]이요 | 囊探藥草秦王夢 |
| 난초 향기에 씻는 붓은 나그네[353] 수심이라 | 筆洒蘭芳楚客愁 |

349 청천(青泉) : 푸른 샘이라는 뜻과 함께 신유한을 가리킨다.

350 주수(珠樹) : 삼주수(三珠樹). 잎이 전부 구슬로 이루어졌다는 신선 세계의 나무. 『산해경(山海經)』에 따르면, 염화(厭火)의 북쪽 적수(赤水) 위에서 자라는데 잣나무와 비슷하다고 한다.

351 구레나룻이 푸르다 : 젊어서 머리칼이 검은 것을 말한다.

352 진왕몽(秦王夢) : 진시황(秦始皇)의 꿈. 진시황은 신선이 되고자 하여 불로장생하는 약을 구하기 위해 서불(徐市)에게 동남동녀(童男童女) 3천명을 데리고 삼신산(三神山)으로 가게 하였다.

353 초객(楚客) : 타향이 머무는 나그네. 흔히 굴원을 가리키거나 유배객을 뜻하기도 하지만 여기서는 이와 같은 뜻으로 쓰였다.

우혈과 강회[354]는 참으로 비좁으나　　禹穴江淮眞隘陋
천추에 사마천은 절로 이름 전하네　　千秋司馬自名流

## 추수·소헌·국계 삼공에게 드리다
### 奉呈秋水嘯軒菊溪三公

현악(峴岳)

화려한 자리에 고관 손님 오시니　　綺筵軒冕客
두 나라에 태평한 바람 부네　　兩地太平風
고국은 나는 기러기 북쪽에 있는데　　故國飛鴻北
맑은 해는 길 떠난 익새[355] 동쪽에 있네　　晴曦征鷁東
무소 뿔 태울[356] 바다 사물 다 연구하고　　燃犀窮海物
돌을 들[357] 하늘의 솜씨를 묻네　　持石問天工
담소하니 호탕한 기운이 발하여　　談笑發豪氣
찬란한 문채가 만 길 무지개 되네　　文光萬丈虹

354 우혈(禹穴)과 강회(江淮) : 전한(前漢)의 태사령(太史令) 사마천(司馬遷)이 유람한 곳이다.

355 익새 : 배를 말한다. 익(鷁)은 물새의 일종인데, 이 새가 풍파를 잘 견디므로 뱃머리에 이 새의 모양을 그려 넣었다.

356 무소의 뿔을 태우다 : 사무(事務)를 밝게 살피고 은밀한 것을 밝게 아는 것. 진(晉)나라 온교(溫嶠)가 우저라는 연못에 이르렀는데 그 연못의 깊이를 헤아릴 수 없었다. 세상에서 그 연못 속에는 괴물(怪物)이 많다고 하므로, 온교가 드디어 서각(犀角)에 불을 붙여가지고 그 물 속을 비춰 보았다 한다. 『진서(晉書)』「온교전(溫嶠傳)」

357 돌을 들다 : 지석파옹(持石破甕). 기지가 뛰어남을 말한다. 북송(北宋) 때의 학자 사마광(司馬光)이 어렸을 때 물이 가득 담긴 옹기에 빠진 아이가 있었는데 아무도 구하지 못해 발을 동동 구를 때 돌을 들어 옹기를 깨 아이를 구한 일에서 유래한다.

## 현악에게 차운하다
### 次呈峴岳

추수(秋水)

| | |
|---|---|
| 한가한 날 여러분과 모이니 | 暇日諸君集 |
| 나그네 수심은 북풍에 흩어지네 | 羈懷散北風 |
| 국화 밖에서 시를 이루고 | 詩成黃菊外 |
| 그림 병풍 동쪽에서 먹을 뿌리네 | 墨灑畵屛東 |
| 인물들 신령스런 산악에 모여 | 人物鐘靈嶽 |
| 문장이 조화옹의 솜씨를 빼앗았네 | 文章奪化工 |
| 문장의 으뜸 자리를 양보하지 않고 | 詞宗不相讓 |
| 취한 채 기상이 무지개 같네 | 倚醉氣如虹 |

## 현악의 시에 차운하다
### 次呈峴岳韻

소헌(嘯軒)

| | |
|---|---|
| 한가한 날 아름다운 당에 모였는데 | 暇日華堂會 |
| 찬 날씨라 잎 떨구는 바람이 부네 | 寒天落木風 |
| 회포는 피차 다름없으나 | 襟期無彼此 |
| 언어는 동서가 다르네 | 言語異西東 |
| 감히 문장의 노성함에 견주어보나 | 敢擬文章老 |
| 강구와 토론 교묘하니 깊이 탄식하네 | 深嘆講討工 |
| 금대[358]의 높이는 얼마나 되는가 | 金臺高幾計 |
| 준마 값[359] 이미 무지개를 능가하네 | 駿價已凌虹 |

## 현악에게 화답하다

### 次呈峴岳韵

국계(菊溪)

| | |
|---|---|
| 봉강[360] 문하의 여러 선비들 | 鳳岡門下士 |
| 모두 고인의 풍모를 갖췄으니 | 俱得古人風 |
| 고아한 명망은 별 북쪽을 바라보고 | 雅望瞻星北 |
| 향기로운 이름은 바다 동쪽에 퍼졌네 | 芳名播海東 |
| 법 맡음은 원래 비범한데다 | 典刑元拔俗 |
| 시문 또한 공교함에 이르렀네 | 詞翰亦臻工 |
| 술 몇 순배 돌자 맑은 대화 넘쳐나 | 酒半清談騁 |
| 우뚝한 기운이 무지개를 토해내네 | 崢嶸氣吐虹 |

358 금대(金臺) : 황금대(黃金臺). 전국시대 연(燕)나라 소왕(昭王)이 천하의 현사(賢士)들을 맞이하기 위하여 역수(易水) 동남쪽에 세운 대. 소왕은 제(齊)나라가 난리를 틈타 연나라를 침공하여 임금을 죽인 것을 통한으로 여겨 곽외(郭隗)를 스승으로 섬기고 악의(樂毅) 등 명장을 중용하여 국력을 기른 다음 제나라를 공격하여 수도 임치(臨淄)를 함락하였다.

359 준가(駿價) : 준마의 값. 전국시대에 연(燕)나라 소왕(昭王)이 곽외(郭隗)에게 인재 추천을 부탁하니, 그가 말하기를 "옛날 어떤 임금이 천리마를 구하려고 사자(使者)에게 천금(千金)을 주었는데, 죽은 천리마의 뼈를 5백 금을 주고 사오니 임금이 노했습니다. 그러자 사자가 말하기를 '죽은 말도 사오는데 더구나 산 말이겠는가. 천리마가 곧 오게 될 것이다.' 했는데, 과연 1년이 못 되어 천리마가 세 마리나 이르렀습니다. 지금 왕께서도 어진 인재를 오게 하려면 이 곽외로부터 먼저 시작하십시오. 그러면 저보다 나은 이가 어찌 천 리를 멀다 하겠습니까." 하였다. 그 말을 들은 소왕이 곽외를 스승으로 섬겼더니, 과연 어진 인재가 모여들어 부강한 나라를 이루었다.

360 봉강(鳳岡) : 봉의 언덕이라는 뜻과 함께 임신독(林信篤)의 호를 뜻한다. 임신독은 나산(羅山) 임도춘(林道春)의 손자로, 대를 이어 태학두를 맡았으며, 흔히 하야시 호코(林鳳岡)로 불린다. 다른 호는 정우(整宇)이다.

## 소헌공에게 부치다
### 寄嘯軒公

광택(廣澤)

사신 깃발은 바람에 차고 만 리엔 구름 펼쳐졌는데 旗節風寒萬里雲
평소에 뜻한 바는 상호[361]와 유학이었지 桑弧素志與斯文
석린[362]의 유명한 글은 금석문 남았는데 石璘名翰存金石
오늘 홍려[363]에서 그대를 만남에 기뻐하네 今日鴻臚喜見君

## 광택이 보여준 운에 화답하다
### 奉和廣澤見示韻

소헌(嘯軒)

흰머리의 여생에 자취가 구름 같은데 白首殘生跡似雲
청유[364]에서 글 지으며 솜씨 없음 부끄러워하네 青油裁愧無文[365]

361 상호(桑弧) : 남자가 큰 뜻을 세움. 상호봉시(桑弧蓬矢)의 준말. 옛날에 사내아이가 태어나면 뽕나무로 만든 활[桑弧]에 쑥대로 만든 화살[蓬矢]을 메워서 천지 사방에 쏘면서, 큰 뜻을 품고 웅비(雄飛)하라고 기원한 데서 유래한다.

362 석린(石璘) : 성석린(成石璘, 1338-1423) 본관은 창녕(昌寧). 자는 자수(自修), 호는 독곡(獨谷). 1357년(공민왕 6)에 과거에 급제, 국자학유(國子學諭)의 벼슬을 받았으며, 승진하여 사관(史官)으로 있을 때 이제현(李齊賢)이 국사를 편수하면서 그의 재능을 인정하여 그로 하여금 항상 글을 짓게 하였으며, 예문관(藝文館)의 공봉(供奉), 삼사(三司)의 도사(都事), 전의시(典儀寺)의 주부(注簿) 등을 지냈다. 역성혁명에 참여하여 원종공신이 되었다. 소헌(嘯軒) 성몽량(成夢良)의 선조이다.

363 홍려(鴻臚) : 빈객의 접대를 맡은 관청.

364 청유(青油) : 청유막(青油幕). 장군의 막사(幕舍)에 청유라는 기름을 발랐기 때문에

| | |
|---|---|
| 상독(桑獨)의 원류 어떠한지 알고자 하면 | 欲知桑獨源流否 |
| 함께 창녕부원군[366]에서 나왔다오 | 同出昌寧府院君 |

## 삼한의 네 분 현인에게 빠르게 드리다
### 走筆奉呈韓賢四位

광택(廣澤)

| | |
|---|---|
| 인생살이 뜬구름 같다고 말하지 마오 | 休說人生生若浮 |
| 평소 바라던 상호봉시 동쪽 유람으로 이뤘으니 | 桑弧素願償東游 |
| 눈앞의 창파에는 천 골짜기가 담겼고 | 眼中滄波涵千壑 |
| 가슴속 천지에는 아홉 언덕[367] 간직했네 | 胸裡堪輿藏九丘 |
| 금간[368]과 옥문[369]은 우혈[370]을 탐문했고 | 金簡玉文探禹穴 |
| 연산[371]과 압수[372]는 신주[373]에 접하였네 | 燕山鴨水接神州 |
| 비단 돛배 타고 탈 없이 돌아가시는 날 | 錦帆無恙回還日 |

이와 같이 말한다. 장군의 막료 즉 종사관(從事官)을 흔히 청유사(靑油士)라고 일컫는다. 성몽량(成夢良)의 직함은 서기이나 이와 같이 표현했다.

365 한 글자가 모자란다.

366 창녕부원군(昌寧府院君) : 창녕 성씨를 말하는 것으로 보인다.

367 아홉 언덕 : 구주(九州)를 말한다. 중국 전체 또는 세상 전체를 뜻하는 말이다.

368 금간(金簡) : 금으로 만든 간책 또는 매우 귀한 책.

369 옥문(玉文) : 옥에 새긴 글 또는 진귀한 책.

370 우혈(禹穴) : 회계산(會稽山)에 있는 우(禹)임금의 유적으로, 사마천이 유람한 곳이다.

371 연산(燕山) : 연경(燕京), 곧 북경(北京)을 말한다.

372 압수(鴨水) : 압록강(鴨綠江).

373 신주(神州) : 신령스러운 땅이라는 뜻으로 중국을 가리킨다.

| | |
|---|---|
| 자리 가득 친우들이 만세 부르리 | 滿座親朋呼萬秋 |

## 신청천에게 다시 화답하다
### 再和呈申青泉案下

황릉(黃陵)

| | |
|---|---|
| 푸른 바다 먼 구름엔 물결만 아득한데 | 滄海長雲波渺茫 |
| 은빛 돛대가 좋은 시절에 부상에 이르렀네 | 錦帆烟月到扶桑 |
| 영중[374]의 나그네는 춘설시를 짓는데 | 郢中有客裁春雪 |
| 이 땅에는 뉘라서 화답 글을 지을까 | 此地何人成報章 |

## 강·성·장공에게 다시 화답하다
### 再和呈姜公成公張公案下

황릉(黃陵)

| | |
|---|---|
| 바다 위 봉래섬에 붉은 기운[375] 높은데 | 海上蓬萊紫氣高 |
| 만 리 긴 바람은 밤 파도를 일으키네 | 長風萬里夜揚濤 |
| 시 주머니 속에는 강산 모습 들었는데 | 囊中携得江山色 |
| 한 조각 놀은 채색 붓으로 쏟아지네 | 一片烟霞瀉彩毫 |

374 영중(郢中) : 초나라의 도읍. 여기서는 조선을 말함.

375 붉은 기운 : 상서로운 붉은 기운. 함곡관(函谷關)의 관령(關令) 윤희(尹喜)가 자기(紫氣)가 동쪽에서 서쪽으로 옮겨 오는 것을 보고 성인이 오실 것이라고 기대하였는데, 과연 노자(老子)가 청우(青牛)를 타고 와 윤희에게 『노자(老子)』 3천자를 전했다고 한다.

## 율시 한 편을 읊어 성공에게 드리다
### 賦一律呈成公

황릉(黃陵)

| | |
|---|---|
| 약목[376]의 먼 하늘에 붉은 기운 돌아오니 | 若木天長紫氣回 |
| 만 리에 뗏목 타고 와 봉래섬을 묻네 | 乘槎萬里問蓬萊 |
| 사신 별 높이 에워싼 데 천지가 합하였는데 | 使星高拱乾坤合 |
| 깃발이 맑은 하늘에 걸려 놀이 개었도다 | 節旄晴懸烟靄開 |
| 주례[377]의 직방[378]은 구름 속에 먼데 | 周禮識方雲裏遠 |
| 삼한의 구슬과 비단이 하늘가로 왔네 | 韓玉帛日邊來[379] |
| 천 년의 장쾌한 놀음은 뉘에 비길까 | 壯遊千載何人比 |
| 한나라 사마천은 원래 으뜸 재질이네 | 漢代史遷原上才 |

## 황릉에게 화답하다
### 奉和黃陵韻

소헌(嘯軒)

| | |
|---|---|
| 고향 산을 꿈꾼 적이 몇 번이었나 | 家山入夢幾時回 |

376 약목(若木) : 고대 신화 속의 나무 이름. 나무는 붉고 잎은 푸르고 꽃은 붉다고 한다. 일설에는 곧 부상(扶桑)이라 한다.

377 주례(周禮) : 주(周)의 관제(官制)에 천(天)·지(地)·춘(春)·하·추·동의 6관(六官)을 분류하여 설명한 것.

378 직방(識方) : 벼슬 이름. 지방의 장관 또는 구주(九州)의 지도를 관정하고 사방에서 들어오는 공물을 담당한다.

379 한 글자가 모자란다.

세 갈래 길[380]엔 사람 없고 풀만 우거졌을 텐데　三逕無人翳草萊
부사산 맑은 구름은 수심 속에 지나고　士岳晴雲愁裡過
부상의 아침빛은 바라보는 중 열리도다　扶桑曉色望中開
바야흐로 나그네는 등루한[381]이 깊은데　方深客子登樓恨
기쁘도다 여러 신선 학을 타고 오셨네　深喜諸仙控鶴來
채필이 늠름하여 노안을 놀래주고　彩筆憑凌驚老眼
종군[382]의 영묘함이 인재들 중 뛰어나네　終軍英妙出群才

## 성공에게 다시 화답하다

**再和呈成公**

황릉(黃陵)

붉은 깃발 화려하게 풍경 속에 나붓기며　紅旆威蕤風色回
다락배에 금고 울리고 봉래섬에 닿았네　樓船金鼓接蓬萊

---

380 삼경(三逕) : 은거하는 사람이 사는 곳을 뜻한다. 전한(前漢) 때 장후(蔣詡)가 두릉(杜陵)에 은거하면서 집 안에 세 갈래 길을 내고 소나무, 대나무, 국화를 심은 데서 유래한다.

381 등루한(登樓恨) : 삼국시대에 위(魏)나라 왕찬(王粲)이 동탁(董卓)의 난리를 피하여 형주(荊州)의 유표(劉表)에게 의지하고 있을 때에 강릉(江陵)의 성루(城樓)에 올라 고향을 생각하면서「등루부(登樓賦)」를 지었다.

382 종군(終軍) : 한(漢)나라 무제(武帝) 때 사람. 젊은 사람을 뜻한다. 나이 18세로 박사제자(博士弟子)에 선발되었고, 20여 세에는 간대부(諫大夫)에 발탁되었다. 남월(南越)과 화친하기 위해 사신을 보낼 때, 천자에게 긴 밧줄을 내려주면 반드시 남월왕(南越王)을 묶어서 끌어오겠다고 자원하였다. 마침내 그곳에 사신으로 가서는 남월왕을 잘 설득하여 한 나라에 내속(內屬)하겠다는 허락까지 받아냈으나, 남월의 정승 여가(呂嘉)의 반역에 의하여 그 곳에서 남월왕와 함께 살해되었다.『한서(漢書)』64권.

부상의 밝은 달은 온 산에 돋아나고　扶桑明月千山出
창해의 뜬구름은 만 리에 펼쳐졌네　滄海浮雲萬里開
천상의 사신 별이 펄럭이는 일산에 비추고　天上使星飛蓋映
하늘의 구름과 안개 사람 곁으로 내려왔네　霄間龍氣傍人來
적선[383]이 오늘 고래 타고 이르니　謫仙此日跨鯨到
술 한 말에 시 백 편[384]을 자부하는 재주일세　一斗百篇自大才

## 성공에게 다시 드리다
### 復呈成公案下

황릉(黃陵)

삼한 조정 사신들 가장 어지니　韓庭使者最稱賢
사와 부를 서쪽으로부터 만 리에 전하네　詞賦西來萬里傳
들으니 외로운 배 먼 바다를 떠 왔다더니　聞道孤槎浮遠海
과연 수리 한 마리[385] 푸른 하늘에서 내려왔네　果然一鶚下青天
관문의 붉은 기운 놀을 에워싸고　關門紫氣烟雲擁
산악의 긴 바람에 깃발을 걸었도네　山嶽長風旌旆懸
동방에 화답할 자 없다 말하지 마오　莫謂東方無和者

383 적선(謫仙) : 귀양 온 신선이라는 뜻으로, 당(唐)나라 때 시인 이백(李白)을 지칭하는 말이다.

384 술 한 말에 시 백 편 : 두보(杜甫)의 「음중팔선가(飮中八仙歌)」에, "이백은 술 한 말에 시가 백 편이라.[李白一斗詩百篇]"고 하였다.

385 수리 한 마리 : 후한(後漢) 때 공융(孔融)이 예형(禰衡)을 천거하는 표문(表文)에, "사나운 새 수백 마리가 수리 한 마리만 못하다.[鷙鳥累百 不如一鶚]"고 하였다.

| | |
|---|---|
| 주현[386]으로 영중편[387]을 연주하나니 | 朱絃爲奏郢中篇 |

## 황릉에게 차운하다

### 奉次黃陵韻

소헌(嘯軒)

| | |
|---|---|
| 위원[388]엔 예로부터 인재가 많아서 | 葦原從古盛才賢 |
| 게다가 또 명공께서 도의 명맥 전하였네 | 況又名公道脈傳 |
| 숭란[389] 향이 골짜기에 그득함을 이미 알았는데 | 已覺崇蘭香滿谷 |
| 때마침 신선 학 울음소리 하늘에서 들리누나 | 會看仙鶴響聞天 |
| 난간에 기대니 갠 날 푸른 바다 드넓은데 | 憑欄霽色滄溟濶 |
| 붓 잡으니 비낀 해에 부사산 봉우리 솟아 있네 | 把筆斜陽士嶺懸 |
| 이별 후 친구와 멀리 떨어짐[390] 어찌 견딜까 | 別後可堪雲樹隔 |
| 상자 속의 시편에만 정신을 모으리라 | 凝神惟有篋中篇 |

386 주현(朱絃) : 익혀 붉은 물을 들인 실로 만든 현악기. 『예기(禮記)』「악기(樂記)」에 "청묘(淸廟)의 슬(瑟)은 주현으로 되어 있고 소리가 느릿하여서 한 사람이 선창하면 세 사람이 화답하여 여음(餘音)이 있다."고 하였다.

387 영중편(郢中篇) : 고아한 노래나 시편. 영중(郢中)의 노래 곧, 백설가(白雪歌)를 뜻한다. 영중은 초(楚)나라의 도읍. 백설가는 초나라의 명곡으로 내용이 매우 고상하였다.

388 위원(葦原) : 일본의 옛 이름.

389 숭란(崇蘭) : 난초의 일종.

390 친구와 멀리 떨어짐[雲樹隔] : 멀리 떨어진 벗을 그리워하는 마음. 두보(杜甫)의 「춘일억이백(春日憶李白)」의 "위수 북쪽 봄날의 나무 한 그루, 장강 동쪽 해질녘 구름이로다. [渭北春天樹 江東日暮雲]"에서 유래한다.

## 청천 신학사에게 다시 화답하다
### 再和青泉申學士

지산(芝山)

| | |
|---|---|
| 아득한 십주에 강절[391]이 통했으니 | 縹緲十洲絳節通 |
| 만나보아 뜻 같은 이 몇이나 되나 | 相逢意氣幾人同 |
| 가져 온 글귀는 값 따질 수 없이 귀함 알겠으니 | 携來明月知無價 |
| 맑은 모습 높이 벽해 동쪽에 걸렸구나 | 淸影高懸碧海東 |

## 세 서기에게 다시 화답하다
### 再和三書記

지산(芝山)

| | |
|---|---|
| 관산은 아득히 만 리에 이었는데 | 迢遞關山萬里連 |
| 사신 수레 멀리 채색 구름 가에 이르렀네 | 星軺遙到彩雲邊 |
| 이번 행차 응당 웅검[392]을 지녔을 테지 | 此行應是携雄劍 |
| 붉은 기운 곧바로 두우의 하늘을 찔렀으니[393] | 紫氣直衝牛斗天 |

391 강절(絳節) : 사신이 가지고 가는 붉은 절부(節符). 사신을 상징한다.

392 웅검(雄劍) : 춘추시대 오(吳)나라 사람 간장(干將)이 만든 명검. 간장이 아내인 막야(鏌鎁)와 함께 한 쌍의 검을 만들었는데 간장이 만든 것을 웅검 또는 간장(干將)이라 하고 막야(莫邪)가 만든 것을 자검(雌劍) 또는 막야검(莫耶劍)이라 하였다. 여기서는 보검을 뜻한다.

393 붉은 기운이 곧바로 두우의 하늘을 찌르다[紫氣直衝牛斗天] : 오(吳)나라 때 북두성과 견우성 사이에 늘 자기(紫氣)가 감돌기에 장화(張華)가 예장(豫章)의 점성가(占星家) 뇌환(雷煥)에게 물었더니 보검의 빛이라 하였다. 이에 풍성(豐城)의 감옥 터 땅속에서 춘추 시대에 만들어진 전설적인 보검인 용천검(龍泉劍)과 태아검(太阿劍) 두 보검을 발굴했다 한다. 『진서(晉書)』「장화전(張華傳)」

## 신·강·성공에게 다시 드리다
### 奉呈申公姜公成公

지산(芝山)

| | |
|---|---|
| 계림의 인재들 왕림하여 서로 소식 통하니 | 鷄林才子動相聞 |
| 시문에서 그대들 같은 사람 어디 있으랴 | 詞賦何人復似君 |
| 아름다운 이름이 능히 세상을 덮은 줄 알았는데 | 嘗識美名能蓋世 |
| 곧바로 고운 붓이 구름 위에 우뚝함을 보도다 | 卽看彩筆欲凌雲 |
| 연성벽[394]은 원래 형산[395]의 값에 해당하는데 | 連城元抵荊山價 |
| 여덟 말 재주[396]는 업하[397]의 무리 중 우뚝하네 | 八斗偏誇鄴下群 |
| 오늘 기방[398]에서 옥백을 전하시니 | 此日箕邦傳玉帛 |

394 연성벽(連城璧). 여러 성의 값어치를 지닌 구슬이라는 뜻으로 화씨벽(和氏璧)을 말한다. 전국 시대 때 조(趙) 나라 혜문왕(惠文王)이 가지고 있었는데, 진(秦)나라 소왕(昭王)이 그 보옥을 자기의 15성(城)과 바꾸기를 청하였다. 인상여(藺相如)가 옥을 가지고 갔는데 진나라에서 15성을 줄 생각이 없으므로 인상여가 도로 옥을 가지고 돌아왔다.

395 형산(荊山) : 옥(玉)이 나는 명산. 초(楚)나라 사람 변화(卞和)가 형산에서 박옥(璞玉)을 얻어 여왕(厲王)에게 바쳤다. 여왕이 옥을 감정하는 사람에게 감정하게 하였더니, 돌이라고 판정하였다. 여왕은 변화가 속였다 하여 왼쪽 발을 베었다. 다음에 무왕(武王)이 즉위하자 다시 바쳤는데 역시 옥이 아닌 돌로 감정되어 오른쪽 발이 잘렸다. 다음에 문왕(文王)이 즉위하자, 변화는 그 박옥을 안고 형산 아래에서 밤낮 3일을 울어대니, 눈물이 다 나오자 피가 나왔다. 문왕이 듣고 옥인을 시켜 다시 쪼개어보게 하여 보옥을 얻었다.

396 여덟 말 재주 : 매우 탁월한 재능을 말한다. 남조(南朝) 때 송(宋)나라 사영운(謝靈運)이 "천하의 재주는 모두 한 섬인데 조자건(曹子建)이 혼자서 여덟 말을 가지고 내가 한 말을 가지고 천하 모든 사람들이 나머지 한 말을 나누어 가졌다."고 한 말에서 유래한다.

397 업하(鄴下) : 삼국 시대 조조(曹操)가 도읍한 업(鄴)을 가리키는 말. 업중(鄴中). 이 때에는 조조·조비(曹丕) 부자를 비롯하여 공융(孔融)·진림(陳琳)·왕찬(王粲)·서간(徐幹)·완우(阮瑀)·응창(應瑒)·유정(劉楨) 등 소위 건안칠자(建安七子)라고 불리는 문인들이 활동하였다.

398 기방(箕邦) : 기자(箕子)의 나라라는 뜻으로, 조선을 가리키는 말.

부상의 가을빛에 주나라의 문채가 빛나도다　扶桑秋色耀周文

## 지산에게 차운하여 드리다
### 次贈芝山

경목자(耕牧子)

기양[399]의 어진 풍속 사해에 들려　箕壤仁風四海聞
이웃 나라 수교가 명군을 축하하네　隣邦修幣賀明君
객의 기이한 놀음은 욕일[400]을 보았고　客子奇遊見浴日
시인의 뛰어난 기운은 능운[401]을 읊도다　詩人逸氣賦凌雲
작은 비둘기 감히 남명의 날개[402]를 본뜨랴　鷽鳩敢效南溟翼
준마는 원래 기야[403]의 무리에서 쓸쓸하도다　駿馬元空冀野群
다시 한 번 잔을 잡아 손뼉 치며 기꺼하니　更把一盃相抃喜

399 기양(箕壤) : 기자(箕子)의 땅이라는 뜻으로, 평양 또는 조선을 가리키는 말.

400 욕일(浴日) : 태양이 처음 수면 위로 떠오른다는 뜻으로 여기서는 일본을 가리킨다. 『회남자(淮南子)』「천문훈(天文訓)」에 "日出於暘谷, 浴於咸池."이라 하였다.

401 능운(凌雲) : 구름 위로 솟는다는 뜻으로, 시문(詩文)에 뛰어난 재질 또는 높이 세상 밖으로 초탈하려는 뜻을 말한다.

402 남명의 날개 : 남명으로 가려는 날개라는 뜻으로, 큰일을 이루고자 하는 뜻을 품은 것을 말한다. 『장자(莊子)』「소요유(逍遙遊)」에, "북명(北溟)에 큰 고기가 있는데, 그 이름을 곤(鯤)이라고 한다. 곤의 크기는 몇천 리나 되는지 알 수가 없다. 이것이 변하여 새가 되면 붕(鵬)이 된다. 붕의 등의 길이가 몇천 리나 되는지 알 수가 없다. 붕새는 태풍이 불면 비로소 남명(南冥)으로 날아갈 수가 있는데, 남명으로 날아갈 적에는 바닷물을 쳐 삼천 리나 튀게 하고 회오리바람을 타고 구만 리를 날아오르며, 여섯 달 동안을 난 다음에야 쉰다."고 하였다.

403 기야(冀野) : 중국 기주(冀州)의 북쪽의 들판. 좋은 말이 많이 생산되는 곳인데 지금의 하북성이다.

| | |
|---|---|
| 온 세상이 태평이라 다시금 글이 같네 | 時淸八域復同文 |

## 지산에게 차운하다
### 奉和芝山韻

소헌 성몽량(嘯軒 成夢良)

| | |
|---|---|
| 정로[404]의 고명함 이미 익숙히 들었는데 | 整老高名已慣聞 |
| 다시 그 문하를 좇아 그대를 얻었도다 | 又從門下得吾君 |
| 청평[405]은 기운 울창하여 두우성을 찌를 듯하고 | 靑萍氣欝猶衝斗 |
| 녹이[406]는 높이 돌아가 구름을 밟으려[407] 하네 | 綠驥歸高欲躡雲 |
| 어린 영재에게 누가 맞설까 | 妙載英才誰復敵 |
| 세상의 아이들은 부질없이 무리 짓는데 | 世間兒子謾作群 |
| 늙고 쇠약한 몸 참으로 우스워 | 龍鍾白首眞堪笑 |
| 호로 유경[408]을 안고 옛 글을 읊노라 | 獨抱幽經誦古文 |

404 정로(整老) : 하야시 호코(林鳳岡)를 말한다. 나산(羅山) 임도춘(林道春)의 손자로, 대를 이어 태학두를 맡았다. 호는 봉강(鳳岡) 또는 정우(整宇)이다.

405 청평(靑萍) : 전국시대 월(越)나라 왕 구천(句踐)의 명검(名劍). 호걸스러운 기상을 뜻한다.

406 녹이(綠驥) : 녹이(綠耳). 준마(駿馬)의 이름. 옛날 주(周)나라 목왕(穆王)이 타던 팔준마(八駿馬)의 하나이다.

407 구름을 밟다 : 준마가 빨리 달리는 모습을 말한다.

408 유경(幽經) : 전설상의 신선의 경전.

## 전운에 다시 화답하다

**再和前韻**

지산 강효선(芝山 岡孝先)

유수곡[409] 연주를 들은 이 있던가 朱絃流水有誰聞
천년의 지음인 그대를 여기서 만났네 千載知音此遇君
일찍이 뛰어난 기상이 모여 금악이 빼어난데 英氣曾鍾金嶽秀
장쾌한 놀음에 멀리 부사산 구름을 가리키네 壯遊遙指富山雲
쓸쓸히 잎 지는 가을에 만났는데 蕭條落木秋猶遇
아득히 나는 기러기는 무리에서 벗어날 생각을 하네 縹緲冥鴻思不群
싫어하지 마시오 잠시 일산 기울인 곳에서 莫厭暫時傾蓋地
저물녘 술동이 놓고 글 자세히 논하기[410]를 一樽斜日細論文

409 유수(流水) : 고산유수곡(高山流水曲) 또는 아양곡(峨洋曲). 춘추시대 백아(伯牙)가 타고 그의 벗 종자기(鍾子期)가 들었다는 거문고 곡조. 백아가 높은 산을 생각하고 거문고를 타면 종자기는 이를 알아듣고 "아, 훌륭하다. 험준하기가 태산과 같다.[善哉 峨峨兮若泰山]"라 하고, 백아가 흐르는 물을 생각하고 거문고를 타면 종자기는 "아, 훌륭하다. 광대히 흐름이 강하와 같다.[善哉 洋洋兮若江河]"라 하였다. 지음(知音)을 만나기 어렵다는 뜻으로 쓰이며 또 오묘한 악곡을 말하기도 한다.

410 글 자세히 논하기[細論文] : 두보(杜甫)의 「춘일억이백(春日憶李白)」 시에, "위수 북쪽엔 봄날의 숲이요, 강 동쪽엔 해 저문 구름이로다. 언제나 한 동이 술로 서로 만나서, 거듭 함께 글을 자세히 논해 볼까.[渭北春天樹 江東日暮雲 何時一樽酒 重與細論文]"라고 하였다.

## 장공에게 드리다
### 奉呈張公

지산 강효선(芝山 岡孝先)

| | |
|---|---|
| 뗏목 타고 만 리 멀리 떠나오니 | 萬里乘槎遠 |
| 하늘 남쪽 아득하여 끝이 없도다 | 天南渺不窮 |
| 장건[411]은 마땅히 사신 임무 받들었고 | 張騫猶奉使 |
| 계찰[412]은 다시 풍속을 논하였네 | 季札更論風 |
| 글을 휘날리기는 명산의 모습이요 | 揮翰名山色 |
| 갓끈을 씻기는 창랑의 동쪽이로다 | 濯纓滄浪東 |
| 무선[413]의 웅검이 있는 곳에 | 茂先雄劍在 |
| 밝은 기운이 허공에 솟구치네 | 耿耿氣淩空 |

411 장건(張騫) : 한(漢)나라 무제(武帝)때 인물. 장수로서 흉노(匈奴) 정벌에 공을 세웠으며 뒤에 서역(西域)에 사신 가서 중국과 교통하게 했다. 대월지(大月氏)에 사신으로 가다 흉노(匈奴)에 잡혔으나 탈출하였다.

412 계찰(季札) : 춘추시대의 오(吳)나라 임금의 동생. 여러 나라에 사신으로 가서 명성을 떨쳤으며, 일찍이 노(魯)에 가서 주(周)의 악(樂)을 보고는 여러 나라의 치란성쇠에 관해 알았다고 한다.

413 무선(茂先) : 서진(西晉) 때 학자 장화(張華). 무선은 그의 자(字)이다. 견문과 학식이 넓기로 유명하였으며 『박물지(博物志)』를 지었다. 하늘의 두우(斗牛) 사이에 자기(紫氣)가 어린 것을 보고 뇌환(雷煥)에게 부탁하여 용천(龍泉)·태아(太阿) 두 보검이 묻혀 있는 곳을 찾아내 발굴하게 했다.

## 지산의 운에 다시 차운하다
### 再次芝山玉韻

국계 장필문(菊溪 張弼文)

| | |
|---|---|
| 일찍이 임선생[414]의 가르침 받아 | 早承林子訓 |
| 학문의 경지 끝없이 드넓네 | 學海浩無窮 |
| 종군[415]의 비단 부신 버린[416] 뜻과 | 終氏投繻志 |
| 종각[417]의 만 리 파도를 헤치는 바람 | 宗生破浪風 |
| 기이한 재주는 기북[418]에 이르고 | 奇才推冀北 |

414 임자(林子) : 임신독(林信篤)을 말한다. 할어버지 나산(羅山) 임도춘(林道春)으로부터 대를 이어 태학두를 맡았다. 호는 봉강(鳳岡) 또는 정우(整宇)이며, 흔히 하야시 호코(林鳳岡)로 불린다.

415 종군(終軍) : 한(漢)나라 무제(武帝) 때 제남(齊南) 사람. 어려서부터 박학하고 문장을 잘 지어 18세에 박사제자(博士弟子)가 되었다. 글을 올려 국사를 논한 일로 무제에게 발탁되어 간대부(諫大夫)가 되고 남월(南越)에 사신으로 가서 남월왕으로 하여금 한 나라에 복속하게 하였다. 그가 남월(南越) 에 사신을 갈 적에 긴 끈을 청하면서 "남월왕이 내 말을 듣지 않으면 묶어서 데려오겠습니다."라고 하였다.

416 부신(符信)을 던지다 : 수(繻)는 관(關)을 통과할 때 부신으로 사용하는 명주 조각이다. 한(漢) 나라 종군(終軍)이 미천했을 때 도보로 관문을 지나는데 관리가 그에게 부신인 명주 조각을 주었다. 종군이 무엇이냐고 묻자 관리는 통부(通符)로 되돌려 받기 위해서라고 하였다. 이에 종군이 "대장부가 서쪽으로 나가 노닐거든 끝내 통부를 되돌려 주고 돌아오지 않을 것이다.[大丈夫西遊 終不復傳還]"라고 하고는, 그 명주 조각을 버리고 떠났다. 그 후 마침내 높은 관리가 되어 군국(郡國)을 순행차 부절(符節)을 갖고 다시 동쪽으로 관문을 나가려 하자, 관리가 종군을 알아보고 말하기를 "이 사자가 바로 전번에 부신을 버린 사람이다.[此使者乃前棄繻生也]"라고 했다.

417 종각(宗慤) : 유송(劉宋)때 사람. 어렸을 때 한번은 그의 숙부가 그에게 장래의 포부를 묻자, 대답하기를, "거센 바람을 타고 만 리 파도를 헤쳐나가는 것이 소원입니다.[願乘長風破萬里浪]"라고 하였는데 과연 뒤에 진무장군(振武將軍)이 되어 큰 공훈을 세웠다. 왕발(王勃)의 「등왕각서(滕王閣序)」에, "붓을 던질 생각이 있으니, 종각의 거센 바람을 사모하노라.[有懷投筆 慕宗慤之長風]"고 하였다.

418 기북(冀北) : 중국 기주(冀州)의 북방(北方)으로, 준마(駿馬)가 많이 나는 곳. 인재가

간기(間氣)[419]는 강동[420]에 나아가네　　間趣江東[421]
오래 앉아 시를 논함이 편안한데　　坐久談詩穩
둥근 달은 푸른 하늘에 걸렸도다　　蟾輪上碧空

기해년(己亥年) 10월 7일 회집(會集)

## 청천 신공에게 드리다

### 贈青泉申公

학정 계산의수(鶴汀 桂山義樹)

신선들 하패[422] 살랑살랑 흔들며　　仙郎霞佩散紛紛
명산 석실의 글을 찾아오셨네　　來探名山石室文
부상의 삼천리를 비로소 알 것인데　　始信扶桑三萬里
천계[423]가 밤에 하늘가 구름 속에서 우네　　天鷄夜喚日邊雲

많은 고장을 일컫는다.

419 간기(間氣) : 여러 세대에 걸쳐 드물게 있는 뛰어난 기품을 말한다.

420 강동(江東) : 양자강 동쪽을 뜻하는 말로, 일본을 가리킨다.

421 한 글자가 모자란다.

422 하패(霞佩) : 신선이 차는 옥이라는 뜻으로 패옥을 고상하게 이르는 말.

423 천계(天鷄) : 전설 속에 나오는, 하늘에 산다고 하는 닭. 땅 동남쪽에 도도산(桃都山)이 있으며, 그 꼭대기에 있는 큰 나무에 사는데, 아침에 해가 뜨면서 이 나무를 비추면 천계가 울고, 그 소리를 따라서 온 천하의 닭들이 운다고 한다. 『述異記』

## 화답하다
**和**

청천(靑泉)

| | |
|---|---|
| 고아한 백설가로 어지러운 속세 노래에 화답하시니 | 白雪高音謝俗紛 |
| 금만[424]의 신선초는 성문[425]에 빛나네 | 金巒仙草耀星文 |
| 뗏목 탄 나그네가 멀리 바라보니 | 槎頭客子遙相見 |
| 은포[426]에 아침 되니 채색구름 촉촉하네 | 銀浦朝來濕彩雲 |

## 청천 신공에게 드리다
**呈靑泉申公**

탁와 추산정방(卓窩 秋山正房)

| | |
|---|---|
| 바람에 깃발 나부껴 모습이 가득한데 | 風飄文旆影氤氳 |
| 객지의 강산은 생각하니 짝할 바 없네 | 客裏江山思不群 |
| 웅대한 마음 푸른 물에 막히게 하지 마오 | 莫使雄心窮碧水 |
| 부상의 어느 곳이나 신선의 구름이니 | 扶桑到處是仙雲 |

---

424 금만(金巒) : 금빛 묏부리라는 뜻으로 금만진목호문(金巒 眞木好文)을 가리킨다. 이 창수집의 서두에는 '金巒 眞木弥市'라 하였다. 신유한(申維翰)의 『해유록(海遊錄)』 10월 3일 조에는 진목호문(眞木好文)의 자는 여옥(汝玉), 호는 금만(金巒)라고 하였다.

425 성문(星文) : 별빛 또는 별자리로, 사신(使臣)을 뜻한다. 후한(後漢) 화제(和帝) 때 조정에서 비밀리에 미복으로 사신 두 사람을 보냈는데, 이합(李郃)이 천문(天文)을 보아 사신의 별이 움직이는 것을 알았다 한다. 『후한서(後漢書)』「방술열전(方術列傳)」「이합(李郃)」

426 은포(銀浦) : 은하수. 또는 사신의 행로.

## 화답하다
### 和

청천(青泉)

| | |
|---|---|
| 신선 궁전 상서로운 기운 새벽이라 성한데 | 仙臺瑞色曉氛氳 |
| 진객이 퉁소 부니[427] 학의 무리 모였도다 | 秦客吹簫在鶴群 |
| 멀리서 달빛을 노래하니 악부가 새로운데 | 遙唱星華新樂府 |
| 소리소리 날아올라 부사산 구름 에워싸네 | 聲聲飛繞富山雲 |

## 청천 신공에게 드리다
### 呈青泉申公

취음 태전중원(翠陰 太田重原)[428]

| | |
|---|---|
| 채익이 비껴 날아 바다물결 건너서 | 彩鷁橫飛涉海濤 |
| 먼 유람에 부를 읊어 호탕한 재주 보이네 | 遠遊賦就見才豪 |
| 평소의 하늘 찌를 기세 다시 떠안아 | 平生更負凌霄氣 |
| 한 번 신주에 들어 거오[429]를 짓도다 | 一入神州製巨鼇 |

427 진객(秦客) : 춘추시대 진목공(秦穆公)때의 피리의 명인 소사(蕭史)를 가리킨다. 목공의 딸 농옥(弄玉)이 음악을 좋아하였는데, 소사가 퉁소를 잘 불어서 봉새가 우는 것 같은 소리를 냈으므로 목공이 농옥을 그에게 시집보내고 봉대(鳳臺)를 지어 주었다. 이들 두 사람이 퉁소를 불면 봉황이 날아와서 모였는데, 뒤에 두 사람이 함께 봉황을 타고 날아갔다고 한다. 『열선전(列仙傳)』

428 태전취음(太田翠陰, 오타 스이인, 1676-1754) 강호시대 중기의 유학자. 태전치태부(太田治太夫)라고도 한다. 이름은 중후(重厚), 뒤에 성장(成章)으로 개명. 자는 자달(子達), 호는 취음(翠陰), 통칭은 언팔랑(彦八郎)·정오랑(正五郎)·치태부(治太夫). 저서로는 『태전성장상서(太田成章上書)』·『군옥보감(群玉寶鑑)』·『태전성장각서(太田成章覺書)』·『시문유고(詩文遺稿)』·『서고기(書庫記)』·『화송기(畵松記)』 등이 있다.

## 화답하다
### 和

청천(青泉)

| | |
|---|---|
| 그대 필력을 보니 풍랑을 일으키니 | 看君筆力起風濤 |
| 매마[430]는 양원[431]에서 제일가는 호걸이네 | 枚馬梁園第一豪 |
| 이 바로 봉래산 운무 속에 | 好是蓬山雲霧裡 |
| 천 척 낚싯대가 영오[432] 위에 드리운 것이네 | 釣竿千尺上靈鼇 |

## 청천 신공에게 드리다
### 呈青泉申公

죽와 천친헌장(竹窩 天津憲章)

| | |
|---|---|
| 관하[433]에서 아침에 출발하니 말은 나는 듯한데 | 關河曉發馬如飛 |
| 객지의 풍경은 절로 돌아가기를 생각하게 하네 | 客裡風光自念歸 |
| 기이하게도 성곽에는 별 모양이 비추고 | 城闕怪來星象動 |
| 오색구름은 사신의 옷에 나뉘어 비치네 | 五雲分映使臣衣 |

---

429 거오(巨鼇) : 바다 위의 삼신산(三神山)을 등에 지고 있다는 전설상의 큰 자라 또는 거북.

430 매마(枚馬) : 한(漢)나라 때 문장가로 이름이 높은 매승(枚乘)과 사마상여(司馬相如)를 함께 이르는 말.

431 양원(梁園) : 한(漢)나라 양효왕(梁孝王)이 만든 정원. 이곳에 사마상여(司馬相如)·매승(枚乘) 등을 초대하여 즐겼다.

432 영오(靈鼇) : 신화·전설상의 큰 거북을 말한다.

433 관하(關河) : 함곡관(函谷關) 등의 관문과 황하(黃河)라는 뜻으로, 고향이나 도성에서 멀리 떨어진 곳을 이르는 말.

## 화답하다

和

청천(青泉)

새로운 글 짓기를 마치니 바다 구름이 나는데　新篇題罷海雲飛

잎 지는 높은 누엔 기러기 돌아가네　木落高樓鴻雁歸

사부 짓는 양원에는 객의 꿈이 많은데　詞賦梁園多客夢

예양에 눈서리 내리니 담비 가죽옷 더욱 검네　藝陽霜雪黑貂衣

## 청천 신공에게 부치다

寄青泉申公

유오 천부양유(柳塢 川副良有)

만 리 공무 길에 풍경이 새로운데　萬里公程風色新

한강의 흐름이 무강 가에 이었도다　漢江流接武江濱

세상에 지기 없다 말하지 마오　莫言海內無知己

우연히 만났으나 이 또한 친구일세　萍水相逢是故人

## 화답하다

和

청천(青泉)

살랑살랑 아름다운 가지는 바라보니 새로운데　裊裊瓊柯望裏新

추운 날 바다 동쪽 해안에서 서로 읍하였네　天寒相揖海東濱

| | |
|---|---|
| 높은 노래는 바로 천년의 곡조이니 | 高歌自是千年調 |
| 양원에서 눈을 읊는 사람[434]임을 알겠네 | 認得梁園賦雪人 |

## 청천 신공에게 부치다

**寄青泉申公**

금만 진목호문(金巒 眞木好文)

| | |
|---|---|
| 명성 문채 같은 사람 몇이나 될까 | 聲名文彩幾人同 |
| 신선의 풍채는 일세의 영웅일세 | 仙客形容一世雄 |
| 응당 관서의 양백기[435]이니 | 應是關西楊伯起 |
| 집안 학문 한유의 기풍임을 갖추어 알겠네 | 俱知家學漢儒風 |

434 양원에서 눈을 읊는 사람 : 양원은 한(漢)나라 양효왕(梁孝王)의 정원. 양효왕이 양원에 문인들과 술자리를 벌이던 중 눈이 내렸다. 양왕이 『시경(詩經)』「패풍(邶風)」 북풍장(北風章)과 「소아(小雅)」 남산장(南山章)을 읊은 뒤 사마상여(司馬相如)에게 설경(雪景)을 읊게 하니, 상여가 「설부(雪賦)」를 지었다. 상여의 설부를 본 추양(鄒陽)이 감탄하여 그 끝을 이어 「적설가(積雪歌)」를 지었다. 양왕이 「적설가」를 한 번 읊조리고 나서 매승에게도 한 편 짓게 하니, 매승은 「적설가」의 종장(終章)을 지었다.

435 양백기(楊伯起) : 후한(後漢)때 학자 양진(楊震). 백기(伯起)는 자(字). 박학(博學)과 청렴(淸廉)으로 당대에 이름이 높아 관서공자(關西孔子)라는 칭호를 들었다.

## 화답하다
和

청천(青泉)

| | |
|---|---|
| 청안으로 잔을 드니 희색이 한가진데 | 青眼開尊喜色同 |
| 훌륭하도다 그대들 글 솜씨 호웅함이여 | 多君詞筆自豪雄 |
| 봉강[436]의 문하에는 인재가 수많아 | 鳳岡門下千珠樹 |
| 동해 넘실넘실 큰 바람을 보도다 | 東海泱泱見大風 |

## 청천 신공에게 부치다
寄青泉申公

설계 정상유기(雪溪 井上有基)

| | |
|---|---|
| 신선 같은 저작랑[437]이 해동에 드니 | 著作仙郎入海東 |
| 문장과 절의는 으뜸으로 칭한 지 오래이네 | 文章節義舊稱雄 |
| 천년 동안 막힘 없는 봉래산 향하는 길 | 千年不隔蓬壺路 |
| 한 갈래 놀과 구름이 낙조에 어리었네 | 一派煙雲落照中 |

436 봉강(鳳岡) : 봉의 언덕이라는 뜻과 함께 임신독(林信篤)의 호를 뜻한다. 임신독은 나산(羅山) 임도춘(林道春)의 손자로, 대를 이어 태학두를 맡았으며, 흔히 하야시 호코(林鳳岡)로 불린다. 다른 호는 정우(整宇)이다.

437 저작랑(著作郎) : 관명(官名). 중서성(中書省)에 소속되어 국사 편찬을 담당한다. 이 시를 받는 신유한은 1717(숙종 43)년에 비서(秘書) 저작랑에 제수되었다.

## 화답하다
**和**

청천(青泉)

| | |
|---|---|
| 주나라 수레[438] 동쪽 향하지 못함이 한스럽지만 | 恨殺周車不向東 |
| 요지[439]의 시문과도 우열을 다툴 만하네 | 瑤池詩墨亦爭雄 |
| 봉래의 객사의 강절[440]은 어떠한가 | 何如絳節蓬萊館 |
| 십만 말[斗]의 고운 글귀 한바탕 웃음 속에 있네 | 萬斛瓊瑤一笑中 |

## 청천 신공에게 부치다
**寄青泉申公**

귀계 촌상유중(貴溪 村上惟重)

| | |
|---|---|
| 해 뜨는 부상은 만 길이나 붉은데 | 日出扶桑萬丈紅 |
| 사신 수레 잠시 무릉 동쪽에 머무네 | 星軺暫駐武陵東 |
| 시문이 자주 일어나 구름 위로 치솟으니 | 詩篇頻動凌雲氣 |
| 그대 절로 높은 재주라 사마[441]의 기풍이네 | 君自高才司馬風 |

438 주거(周車) : 주(周)나라의 제도, 곧 문명.

439 요지(瑤池) : 곤륜산(崑崙山)에 있다는 전설상의 못. 서왕모(西王母)가 산다는 선경(仙境)으로, 주(周)나라 목왕(穆王)이 일찍이 여덟 준마(駿馬)를 얻고는 서쪽으로 유람하여 곤륜산(崑崙山)에 올라가서 선녀(仙女)인 서왕모의 요지연(瑤池宴)에 참석하여 즐겼다고 한다.

440 강절(絳節) : 사신이 가지고 가는 붉은 절부(節符). 사신을 상징한다.

441 사마(司馬) : 사마천(司馬遷)을 말한다. 사마천은 산천을 두루 유람하여 그의 문장이 툭 트이고 기이한 기운이 서려 있다는 평을 받는다.

## 화답하다

和

청천(青泉)

| | |
|---|---|
| 부상의 비단 구름 붉은 빛을 짜내더니 | 扶桑雲錦識成紅 |
| 보배로운 채색 하늘이 달 돋은 동쪽에 이어졌네 | 寶彩霄連月上東 |
| 귀한 물건 가져왔으나 무엇으로 보답할까 | 珍重携來何所報 |
| 다만 남은 교인의 눈물[442]로 가을바람 씻으려네 | 秖殘鮫淚洒秋風 |

## 경목 강공에게 드리다

贈耕牧姜公

학정(鶴汀)

| | |
|---|---|
| 단풍 든 객관 밖에 잎이 장차 날리려는데 | 丹楓館外葉將飛 |
| 서리 이슬은 사신 옷을 차갑게 하네 | 霜露寒生客使衣 |
| 부상 땅에 가을 기운 먼 줄 알지 못하다가 | 不覺扶桑秋色遠 |
| 아득한 고향 꿈이 조수 따라 돌아가네 | 蒼茫鄕夢逐潮歸 |

442 교인(鮫人)의 눈물 : 교인은 남해(南海) 물속에 산다는 전설 속의 인어인데, 물가의 인가(人家)에 머물며 날마다 지성으로 베를 짜다가, 떠날 때 눈물방울을 짜내어 진주 구슬로 변하게 하여 주인에게 이별 선물로 주었다고 한다.

## 화답하다
**和**

경목자(耕牧子)

| | |
|---|---|
| 빛나는 글 흘러넘쳐 호방한 흥 날리는데 | 華翰淋漓逸興飛 |
| 촌 막걸리 사 먹으려 가을 옷 전당 잡히네 | 村醪欲換典秋衣 |
| 인생에서 이런 만남 다시 마련키 어려우니 | 人生此會誠難辨 |
| 장차 취한 기운 띠고 저물녘에 돌아가리 | 且帶微醺日暮歸 |

## 추수에게 드리다
**呈秋水**

탁와(卓窩)

| | |
|---|---|
| 사신 배 가벼운 바람에 만 리 길 행하니 | 彩鷁風輕萬里程 |
| 바다 산이 다한 곳에 봉래·영주[443] 가깝네 | 海山盡處近蓬瀛 |
| 만나서 먼저 새로 사귄 즐거움 있으니 | 相逢先有新知樂 |
| 다른 날 응당 만난 자리의 정 생각하리 | 他日應思席上情 |

443 봉영(蓬瀛) : 봉래(蓬萊)와 영주(瀛洲)의 병칭으로, 방장(方丈)과 함께 바다 가운데 있다고 전하는 삼신산(三神山)을 가리킨다.

## 화답하다
和

경목자(耕牧子)

| | |
|---|---|
| 가을 옷 전당 잡혀 오정[444]을 바꾸고 | 秋衣典却換烏程 |
| 일산 펄럭이며 영주에 내렸네 | 芝蓋翩翩下大瀛 |
| 두 나라 백년 간 의리 진실로 중하고 | 兩國百年誠義重 |
| 한바탕 술 마시며 시 읊는 정 또한 깊도다 | 一場文酒亦深情 |

## 추수·소헌·국계 삼공에게 드리다
呈秋水嘯軒菊溪三公

취음(翠陰)

| | |
|---|---|
| 객관에서 상국 사신을 다투어 맞이하니 | 候館爭迎上國賓 |
| 종용한 사신들 태도는 세속 기운 벗어났네 | 從容態度出風塵 |
| 재주는 형산의 옥을 함께 안은 듯하니 | 才華共抱荊山玉 |
| 업하의 문장가[445]에 모자라지 않도다 | 鄴下文章不乏人 |

444 오정(烏程) : 오정에서 나는 좋은 술을 말한다.

445 업하의 문장가 : 삼국 시대 조조(曹操)가 도읍한 업(鄴)의 문장가들. 조조 시대에 조조·조비(曹丕) 부자를 비롯하여 공융(孔融)·진림(陳琳)·왕찬(王粲)·서간(徐幹)·완우(阮瑀)·응창(應瑒)·유정(劉楨) 등 소위 건안칠자(建安七子)라고 불리는 문인들이 활동하였다.

## 화답하다
和

경목자(耕牧子)

| | |
|---|---|
| 일찍이 이름 나 정치하는 관리 되어 | 早歲名充觀國賓 |
| 우연히 남쪽으로 사신 수레를 따르니 | 南來遇逐使車塵 |
| 보배로운 벼루에다 산호 붓으로 | 琉璃寶硯珊瑚筆 |
| 여관에서 맞이하는 주인이 있네 | 旅館逢迎有主人 |

## 화답하다
和

국계(菊溪)

| | |
|---|---|
| 한가한 날 잔치 열어 주인과 객 마주하니 | 暇日華筵對主賓 |
| 시선의 고운 기풍이 세속을 넘어서네 | 詩仙雅度逈超塵 |
| 학해의 연원이 깊음을 알겠으니 | 方知學海淵源大 |
| 이 모두 봉강의 문인이로구나 | 俱是鳳岡門下人 |

## 경목자에게 드리다
呈耕牧子

죽와(竹窩)

| | |
|---|---|
| 신선 뗏목 만 리 건너 봉영에 이르니 | 仙槎萬里度蓬瀛 |
| 신기루 높이 매달려 바다 빛이 맑도다 | 蜃氣高懸海色晴 |

| | |
|---|---|
| 타향이라 말하더라도 그대 싫어하지 마오 | 爲道他鄕君莫厭 |
| 한 번 잠깐 만나도 고향의 정 있으리니 | 一時傾蓋故園情 |

## 화답하다

**和**

경목자(耕牧子)

| | |
|---|---|
| 명승지의 산수가 영주[446]에 접하였는데 | 名區山水接壺瀛 |
| 깃털 일산 펄럭펄럭 맑은 저물녘에 내리네 | 羽蓋紛紛下晩晴 |
| 만났으니 종일 취하기 사양치 마오 | 邂逅莫辭終日醉 |
| 십년간의 티끌세상에서 높은 정 맺으리니 | 十年塵土結遐情 |

## 추수에게 부치다

**寄秋水**

유오(柳塢)

| | |
|---|---|
| 도읍지에서 사신[447] 수레에 절하고[448] | 都下望塵漢使車 |
| 조정에선 잔치 열어 황화[449]를 읊네 | 朝儀賜宴賦皇華 |

446 호영(壺瀛) : 봉호(蓬壺) 곧, 봉래산(蓬萊山). 고대 전설상의 바다에 있다는, 신선들이 사는 산의 모양이 술병 같다고 하여 붙은 이름.

447 사신[漢使] : 한나라 사신이라는 뜻으로, 조선 사신을 말한다.

448 수레에 절하고[望塵] : 수레가 일으키는 먼지를 봄 또는 높은 관리의 수레가 일으키는 먼지를 보고 절을 함을 뜻한다.

449 황화(皇華) : 사신을 칭송한 시를 말한다. 『시경(詩經)』「소아(小雅)」황황자화(皇皇

일산 기울여 풍류객을 새로이 알게 되니　　新知傾蓋風騷客
술통 앞에서 해 기울도록 싫증나지 않네　　不厭尊前日已斜

## 화답하다
和

경목자(耕牧子)

시월의 호수 성에 사신 수레 머무니　　十月湖城滯使車
쓸쓸히 북두성 바라보며 서울을 추억하겠지　　空膽北斗憶京華
그대 만나 쓸쓸히 시를 논하다가　　逢君冷淡論詩境
날 저무는 것도 온통 잊고 앉아 있도다　　坐處渾忘日欲斜

## 추수에게 부치다
寄秋水

금만(金巒)

푸른 바다 바람과 안개는 밤마다 무거운데　　碧海風煙夜夜重
홀연 사객과 만날 줄 어찌 뜻하였으리　　何圖詞客忽相逢
누에 올라 천리 밖의 구름을 바라보니　　樓臺千里望雲物
사람들이 봉래산 제일봉을 지나네　　人度蓬萊第一峯

者華)에서 유래한다.

## 화답하다
和

경목자(耕牧子)

| | |
|---|---|
| 꿈속에 놀던 봉래산엔 채색 구름 겹쳤더니 | 夢遊蓬島彩雲重 |
| 학 탄 신선을 우연히 뜻밖에 만났네 | 騎鶴仙人忽漫逢 |
| 만고에 솟아오른[450] 맑은 기운은 | 萬古扶輿淸淑氣 |
| 부사산 봉우리의 부용 한 가지로다 | 芙蓉一朶富山峰 |

## 추수에게 부치다
寄秋水

설계(雪溪)

| | |
|---|---|
| 양국의 사귐은 애초에 원인 있으니 | 兩國交歡自有因 |
| 풍류와 문아로 서로 함께 친하다네 | 風流文雅共相親 |
| 한번 만나 시맹(詩盟) 얕다 말하지 마오 | 莫言一面騷盟淺 |
| 일산 기울여 마음 알면 바로 친구 되느니 | 傾蓋知心是故人 |

450 솟아오르다[扶輿] : 빙빙 돌며 올라가는 모습을 말한다.

## 화답하다
和

경목자(耕牧子)

| | |
|---|---|
| 우연히 만났으나 묵은 인연 있는 듯해 | 萍水相逢似宿因 |
| 회포를 논해보니 옛 정의 친함과 다를 바 없네 | 論襟何異舊情親 |
| 맑은 가을 야윈 몸을 그대는 괴이타 마오 | 淸秋瘦骨君休怪 |
| 십 년 간 글 동산에 병을 품은 사람이라오 | 十載文園抱病人 |

저는 평소에도 아프기를 잘하는데 긴 여로에 피로한 나머지 끙끙대고 신음하였습니다. 새벽에야 고아한 모임에 나온 까닭이 이러합니다. 이러한 염려를 받으니 당신의 깊은 뜻에 감사하여 어찌 감사함을 표현해야 할지 모르겠습니다.

## 추수에게 부치다
寄秋水

귀계(貴溪)

| | |
|---|---|
| 노래 속에 양춘 백설 날리고[451] | 曲裏陽春白雪飛 |
| 오색구름 풍광은 사신 옷에 비추네 | 五雲光射使臣衣 |
| 고국은 멀리 연파 밖으로 떨어져 있어 | 故鄕遠隔煙波外 |
| 만 리 신선 배에 사람은 아직 돌아가지 않았네 | 萬里仙槎人未歸 |

451 양춘백설(陽春白雪) : 양춘곡(陽春曲)과 백설곡(陽春曲). 둘 다 전국시대 초(楚)나라의 고아한 음악을 말한다.

## 화답하다
和

경목자(耕牧子)

| | |
|---|---|
| 고향 소식 가지고 기러기는 남으로 날아왔는데 | 故園消息雁南飛 |
| 절기가 중양절 지나도록 겨울옷[452] 아직 없네 | 節過重陽未授衣 |
| 주인이 객을 깊이 사랑해 주시니 | 賴有主人深愛客 |
| 한나절 시 읊느라 돌아가기 잊었네 | 吟詩半日坐忘歸 |

## 소헌 성공에게 부치다
寄嘯軒成公

학정(鶴汀)

| | |
|---|---|
| 한양은 꿈같이 연파 멀리 있는데 | 漢陽如夢隔煙波 |
| 가을 끝에 동쪽으로 온 나그네 노래로다 | 秋盡東行客子歌 |
| 서풍 부는 밤 외로운 객관에서 시름겨운데 | 愁絶西風孤館夜 |
| 타향의 달은 너무나 밝기만 하네 | 異鄉明月不勝多 |

452 겨울옷 : 9월이 되면 겨울옷을 준비하는 것을 말한다. 『시경(詩經)』「빈풍(豳風)」 칠월(七月)편에 "칠월에 심성이 서쪽으로 내려가거든, 구월에 핫옷을 만들어 주느니라. [七月流火 九月授衣]" 고 한 데서 유래한다.

## 화답하다
和

소헌(嘯軒)

| | |
|---|---|
| 황이[453]는 어떻게 파도를 건넜을까 | 黃耳何能渡海波 |
| 서쪽으로 고국을 바라보니 슬픈 노래 나오네 | 故園西望動悲歌 |
| 외로운 객관에서 달 밝은 밤 꿈을 깨니 | 夢回孤館月明夜 |
| 참대나무 찬 소리만 주렴 밖에 많도다 | 苦竹寒聲簾外多 |

## 소헌에게 드리다
呈嘯軒

탁와(卓窩)

| | |
|---|---|
| 은빛 돛 높다랗게 흰 구름에 걸렸는데 | 錦帆高掛白雲間 |
| 만 리 고향은 바다 멀리 떨어졌네 | 萬里鄕園隔海山 |
| 하늘가 오래도록 바라보니 자기[454] 떴더니 | 久望天涯浮紫氣 |
| 한 무리 신선 행렬 동쪽 관으로 들어오네 | 一行仙履入東關 |

---

453 황이(黃耳) : 진(晉)나라 육기(陸機)가 기르던 애견(愛犬). 육기가 서울에서 벼슬하던 중에 고향 소식을 몰라 답답해하다가 편지를 써서 대통에 넣은 다음 개의 목에 달아주자, 개가 길을 찾아 남쪽으로 달려가서 고향 집에 도착해 회답을 받아 가지고 돌아왔다. 『진서(晉書)』「육기전(陸機傳)」

454 자기(紫氣) : 함곡관(函谷關)의 관령(關令) 윤희(尹喜)가 자기(紫氣)가 동쪽에서 서쪽으로 옮겨 오는 것을 보고 성인이 오실 것이라고 기대하였는데, 과연 노자(老子)가 청우(靑牛)를 타고 와 윤희에게 『노자(老子)』 3천자를 전했다고 한다.

## 화답하다
和

소헌(嘯軒)

| | |
|---|---|
| 사신 배 그림자 두우성 사이에 떨치더니 | 星槎影拂斗牛間 |
| 신선들 웃으며 오배산[455]에서 맞이하네 | 仙侶笑迎鼇背山 |
| 서툰 솜씨라 참으로 유개부[456]에게 부끄러우니 | 拙技眞慚庾開府 |
| 사와 부가 강관에 진동한다 감히 말할 수 있을까 | 敢言詞賦動江關 |

## 소헌에게 드리다
呈嘯軒

죽와(竹窩)

| | |
|---|---|
| 만 리 시름으로 벽해의 흐름을 보니 | 萬里愁看碧海流 |
| 하늘 끝 심사는 한 편의 등루부[457]인데 | 天涯心事一登樓 |
| 강남엔 절로 매화 많이 피었으니 | 江南自有梅花好 |
| 바람서리 향하여 원유편[458]을 읊지 마오 | 莫向風霜賦遠遊 |

455 오배산(鼇背山) : 발해의 동쪽에 있다고 하는 산. 산이 있어 물결을 따라 오락가락하므로 상제(上帝)는 서극(西極)으로 흘러갈까 두려워하여 거오(巨鼇) 열다섯 마리로 하여금 머리를 쳐들고 등에 이게 하였다고 한다. 『열자(列子)』「탕문(湯問)」. 여기서는 일본을 가리킨다.

456 유개부(庾開府) : 남북조(南北朝) 시대 북주(北周)의 시인 유신(庾信). 관직이 표기대장군(驃騎大將軍)을 거쳐 개부의동삼사(開府儀同三司)에 이르렀기 때문에 이렇게 부른 것이다. 두보의 「춘일억이백(春日憶李白)」에 "청신함은 유개부의 시와 같고, 준일함은 포참군의 시와 같네.[清新庾開府 俊逸鮑參軍]"라고 하였다.

457 등루부(登樓賦) : 삼국(三國) 시대 위(魏) 나라 왕찬(王粲)이 강릉(江陵)의 성루(城樓)에 올라 고향을 그리워하며 읊은 작품으로, 고향을 그리워하는 뜻이 담겨 있다.

## 화답하다
和

소헌(嘯軒)

| | |
|---|---|
| 드넓은 가슴속[459]이 구류[460]를 관통하니 | 雲夢胸襟貫九流 |
| 만나보매 시원하기가 높은 누에 오른 듯하네 | 相逢豁若上高樓 |
| 창수하는 곳에 여러 현인 계시지 않았다면 | 唱酬不有群賢在 |
| 만 리 유람에 헛되이 풍파를 지은 것일테지 | 虛作風波萬里遊 |

## 소헌에게 부치다
寄嘯軒

유오(柳塢)

| | |
|---|---|
| 채색한 익선이 만 리 바람을 헤쳤는데 | 彩鷁凌波萬里風 |
| 풍경이 많으니 생각은 끝없도다 | 風光多少思無窮 |
| 비죽배죽 신선 궁궐은 오색구름 빛깔인데 | 參差仙闕五雲色 |
| 멀리 봉래산 가리키니 동해를 향하였네 | 遙指蓬山向海東 |

458 원유편(遠遊篇) : 굴원(屈原)이 지은 글이다. 굴원이 소인(小人)들에게 곤욕을 받으면서 어디에도 호소할 곳이 없자, 선인(仙人)들과 함께 세상을 두루 유람하고자 하는 뜻을 피력한 글인데, 후세에는 멀리 사방을 유람하여 타국(他國)에 가는 것을 의미한다.

459 드넓은 가슴속[雲夢胸襟] : 가슴속이 매우 드넓음을 뜻한다. 한(漢)나라 사마상여(司馬相如)의 「상림부(上林賦)」에, 초(楚)나라에 사방이 900리 되는 운몽택(雲夢澤)이 있는데, 그것을 8, 9개를 삼켜도 가슴속에 조금의 장애도 느끼지 않는다고 한 데서 유래한다.

460 구류(九流) : 선진(先秦) 시대의 9개 학파로, 유가(儒家)·도가(道家)·음양가(陰陽家)·법가(法家)·명가(名家)·묵가(墨家)·종횡가(縱橫家)·잡가(雜家)·농가(農家) 등이다.

## 화답하다
和

소헌(嘯軒)

| | |
|---|---|
| 황국화 시들고 기러기는 바람에 우니 | 黃菊花殘雁叫風 |
| 타향에서 절기는 구월이 다하였네 | 異鄕時節九秋窮 |
| 하늘 끝에 소식은 언제나 이를까 | 天涯音信何時到 |
| 집은 연성[461]에 있는데 나는 해 지는 동쪽에 있네 | 家在蓮城落日東 |

## 소헌에게 부치다
寄嘯軒

금만(金轡)

| | |
|---|---|
| 선랑은 봉래산 찾아오기 싫어하지 않아 | 仙郞不厭問蓬萊 |
| 밤낮으로 돛대로 물결 헤쳐 오셨네 | 日夜帆檣破浪來 |
| 동쪽 집 매화 올해는 이르니 | 東閣梅花今歲早 |
| 시월 향기론 바람에 그대 위해 피었다네 | 香風十月爲君開 |

| | |
|---|---|
| 부사산 선경이 봉래산과 대등하니 | 富山仙境敵雲萊 |
| 눈 쌓인 봉우리 높아 우주가 이른 듯하네 | 白雪峯高宇宙來 |
| 기꺼이 형산[462] 멧부리 진면목을 보니 | 喜見衡岑眞面目 |
| 음산한 기운이 능히 한유를 위하여 열리네[463] | 陰氛能爲退之開 |

461 연성(蓮城) : 경기도 안산(安山)의 다른 이름. 성몽량(成夢良)의 집은 안산에 있었다.
462 형산(衡山) : 중국 오악(五嶽) 가운데 하나로 남쪽에 있는 산이다.

봉래산(蓬萊山)을 운래(雲萊)라고도 하니, 『해내기관(海內奇觀)』에 보인다.

## 소헌에게 부치다

**寄嘯軒**

설계(雪溪)

| | |
|---|---|
| 우연히 만나 마음 매우 기꺼운데 | 相逢萍水意欣欣 |
| 말씀 들으니 맑은 재주가 우군[464] 같네 | 聞說淸才似右軍 |
| 황정경[465] 한 글자의 값이 귀중하니 | 一字黃庭聲價重 |
| 초거[466]가 어느 곳에 이르든 그대를 모를까 | 軺車何處不知君 |

463 음산한 기운이 능히 한유를 위하여 열리다 : 한유(韓愈)의 「형악묘를 참배하며[謁衡嶽廟]」에 "내가 오니 마침 가을비 내리는 때라, 음산한 기운 흐릿할 뿐 맑은 바람 없더라. 마음속으로 가만히 기도하니 흡사 감응이 있는 듯, 정직한 마음이 하늘에 감통한 게 어이 아니랴. 잠깐 사이 날씨 개어 봉우리들 나오니……[我來正逢秋雨節 陰氣晦昧無淸風 潛心默禱若有應 豈非正直能感通 須臾靜掃群峯出……]"라 하였다.

464 우군(右軍) : 진(晉)나라 때의 명필(名筆) 왕희지(王羲之)를 말한다. 우군장군(右軍將軍)을 지냈으므로 왕우군(王右軍)이라고도 한다.

465 황정경(黃庭經) : 도교의 경전. 거위를 매우 좋아한 왕희지가 한 도사(道士)에게 황정경을 써주고 거위를 얻었다고 한다. 또는 그때 써준 것이 『도덕경(道德經)』이라고도 한다.

466 초거(軺車) : 말 한 마리가 끄는 수레로, 사신의 명을 받든 자나 급한 명을 전달하는 자가 타는 수레를 말한다.

## 화답하다
### 和

소헌(嘯軒)

| | |
|---|---|
| 팔법[467] 되려 부끄러운데 처음부터 기쁘게 받아 | 八法猶慚始承欣 |
| 웅필로 천군을 쓸어버린다고[468] 감히 말해주시네 | 敢言雄筆掃千軍 |
| 다행히 고동[469] 있다면 지음이 있으리니 | 枯桐幸有知音在 |
| 천고의 종자기(鍾子期)는 응당 그대이리 | 千古子期應是君 |

## 소헌에게 부치다
### 寄嘯軒

귀계(貴溪)

| | |
|---|---|
| 재주 있는 서기들 봉황 땅에서 나오시니 | 書記翩翩出鳳洲 |
| 뉘라서 멀리 목란주[470]를 보냈나 | 何人遙送木蘭舟 |
| 읊는 곡이 걸핏하면 부용곡 백설가이니 | 芙蓉白雪賦中動 |
| 이 바로 양원[471]의 제일임을 알겠네 | 知是梁園第一流 |

---

467 팔법(八法) : 영자팔법(永字八法). '영(永)'자에 들어 있는 여덟 가지의 필법. 점인 측(側), 가로획인 륵(勒), 세로획인 노(努), 갈고리인 적(趯), 치켜올리는 책(策), 삐침인 략(掠), 짧은 삐침인 탁(啄), 파임인 책(磔)이다.

468 천군을 쓸어버리다 : 문장이 아주 힘차고 웅장함을 이르는 말. 두보(杜甫)의 「취가행(醉歌行)」에, "문장 근원은 삼협의 물을 거꾸로 쏟은 듯하고, 붓의 군진은 홀로 천인의 군사를 쓸어버렸네.[詞源倒流峽水 筆陣獨掃千人軍]"라고 한 데서 유래한다. 『두소릉시집(杜少陵詩集)』

469 고동(枯桐) : 오동나무를 말려 거문고를 만드는 데서, 거문고를 뜻한다.

470 목란주(木蘭舟) : 아름다운 나무배.

## 화답하다
### 和

소헌(嘯軒)

| | |
|---|---|
| 흥취 일어 읊조리며 창주[472]에 이르니 | 吟來逸興倒滄洲 |
| 좋은 모임은 의연히 이곽의 배[473]와 같네 | 勝會依然李郭舟 |
| 붓길 아래 새로운 시편들이 백운처럼 날리니 | 筆下新篇飛白雲 |
| 봉강의 문하에는 모두 다 명류로다 | 鳳岡門下摠名流 |

## 국계에게 부치다
### 寄菊溪

학정(鶴汀)

| | |
|---|---|
| 신선 관리 동쪽으로 오니 학 모습 겹쳐지고 | 仙吏東來鶴影重 |

471 양원(梁園) : 한(漢)나라 양효왕(梁孝王)의 정원. 양효왕이 양원에 문인들과 술자리를 벌이던 중 눈이 내렸다. 양왕이 시경(詩經) 패풍(邶風) 북풍장(北風章)과 소아(小雅) 남산장(南山章)을 읊은 뒤 사마상여(司馬相如)에게 설경을 읊게 하니, 상여가 설부(雪賦)를 지었다. 상여의 설부를 본 추양(鄒陽)이 감탄하여 그 끝을 이어 적설가(積雪歌)를 지었다. 양왕이 그 적설가를 한 번 읊조리고 나서 매승에게도 한 편 짓게 하니, 매승은 그 종장(終章)을 지었다.

472 창주(滄洲) : 물빛이 푸른 물가 또는 섬. 은자(隱者)가 사는 곳 또는 은거(隱居)를 뜻하기도 한다. 여기서는 일본을 가리킨다.

473 이곽(李郭)의 배 : 친한 친구가 한곳에 있는 것을 뜻한다. 한(漢)나라 때 명사(名士) 이응(李膺)과 곽태(郭泰)가 낙양(洛陽)에서 서로 친하게 지내었는데, 곽태가 고향으로 돌아가기 위해 하수(河水)를 건널 적에 전송하러 나온 자가 아주 많았으나 곽태는 오직 이응하고만 한 배를 타고 건넜다. 두 사람이 한 배를 타고 건너는 것을 보고는 전송 나온 사람들이 모두 부러워하면서 두 신선이 한 배를 타고 가는 것 같다고 하였다. 『후한서(後漢書)』「곽태전(郭太傳)」.

눈 쌓인 산 곧장 지나 부용을 희롱하네　　直經雪嶽弄芙蓉
수심은 하룻밤에 바람을 타고 가버리니　　只愁一夜乘風去
달 밝은 봉래섬 어느 곳에서 만날까　　明月蓬萊何處逢

## 화답하다
**和**

국계(菊溪)

동쪽으로 부상에 올 때 길은 몇 겹이었나　　東入扶桑路幾重
부사산 기이한 풍경 흰 부용이로다　　富山奇色白芙容
만나서 편해지기도 전 문득 이별이니　　相逢未穩却相送
바다 사이에 두고 모습과 음성 다시 보기 어려우리　　隔海音容難再逢

## 국계에게 드리다
**呈菊溪**

탁와(卓窩)

문창성[474] 광채는 절기와 함께 새로운데　　文星光彩與時新
태평시절에 오직 선린 있음을 알겠네　　清世唯知有善隣

474 문성(文星) : 문창성(文昌星). 글재주를 담당한다는 별. 문재가 뛰어난 사람을 지칭한다.

| | |
|---|---|
| 만나 일산 기울이는[475] 호의가 가장 기쁘니 | 相遇最歡傾蓋好 |
| 마음으로 사귐에 어찌 타국인임을 따지겠나 | 心交何說異鄕人 |

## 화답하다
### 和

국계(菊溪)

| | |
|---|---|
| 우연히 만났으니 어찌 초면이라 꺼릴까 | 邂逅何嫌識面新 |
| 두 나라는 천 년 동안 선린을 하였다네 | 兩邦千歲共爲隣 |
| 대화를 하니 서로 간담을 비추어 | 話來肝膽宜相照 |
| 만 리의 사람이 한 자리에 단란하네 | 一榻團圓萬里人 |

## 국계에게 드리다
### 呈菊溪

죽와(竹窩)

| | |
|---|---|
| 가을 깊어 객의 방석엔 한기가 이는데 | 客氈秋盡欲生寒 |
| 아득한 하늘 끝에 갈 길이 어렵구나 | 縹渺天涯行路難 |
| 상서로운 구름 높이 떠 밤하늘을 가르는데 | 紫氣雲高分夜色 |
| 강 동쪽에 오래 기대 두우성 사이 바라보네 | 江東久倚斗牛看 |

475 경개(傾蓋) : 위의 주 참조.

## 화답하다
### 和

국계(菊溪)

| | |
|---|---|
| 고아한 노래에 박자 맞추니 백설이 차가운데 | 擊節高歌白雪寒 |
| 부끄러워라 나의 파곡[476] 화창하기 어렵도다 | 自慚巴曲和之難 |
| 봉강의 문하에는 현사들 많아 | 鳳岡門館多佳士 |
| 만나니 눈을 씻고 바라보게 되네 | 邂逅令人拭目看 |

## 국계에게 드리다
### 呈菊溪

유오(柳塢)

| | |
|---|---|
| 타국에 천 년 간 박망후[477] 이름 있더니 | 殊域千年博望名 |
| 사신 별 멀리 봉황성에 나타났네 | 使星遠出鳳凰城 |
| 채색 구름 움직이고 용이 달리니 | 彩毫雲動龍蛇走 |
| 바로 이때 찬 강에 비바람 소리 나네 | 好是寒江風雨聲 |

476 파곡(巴曲) : 속된 노래, 속된 시구를 말함. 초(楚)나라 때 대중적 노래인 '하리(下里)'와 '파인(巴人)'은 수천 명이 따라 부르더니, 고상한 '백설(白雪)'과 '양춘(陽春)'의 노래는 너무 어려워서 겨우 수십 명밖에 따라 부르지 못했다고 한다.

477 박망후(博望侯) : 장건(張騫)을 말한다. 박망후는 봉호(封號)이다.

## 화답하다
和

국계(菊溪)

| | |
|---|---|
| 지난날 일찍이 정우[478]의 이름 들었거니 | 宿昔嘗聞整宇名 |
| 적은 군사로도 오히려 진나라 성과 겨룰 만하네 | 偏師尙可敵秦城 |
| 법문[479]의 의발은 응당 그대에게 전해졌으니 | 法門衣鉢應傳子 |
| 시문이 맑게 울려 옥에서 소리 나네 | 詩律淸璘玉有聲 |

## 국계에게 드리다
呈菊溪

금만(金巒)

| | |
|---|---|
| 신선 배 가을에 해동으로 흘러와 | 仙槎秋度海東流 |
| 일본에 이르러 강산에는 풍색이 깊었는데 | 到日江山風色幽 |
| 붓 적셔 종횡하여 기상을 범하니 | 染翰縱橫干氣象 |
| 고운 구름 불어 와 오성루에 가득하네 | 彩雲吹滿五城樓 |

478 정우(整宇) : 임신독(林信篤). 정우는 호. 다른 호는 봉강(鳳岡)이다. 나산(羅山) 임도춘(林道春)의 손자로, 대를 이어 태학두를 맡았다. 흔히 하야시 호코(林鳳岡)로 불린다.

479 법문(法門) : 여기서는 유학의 올바른 길을 뜻함.

## 화답하다
### 和

국계(菊溪)

| | |
|---|---|
| 잇달아 방문하니 모두 다 시인인데 | 聯翩相訪摠詩流 |
| 각각 명문가의 이른 난초 그윽하네 | 各以名家早蘭幽 |
| 무성[480]의 유학 성함을 알겠으니 | 要識武城儒雅盛 |
| 임선생[481] 서루 세움을 보고자 청하노라 | 請看林子起書樓 |

## 국계에게 드리다
### 呈菊溪

설계(雪溪)

| | |
|---|---|
| 박망후 신선 뗏목 소문만 들었더니 | 傳聞博望泛仙槎 |
| 하늘 끝에서 우연히 만나 보네 | 邂逅相逢天一涯 |
| 사절은 오직 선린우호 중함을 아나니 | 使節唯知隣好重 |
| 푸른 바다 밖에서 집 생각을 않도다 | 碧雲海外不思家 |

480 무성(武城) : 지금의 동경(東京). 당시의 이름은 강호(江戶 : 에도)이다.

481 임자(林子) : 임신독(林信篤)을 말함. 할어버지 나산(羅山) 임도춘(林道春)으로부터 대를 이어 태학두를 맡았다. 호는 봉강(鳳岡) 또는 정우(整宇). 흔히 하야시 호코(林鳳岡)로 불린다.

## 화답하다

和

국계(菊溪)

| | |
|---|---|
| 나는 팔월에 은하에 뗏목 띄워[482] | 我泛銀河八月槎 |
| 그대 따라 천 리 밖 네 바다 끝에 이르렀네 | 君從千里海四涯 |
| 적문의 도리[483]가 사람을 부럽게 하니 | 狄門桃李令人艶 |
| 장차 문장이 대가를 이룸을 보리라 | 將見文章作大家 |

## 국계에게 드리다

呈菊溪

귀계(貴溪)

| | |
|---|---|
| 양춘곡 한 곡조를 따라잡을 수 없는데 | 一曲陽春不可攀 |
| 신선 배는 멀리 푸른 하늘을 지나네 | 仙槎遙度碧天間 |
| 오봉루[484]의 객임을 지극히 알겠으니 | 極知五鳳樓中客 |

482 팔월에 은하에 뗏목 띄우다 : 사신의 임무를 띠고 항해한다는 말. 진(晉)나라 장화(張華)의 『박물지(博物志)』에는 "천하(天河)와 바다가 서로 통하는 곳이 있어 해마다 8월이면 그곳으로 뗏목이 왕래하는데, 어떤 이가 그 배를 타고 가 견우와 직녀를 만났다."는 내용이 있다. 또 『형초세시기(荊楚歲時記)』에는 견우직녀를 만난 이가 바로 장건(張騫)이라고 하였다.

483 적문(狄門)의 도리(桃李) : 당(唐)나라 때 현신(賢臣) 적인걸(狄仁傑) 문하(門下)의 훌륭한 인재를 말함. 적인걸은 관직에 있는 동안 장간지(張柬之)·환언범(桓彦範)·경휘(敬暉)·요숭(姚崇) 등을 추천하였는데 모두 명신(名臣)이 되었다. 어떤 사람이 그에게 "훌륭한 인재가 모두 공의 문하에 있소." 하자, 그는 "내가 어진 사람을 천거하는 것은 나라를 위해서이지 나 개인을 위해서가 아니오.[或謂之曰天下桃李 盡在公門 公曰 薦賢爲國 非爲私也]"라고 답하였다. 『신당서(新唐書)』「적인걸전(狄仁傑列傳)」

붓길 아래 구름 놀이 만 산을 비추도다　筆下煙雲照萬山

## 화답하다
### 和

국계(菊溪)

깨끗한 인품을 기꺼이 따르려니　皎然瓊樹喜追攀
티끌세상 말하려니 책상 사이엔 바람이 이네　談塵風生几案間
한 번 읊고 한 번 마시며 그윽한 생각이 열리니　一詠一觴幽思暢
멋진 유람에 어찌 회계산이 부럽겠나　勝遊何羨會稽山

## 자리의 여러 공에게 드리다
### 奉呈座上群公

소헌(嘯軒)

지난날 봉강의 모임 받들었는데　昨奉鳳岡會
오늘 그 문하에 이르렀네　今達門下人
맑은 기풍은 봉래섬의 학이요　淸標蓬島鶴
높은 음조는 영중의 봄[485]이로다　高調郢中春

484 오봉루(五鳳樓) : 매우 뛰어난 문장 솜씨라는 말. 원래 당(唐)나라 때 낙양(洛陽)에 세운 누의 이름이다. 현종(玄宗)이 여기에서 많은 사람을 모아 잔치했고 양(梁)나라 태조(太祖)가 매우 거대하게 중건하였다. 이후 큰 문장의 솜씨를 오봉루의 건축 솜씨에 비유한 데서 유래한다.

| | |
|---|---|
| 이미 기꺼이 속마음 비추니 | 已喜寸心照 |
| 어찌 잠깐의 만남임을 따지리 | 何論半面新 |
| 응당 알겠지 이별 뒤엔 | 應知相別後 |
| 밤마다 대들보 달[486] 마음에 떠오를 것을 | 梁月夜精神 |

## 화답하다
### 和

학정(鶴汀)

| | |
|---|---|
| 자안[487]은 얼마나 걸출한지 | 子安何俊偉 |
| 읊조리면 천 사람을 압도했지 | 嘯賦壓千人 |
| 단풍잎은 긴 밤새 지는데 | 楓葉下遙夜 |
| 국화는 시월에 이르렀네 | 菊花及小春 |
| 풍류는 다른 날을 생각했는데 | 風流他月想 |
| 태도는 이때에 새롭도다 | 態度此時新 |
| 일찍이 명아주 가지[488]를 주었으니 | 早授青藜枝 |

485 영중의 봄 : 영중의 양춘곡(陽春曲)을 말한다. 영중은 초(楚)나라의 도읍. 양춘곡은 백설곡(白雪曲)과 함께 초나라의 명곡으로 내용이 매우 고상하였다.

486 대들보 달 : 친구를 생각하는 정이 간절하다는 말. 두보(杜甫)가 「몽이백(夢李白)」에서 "달빛이 들보에 가득 비치니, 흡사 그대 안색을 본 듯하오.[落月滿屋梁 猶疑見顏色]"라고 한 데서 유래한다.

487 자안(子安) : 당나라 초기의 문장가인 왕발(王勃)을 말한다. 자안은 자(字)이다.

488 명아주 가지 : 한(漢)나라 성제(成帝) 때 유향(劉向)이 조정의 서적을 수장한 천록각(天祿閣)에서 글을 교정하고 있을 때 천제(天帝)의 명을 받고 내려온 태일신(太一神)이 명아주지팡이를 짚고 그를 찾아와 명아주지팡이를 불어 불을 밝히고서 천지 창조에 관한

문장이 신이 돕는 듯하네 文章如有神

## 화답하다
和

탁와(卓窩)

부상 땅에 평안함 지극하여 扶桑寧可極
타국 사람을 서로 만나보네 相遇異鄕人
단풍잎 무성해 달을 가리는데 霜葉猶遮月
청산은 도리어 봄과 같구나 青山却似春
고국 땅은 여기서 천 리인데 故園千里是
객지 여관에서 한 때가 새롭구나 客館一時新
비단 자리에 장쾌한 놀음 있으니 綺席壯遊在
사귐의 정에 정신을 감동되려 하네 交情欲感神

## 화답하다
和

취음(翠陰)

가을날 높은 당에서 잔치를 여니 高堂秋後宴
그 중 반 타향에서 온 사람이네 半是異鄕人

일과 『홍범오행(洪範五行)』 등 고대의 글을 전해준 뒤 사라졌다고 한다.

국화는 삼경[489]에 시들었는데 菊蕊殘三徑
매화는 시월에 비추네 梅花照小春
반가운 눈 간절하실 줄 어찌 알았을까 豈圖靑眄切
문득 흰머리 새로움[490]을 웃네 却笑白頭新
비로소 신선의 말을 살피고 始看天仙語
붓 날리매 모두 신령스럽도다 落毫總有神

## 화답하다

*和*

죽와(竹窩)

지기(知己) 없다고 어찌 생각하랴 豈憶無知已
사귀는 정이 옛 친구와 같으니 交情似故人
보배로운 잔치에서 북해 술통을 기울이니[491] 瓊筵傾北海

---

489 삼경(三徑) : 세 갈래로 뻗은 정원의 오솔길. 은자(隱者)의 뜰을 말한다. 한(漢)나라 장후(張詡)가 뜰에 삼경(三徑)을 만들고 송(松)·국(菊)·죽(竹)을 심은 데서 유래한다.

490 흰머리에 새로움[白頭新] : 백두여신(白頭如新). 흰머리가 되도록 오래 사귀었는데도 불구하고 서로 깊이 알지 못한 나머지 항상 처음 만난 사람처럼 관계가 서먹서먹한 것을 말한다. 한(漢)나라 추양(鄒陽)의 「옥중상서자명(獄中上書自明)」에서 "속담에, 흰머리 되도록 사귀었는데도 처음 만난 사람과 같은가 하면, 수레를 서로 멈추고 처음 대했는데도 오래 사귄 사람과 같다고 하였는데, 이는 제대로 알아주었느냐 그렇지 않느냐의 차이 때문이다.[諺曰, 白頭如新, 傾蓋如故, 何則, 知與不知也.]"라고 하였다. 『사기(史記)』 「추양열전(鄒陽列傳)」.

491 북해의 술통을 기울이다 : 손님들과 술을 즐김을 말한다. 후한(後漢) 말년에 북해상(北海相)을 지냈던 공융(孔融)이 "자리에는 손님이 항상 가득하고, 술동에는 술이 항상 떨어지지 않는다면 걱정할 것이 하나도 없다.[坐上客恒滿 樽中酒不空 吾無憂矣]"면서

| | |
|---|---|
| 봉래섬에서의 천재일우라네 | 蓬島遇千春 |
| 관문 달은 멀리 강을 비추는데 | 關月照江遠 |
| 호수 산은 꿈속에서 새롭네 | 湖山入夢新 |
| 문단에 오색구름 어리니 | 詞壇五雲色 |
| 붓 기운 절로 신기(神氣)를 전하네 | 筆勢自傳神 |

## 화답하다
### 和

유오(柳塢)

| | |
|---|---|
| 이 좋은 시 모임 자리에 | 好是風騷席 |
| 신선의 기상이요 속세 밖 사람이라 | 仙標塵外人 |
| 파란 술동이로 자주 손님 대하니 | 青樽頻對客 |
| 흰 눈이 벌써 봄을 회복한 듯하네 | 白雪已回春 |
| 바다를 가로질러 용사가 생동하고 | 橫海龍蛇動 |
| 구름을 말며 난봉이 새로 나네 | 卷雲鸞鳳新 |
| 비낀 해 저무는 줄도 알지 못하고 | 不知斜日暮 |
| 흥겨우니 어찌 정신이 피로할까 | 逸興豈勞神 |

빈객을 아꼈다는 데서 유래한다. 『후한서(後漢書)』「공융전(孔融傳)」

## 화답하다
和

금만(金巒)

| | |
|---|---|
| 명류들이 천 리에서 모이니 | 名流千里會 |
| 이 모두 타향 사람들이네 | 同是異鄕人 |
| 외로운 관에서 돌아갈 꿈 생각하실 때 | 孤館思歸夢 |
| 빈숲은 봄이 되려 하네 | 空林欲動春 |
| 어룡은 동해에서 찬데 | 魚龍東海冷 |
| 홍안은 북풍에 새롭네 | 鴻雁朔風新 |
| 황홀히 이내와 구름 빛깔 보니 | 恍見煙雲色 |
| 신선의 대라 이르는 곳마다 신령스럽네 | 仙臺到處神 |

## 화답하다
和

설계(雪溪)

| | |
|---|---|
| 바다 밖 이내와 구름 속에 | 海外煙霞裡 |
| 신선의 집 사람을 만났네 | 相逢仙室人 |
| 부(賦)가 이루어지니 백설가가 들리고 | 賦成歌白雪 |
| 매화가 일찍 피니 봄을 점칠 만하네 | 梅早卜青春 |
| 정이 십 년 친구보다 더하니 | 情勝十年舊 |
| 흥이 하루에도 새로움을 알겠네 | 興知一日新 |
| 내일 아침 이별하고 떠날 때에 | 明朝分手去 |
| 이역에서 각기 정신을 상하리 | 異域各傷神 |

## 화답하다
**和**

귀계(貴溪)

| | |
|---|---|
| 여관에는 가을바람 일어나는데 | 旅館西風起 |
| 시편은 양원[492]의 사람이네 | 詩篇梁苑人 |
| 발 앞에 저녁 기운 생기니 | 簾前生暮色 |
| 누대 밖에서 양춘곡[493]을 부르네 | 樓外唱陽春 |
| 온 나무엔 잎이 처음 지는데 | 萬樹葉初落 |
| 한 술동이 손이 바로 새롭네 | 一樽客正新 |
| 뉘라서 이와 같 웅재일 수 있을까 | 雄才誰得似 |
| 고운 붓은 신선이 있는 듯하네 | 彩筆有仙神 |

## 자리의 여러분에게 드리다
**奉呈座上群公**

국계(菊溪)

| | |
|---|---|
| 지난밤 산들바람이 찬 안개 걷어 올려 | 微飆昨夜捲寒霧 |
| 늦은 국화 쇠한 단풍이 푸른 바위에 비치네 | 老菊衰楓映翠岩 |
| 이때에 시인이 흥을 타서 이르니 | 騷客此時乘興到 |

492 양원(梁園) : 한(漢)나라 양효왕(梁孝王)이 만든 정원. 이곳에 사마상여(司馬相如)·매승(枚乘) 등을 초대하여 즐겼다.

493 양춘곡(陽春曲) : 초(楚)나라의 고상한 가곡 이름. 백설곡(白雪曲)과 함께 화답키 어려운 노래로 꼽힌다.

| | |
|---|---|
| 풍채와 골격이 모두 다 비범하네 | 傾然風骨摠非凡 |

## 화답하다
和

학정(鶴汀)

| | |
|---|---|
| 높은 당에서 술잔 잡고 작은 안개 보내고 | 高堂把酒送微雰 |
| 멀리 하늘 가운데 부사산을 바라보네 | 遙望天中富士岩 |
| 본래 알았다네 봉래섬 사신들은 | 原識蓬萊槎上客 |
| 시 이루매 격조가 속세와는 현격함을 | 詩成標格隔塵凡 |

## 화답하다
和

탁와(卓窩)

| | |
|---|---|
| 잎 지는 높은 누에서 맑은 안개 대하니 | 高樓搖落對淸雰 |
| 술동이 앞엔 바람이 차고 바윗돌이 희도다 | 樽酒風寒白石岩 |
| 하늘엔 아직 돌아가지 않은 기러기 소리 아득한데 | 天未歸鴻聲韻杳 |
| 웅심이 검에 의지하니 비범함을 알겠도다 | 雄心倚劍識難凡 |

## 화답하다
和

취음(翠陰)

| | |
|---|---|
| 객의 옷 아직도 안개에 젖어 축축하니 | 客衣猶見濕煙霧 |
| 사나운 물결 건너 험한 바위산 넘으셨겠네 | 水涉奔濤山嶮岩 |
| 바로 한 당에서 술 마시며 글을 논하시니 | 好是一堂文字飮 |
| 뭇 신선은 속세와 담 쌓으려 하지 않는구나 | 群仙不肯隔塵凡 |

## 화답하다
和

죽와(竹窩)

| | |
|---|---|
| 멀리 강산 바라보니 만 리가 안개인데 | 望斷江山萬里霧 |
| 객지에서 하릴없이 찬 바위만 마주했네 | 客中無賴對寒岩 |
| 섬계에서 배 돌리니[494] 남은 흥이 있는데 | 剡溪廻棹有餘興 |
| 천 년의 기이한 만남 또한 비범하네 | 奇遇千年亦不凡 |

494 섬계에서 배를 돌리다 : 섬계는 중국 절강성(浙江省)에 있는 물이름. 진(晉)나라 왕휘지(王徽之)가 눈 내리는 밤 갑자기 친구 대규(戴逵)가 만나고 싶어 배를 타고 섬계까지 찾아갔다가 대규의 집 문 앞까지 이르러서는 흥(興)이 다했다 하여 그의 집에는 들어가지 않고 그대로 되돌아와 버린 일이 있다.

## 화답하다
和

유오(柳塢)

| | |
|---|---|
| 밤 걸상 쓸쓸한데 객관 밖엔 안개 끼고 | 夜榻蕭條館外雰 |
| 꿈 어지러운 객로에는 만 겹 바위네 | 夢迷客路萬重岩 |
| 글귀 중에 홀연 연하색을 보나니 | 詞華忽見煙霞色 |
| 해동(海東)의 풍류가 모두 다 비범하네 | 江左風流皆出凡 |

## 화답하다
和

금만(金巒)

| | |
|---|---|
| 백설가 높은 가락 초나라 안개에 드는데 | 白雪高歌入楚雰 |
| 시회(詩會)의 풍경은 절로 찬 바위이네 | 詞場景色自寒岩 |
| 오색구름 깊은 봉래섬이라 | 五雲深處蓬萊島 |
| 선골의 풍류가 유독 비범하네 | 仙骨風流獨出凡 |

## 화답하다
和

설계(雪溪)

| | |
|---|---|
| 서풍은 하룻밤에 옅은 안개 다 떨치고 | 西風一夜拂微雰 |
| 겨울 해는 봄날 같아 절벽 위를 비추네 | 冬日如春照斷岩 |

이 바로 천 년 만의 요지연(瑤池宴)[495]과 같으니　正是瑤池千載會
신선의 놀음은 본래 티끌세상을 끊었다오　仙遊原自絶塵凡

## 화답하다
和

귀계(貴溪)

붓길 아래 용과 뱀 저물녘 안개 일으키니　筆下龍蛇起暮雰
바람소리는 하루밤에 천 바위에 멀었도다　風聲一夜遠千岩
높은 명성은 만 리 넘어 하늘 밖에 가득하니　高名萬里滿天外
선객들 상여[496]와 같아 원래 비범하도다　仙客相如原不凡

## 전운을 연달아 이루어 제공에게 화답을 청하며 드리다
疊成前韻呈諸公要和

소헌(嘯軒)

한 자리의 특출한 모임엔　一座峥嶸會
동서의 만 리 사람 모였네　東西萬里人

495 요지연 : 화려한 잔치를 비유한다. 요지(瑤池)는 곤륜산(崑崙山)에 있다는 전설상의 못이다. 서왕모(西王母)가 산다는 선경(仙境)으로, 주(周)나라 목왕(穆王)이 일찍이 여덟 준마(駿馬)를 얻고는 서쪽으로 유람하여 곤륜산(崑崙山)에 올라가서 선녀(仙女)인 서왕모의 요지연(瑤池宴)에 참석하여 즐겼다고 한다.

496 상여 : 한(漢) 나라 때 문호 사마상여(司馬相如)를 말한다. 특히 사부(辭賦)에 뛰어나 「자허부(子虛賦)」·「상림부(上林賦)」·「대인부(大人賦)」 등의 명문(名文)을 남겼다.

술동이는 바다와 같이 깊고　酒樽深似海
겨울 해 봄날처럼 길구나　冬日永於春
빛나도다! 글귀의 묘함이여　燦爾詞華妙
즐겁도다! 사귐의 새로움이여　樂哉交態新
경치는 높은 흥을 주고　風光供逸興
선경은 삼신산을 주네　仙境況三神

## 화답하다
和

학정(鶴汀)

두 나라 태평한 때에　兩國太平際
선린의 예로 사신을 보냈네　善隣禮使人
문장은 우레 같아 백 리를 놀래키고　詞雷驚百里
패옥은 달빛을 천 년에 비추네　佩月照千春
물 같이 맑은 말씀에 사귐이 오랜데　淡水說交久
고향은 꿈에 의지해 새로워라　故園託夢新
이날의 모임이 무엇 같은가　如何斯日會
바다 산은 일찍이 신령함 모았네　海嶽早鐘神
일행은 신선 같은 의장 아름답고　一行仙仗美
서검은 오래도록 사람을 놀래키네　書劍舊驚人
조수는 용의 울음처럼 일렁이고　潮逐龍吟湧
날씨는 말 머리에 봄을 맞이하네　天迎馬首春

| | |
|---|---|
| 만남이 늦은 걸 절로 탄식하다 | 自嫌遭遇晚 |
| 이별이 새로움을 문득 한탄하네 | 却恨別離新 |
| 시의 정취는 끝이 없는데 | 詩趣無窮極 |
| 말을 풀이하매 귀신을 울리네[497] | 解言泣鬼神 |

## 화답하다
和

취음(翠陰)

| | |
|---|---|
| 조촐한 방에 머무는 나그네 | 精舍僑居客 |
| 시단의 독보적 존재라네 | 詞壇獨步人 |
| 맑은 모습은 속세와 멀고 | 淸容遙出俗 |
| 화한 기운은 봄을 만난 듯하네 | 和氣總逢春 |
| 단지 시모임에 기뻐할 뿐 | 只喜風流宴 |
| 만남의 새로움은 모두 잊었네 | 共忘會遇新 |
| 적선[498]의 후신임을 누가 알리오 | 誰知謫仙後 |
| 천 년의 시신(詩神)을 보고 있네 | 千歲見詩神 |

497 귀신을 울리다 : 두보가 이백에게 보낸 시에 "붓 들어 쓰면 비바람을 놀래고, 시를 이루면 귀신을 울렸네.[筆落驚風雨 詩成泣鬼神]"라고 하였다.

498 적선(謫仙) : 시선(詩仙) 이백(李白)을 가리킨다.

## 화답하다
和

죽와(竹窩)

| | |
|---|---|
| 요대[499] 위에서 처음 말하니 | 初信瑤臺上 |
| 신선 재질이요 속세 밖 사람이라 | 仙才塵外人 |
| 지금은 난성[500]의 달을 생각하지만 | 今思蘭省月 |
| 전에는 봄날 행원[501]에서 취하였으리 | 昔醉杏園春 |
| 바다 넓은 데 변방 기러기 날아가고 | 海闊塞鴻度 |
| 서리 차니 울타리 국화 새로워라 | 霜寒籬菊新 |
| 뗏목 띄워 삼만 리 길 떠날 때 | 浮槎三萬里 |
| 박망후[502]가 어찌 정신을 상할까 | 博望豈傷神 |

499 요대(瑤臺) : 아름다운 옥으로 장식한 누대라는 뜻으로, 신선(神仙)이 산다는 천상(天上)의 공간을 말한다.

500 난성(蘭省) : 난대(蘭台). 전국(戰國)시대 초(楚)나라의 대(臺) 이름이며, 한(漢)나라 때 궁실의 전적을 관리하는 곳을 뜻하며, 어사대(御史臺)나 비서성(秘書省)를 가리키기도 한다.

501 행원(杏園) : 장안(長安)의 서쪽에 있던 정원. 당(唐)나라 때 새로 과거에 급제한 사람들에게 연회를 베풀어 주던 곳이다.

502 박망후(博望侯) : 한(漢)나라 무제(武帝)때 서역(西域)을 개척한 장건(張騫)을 말한다. 박망후는 봉호(封號)이다.

## 화답하다
和

금만(金巒)

| | |
|---|---|
| 시 모임이 오늘 열리니 | 詞場今日會 |
| 낙랑의 사람[503]을 직접 만났네 | 親接樂浪人 |
| 단풍은 가을 석 달에 지는데 | 楓落三秋月 |
| 매화는 한 떨기 봄처럼 피었네 | 梅開一朶春 |
| 의관은 점차 자리에 가득하고 | 衣冠侵座滿 |
| 시부는 누대에 기대어 새롭네 | 詩賦倚樓新 |
| 이곳에 흥이 끝없으니 | 此處興無盡 |
| 맑은 대화에 절로 신령함 있구나 | 淸談自有神 |

## 화답하다
和

설계(雪溪)

| | |
|---|---|
| 구름과 안개는 봉래산 밖에 있는데 | 雲煙蓬島外 |
| 그대의 모습에서 신선을 보네 | 眉宇見眞人 |
| 자리에선 구작[504]으로 술을 마시는데 | 坐酌九酬酒 |
| 뜰에선 시월의 봄을 맞이하네 | 庭迎十月春 |

503 낙랑의 사람 : 조선 사람을 말한다.

504 구작(九酌) : 주연(酒宴)에서 행하는 의식의 하나로, 아홉 번 술을 부어 아홉 번 마시는 것을 말한다.

| | |
|---|---|
| 선린의 사귐에 친목이 오랜데 | 隣交親睦久 |
| 사신의 뛰어난 재주 새롭구나 | 使節逸才新 |
| 못 위에 놀란 용이 달리니 | 池上驚龍走 |
| 붓끝에 절로 신령함 있도다 | 毫端自有神 |

## 화답하다
### 和

귀계(貴溪)

| | |
|---|---|
| 사신 배 푸른 바다 밖에서 오니 | 星槎滄海外 |
| 천 리 타국 사람이로다 | 千里異鄕人 |
| 국화 늙으니 하늘 끝에 절기 깊었는데 | 菊老天涯晩 |
| 매화 피니 눈 속에 봄이로다 | 梅開雪裏春 |
| 먼 산에 외로운 기러기 끊어졌는데 | 遠山孤雁斷 |
| 높은 객관에 술 한 동이 새롭구나 | 高館一尊新 |
| 바야흐로 앵무부[505] 이루어지니 | 鸚鵡賦方就 |
| 웅장한 재주는 원래 신령함이 있도다 | 雄才原有神 |

505 앵무부(鸚鵡賦) : 후한(後漢) 때 문장가 예형(禰衡)이 지은 부(賦). 예형이 강하(江夏) 태수(太守) 황조(黃祖)의 아들인 장릉(章陵) 태수(太守) 황사(黃射)가 베푼 잔치에 참석했을 때, 마침 앵무(鸚鵡)를 바쳐 온 자가 있어 황사의 간절한 부탁을 받고 즉석에서 지었다. 당시에 뛰어난 문장으로 널리 알려졌다.

## 여러 공에게 드리다
### 呈諸公

학정(鶴汀)

황화시[506] 다하자 신선 반열 이었는데 皇華歌罷綴仙班
사신들 높은 기풍을 뉘라서 따라잡을까 使者高風誰得攀
만 리의 돛대는 태양까지 닿아 있고 萬里帆檣凌白日
한 줄 퉁소 소리 청산을 울리네 一行簫鼓動青山
꿈은 가을 강 밖 갈대밭 너머로 비어 있고 夢虛蘆葦秋江外
시는 눈 쌓인 부사산 봉우리에 가득하네 詩滿芙蓉嶽雪間
예상컨대 높은 하늘에선 수고로이 인재 찾으리니 豫想雲霄勞物色
머잖아 학 탄 신선 하늘을 건너 돌아가리 近來鸞鶴跨天還

## 화답하다
### 和

소헌(嘯軒)

보배로운 궁에 잠시 시종신 반열 왕림하시니 瓊宮暫枉侍臣班
천한 재질이라 옥수[507] 붙잡기 도리어 부끄럽네 蒿質還慚玉樹攀
술동이 속 파란 거품 이니 의주[508]를 기울이고 樽裡綠波傾蟻酒

506 황화(皇華) : 사신을 칭송한 시. 『시경(詩經)』「소아(小雅)」황황자화(皇皇者華)에서 유래한다.

507 옥수(玉樹) : 풍채가 고결한 사람을 비유한다.

508 의주(蟻酒) : 녹의주(綠蟻酒). 파란 거품이 둥둥 뜬 좋은 술을 말한다.

하늘가 흰 눈 오니 오산[509]을 바라보네　天邊白雪見鼇山
잎 지는 쓸쓸한 곳에 시가 이뤄지니　詩成落葉蕭騷處
기러기 돌아가는 아득한 아지랑이 사이 흥이 있네　興在歸鴻杳靄間
긴 다리로 돌아갈 때 의당 달빛 띨 것이니　歸去長橋宜帶月
저물녘 높은 가마에서 돌아가기 재촉 마오　晩來高駕莫催還

## 화답하다
和

국계(菊溪)

먼 여정이라 행마(行馬)는 며칠이나 머뭇거렸나　長路征驂幾日班
고향 동산 떨기진 계수나무는 아득하여 잡을 수 없네　故園叢桂杳難攀
봉래산 새와 진동(秦童)[510]의 약을 보니　眼看蓬鳥秦童藥
흥이 일어 선성 태수 사조의 산[511]에 드는 듯　興入宣城謝眺山

509 오산(鼇山) : 오배산(鼇背山) : 발해의 동쪽에 있다고 하는 산. 산이 있어 물결을 따라 오락가락하므로 상제(上帝)는 서극(西極)으로 흘러갈까 두려워하여 거오(巨鼇) 열다섯 마리로 하여금 머리를 쳐들고 등에 이게 하였다고 한다. 『열자(列子)』「탕문(湯問)」. 여기서는 일본을 가리킨다.

510 진동(秦童) : 진시황(秦始皇)이 신선도(神仙道)에 심취하여 불사약(不死藥)을 구하기 위하여, 서불(徐市) 등으로 하여금 동남동녀(童男童女)를 데리고 동해의 삼신산(三神山)으로 들어갔다고 한다.

511 사조의 산 : 멋진 산 경치를 말한다. 사조(謝眺)는 남조(南朝)때 제(齊)나라의 시인으로 선성(宣城)의 태수를 지냈는데 일찍이 삼산(三山)에 올라 경읍(京邑)을 바라보고 지은 시가 너무도 훌륭하여 심약(沈約)이 칭찬하기를, 일찍이 300년 내로 이런 시를 지은 이가 없다고 하였다.

| | |
|---|---|
| 붉은 골짜기에 여러 신선들 자리에 이르니 | 紫洞群仙來座上 |
| 푸른 이내 기이한 기운 미간에서 나오네 | 青霞奇氣出眉間 |
| 술동이 앞에 놓고 새로 안 즐거움을 다하다 | 樽前且盡新知樂 |
| 시문 수습하여 달빛 속에 걸어서 돌아가리 | 收拾詩章步月還 |

## 화답하다
## 和

경목자(耕牧子)

| | |
|---|---|
| 부끄럽도다 마반[512]의 문장을 배워 | 自愧文章學馬班 |
| 다행히 오늘날 용문에 올랐네 | 龍門今日幸躋攀 |
| 세월은 유수 같아 하늘가에 국화 피었는데 | 流光斷送天邊菊 |
| 돌아가기 생각하며 헛되이 홀외산 바라보네 | 歸思空瞻笏外山 |
| 병치레로 객관에서 예의가 성글더니 | 多病禮踈賓館下 |
| 시 읊으매 마음은 저문 기러기 사이에 있네 | 吟詩意在晚鴻間 |
| 한 동이 저백주[513]를 잔 가득 채우고 | 一樽諸白深深酌 |
| 또 호성의 저문 빛을 띠고 돌아가리 | 且帶湖城暝色還 |

512 마반(馬班) : 『사기(史記)』를 쓴 사마천(司馬遷)과 『한서(漢書)』를 쓴 반고(班固)를 함께 이르는 말이다.

513 제백(諸白) : 일본의 고급 술의 하나이다.

## 네 공께 드리다
### 呈四公

탁와(卓窩)

| | |
|---|---|
| 서로 만나 안부 물을 땐 평수[514]가 새롭더니 | 相遇寧言萍水新 |
| 시 쓰는 붓 아래선 뜻이 먼저 친했도나 | 詩成筆下意先親 |
| 가을의 영해[515]는 하늘에 이어 출렁이고 | 三秋瀛海兼天湧 |
| 만 리의 봉산은 달과 이웃했네 | 萬里蓬山與月隣 |
| 청운이 눈에 드니 고니와 학 지켜보고 | 眼入青雲看鵠鶴 |
| 은하수 능가하는 기상은 기린과 나란한데 | 氣凌碧漢比麒麟 |
| 한 번 흥을 타 글을 지어내니 | 一來乘興堪裁賦 |
| 감히 그 시문을 초신[516]에 견주리라 | 敢把騷詞擬楚臣 |

## 화답하다
### 和

청천(青天)

| | |
|---|---|
| 곤륜산[517] 옥수[518]는 바라보는 중 새로운데 | 崑山玉樹望中新 |

514 평수(萍水) : 물 위를 떠다니는 부평초. 또는 정처 없는 인생 또는 우연한 만남을 말한다.

515 영해(瀛海) : 동쪽 끝에 있다는 큰 바다. 여기서는 일본을 말한다.

516 초신(楚臣) : 전국시대 초(楚)나라 시인 굴원(屈原)을 말한다.

517 곤륜산(崑崙山) : 중국의 서쪽에 있다는 상상 속의 산이다. 서왕모(西王母)가 살며, 산 위에는 예천(醴泉)과 요지(瑤池)가 있다고 한다.

518 옥수(玉樹) : 신화·전설상의 신선의 나무로, 재능 있는 명문가 자제를 비유하기도 한다.

청운 아래 악수하니 기뻐 서로 친하네 握手青雲喜共親
만 리 길 시서 지어 짝이 되니 萬里詩書人作伴
백 년의 순치(脣齒)로 이웃나라 되었도다 百年唇齒國爲隣
신선 언덕에서 흥이 나니 황학을 탄 듯한데 仙丘逸興騎黃鶴
청묘[519]가 상서러우니 백린[520]을 읊도다 淸廟休祥頌白麟
다행히 내 생애에 묵은 빚을 갚는다면 自幸吾生酬舊債
복숭아 훔친 객[521]은 바로 백량대[522]의 신하겠지 偸桃客是柏梁臣

## 화답하다

**和**

경목자(耕牧子)

객중에 그대로 인해 반가운 눈 새로우니 客中青眼爲君新
잠깐 만남이라고 어찌 묵은 옛 친함과 다르리 傾蓋何殊宿昔親
우리 지금 한자리에서 기꺼하는 건 吾輩卽今欣共榻

---

519 청묘(淸廟) : 청정(淸淨)한 사당이라는 뜻으로 주(周)나라 문왕(文王)의 사당을 말한다. 『시경(詩經)』 주송(周頌)의 편명으로 주공(周公)이 문왕의 사당에 제사할 때 드린 시이기도 하다.

520 백린(白麟) : 고대에 쓰이던 교묘(郊廟)의 가곡 이름이다.

521 복숭아를 훔친 객 : 동방삭(東方朔)을 가리킨다. 한무제(漢武帝)가 장수(長壽)를 빌고 있을 때 서왕모(西王母)가 선도(仙桃) 7개를 가지고 내려와 무제에게 주었다고 하는데, 동방삭(東方朔)이 세 번이나 그것을 훔쳐 먹었다고 한다.

522 백량(柏梁) : 백량대(柏梁臺). 한(漢)나라 무제(武帝) 때 세운 대이다. 이 대를 세우고 여러 신료와 군수(郡守)에게 조서를 내려 칠언연구시(七言聯句詩)를 지어야만 상좌(上座)에 오를 수 있게 하였다. 이때 연구(聯句)에 참여한 사람은 승상 석경(石慶), 대장군 위청(衛靑), 동방삭(東方朔) 등이다.

조정에서 예전부터 교린을 중시했기 때문이지　聖朝從古重交隣
시모임 여기저기서 은 붓대 뽑아드니　詩場處處抽銀管
사람마다 돌 기린[523]이 하강한 듯하네　人物家家降石麟
읊기를 마치니 감히 북극성 바라볼 수 없어　吟罷不堪宸極望
천한 신하는 타국에서 가을 지내며 막혀 있네　經秋異國滯微臣

## 화답하다
## 和

소헌(嘯軒)

사귐에 어찌 신구(新舊)를 따지겠나　交契何論舊與新
술동이 앞 잠깐 만나도[524] 마음은 친하다네　樽前半面亦心親
우리들 즐거움이 같음을 알뿐이니　徒知我輩同爲樂
이 모두 사가[525]의 좋은 사귐 덕분이네　總賴私家好結隣
누(樓) 좋으니 자취가 황학에 오른 듯한데　樓勝蹤如上黃鶴
시 이루어지니 특히 기린을 그린 듯하네　詩成別似畫麒麟
그대를 보니 특히 청운의 그릇이니　看君自是靑雲器

523 돌 기린 : 고대에 제왕의 능 앞에 돌로 만들어 놓은 기린. 또는 재주 있는 어린 아이. 여기서는 젊은이를 말한다.

524 잠깐 만나다[半面] : 후한(後漢) 응봉(應奉)이 수레 만드는 사람의 얼굴을 반쪽만 얼핏 보았는데도 수십 년이 지난 뒤에 길에서 보고는 바로 알아보며 반갑게 불렀다는 데서 유래한다. 『후한서(後漢書)』「응봉전(應奉傳)」

525 사가(私家) : 본래 대부 이하의 집안을 뜻하는데 여기서는 봉강(鳳岡) 문하를 말하는 것으로 보인다. 봉강(鳳岡)은 임신독(林信篤), 곧 하야시 호코(林鳳岡)를 말한다.

앞으로 어찌 초야에 묻히겠나 異日寧爲草野臣

## 화답하다
和

국계(菊溪)

| | |
|---|---|
| 자리에 마주 앉으니 초면이라 말을 마오 | 對榻休言識面新 |
| 시 논하매 소매 잡고[526] 마음으로 친하니 | 論詩把袂許心親 |
| 적선[527]과 함께 술 사 먹을 만하고 | 謫仙可以旅沽酒 |
| 왕한[528]과 마땅히 이웃에 살기 바라네 | 王翰猶堪願卜隣 |
| 고운 붓 휘날리니 상서로운 봉황 보이고 | 彩筆飛騰看瑞鳳 |
| 넓은 도량 돈독하니 상서로운 기린 보이네 | 好襟醇篤見祥麟 |
| 읊어대는 고운 글귀에 깊은 뜻 많아 | 吟來玉律多深意 |
| 부지런히 타국 사신 위로해주네 | 勤慰殊方奉使臣 |

526 소매를 잡다[把袂] : 친밀함을 표현한다.

527 적선(謫仙) : 인간 세상으로 귀양 온 신선이라는 뜻으로, 당(唐)나라 때 시인 이백(李白)을 말함.

528 왕한(王翰) : 당(唐)나라 때 시인. 두보의 시 「증위좌승(贈韋左丞)」에, "이옹은 나와 사귀기를 요구하고, 왕한은 내 이웃에 살기를 원하네.[李邕求面識 王翰願卜鄰]"라고 하였다.

## 청천에게 드리다
## 呈靑天

취음(翠陰)

| | |
|---|---|
| 예원[529]의 인재들은 조선의 명사들이니 | 藝園英俊漢名流 |
| 붓 던지면[530] 일찍이 만리후[531]를 기약하리 | 投筆曾期萬里侯 |
| 기러기는 높은 가을 하늘에 사절을 따르는데 | 鴻雁秋高隨使節 |
| 어룡은 어두운 밤에 신선 배를 호위하네 | 魚龍夜暗護仙舟 |
| 주머니 밖으로 나온 모수[532]는 남이 먼저 알아보니 | 脫囊毛遂人先見 |
| 구슬 온전히 한 인상여[533]는 뉘라서 짝할까 | 完璧相如誰得儔 |

529 예원(藝園) : 문인(文人)들의 시회(詩會).

530 붓을 던지다 : 종군(從軍)을 뜻한다. 후한(後漢)의 명장 반초(班超)가 젊었을 때 집이 가난하여 항상 글씨를 써 주는 품팔이 생활을 하다가, 한번은 붓을 던지면서 말하기를 "대장부가 별다른 지략이 없다면, 부개자나 장건이라도 본받아서 이역에 나아가 공을 세워 봉후가 되어야지, 어찌 오래도록 붓과 벼루에만 종사할 수 있겠느냐. [大丈夫無它志略 猶當效傅介子張騫 立功異域 以取封侯 安能久事筆硏間乎] "라고 하더니, 뒤에 과연 절부(節符)를 쥐고 서역(西域)에 나아가 공을 세워서 정원후(定遠侯)에 봉해졌다. 『후한서(後漢書)』「반초전(班超傳)」

531 만리후(萬里侯) : 고대에 나라에 공을 세우면 변방의 먼 곳에 임금으로 봉한 것을 말한다. 후한(後漢) 반초(班超)의 관상이, "턱은 제비와 같고 목덜미는 호랑이와 같아 날아다니면서 고기를 먹을 것이니, 장차 만리후에 봉해질 상이다.[燕頷虎頸 飛而食肉 此萬里侯相也]"라고 하였다는 고사가 있다.

532 주머니 밖으로 나온 모수(毛遂) : 전국시대에 진(秦)나라가 조(趙)나라를 침략하자 조나라의 평원군(平原君)이 식객 중에서 인재를 모을 때, 모수(毛遂)가 자원한 데서 유래한다. 자원한 모수에게 평원군이 "현사(賢士)란 주머니 안의 송곳과 같아서 반드시 그 끝이 튀어나오는 것인데, 선생은 우리 집에 있은 지 벌써 3년이나 되었는데도 선생의 유능한 점을 한 번도 듣지 못하였습니다. 선생은 그만두시오."라고 하니, 모수가 "오늘 당장 나를 주머니 안에 넣어 주십시오. 그렇게만 한다면 그 끝만 나올 것이 아니라 자루까지도 다 나올 것입니다."라고 하여, 평원군을 따라 초(楚)나라에 가서 합종을 성사시켰다. 『사기(史記)』「평원군전(平原君傳)」

533 구슬을 온전히 한 인상여(藺相如) : 전국시대에 조(趙)나라의 인상여(藺相如)가 화씨

| | |
|---|---|
| 해내에 지금까지 일 없는 것은 | 海內祗今總無事 |
| 한 조정이 봉명으로 영주[534]에 위문한 덕이지 | 一朝奉命問瀛洲 |

## 화답하다

**和**

청천(靑泉)

| | |
|---|---|
| 술동이 앞 붓은 바다와 다투어 흐르고 | 靑樽詞筆海爭流 |
| 취한 중 호탕한 마음은 구후[535]를 압도하네 | 醉裡豪情壓九侯 |
| 옛 골짜기 노래는 총계곡[536]을 이루고 | 古峽歌成叢桂曲 |
| 안개 낀 물가 흥은 목란주[537]에 있도다 | 煙波興在木蘭舟 |

---

벽(和氏璧)을 온전히 돌려온 일. 진(秦)나라 소왕(昭王)이 15개의 성(城)으로 화씨벽(和氏璧)과 바꾸자고 하였을 때, 인상여가 그 구슬을 갖고 사신(使臣)으로 진 나라에 갔는데, 진 소왕이 성은 주지 않고 구슬만 차지하려 하자 구슬에 흠이 있다고 하며 돌려받은 뒤, "대왕(大王)께서 15개의 성으로 이 구슬과 바꿀 뜻이 없으니 신은 이 구슬을 다시 가지고 가겠습니다. 만일 협박할 경우에는 저의 머리와 이 구슬을 한꺼번에 저 기둥에 부딪혀서 부숴버리겠습니다."라고 하여 마침내 그 구슬을 완전하게 조 나라로 도로 가지고 온 데서 유래한다. 『사기(史記)』「염파인상여전(廉頗藺相如傳)」

534 영주(瀛洲) : 영주산(瀛洲山). 삼신산(三神山)의 하나. 여기서는 일본을 가리킨다.

535 구후(九侯) : 은(殷)나라의 포악한 왕인 주(紂) 때의 제후(諸侯). 주왕의 비행을 강하게 간하다 죽임을 당하였다. 또는 주(周)나라 때 왕기(王畿)를 중심으로 사방 천 리 밖 백 리마다 차례로 구역을 정한 아홉 지역.

536 총계곡(叢桂曲) : 총계는 총생(叢生)하는 계수나무. 중국 회남(淮南)의 소산(小山)에는 계수나무가 많았는데 또 은사(隱士)가 많이 살았다. 회남왕(淮南王) 유안(劉安)이 지은 초사(楚辭) 「초은사(招隱士)」에 "계수나무 총생함이여, 산이 그윽하도다. 어엿하게 길이 굽었음이여, 가지 서로 얽혔도다.[桂樹叢生兮 山之幽 偃蹇連蜷兮 枝相繆]"라고 한 데서 온 말인데, 이는 원래 굴원(屈原)의 넋을 부르는 말로서, 전하여 고결(高潔)한 은사(隱士)가 있는 곳을 의미한다.

추전(秋田)[538]의 집안에서 신선을 만났고　　秋田府下逢仙侶
좨주[539]의 문 앞에서 좋은 짝을 얻었도다　　祭酒門前得好儔
이 모두 태평시절 즐거운 일이로니　　俱是太平湛樂事
창주[540]에 뜬 사신 배를 웃으며 보네　　笑看槎客泛滄洲

## 추수·소헌·국계에게 드리다
### 呈秋水嘯軒菊溪

취음(翠陰)

난새 봉새 푸른 하늘에서 잇달아 내려와　　聯翩鸞鳳下青霄
만 리 먼 푸른 바다 끝까지 나네　　飛盡滄溟萬里遙
섬 위의 신선 구름이 옥절을 맞으니　　島上仙雲迎玉節
바다 동쪽 아침 해에 말 재갈 빛나네　　海東初日耀金鑣
여정이 바위 몬[541] 일 헛되이 전하나　　空聞呂政徒驅石

537 목란주(木蘭舟) : 나무배. 춘추전국 시대 오나라 왕 합려(闔閭)가 심양강(潯陽江)에 있는 목란주(木蘭洲)에 목란수(木蘭樹)를 많이 심었다고 한다. 궁전을 짓기 위해 심은 것인데 노반(魯班·魯般)이 목란으로 배를 만들어 그 이후 시인들이 배를 아름다운 배를 목란주라고 일컫는다.

538 추전(秋田) : 인명 또는 지명. 인명으로는 희좌위문(秋田喜左衛門), 추전성차랑(秋田城次郎)이 있다. 지명으로는 아키타[秋田]가 있다.

539 좨주[祭酒] : 태학두를 맡은 하야시[林]가문을 말한다. 나산(羅山) 임도춘(林道春)으로부터 대를 이어 태학두를 맡았는데 이 당시에는 하야시 호코(林鳳岡)가 좨주였다.

540 창주(滄洲) : 물빛이 푸른 물가 또는 섬. 여기서는 일본을 가리킨다.

541 여정이 바위를 몰다 : 신인(神人)이 진시황(秦始皇)을 도와 바위를 몰아 준 일을 말한다. 진시황(秦始皇)의 이름은 정(政)인데, 사마천(司馬遷)이 『사기(史記)』「진시황본기」에서 영정(嬴政)이 아니라 여정(呂政)이라고 기술함으로써 장양왕(莊襄王)의 아들이 아

전왕이 조수를 쏜 일[542] 어찌 알리오　爭識錢王爲射潮
이국땅에 일찍부터 이름이 높았으니　異域蚤傳聲譽美
몇 사람이나 인사 나눠 고상한 기상 우러렀나　幾人修剌仰高標

## 청천에게 드리다
### 呈靑泉

죽와(竹窩)

신선 같은 풍채는 평소 듣던 대로 기꺼우니　道骨仙風愜素聞
이번 생에 한 번 만남이 얼마나 행운인가　此生何幸一逢君
친교 맺으니 해내에 정이 무진한데　論交海內情難盡
고아한 글[543]를 지으니 생각이 비범하네　裁賦郢中思不群
하늘 밖 가을 기러기는 지는 해를 슬퍼하고　天外霜鴻悲落日
누대 머리 옥피리는 외로운 구름을 마주했네　樓頭玉笛對孤雲
그 당시 누가 높은 성적 냈던가　當時誰復經高第
도성에서 먼저 찬란한 문장 전하네　都下先傳星斗文

니라 여불위(呂不韋)의 아들이라고 하였다. 진시황이 돌다리를 놓아 바다를 건너가서 해가 뜨는 곳을 살펴보려 할 때 신인이 바위를 몰아 바다로 내려가게 하였는데 속도가 느리면 채찍질을 가하였다고 한다.

542 조수를 쏘다 : 오대(五代) 때 오월(吳越) 왕 전류(錢鏐)가 쇠뇌를 가지고 항주(杭州)의 조수(潮水)를 쏘았더니, 조수가 물러가서 후일에 수환(水患)이 없어졌다 한다.

543 고아한 글[郢中] : 본래는 초나라의 도읍을 뜻하나 여기서는 고아한 시 작품을 말한다. 영중곡(郢中曲)·영중음(郢中吟)·영중편(郢中篇)을 말한다.

## 추수·소헌·국계에게 드리다
呈秋水嘯軒菊溪

죽와(竹窩)

| | |
|---|---|
| 멀리 성초[544]를 따라 푸른 하늘에서 내려오니 | 遠逐星軺下碧霄 |
| 비죽비죽 하패[545]가 절로 고상하네 | 參差霞佩自高標 |
| 계단 앞 이슬에는 푸른 단풍 시드는데 | 階前玉露靑楓老 |
| 객지의 주현 소리에 흰 구름 펄럭인다 | 客裡朱絃白雲飄 |
| 외로운 여관에서 함께 감개 많음 슬퍼하니 | 孤館共憐多惑慨 |
| 한 동이 술이 어디선들 쓸쓸하지 않으리 | 一樽何處不蕭條 |
| 업중[546]의 문인들 옛 자취가 아름다우니 | 鄴中詞客令陳跡 |
| 풍류가 육조 때를 행함을 비로소 알겠네 | 初識風流認六朝 |

## 화답하다
和

경목자(耕牧子)

| | |
|---|---|
| 신선 학 사뿐히 구름 낀 하늘서 내려오니 | 翩翩仙鶴降雲霄 |
| 세상 놀랄 문장은 백설가 품격이네 | 驚世文章玉雪標 |

544 성초(星軺) : 사신이 타는 수레를 말한다.

545 하패(霞佩) : 신선(神仙)이 차는 옥 또는 아름다운 옥 패.

546 업중(鄴中) : 삼국 시대 조조(曹操)가 도읍한 업(鄴)을 가리키는 말. 이 시절 이곳에는 조조·조비(曹丕) 부자를 비롯하여 공융(孔融)·진림(陳琳)·왕찬(王粲)·서간(徐幹)·완우(阮瑀)·응창(應瑒)·유정(劉楨) 등 소위 건안칠자(建安七子)라고 불리는 문인들이 활동하였다.

| | |
|---|---|
| 여관에선 맑은 술에 모두 함께 취하니 | 旅館淸樽人共醉 |
| 호수 성엔 짧은 해에 나뭇잎 처음 날리네 | 湖城短日葉初飄 |
| 위원[547]의 이적은 삼도[548]에 전하는데 | 葦原異蹟傳三島 |
| 기양[549]의 유풍은 팔조금법 말해주네 | 箕壤遺風說八條 |
| 우리들 이 놀음은 하늘이 빌려준 것이니 | 吾輩玆遊天所借 |
| 받들어 노래하여 성명한 조정을 다시금 축하하네 | 恭歌更祝聖明朝 |

## 화답하다
**和**

국계(菊溪)

| | |
|---|---|
| 초승달 깨끗하게 먼 하늘에 걸렸는데 | 新月亭亭掛遠霄 |
| 좋은 경치에 의지하여 맑은 품격 마주했네 | 好憑佳景對淸標 |
| 명아주 지팡이를 상호[550] 향해 내닫고자 하고 | 藜笻欲向箱湖擲 |
| 가벼운 옷소매를 부사산 따라 펄럭이려 하네 | 霞袂思從富岳飄 |
| 담화 중 향로 향기 한 줄기로 어리는데 | 話裡爐香盤一縷 |
| 읊조린 뒤 나무그림자 천 줄기로 흩어지네 | 吟餘樹影散千條 |
| 그대 떠난 뒤 나그네 시름 간절할테지만 | 送君去後羈愁切 |

547 위원(葦原) : 일본의 옛 이름.

548 삼도(三島) : 봉래(蓬萊)·방장(方丈)·영주(瀛洲)의 삼신산(三神山). 여기서는 일본을 가리킨다.

549 기양(箕壤) : 기자(箕子)의 땅이라는 뜻으로, 조선을 가리킨다.

550 상호(箱湖) : 일본에 있는 호수. 조엄(趙曮)의 『해사일기(海槎日記)』「수창록(酬唱錄)」에는 「상호첩성자(箱湖疊城字)」가 있다.

한 줄기 단심으로 성스런 조정 사모하리라　　一行丹心戀聖朝

## 화답하다
和

금만(金巒)

떼 위에서 바다의 해 가장자리를 돌아보니　　槎上回看海日邊
만 겹 산 골짜기에 기러기 행렬 이어졌네　　萬重山壑雁行連
오동잎에 달이 뜨니 강호에 가을이 깊고　　江湖秋盡梧桐月
갈 숲에 연기 끼니 서리이슬에 찬 기운이 이네　　霜露寒生蘆荻烟
홀연 새로운 시 청옥안[551] 보고는　　忽覩新篇青玉案
흰 구름 하늘 아래 함께 낙엽을 읊조리네　　共吟落木白雲天
붓 머리에 바람 이니 적성[552]의 빛인데　　筆頭風起赤城色
아지랑이는 어지러이 이 자리에 모이네　　霞靄紛紛聚此筵

551 청옥안(青玉案) : 고시(古詩) 또는 그냥 시(詩)를 말한다. 한(漢)나라 장형(張衡)의 「사수(四愁)」에 "청옥안에 대해 무엇으로 보답하나 나는 짐짓 황금술잔에다 술을 부어 드리리[何以報之青玉案 我姑酌彼黃金罍]"라고 한 데서 유래한다.

552 적성(赤城) : 전설상의 신선이 사는 산. 또는 중국 절강성(浙江省) 천태현(天台縣)에 있는 산으로, 땅은 붉은색이고 형태는 형상이 마치 운하(雲霞)와 같고 성첩(城堞)과 같다고 한다. 문선(文選)』에 실려 있는 손작(孫綽)의 「천태산부(天台山賦)」에, "적성산에는 안개를 일으켜 표지를 세웠다.[赤城霞擧而建標]"고 하였다.

## 화답하다
和

소헌(嘯軒)

| | |
|---|---|
| 찬 구름에 낙엽 지는 석양 가에 | 寒雲落木夕陽邊 |
| 주인과 손이 동남쪽에서 한 자리에 모였네 | 賓主東南一榻連 |
| 삼도의 누와 대는 바다 빛 머금었고 | 三島樓臺含海色 |
| 천 마을 귤나무 유자나무엔 밥 짓는 연기 진하네 | 千村橘柚老人烟 |
| 글이란 원래 한 법임[553]을 이미 알았으나 | 已知文墨元同軌 |
| 산천은 각각 다르니 탄식스럽네 | 肯歎山河各異天 |
| 좋은 경치 좋은 날에 좋은 모임 마땅하니 | 美景佳辰宜勝會 |
| 기꺼이 마시며 읊조리기 이 자리서 다하리라 | 好將觴詠盡此筵 |

## 국계에게 드리다
呈菊溪

금만(金巒)

| | |
|---|---|
| 고향은 서쪽 바다 밖인데 | 鄉關西海外 |
| 만 리 길에 안부를 알리시네 | 萬里報平安 |
| 바람이 이니 용과 뱀 일렁이고 | 風起龍蛇動 |
| 서리가 나니 솔과 국화 시드네 | 霜飛松菊殘 |
| 가을 봉우리에 밝은 달이 지고 | 秋峯明月盡 |

553 글이란 원래 한 법이다 : 글은 문자를 같이 하고 수레는 궤를 같이한다[書同文車同軌]는 뜻으로, 문자와 제도가 같음을 말한다.

겨울 봉우리에 흰 눈이 차구나　冬嶺白雲寒
두우성 사이 붉은 기운[554] 이상할 것 없어　不怪斗間氣
높은 누에서 검에 기대 바라보노라　高樓倚劍看

## 화답하다
### 和

국계(菊谿)

시월의 맑은 날에　小春淸朗日
헛되이 시만 읊는데　詩墨費吟安
국화잎은 서리 맞아 시들고　菊葉經霜老
단풍 향은 이슬에 젖어 사라지네　楓香浥露殘
고향 길 멂은 견딜 만하나　可堪鄕路遠
객지 이불 차가움은 자못 심하네　頗覺客衫寒
그대와의 담소에 화제가 끊이지 않으니　賴子談鋒騁
미간을 활짝 펴고 한바탕 웃게 되네　伸眉一笑看

554 두우성 사이 붉은 기운 : 오(吳)나라 때 북두성과 견우성 사이에 자기(紫氣)가 감돌기에 장화(張華)가 예장(豫章)의 점성가(占星家) 뇌환(雷煥)에게 물었더니, 보검의 빛이라 하였다. 이에 풍성(豐城)의 감옥 터 땅속에서 춘추 시대에 만들어진 전설적인 보검인 용천검(龍泉劍)과 태아검(太阿劍) 두 보검을 발굴했다 한다. 『진서(晉書)』「장화전(張華傳)」

## 청천에게 드리다
### 呈青泉

설계(雪溪)

| | |
|---|---|
| 뛰어난 시재는 이적선과 같으니 | 落落詩才似謫仙 |
| 사신으로 뽑힌 영광 모두 다 칭송하리 | 使華榮選共稱賢 |
| 오천 여 수 시문은 소매 속에 가득하고 | 五千風月袖中滿 |
| 백이산하[555]는 돛대 밖에 이어졌네 | 百二山河帆外連 |
| 꿈에선 봉래산 들어 신선 궁전 찾아봐도 | 夢入蓬萊探玉府 |
| 마음엔 궁궐[556]을 염려하여 푸른 하늘 바라보네 | 心懸魏闕望青天 |
| 이국에도 진실로 지음이 있으니 | 殊方自有知音在 |
| 이별 후에도 그리워하며 절현 않으리 | 別後相思莫絶絃 |

## 추수에게 드리다
### 呈秋水

설계(雪溪)

| | |
|---|---|
| 이국의 이 모임 뜻이 어떻던가 | 異邦此會意何如 |
| 시와 술 주고받으며 담소가 넉넉했지 | 詩酒相酬談笑餘 |
| 이별 후엔 모름지기 왕찬의 부[557]를 전하겠지만 | 別後須傳王粲賦 |

555 백이산하(百二山河) : 형세가 험하고 수비가 견고한 산천을 말한다.

556 위궐(魏闕) : 임금이 계시는 궁궐을 뜻한다.

557 왕찬(王粲)의 부 : 등루부(登樓賦)를 말한다. 삼국(三國) 시대 위(魏)나라 왕찬(王粲)이 동탁(董卓)의 난을 피하여 형주(荊州)의 유표(劉表)에게 의지하고 있으면서 강릉(江陵)의 성루(城樓)에 올라 고향을 그리워하며 읊은 작품. "아무리 아름다워도 내 고향이

| | |
|---|---|
| 생전엔 다시 이릉의 글[558] 이르기 어려우리 | 生前難到李陵書 |
| 성 머리 달은 시인의 자리를 비추고 | 城頭月照詩人座 |
| 강 위 구름은 사신의 수레를 맞아주네 | 江上雲迎使者車 |
| 저물녘에 작별을 견디기 어려워 | 向晩不堪分袂去 |
| 단풍나무 문 밖에서 홀로 서성이네 | 丹楓門外獨躊躇 |

## 화답하다
### 和

경목자(耕牧子)

| | |
|---|---|
| 가을 지낸 객의 마음 절로 쓸쓸하니 | 經秋客意自蕭如 |
| 낮잠 끝 목탁 소리에 깜짝 놀라네 | 啄木䲞驚午睡餘 |
| 하늘은 늙은 시인 위해 시든 국화 남겨두고 | 天爲詩翁留敗菊 |
| 사람은 문자에 통해 기이한 글을 썼구나 | 人通華語有奇書 |

나는 연나라 시장에 오른 죽은 뼈[559]에도 부끄러운데

아님이여, 어찌 족히 조금이나마 머무를 수 있으랴.[雖信美而非吾土兮 曾何足以少留]"는 구절이 있다. 여기서는 고국에 돌아간 뒤, 이곳에서 고향을 그리던 작품을 전할 것이라는 뜻으로 썼다.

558 이릉서(李陵書) : 한(漢)나라 무제(武帝) 때 장수 이릉(李陵)의 글. 이릉은 흉노(匈奴)를 치다가 패하여 항복하여 흉노의 나라에서 살았다. 사신으로 갔다가 억류 19년 간 억류되었다가 풀려나는 소무(蘇武)에게 이별시를 지어 주었다. 여기에서는 추수(秋水)와 이별하면 다시 만날 수 없음을 안타까워하는 것이다.

559 연나라 시장에 오른 죽은 뼈 : 죽은 준마의 뼈가 연(燕)나라 저자 거리에 오름. 전국시대 연(燕)나라 소왕(昭王)이 제(齊)나라에 원수를 갚기 위해 곽외(郭隗)에게 인재 추천을 부탁하니, 그가 말하기를 "옛날 어떤 임금이 천리마를 구하려고 사자(使者)에게 천금(千金)을 주었는데, 죽은 천리마의 뼈를 5백 금을 주고 사오니 임금이 노했습니다. 그러자

| | |
|---|---|
| | 吾愧駿骨騰燕市 |
| 그대는 위나라 수레를 비출 보배[560]와 같네 | 君似明珠照魏車 |
| 글과 술의 한마당이 지금 이 모임인데 | 文酒一場今日會 |
| 이별에 임해 고개 돌려 다시 주저하네 | 臨分回首更躊躇 |

## 소헌에게 드리다
### 呈嘯軒

설계(雪溪)

| | |
|---|---|
| 멀리 세운 준마[561]들 오화[562] 무늬 있고 | 驊騮遙駐五花紋 |

---

사자가 말하기를 '죽은 말도 사오는데 더구나 산 말이겠는가. 천리마가 곧 오게 될 것이다.' 했는데, 과연 1년이 못 되어 천리마가 세 마리나 이르렀습니다. 지금 왕께서도 어진 인재를 오게 하려면 이 곽외로부터 먼저 시작하십시오. 그러면 저보다 나은 이가 어찌 천리 길을 멀다 하겠습니까." 하였다. 그 말을 들은 소왕이 곽외를 스승으로 섬겼더니, 과연 위(魏)나라에서 악의(樂毅)가, 제나라에서 추연(鄒衍)이, 조(趙)나라에서 극신(劇辛)이 연나라로 달려와 이들 인재를 바탕으로 연나라는 제왔다고 한다. 『사기(史記)』「연세가(燕世家)」.

560 위나라 수레를 비출 보배 : 전국시대 제(齊)나라 위왕(威王) 24년에 위(魏)나라 혜왕(惠王)과 교외에서 회합하였는데, 혜왕이 위왕에게 보배를 가지고 있느냐고 묻자, 위왕이 없다고 답하였다. 그러자 혜왕은 "과인의 나라는 작은데도 오히려 지름이 1촌이나 되는 구슬이 있어서 수레를 앞뒤로 12승(乘)을 비추는 것이 10개나 됩니다. 그런데 어찌하여 만승(萬乘)의 나라에서 보배가 없단 말입니까?" 하니, 위왕은, "과인이 보배로 여기는 것은 왕이 보배로 여기는 것과는 다릅니다. 나에게 단자(檀子)란 신하가 있는데, 그로 하여금 남쪽 성을 지키게 하면 초인(楚人)들이 감히 동쪽을 침입하지 못하고 사상(泗上)의 12제후가 모두 와서 조회합니다. 그리고 나에게 분자(盼子)란 신하가 있는데, 그로 하여금 고당(高唐)을 지키게 하면 조인(趙人)들이 감히 동쪽으로 하수에 와서 고기잡이를 하지 못합니다. 이들을 가지고 천리 멀리 비추니 어찌 12승만을 비출 뿐이겠습니까." 하니, 혜왕이 부끄러워하면서 불쾌한 기색으로 떠나갔다.

561 화류(驊騮) : 준마(駿馬)의 일종.

일산들 서로 이어지니 상서로운 구름 조용하네　　冠蓋相連希瑞雲
만 리 길 험난해도 능히 임금 은혜 보답하리니　　萬里間關能報主
백 년의 그리움으로 이제 그대 만났네　　百年懷抱此逢君
누 머리에서 시 짓는 사람 아직 있는데　　樓頭作賦人猶在
바다 위에 글 전하는 기러기 몇 무리인가　　海上傳書雁幾群
사신 재주[563] 넉넉함이 보기 좋으니　　喜見皇華才不乏
한양의 별 모습은 원래 기운차구나　　漢陽星象元氤氳

## 추수·소헌·국계에게 드리다
### 呈秋水嘯軒菊溪

귀계(貴溪)

서풍은 불고 불어 자리에 가득한데　　獵獵西風滿坐來
붉은 열두 난간[564]에 석양빛 열리네　　朱欄十二夕陽開
연하 낀 바다 위로 기러기는 멀리 지나는데　　烟雲海上鴻遙度
준마는 하늘 끝에 있어 사람은 아직 돌아가지 않았네
　　駿馬天涯人未回
서리 맞은 단풍은 객사로 날아들고　　霜落丹楓飛客舍
부가 이뤄지자 백설[565]은 신선의 대 비추네　　賦成白雪照仙臺

562 오화(五花) : 오화마(五花馬). 청색(青色)·백색(白色) 등의 얼룩무늬가 있다.

563 황화(皇華) : 사신을 뜻한다. 사신에 관해 읊은 『시경(詩經)』 「소아(小雅)」 황황자화(皇皇者華)에서 유래한다.

564 붉은 열두 난간 : 화려한 누대를 말한다. 붉은 누대도 화려한 누대를 말하고, 열두 난간도 화려한 누대를 말한다.

| | |
|---|---|
| 그대의 양춘곡에 화창하기 어려우니 | 詩篇難和陽春曲 |
| 금란전[566]에 계실 인재임을 알겠네 | 知是金鑾殿裏才 |

## 화답하다
### 和

추수(秋水)

| | |
|---|---|
| 쓸쓸한 여관이라 오는 사람 드문데 | 寂寥賓館少人來 |
| 그대 국화와 함께 홀연 눈 뜨이게 하네 | 君與黃花眼忽開 |
| 가을 기러기 쓸쓸히 대화 밖에 날아가는데 | 霜雁蕭蕭談外去 |
| 시마[567]는 급급히 술 마시는 중 돌아오네 | 詩魔急急酒中回 |
| 나의 종적이 연막[568] 따름을 기꺼하며 | 歡吾蹤跡趨蓮幕 |
| 그대의 문장이 백대[569] 위에 있음을 부러워하네 | 羨子文章上栢臺 |
| 이르는 곳마다 인재들 모두 보배로우니 | 到處琳琅皆玉貝 |
| 남국에 인재 많음을 비로소 알겠네 | 始知南國儘多才 |

565 백설 : 고아한 노래인 백설가를 가리킨다.

566 금란전(金鑾殿) : 황궁(皇宮)의 정전(正殿). 여기서는 조선의 궁전을 말한다.

567 시마(詩魔) : 시를 쓰게 하는 마귀라는 뜻으로 시심(詩心), 시흥(詩興)을 가리키는 말.

568 연막(蓮幕) : 막부(幕府)를 말하는데, 여기서는 통신사행에 참여한 것을 말한다.

569 백대(栢臺) : 백대(柏臺). 어사대(御史臺)를 말한다.

## 화답하다

**和**

소헌(嘯軒)

| | |
|---|---|
| 부사산 개인 눈이 사람을 비춰오고 | 富山晴雪照人來 |
| 지는 해 맑은 술동이 앞 바다 위에 열리네 | 落日淸尊海上開 |
| 유자 열매 첫서리에 비로소 익어가고 | 橘子初因寒露熟 |
| 매화 봉오리 맑은 시월에 다시 피네 | 梅心晴共小春回 |
| 먼 나그네 홍려관[570]에 있는 걸 어찌 알고 | 誰知遠客鴻臚館 |
| 신선들 문득 현포대[571]에 무리 지었나 | 便作群仙玄圃臺 |
| 붓을 들고 청유[572]에서 헛되이 늙었으니 | 載筆靑油空白首 |
| 집안을 이음에 완함[573]의 재주 없음 부끄럽네 | 承家愧乏阮咸才 |

570 홍려관(鴻臚館) : 외국 사절이 묵는 숙소를 말한다.

571 현포대(玄圃臺) : 현포(玄圃)의 대. 현포는 전설상의 신선이 산다는 곳으로, 곤륜산 꼭대기에 있다고 한다.

572 청유(靑油) : 청유막(靑油幕). 장군의 막사(幕舍)에 청유라는 기름을 발랐기 때문에 이와 같이 말한다.

573 완함(阮咸) : 진(晉)나라 때의 은사(隱士). 죽림칠현(竹林七賢)의 한 사람인데 역시 죽림칠현인 완적(阮籍)의 조카이다. 자신에게 완함의 재주가 없다는 것은 자신이 백부인 성완(成琬, 1639-?)에 못 미친다는 뜻이다. 성완은 1682년 통신사행에 제술관(製述官)이었는데, 그의 조카라는 사실은 위에서 언급되었다.

## 화답하다
和

국계(菊溪)

| | |
|---|---|
| 고맙게도 서너 관동(冠童)이 와주어 | 數三童冠惠然來 |
| 높은 누에서 함께 바라보니 시야가 트이네 | 共上高樓望眼開 |
| 이슬 내린 바다 어구에 가을 이미 깊었는데 | 霜落海門秋已盡 |
| 구름 깊은 갯가에 기러기 처음 돌아오네 | 雲深浦溆雁初回 |
| 돌아가는 뱃길에 나는 고래 굴을 건널[574] 텐데 | 歸帆我涉鯨魚窟 |
| 기예 뛰어난 그대는 준마대에 오르리 | 絶藝君登駿馬臺 |
| 첩첩한 맑은 담화 밤들도록 평온하니 | 疊疊淸談終夕穩 |
| 수창하는 높은 운에 낮은 재주 부끄럽네 | 會酬高韻媿微才 |

## 석상에서 소헌의 진운에 따라 고시 한 장을 읊어 사공에게 드리다
席上依嘯軒眞韻 賦古詩一章 以贈四公

학정(鶴汀)

| | |
|---|---|
| 봉황루 밖에 금은의 궁궐 있고 | 鳳凰樓外金銀闕 |
| 오양성 위에 여러 신선 계시네 | 五羊城上群仙人 |
| 지난 밤 패옥이 하늘에서 내려오니 | 環珮昨夜降霄漢 |
| 무릉의 복숭아꽃은 일만 년의 봄 맞았네 | 武陵桃花一萬春 |
| 나를 보자 기꺼이 신선약을 다려주고[575] | 見我欣然供鼎役 |

574 고래 굴을 건너다 : 험한 파도를 건넌다는 말이다.

575 신선약을 다리다[鼎役] : 솥의 일이란 신선이 되는 약을 달이는 일을 말한다.

| | |
|---|---|
| 잠깐 사이 옥기린을 타시네 | 頃刻爲御玉麒麟 |
| 부상의 푸른 물은 하늘까지 넘치는데 | 扶桑碧浪蹴天漲 |
| 인간엔 다시 길을 묻는 뗏목 없네 | 人間無復槎問津 |
| 하룻날 여러분이 바람과 비를 몰고 오니 | 一自諸公驅風雨 |
| 아름다운 기운 도성에 가득함을 거듭 보겠네 | 重瞻佳氣滿城闉 |
| 남산의 재야 선비 본래 성이 계(桂山)인데 | 南山野士原姓桂 |
| 잘못 청전선[576]에 뽑혔지 석상진[577]은 아니네 | 謬中銅選非席珍 |
| 석 달 겨울엔 만 권 책을 얼음 씹듯 익히고 | 三冬萬卷嚼冰雪 |
| 한 번 검을 잡으면 귀신을 울게 했네[578] | 一把雄劍泣鬼神 |
| 반가운 눈으로 돌아봐 줌이 언덕과 산처럼 소중하니 | 靑眸賜顧丘山重 |
| 평생 동안 꿈에서도 임종의 두건[579] 생각하네 | 百年夢想林宗巾 |
| 다만 걱정은 붉은 난새 하늘 그리워 날아갈까 | 只恨紫鸞慕天翥 |

576 청전선(靑錢選) : 매번 글 솜씨가 뛰어남. 푸른 동전(銅錢)을 여러 개 모아도 모양이 똑같은 것처럼 과거를 볼 적마다 합격하여 장원한다는 데서 유래한다. 당(唐)나라 장작(張鷟)은 글 솜씨가 마치 푸른 동전 같아서 만 번 뽑아도 만 번 적중하여 호(號)를 청전학사(靑錢學士)라 하였다.

577 석상진(席上珍) : 재덕(才德)을 갖춘 선비. 『예기(禮記)』「유행(儒行)」에 "유자는 석상의 진귀한 보배처럼 자신의 덕을 갈고 닦으면서 임금이 불러 주기를 기다린다.[儒有席上之珍以待聘]"고 한 데서 유래한다.

578 귀신을 울게 하다 : 두보(杜甫)의 「기이백(寄李白)」에서, "붓 내려 쓰면 비바람을 놀래고, 시를 이루면 귀신을 울게 하도다.[筆落驚風雨 詩成泣鬼神]"고 한 데서 유래한다.

579 임종(林宗)의 두건 : 후한(後漢) 때 명사 곽태(郭泰)의 두건. 임종(林宗)은 곽태의 자(字). 곽태(郭泰)는 학문과 덕망이 뛰어나 일세의 존경을 받았고 평소 심한 비평과 격론을 하지 않았으므로 당고(黨錮)의 화를 면했다. 어느 날 비를 맞아 두건 한 쪽 귀가 꺾여 있었다. 그를 본 당시 사람들이 일부러 모두 그렇게 한 쪽 귀를 접어서 쓰면서 임종건(林宗巾)이라고 한다. 『후한서(後漢書)』「곽태전(郭太傳)」

밤마다 북두성 아래 우러러 뒤따르네　北斗夜夜望後塵
이별 슬픔은 속절없이 바람에 붙어가니　空將離情附風去
그대를 좇아 바로 한강 가에 떨어지리　逐君直落漢水濱

## 화답하다
## 和

청천(青泉)

봉래산 높고 높아 하늘의 이웃인데　蓬山峨峨天作隣
그 가운데 푸른 머리[580] 신선이 있네　中有綠髮飡霞人
나부끼는 습취[581]는 하늘에 오를 듯하고　婆娑拾翠上雲霄
서른여섯 궁[582]은 모두 다 봄이로다　三十六宮皆青春
수놓은 비단 옷은 난초 계수 자태인데　繡羅衣裳蘭桂姿
아름답고 웅장한 패옥은 한 쌍의 금 기린이네　英英雄佩雙金麟
부상의 상서로운 빛이 옥루를 비추는데　扶桑瑞色映玉樓
얇은 말 한 번 웃음에 은하를 보겠네　薄言一笑看天津
황황자화[583] 노래가 금슬 연주에 있으니　皇皇者華在琴瑟

---

580 푸른 머리 : 젊은 사람의 검은 머리로, 젊은이를 뜻한다.

581 습취(拾翠) : 푸른 새의 깃털을 모아서 장식한 것.

582 서른여섯 궁(宮) : 중국 고대 역법(曆法)에 30도(度)가 한 궁(宮)이므로, 한 주천(周天)이 11궁이고, 봄·여름·가을 세 철을 양(陽)으로 잡으면 합하여 36궁이 된다. 사계절 중 겨울만 음(陰)인데 동지(冬至)에 양(陽)이 처음 발생하므로 동지로부터 36궁의 봄이 벌써 시작된다고 한다.

583 황황자화(皇皇者華) : 『시경(詩經)』 「소아(小雅)」의 한 편. 사신을 보낼 때 불러 주던 노래이다.

| | |
|---|---|
| 만나보는 깃발이 궁궐에 이르네 | 邂逅旌旄來禁闉 |
| 양나라 구슬[584] 조나라 구슬[585] 빛이 화려하여 | 梁珠趙璧色爛熳 |
| 황홀하기가 현포[586]에 보배를 벌여 놓은 듯하네 | 忽如玄圃羅奇珍 |
| 붉은 놀 가득한 잔을 사양 않고 마시니 | 紅霞滿酌不辭飮 |
| 취하여 붓을 보니 정신이 머물러라 | 醉看彩毫留精神 |
| 새는 나무 위에서 울고 사슴은 물풀 뜯는데 | 鳴禽上樹鹿食苹 |
| 흥 다하니 내 부용관 비뚤어졌네 | 興闌欹我芙蓉巾 |
| 새로 안 한 즐거움 길이 잊지 않으려는데 | 新知一樂永不諼 |
| 웃으며 벽해를 가리키니 누런 먼지 일어나네 | 笑指碧海生黃塵 |
| 내일 아침이면 동서에서 각각 구름과 비 되리니 | 明朝雲雨各東西 |
| 창연히 은하 가의 직녀성만 바라보겠지 | 悵望織女銀河濱 |

584 양나라 구슬 : 보배 구슬. 전국시대 위왕(魏王)이 제왕(齊王)과 자신의 야광주를 자랑하며 “과인의 나라가 비록 작으나 지름이 한 마디가 되는, 전후로 각각 열두 채의 수레를 비출 수 있는 구슬이 열 개나 된다.[若寡人國小也 尙有徑寸之珠 照車前後各十二乘者十枚]”고 한 데서 유래한다. 『사기(史記)』「전경중완세가(田敬仲完世家)」

585 조나라 구슬 : 화씨벽(和氏璧). 조(趙)나라 혜문왕(惠文王)이 이를 얻었기 때문에 이와 같이 부른다. 진(秦)나라 소왕(昭王)이 이 구슬을 탐내어 열다섯 고을과 바꾸자고 하였을 때 인상여(藺相如)가 사신으로 갔다가 돌려 가지고 왔다. 『사기(史記)』「염파인상여전(廉頗藺相如傳)」

586 현포(玄圃). 전설상의 신선이 산다는 곳. 곤륜산 꼭대기에 있다고 한다.

## 화답하다
和

소헌(嘯軒)

| | |
|---|---|
| 부사산 높고 상해[587]는 넓은데 | 富士山高桑海濶 |
| 맑은 기운 모여서 뇌락인을 이루었네 | 淑氣鐘成磊落人 |
| 관원[588]의 깊은 학문이 구수왕[589]을 꿰었으니 | 菅原邃學貫久素 |
| 지금까지 유교 교화 천 년을 이었도다 | 至今儒化流千春 |
| 계산도인[590]은 이후로 우뚝한데 | 桂山道人後來秀 |
| 골격이 빼어나니 하늘 기린 머문 듯 | 秀骨眞留天上麟 |
| 정우선생[591] 문전에서 옷깃 걷으니[592] | 摳衣整宇先生門 |

587 상해(桑海) : 부상(扶桑)의 바다라는 뜻으로, 동해(東海)를 가리킨다.

588 관원(菅原) : 관원도진(菅原道眞). 남용익(南龍翼)은 『동사록』 「문견별록(聞見別錄)」에서 '고래 문사(古來文士) 20인' 가운데 한 명으로, '그가 죽은 뒤에 영령(英靈)이 있으므로 사당을 세워 제사지내고 호를 북야천신(北野天神)이라 하였다.'고 소개하였다.

589 구소(久素) : 구소왕(久素王). 백제 6대 구수왕(仇首王)을 말한다. 우리말 이름을 한자로 표기하는 과정에서 음의 혼용이 있는 것이다. 아직기(阿直岐)를 파견하여 일본에 유학을 가르친 것을 말한다.

590 계산도인(桂山道人) : 가츠라야마 사이간(桂山彩巖, 1679-1749). 호는 학정(鶴汀) 이 책의 앞 명단에는 '桂山三帝扈衛門'이라고 소개되었고, 시의 작가로는 '鶴汀 桂山義樹'라 표시되었다. 하야시 호코(林鳳岡)에게 배워, 막부(幕府)의 유관(儒官)이 되었다. 이름은 의수(義樹). 자(字)는 군화(君華), 통칭은 사부로자에몬(三郎左衛門), 별호는 천수(天水).

591 정우선생(整宇先生) : 임신독(林信篤). 정우는 호. 다른 호는 봉강(鳳岡)이다. 나산(羅山) 임도춘(林道春)의 손자로, 대를 이어 태학두를 맡았다. 흔히 하야시 호코(林鳳岡)로 불린다.

592 옷깃을 걷다[摳衣] : 제자가 선생의 앞에 들어갈 때에 긴 옷자락을 걷고 조심히 들어간다는 뜻. 『예기(禮記)』 「곡례(曲禮)」에, "어른의 신발도 밟지 말고 자리도 넘어가지 말며, 구의(摳衣)하여 모퉁이로 닫는다." 하였다. 후세에 스승 앞에 나아가 강론을 듣는 것을 뜻한다.

| | |
|---|---|
| 학문의 바다에서 몇 년인가 끝이 없어서 | 學海幾年窮涯津 |
| 초현정[593]의 후파[594]를 배출했네 | 草玄亭中作侯芭 |
| 어린 나이에 과감히 고향을 떠나와 | 童年拂袖辭鄉闉 |
| 가을 하늘에 독수리 되어 옥계에 올랐으니 | 秋天一鶚登玉階 |
| 보배로운 남쪽 인재 참으로 국보로다 | 大貝南金眞國珍 |
| 나와 더불어 우연히 만나게 되니 | 與我偶作萍水遇 |
| 술동이 앞 눈빛 가지런해 사귐에 신령함 있네 | 樽前目整交有神 |
| 고운 붓 들고 서로 기상을 살펴보다가 | 相將彩筆氣相看 |
| 얼큰히 취하니 오사모[595] 비뚠 걸 알지 못하네 | 半酣不覺欹烏巾 |
| 속마음까지 환하여 오른쪽 검에 비추니 | 炯然肝膽照右劍 |
| 나그네와 주인 사이 어찌 티끌 있을까 | 主賓何曾間諸塵 |
| 이별 후에도 부상에는 달이 둥글어 | 別後扶桑一輪月 |
| 응당 만 리 연성 바닷가를 비추어주리 | 應照萬里蓮海濱 |

연성(蓮城)은 내가 사는 곳이다.

593 초현정(草玄亭) : 전한(前漢) 때의 문인 양웅(揚雄)이 칩거하며 『태현경(太玄經)』을 저술한 곳이다.

594 후파(侯芭) : 전한(前漢) 시대 양웅(揚雄)의 제자로, 훌륭한 제자를 가리킨다.

595 오건(烏巾) : 오사모(烏紗帽). 검은 비단으로 만든 관원의 모자.

## 화답하다
和

국계(菊溪)

| | |
|---|---|
| 부상 땅은 본래 신선굴이라 일컬어져 | 桑域素稱神仙窟 |
| 빼어난 기운 붙들어 일으켜 사람에게 모았네 | 扶興秀氣鐘於人 |
| 하늘까지 거리는 구만 리이고 | 碧落程寬九萬里 |
| 반도 열매 삼천 년에 한 번 익는다네 | 蟠桃子熟三千春 |
| 봉래섬 신선들은 삼대처럼 벌여 있어 | 蓬島眞官列如麻 |
| 봉새 일산을 쓰거나 고운 기린을 타네 | 或翳紫鳳騎班麟 |
| 나는 청구[596]의 사신을 따라왔거니 | 我隨靑丘使星來 |
| 사신 배는 곧장 은하수를 가리켰네 | 乘槎直指銀河津 |
| 왕자진[597]과 안기생[598]이 앞뒤에서 | 子晋安期相後先 |
| 나의 깃 일산 이끌어 겹문을 지났지 | 導我羽蓋過重闉 |
| 계산[599]에 이르러 오래 머물자니 | 就中桂山淹留客 |
| 경거 같고 옥패 같아 진실로 진기한 보배이네 | 瓊琚玉佩誠奇珍 |
| 황금빛 풀과 옥예화[600]는 | 金光之草玉蕊花 |

596 청구(靑丘) : 조선의 다른 이름이다.

597 왕자진(王子晋) : 신선인 왕자교(王子喬)를 가리킨다. 주(周)나라 영왕(靈王)의 태자 진(晋)이다. 태자 시절에 왕에게 직간하다가 폐해져 서인(庶人)이 되었는데 젓대를 잘 불어 봉황새 소리를 냈으며 도사(道士) 부구공(浮丘公)을 만나 흰 학을 타고 산꼭대기에서 살았다 한다. 『열선전(列仙傳)』

598 안기생(安期生) : 진(秦)나라 때의 은사(隱士)이다. 진시황(秦始皇)이 동방(東方)으로 유람할 때에 초청하여 3일을 함께 담론하고 수만금(數萬金)을 주었으나 버리고 갔다 한다. 『열선전(列仙傳)』

599 계산(桂山) : 가츠라야마 사이간(桂山彩巖). 위의 계산도인(桂山道人) 참조.

600 옥예화(玉蕊花) : 꽃 이름.

한 번 먹으매 심신을 기를 만하네 一飡可以頤心神
석단에서 만나 서로를 향해 웃으니 相逢石壇笑相向
약 찧는 향기가 붉은 비단 건에 생기네 擣藥香生紫綺巾
하루 종일 깊은 대화하며 비결(秘訣)을 펼쳐주니 玄談終日演眞訣
황홀하여 근진[601]을 벗어나는 듯하나 恍惚與爾超根塵
티끌 마음 한 점 홀로 덜 식어 塵心一點獨未灰
아득히 서쪽 바다 고국 생각하네 故國蒼茫西海濱

## 화답하다

和

경목자(耕牧子)

나 지금 칼을 떨쳐 호탕하게 노래하며 我今拂劍歌浩浩
그대에게 삼한 사람 보라고 청하네 請君見我三韓人
삼한 땅의 만여 리는 三韓地方萬餘里
대대로 북쪽 변방으론 후춘[602]에 접하여 世接窮荒北厚春
아득한 옛날에는 짐승의 들판이었는데 奧昔茫茫鳥獸野
단군께서 금 기린 타고 세상에 내려오시고 檀君降世騎金麟
뒤 이어 기자 성인 평양에 도읍하사 箕聖繼之都平壤
나라의 인가는 압록강에 한정되었네 中國人煙限鴨津

601 근진(根塵) : 육진(六塵). 불교에서 말하는, 중생의 참된 마음을 더럽히는 티끌을 말한다.

602 후춘 : 만주를 말한다.

| | |
|---|---|
| 낙랑의 백성이 그 교화를 입어 | 樂浪之民服其化 |
| 의복과 궁실이 성문을 인하였네 | 衣服宮室仍城闉 |
| 성스런 조정에 이르러 우호가 돈독하니 | 逮于聖朝篤隣好 |
| 천 년 간 선물로 보배를 보내주네 | 千年聘幣齎奇珍 |
| 이웃나라 이름은 예로부터 일본국인데 | 隣邦古稱日本國 |
| 명발[603] 바다 있고 삼신산 있네 | 水有溟渤山三神 |
| 그 사람이 옛 것 배워 옛 글을 짓고 | 其人學古作古文 |
| 나의 객관 곁에서 의관을 가지런히 하네 | 邊我賓館整衣巾 |
| 붓으로 대화하니 풍속이 통하며 | 相將筆舌通謠俗 |
| 마주 앉으니 맑아 세속 티끌 없네 | 對坐蕭然無俗塵 |
| 이별 후 그대는 어디인지 물을 것이니 | 別後思君問何處 |
| 가을바람에 문을 닫는 서호 가이리라 | 秋風掩門西湖濱 |

제가 사는 곳이 서호(西湖)이기 때문에 말한 것입니다.

## 소헌에게 부치다

**寄嘯軒**

금만(金巒)

| | |
|---|---|
| 풍류 제일인이라 알려졌거니 | 報道風流第一名 |
| 그대를 보는 오늘 나그네 마음 맑아지네 | 看君此日客心淸 |
| 어두운 남해에 명주를 던졌는데[604] | 暗投南海明珠色 |

603 명발(溟渤) : 명해(溟海)와 발해(渤海)라는 뜻으로, 큰 바다를 말한다.

| | |
|---|---|
| 홀로 서산 백설가의 정을 말하네 | 獨說西山白雪情 |
| 강무[605]의 성 가에 단풍이 지고 | 江武城邊霜葉落 |
| 봉래의 궁궐 아래에 저녁구름 이네 | 蓬萊闕下暮雲生 |
| 길게 노래하며 주랑이 돌아봐 주길[606] 바라나 | 長歌欲得周郎顧 |
| 도리어 악기를 떨치니 곡이 완성되지 않네 | 猶拂朱絃曲未成 |

## 추수에게 부치다
### 寄秋水

금만(金巒)

| | |
|---|---|
| 높은 누대에 청삼[607] 입은 나그네 | 飛閣青衫客 |
| 풍류가 티끌세상을 벗어났네 | 風流出世塵 |
| 가슴속엔 드넓은 운몽 연못[608] 있고 | 胸中雲夢澤 |
| 눈 아래엔 무릉 나루 있도다 | 眼下武陵津 |

604 어두운 데 명주는 던지다 : 재능을 알아주기는커녕 오히려 질시와 비난을 받는 것. 밤에 길 가는 행인의 앞에다 명월주(明月珠)나 야광주(夜光珠)를 몰래 던져 주면 모두 칼에 손을 대면서 좌우를 두리번거릴 것이라고 한 데서 유래한다. 『사기(史記)』「추양전(鄒陽傳)」

605 강무(江武) : 지금의 동경(東京). 당시의 이름은 강호(江戶 : 에도)이다.

606 주랑(周郎)이 돌아보다 : 삼국시대 오(吳)나라 주유(周瑜)가 음률을 잘 알아서 길을 가다가도 음률이 그릇된 것이 있으면 반드시 한번 돌아보았기 때문에, 미인들이 일부러 곡조를 틀리게 탔다고 한다.

607 청삼(青衫) : 당(唐)나라 때 8, 9품의 낮은 관리들이 입던 관복 또는 학자의 옷차림.

608 운몽택(雲夢澤) : 매우 드넓은 포부. 한(漢)나라 사마상여(司馬相如)가 「상림부(上林賦)」에서, 초(楚)나라에 사방이 900 리 되는 운몽택(雲夢澤)이 있는데, 그것을 8, 9개를 삼켜도 가슴속에 조금의 장애도 느끼지 않는다고 한 데서 유래한다.

| | |
|---|---|
| 노래 시작되려니 옥 항아리 울리고 | 歌起玉壺響 |
| 시 완성되려니 채필이 바쁘네 | 詩成彩筆頻 |
| 만나서 그윽이 기뻐 손뼉 쳤는데 | 相逢堪竊抃 |
| 이별 뒤엔 강가에 멈춰 서리라 | 別後立江濱 |

## 국계에게 부치다

寄菊溪

귀계(貴溪)

| | |
|---|---|
| 짤랑짤랑 신선의 패옥 동경에 가득하니 | 珊珊仙佩滿東京 |
| 한 줄기 부용이 눈빛 속에 밝도다 | 一行芙蓉雪色明 |
| 낙엽 지는 천 산 마다 찬 기운 생겨나고 | 落葉千山生朔氣 |
| 한밤중 다듬이질에 찬 소리 일어나네 | 淸砧半夜起寒聲 |
| 무창[609]의 달은 집 돌아갈 꿈으로 지나가는데 | 武昌月度還家夢 |
| 강해의 기러기는 고국의 정으로 돌아가네 | 江海雁歸故國情 |
| 탁월한 웅재니 누가 이와 같을까 | 矯矯雄才誰得似 |
| 풍류와 채필이 모두 종횡하네 | 風流彩筆共縱橫 |

609 무창(武昌) : 경치 좋은 곳. 소식(蘇軾)의 「적벽부(赤壁賦)」에 "서쪽으로 하구(夏口)를 바라보고 동쪽으로 무창을 바라보니, 산천(山川)이 서로 엉켜 울창하다."라고 하였다. 여기서는 일본을 지칭한다.

## 필어
## 筆語[610]

저의 일행이 대마도에 이르러 우삼(雨森)[611]·송포(松浦)[612] 두 분과 만나 그 시문을 보니 일대의 기재(奇才)이더군요. 제가 수로와 육로 만 리에서 수창한 사람이 적다고는 할 수 없는데 귀국에 이와 같은 뛰어난 인재가 있으니 깊이 축하합니다. 바다 밖에 떠돌며 한 편의 양원(梁園)[613]의 게으른 유랑인이 된 사람이야 어찌 말할 것이 있겠습니까? 이것은 반드시 여러분의 감식안에 비추어 보시면 개탄을 할 만한 것입니다. 그러므로 이러한 저의 뜻을 아울러 올립니다.

답하다

학정(鶴汀)

우삼(雨森)·송포(松浦) 두 사람은 사려가 웅장한 뛰어난 재사들로서 참으로 맨손으로 범과 표범을 잡을 사람들이니 말씀하신 바와 같습니다. 오늘의 성대한 모임에 뛰어난 재주를 지닌 분들이 모두 망라

610 이 부분의 필담자가 누구인지 누락되어 있다.

611 우삼방주(雨森芳洲, 아메노모리 호슈, 1668-1755). 에도 시대 유학자이자 의사. 쓰시마 번에서 외교 담당 문관으로 활약하였다. 우삼동(雨森東)이라는 조선식 이름을 사용했다.

612 마츠우라 가쇼(松浦霞沼, 1676-1728) 아메노모리 호슈(雨森芳洲)의 추천으로 쓰시마(對馬)[현재 나가사키현(長崎縣)]부중번(府中藩)에서 일하였다. 호슈(芳洲)와 함께 조선통신사의 응접을 담당하였다.

613 양원(梁園) : 한(漢)나라 양효왕(梁孝王)이 만든 정원으로, 이곳에서 사마상여(司馬相如)·매승(枚乘) 등을 시문을 짓고 즐겼다. 여기서는 시문을 짓는 곳을 뜻한다.

되었으니 우러를 뿐입니다. 존공께서는 국량이 매우 넓으시니 이른 바 관후장자이십니다. 글이 무게가 있고 점잖아 한 화살도 함부로 쏘지 않으며 쏘면 반드시 적중하니, 앞으로 응당 대임(大任)을 경륜(經綸)하실 것을 알겠습니다. 미리 축하드립니다. 저 같은 사람은 일개 천한 사람으로서 이미 선생을 만나보아 친히 가르침[614]을 받으며 가까이에서 안석과 지팡이를 모셨으니 하늘에서 내려주신 행운이 얼마나 큰지 모르겠습니다. 저와 같이 온 여러 사람의 뜻도 이와 같습니다. 매우 감사합니다.

614 경해(謦咳) : 기침이라는 뜻으로 훌륭한 분의 말씀을 가리킴.

# 朝鮮人對詩集 卷二

葛廬 林又右衛門
鷺洲 人見七郎右衛門
鶴汀 桂山三帝扈衛門
卓窩 秋山半藏
池菴 佐佐木万次郎
寧齋 上鳥彈藏
峴岳 小見山中兵衛
翠陰 太田治太夫
柳塢 川副兵扈衛門
金巒 眞木弥市
雪溪 井上仁扈衛門
素行 吉田淸次郎
黃陵 岡井彦太郎
廣澤 細井次郎太夫

桃原 人見又兵衛
幾菴 和田傳藏
有隣 得力十之承
二水 津田武右衛門
東溪 飯田左仲
龍嵒 小出義兵衛
天水 雨森三哲
竹窩 天津源之承
桑園 松田新藏
桂軒 小見山次郎右衛門
東里 星野小平太
貴溪 村上舍人
芝山 岡井金治
援之 岡島援之

己亥十月三日會集

○奉寄朝鮮國製述官申公　　鷺洲人見浩

淸朝柔遠致嘉賓，更喜交情舊作隣。千右文章長有路，幾年江海自無塵。蒼波搖彩蛇矛影，紅日添光獸錦身。會面浮萍只堪恨，玉人萬里玉堂人。

○奉和鷺洲見贈　　靑泉

皇華古樂餉周賓，天以韓和德有隣。滿目雲騏行蹋影，開襟海鶴迥離塵。百年唇齒相須國，萬里詩書遠適身。今日歡娛皆聖澤，各將華祝擬對人。【華一作三】

○謹呈學士申公　　有隣德力良顯

白水靑山萬里通，舟車無恙入天東。文中眞處凌雲氣，一嘯扶桑海上風。

○奉和有隣見贈　　靑泉

高歌先與行心通，秋色靑山出海東。自是君才搏九萬，愧儂旬日御冷風。

○奉呈靑泉申公　　二水津田玄賢

使星始動漢陽城，萬里扶桑早識名。莫問當年波息曲，仙郞白雪滿東瀛。

○和呈二水詞案　　靑泉

靑驄錦帶五雲城，城上相逢各問名。忽聽瑤絃彈一曲，天然仙洞自蓬瀛。

○奉寄學士申公　　池菴佐佐木玄龍

海外先聞博洽名，淸標新接仰聰明。翰場莫惜凌雲筆，雄辨因君豁俗情。

○奉和池菴見贈　　青泉

青春海國振香名，詩得扶桑瑞日明。萬里相逢言語異，笑誇雙劒一交情。

○謹奉呈青泉學士申公案下　　東溪飯田隆興

香然仙客解驂騑，十日留歡世所希。揮翰海東擎旭日，三山影動五雲飛。

○奉和東谿見贈　　青泉

相逢天馬儼騑騑，絡月鳴珂世共希。解道黃金臺上意，爲君千里疾如飛。

○奉寄青泉申公　　龍崌小出長卿

扶桑日出海城頭，雲盡微茫碧水流。萬里天風吹不度，魚龍長護木蘭舟。

○奉和龍崌見贈　　青泉

邂逅仙郎自黑頭，一坐歌笑最風流。興酣欲訪三山去，青鳥催呼海上舟。

○奉呈青泉申公案下　桂軒小見山昌嶠

八葉芙蓉碧玉連，長風吹散萬重烟。蓬萊仙客彩鸞駕，遙繞扶桑天日邊。

○奉和桂軒見贈　青泉

不看華館坐留連，筆洒蓬山五色烟。但覺清香來滿席，和君家在桂枝邊。

○奉寄青泉申公　東里星野惟孝

星槎奉命日邊來，萬里蓬壺人未回。一向樓頭歌白雪，烟雲五色賦中開。

○奉和東里見贈　青泉

客有乘槎萬里來，蓬山雲月暫遲回。仙人笑倚蟠桃樹，爲道天香待子開。

○奉寄青泉申公　素行吉田泰明

萬里星槎霄漢間，仙郎淸節孰能攀。東來老子停輈去，紫氣雲高亟谷關。

○奉詶素行見贈　青泉

蓬萊宮闕彩雲間，玉樹琪花一笑攀。滿袖秋香看不厭，醉忘西日落江關。

○ 奉寄姜成張三進士　　鷺洲人見浩

官遊莫作客愁深，唯有歸程在昨今。借問長天何所記，落霞孤鶩故園心。

○ 奉和鷺洲韻　　耕牧子姜栢

天涯客思與秋深，說劍論詩幸有今。相對不愁言語異，湛然相照一腔心。

○ 奉和鷺洲示贈韻　　長嘯軒成夢良

富士青峯馬首生，長亭過盡幾千程。瑤琴欲向海山奏，應有子期知我情。

○ 奉次鷺洲惠贈韻　　菊溪張應斗

武州形勝問如何，員嶠殊庭不足過。君住此間仙趣逸，朗吟瓊律患才多。

○ 奉寄姜成張三進士　　有隣德力良顯

車自轔轔蓋自飛，東來紫氣映朝暉。仙郎縱目蓬壺外，咳唾成珠滿袖歸。

○ 奉次有隣堂韻　　耕牧子

湖城木葉雁同飛，客子吟詩坐落暉。萬里悲秋無限意，行帆何日故園歸。

○奉次有隣堂韻 嘯軒

一鶴乘秋萬里飛，扶桑海色映初暉。雲邊邂逅眞仙侶，共採三山藥草歸。

○奉次有隣見示韻 菊溪

扶桑東畔彩雲飛，晞髮咸池淡淡暉。賴有群仙同推致，興酣端合詠而歸。

○奉呈三進士 二水

海上千山鳴雁秋，使臣旌旆下滄洲。鄉思唯逐西歸水，日暮烟雲不盡愁。

○和呈二水詞案 耕牧子

黃花開盡客中秋，雁陳驚霜下晚洲。茶竈筆床塵事少，與君消遣異鄉愁。

○奉次二水見示韻 嘯軒

江城落木正高秋，仙馭飄然降十洲。二水烟波詩興逸，郢中白雪唱堪愁。

○奉次二水惠贈韻 菊溪

落木蕭蕭海國秋，列仙眞境近瀛洲。華軒好作論文會，忘却羇人萬斛愁。

○ 兼寄姜成張三進士　池菴

鷄林才雋涉蜻州，傾蓋新交喜壯遊。詩壓隋唐書魏晋，銕成門限敢無休。

○ 奉次池菴韻　耕牧子

樓臺城郭是雄州，萬里男兒辨壯遊。自笑平生詩癖在，樽前弄墨若難休。

○ 奉次池菴韻　嘯軒

海外名區說亶州，高標况接列仙遊。筆端淸韻鏘金石，從此雷門布鼓休。

○ 奉次池菴惠贈韻　菊溪

星槎初稅武藏州，勝會仍成翰林遊。談笑一堂和氣動，多君雅趣正休休。

○ 謹奉呈姜耕牧成嘯軒張菊溪三公　東溪

朝陽暖舞海雲中，千里分光一擧風。文采齊名新進士，可知三鳳在河東。

○ 奉酬東溪韻　耕牧子

倚馬高才藝苑中，法門衣鉢有宗風。將看鰈域傳詩草，不獨聲名滿日東。

○ 奉和東溪見示韻 嘯軒

相逢一笑彩霞中，庭樹蕭蕭落葉風。觴詠不知淸晝永，隔簾蓮漏響丁東。

○ 奉次東溪玉韻 菊溪

群才炳蔚濯磨中，爭聳林公愛士風。試看諸賢詞致雅，一時華問擅桑東。

○ 奉寄三進士 龍嵓

海門淸曉望中開，華蓋參差萬里來。更使碧霄多五色，神仙到處卽蓬萊[1]。

○ 奉次龍嚴韻 耕牧子

楓葉蕭蕭菊盡開，異鄕孤客雁俱來。長風破浪男兒志，不肯低頭在草萊。

○ 奉和龍嵓韻 嘯軒

華堂晴日一樽開，富岳烟嵐華底來。西望故園雲海隔，行帆何夜到東萊。

○ 奉次龍嵓所贈韻 菊溪

三嶋烟雲萬里開，身隨漢使泛槎來。故園消息無由問，戱綵何時學老萊。

1 원문은 來이나 문맥상 萊로 바로잡는다.

○ 奉寄秋水嘯軒菊溪三公　桂軒

玉羽隨風萬里來，昻昻仙鶴不群才。鴻臚初識三場客，五色彩雲筆下開。

○ 奉次桂軒公韻　耕牧子

師門匡鼎說詩來，絳帳横經摠異才。餘事文章出機杼，筵前箇箇筆花開。

○ 奉次桂軒公韻　嘯軒

一代群賢濟濟來，鳳邑門下摠英才。夜來應有淸臺奏，東壁奎花瑞彩開。

○ 奉次桂軒公韻　菊溪

袖得驪珠百顆來，歡君詩格冠群才。東遊萬里乘槎客，青眼慇勤對榻開。

○ 奉寄三進士　東里

萬里仙槎銀漢流，天邊昬氣五層樓。關山月色寒風起，落木蕭蕭添客愁。

○ 奉次東里韻　耕牧子

九月秋空雁陳流，思鄉遠客賦登樓。覊愁較似詩情苦，別作樽前一段愁。

○ 奉次東里惠贈韻　嘯軒

士岳金銀筆下流，共將豪氣倚高樓。行行採擷金光草，浮世寧爲白髮愁。

○ 奉寄三進士　素行

主恩新報是豪英，淸節奇才傳大名。一夜文星超紫海，光華猶自滿江城。

○ 奉次素行韻　耕牧子

大手詞林有俊英，他時朱雀繫高名。慇勤廿八瓊琚字，價重和珠十五城。

○ 奉和素行韻　嘯軒

筵前厖列摠詞英，千古晁卿讓盛名。縞苧相酬元好意，偏陜敢破五言城。

○ 奉和素行高韻　菊溪

高風雅韻拔群英，誰埓騷壇第一名。袖裡淸篇同楚璧，定知光價敵連城。

○ 奉呈菊塘鄭公　有隣

縹緲江山一路通，心交不隔思無窮。此行可掞文章美，筆捲波瀾入海東。

○ 奉次有隣堂惠韻　　菊塘鄭后僑

赤水遙應銀漢通，仙槎迢遞海天窮。對君盡日成佳話，却忘身遊析木東。

○ 奉寄菊塘公　　二水

湖海天風行路難，仙袍秋冷映烟巒。新詞不入悲哉賦，館外丹楓夜夜寒。

○ 奉酬二水惠示韻　　菊塘

秋深海外客懷難，愁對煙波又綠巒。此日逢君成一笑，青眸相對不知寒。

○ 寄鄭菊塘　　池菴

瀛浮彩鷁陸銀鞍，征旆隨行吟興闌。川岳所經多警策，囊中垂許碧眸看。

○ 奉訓池菴惠韻　　菊塘

客到天涯初稅鞍，殊方歲月已云闌。如今勝會何曾料，醉倚黃花共笑看。

○ 奉菊塘鄭公　　東溪

已聽殘鶯一別家，杪秋云暮到天涯。仙標自絶緇塵色，瀟洒東籬霜後花。

○ 奉次東溪惠韻　　菊塘

歸夢追追漢上家，嚴霜十月客天涯。佳辰邂逅還奇事，善笑樽前對菊花。

○ 奉寄菊塘鄭公　　龍嵓

書劍天涯此壯遊，仙郎逸氣遶滄洲。無端夜夜還家夢，風雨蕭條滿驛樓。

○ 奉次龍嵓惠韻　　菊塘

扶桑萬里作奇遊，秋色悠悠海上州。淡笑一床清興動，風吹落葉入虛樓。

○ 奉寄菊塘鄭公　　東里

文采英名漢省郎，天涯帆影帶斜陽。雲間豪氣三千文，賦就烟霞滿武昌。

○ 奉次東里惠韻　　菊塘

蓬山此日見仙郎，坐來虛閣到夕陽。羨子逸才凌鮑謝，應知此日耀文昌。

○ 奉寄菊塘鄭公　　素行

遠問名山載筆來，颼颼風來出塵埃。新知恰似舊相識，欲寫深情愧菲才。

○ 奉和素行惠贈 菊塘

客帆悠悠渡海來, 佡賓元是隔塵埃。昨拜林公今見子, 候芭亦自有奇才。

○ 疊素行韻 菊塘

此日殷勤問客來, 淸儀仙格超塵埃。萍蹤一遇眞爲幸, 更喜新詩七步才。

○ 奉寄菊塘鄭公 桂軒

丈夫推節夙雄飛, 皃色雲霄倚少微。相値文場論意氣, 風姿卓犖似君稀。

○ 奉次桂軒惠贈韻 菊塘

海溟天空旅雁飛, 富山雲色晩依微。相逢此日眞如夢, 更喜仙風世所稀。

○ 疊用桂軒韻奉寄 菊塘

秋晩樓前黃葉飛, 相留一醉夕陽微。天涯文酒逢知已, 應識人間此事稀。

○ 奉和菊塘公疊用韻 桂軒

白鶴摶風海上飛, 夕陽帆外轉霏微。騷盟堪喜披雲霧, 共識天涯際會稀。

○ 奉寄菊塘鄭君復乞高和　桂軒

鵬際遙過海日東，錦帆萬里倚長風。吳中陸子才尤秀，洛下賈生名不空。寒雨鴻聲雲路隔，故山鶴夢月明通。詞場初值嵩陽客，豪氣翩翩飄彩虹。

○ 奉次桂軒惠贈韻　菊塘

寄帆初泊海雲東，徒倚高樓落木風。富士奇峯明積雪，扶桑秋色泛寒空。諸賢聯榻文華溢，兩國交隣信義通。勝會如斯古亦少，傑篇雄辨吐長虹。

○ 奉寄菊塘鄭兄　鷺洲

客亭秋晩遠人迎，落木江頭天氣清。料識君今辛苦意，海山萬里幾陰晴。

○ 再和菊塘鄭公示韻　池菴

扶桑名岳送征鞍，趣引風光雅意闌。俊逸清新出凡品，高標無屬下流看。

○ 奉贈桂軒兼呈諸公　嘯軒

常時旅館偏寥闃，暇日群公乃肯臨。一代騷壇山共屹，兩邦交意海俱深。開樽秋晩蓮花界，搖筆風生橘樹林。師友淵源知有自，鳳岡千古有徽音。

○ 奉和嘯軒惠韻　鷺洲

皆言賓館德星聚，泰斗高才尤仰臨。酒對賢人情不淺，毫揮騷客起

○同和 有隣

雲山蒼海外，使節度關來。信義兩邦合，好懷一日開。酣歌豪氣發，壯志劍鋒摧。千里文壇會，多君執轂推。

○同和 二水

異鄕看夜月，應懷故人來。白日依樓轉，青雲落紙開。廊空珠履響，歌就玉壺摧。君是山東妙，騷壇誰不推。

○同和 池菴

星使修隣好，指東日下來。士峯朱轂緩，瀛海錦帆開。驅俗蓺園異，拔群筆陳摧。高歌賡白雪，爲我定敲推。

○同和 東溪

迢遞仙山外，鸞驂萬里來。飛雲烏帽岸，落日翠屛開。年久松杉勁，霜寒蒲柳摧。宏才早攀桂，華轂孰何推。

○同和 龍嵒

青鳥披雲下，冥鴻度海來。清吟千首就，豪氣一樽開。遠水兼林暗，薄氷受葉摧。臨歸思再會，何日戶堪推。

○同和 桂軒

初見錦袍客，威儀濟濟來。文豪聯榻語，毫彩映筵開。暮色深林暗，風聲枯葉摧。群公才自富，何用對人推。

○同和 東里

落木西巒外，霜風萬里來。烟雲毫裏起，白雪賦中開。量似江湖濶，氣淩山岳摧。今知三使客，轂下舊相推。

○同和 素行

飋飋槎上客，千里駕風來。東海晚潮湧，西山落照開。夢殘銀燭冷，詩就玉壺推。誰當芙蓉美，奇才不易推。

○臨分呈一律要諸公電覽 耕牧子

兩邦方繼好，吾輩亦吟詩。意逐杯心見，談憑筆舌知。霜鴻翻日去，老菊向人垂。惜別無窮意，洋瀾瀉墨池。

○奉和耕牧子姜公韻 鷺洲

酒雖非一斗，能賦百篇詩。談態有高趣，交情如舊知。村中桑落熟，橋上柳條垂。惜別異邦客，才名出鳳池。

○同和 有隣

誰通殊域語，幸有一篇詩。風月開樽對，乾坤傾蓋知。海山過轍遍，竹帛美名垂。歸後掌綸誥，料君浴鳳池。

○同和 二水

客路三千里，錦囊多少詩。星軺思故事，雲蓋樂新知。夜月滄溟遠，鄉天河漢垂。幸關仙子會，疑入鳳凰池。

○同和　池菴

群英隨使節，再示李唐詩。別淚盈雙袖，新交勝舊知。楓林經雨染，橘柚帶霜垂。故苑今歸去，前程依鳳池。

○同和　東溪

麗絶蘇州美，驚看五字詩。厚情何又盡，晤語託相知。故國路千里，長天雲四垂。一樽賓館暮，落日蘸秋池。

○同和　龍嵒

江上丹楓色，風烟都是詩。論文非舊識，傾蓋有新知。登閣鳳毛見，摩天鵬翼垂。斜陽歸不去，更醉習家池。

○同和　桂軒

百年文雅會，珠玉幾新詩。才氣一時秀，名聲萬古知。雄風思磊落，愛日晩低垂。共對清樽下，優遊想習池。

○同和　東里

聞道輶軒使，江山總入詩。金樽同一醉，縞苧遇相知。流水曲中動，柳條笛裏垂。幾年詞賦客，鳴玉鳳凰池。

○同和　素行

群仙飛彩筆，雲水入新詩。才調空堪愧，俊雄素已知。孤鴻風信遠，萬樹月光垂。定識歸家後，恩波滿鳳池。

○臨罷走章短律，呈諸公詞案以申鄙忱 菊溪

旅館無人問，終朝坐寂寥。雲鴻心共遠，霜葉鬢俱凋。感子風情厚，令人逸趣饒。新歡猶未洽，悵望海天遙。

○奉和菊溪張公惠韻 鷺洲

賓席高談裡，卿心映碧寥。羨君文體健，愧我鏡光凋。歸思舟輿滯，愁情霜雪饒。憑誰得書信，海路雁山遙。

○同和 有隣

共修文字飮，旅館慰寥寥。黃菊須延壽，青松本後凋。珠璣懷裡滿，風月橐中饒。傾蓋談難盡，歸程雲水遙。

○同和 二水

群仙何歷歷，勝會不寥寥。驛路梅花發，開河草色凋。海聲臨館遠，星影倚樓饒。早想解携後，烟巒入夢遙。

○同和 池菴

賓館英髦至，更無說沈寥。芝蘭須讓馥，松栢不稱凋。擣拙餞詩乏，雅操執御饒。萍逢交語短，偏恨去程遙。

○同和 東溪

褰袂逢晴日，天寒自沈寥。梅侵深雪發，草帶肅霜凋。百歲丹心在，千莖白髮饒。高歌山水咀，唯思玉人遙。

○同和 龍喦

相逢孤館暮，晤語散寥寥。丹桂身先達，青松志不凋。夢經殘夜少，詩入異鄉饒。只恨江頭別，白雲萬里遙。

○同和 桂軒

雅筵冠蓋聚，風日尚淸寥。天桂香將散，雪松綠不凋。才華盈案淨，斜景入簾饒。目送飛鴻影，白雲心自遙。

○同和 東里

仙槎通絶域，鄉信自寥寥。月色千山遠，寒風萬木凋。揮毫珠玉落，傾蓋酒盃饒。知是還家夢，猶看碧海遙。

○同和 素行

天涯秋盡後，無處不寥寥。海面魚龍動，池頭楊柳凋。何嫌客愁切，常浴主恩饒。博望千年事，休言故國遙。

○更賦一律奉贈諸公 菊塘

佳辰得佳士，一榻動光輝。白雁何心叫，黃花不肯飛。有緣今日會，知己古來稀。吟罷還深酌，諸君且莫歸。

○奉和菊塘鄭公惠韻 鷺洲

千里懇傳命，朝鮮覽德輝。關山從驥去，江海附鴻飛。才子星相列，英雄世不稀。雲間猶有路，只道士龍歸。

○同和 有隣

蓬山仙客到，若木發晨輝。一劍腰間耀，五雲衣上飛。淸樽豪氣滿，白雪和人稀。相遇便相別，驂鸞千里歸。

○同和 二水

千仞鳳凰翼，靑霄覽德輝。交兼秋水談，思逐朔雲飛。江上明珠合，郢中白雪稀。悵然看落日，乘興不知歸。

○同和 池菴

星槎千里外，文藻仰光輝。籬下菊花馥，馬前林葉飛。攝衣佳日會，連榻異年稀。無奈贈言拙，臨岐羡錦歸。

○同和 東溪

那識客氈冷，海東拂日輝。殊方交且厚，遙夜夢相飛。應聞履聲劇，偏題柳葉稀。須生書帶艸，此去早當歸。

○同和 龍嵒

經君評品後，草木發明輝。健筆龍蛇走，雄文鸞鳳飛。風聲楓樹老，雨色菊花稀。應是天仙會，笙歌不識歸。

○同和 桂軒

匹似高陽里，聚星見德輝。浮雲遙睥睨，新曲自翻飛。故國關山隔，天涯音信稀。行途多雨雪，楊柳拂衣歸。

○同和　東里

烟雲隨使者, 帆影掛秋輝。當座淸風動, 揮毫白雪飛。月輪千里滿, 木葉萬山稀。萍水相逢處, 一醉不思歸。

相遇蘭陵酒, 萬山多落輝。樓前霜樹老, 天外白雲飛。爲客綈袍遠, 思家尺素稀。望中何所見, 不斷朔鴻歸。

○同和　素行

羨君千里志, 詩賦發淸輝。丹穴鳳毛奮, 玉樓客夢飛。交情長不忘, 好會亦應稀。欲寄慇懃語, 斜陽空促歸。

○再奉寄秋水嘯軒菊溪三進士　東里

高樓十月起寒風, 客子才名滿海東。賦就玲瓏何所似, 芙蓉白雪五雲中。

○奉次東里韻　耕牧子

俟芭自有子雲風, 詩道千秋在海東。香色分明較何似, 芙蓉一朶出池中。

○再次東里韻　耕牧子

代馬蕭蕭懷北風, 一年秋色客天東。行裝淡泊詩囊在, 萍水逢君旅館中。

○奉次東里韻　嘯軒

萬里遙來宗慤風, 群仙芙迓海雲東。揮毫珠玉驚塵眼, 怳若自遊紫府中。

○同和　菊溪

數叢佳菊背西風，細細寒香小塢東。坐上詩仙耽物色，一時收入錦囊中。

○奉寄秋水嘯軒菊溪三進士　東里

西來紫氣滿層巒，十月天風落木寒。山色雁飛烟雨外，海門帆度碧雲端。詩篇萬里名聲起，縞苧千年契濶寬。夜夜樓頭遊子意，遙知鄕夢入三韓。

○奉次星野東里惠投韻　耕牧子

馬首晴光富士巒，天時漸迫朔吹寒。王程遠接扶桑外，故國空瞻析木端。衰菊已隨鬢髮改，羈愁無賴酒杯寬。南來最是開懷處，萬古侯輕一識韓。

○同次　嘯軒

六鼇頭上聳青巒，落楓江城暮色寒。偏喜詩仙來席上，忽驚秋雨颯毫端。異鄕節序黃化老，故國歸心碧海寬。觴詠何妨終日夕，唱酬從古說和韓。

○同次　菊溪

風吹細靄捲青巒，雁陣驚霜廻㕧寒。天外客心偏少況，病中鄕思太多端。交酬媿我詞鋒鈍，對討喜君學海寬。且喜仙區不相遠，淸都從此可親韓。

○ 再奉寄三進士 素行

蘭舟蒼海度清秋，兩地江山窮壯遊。都下群雄誰得似，健豪詩賦自風流。

○ 再奉次素行見贈韻 菊溪

旅牕吟病度三秋，喜遇諸公辨勝遊。唱和從客永今夕，滿堂佳客摠詩流。

○ 又寄三進士 素行

上天此日假良緣，冠佩遙臨玳瑁筵。丘壑雲開渾入眼，關山路遠孰差肩。奇才無敵騷壇將，盛節可觀殊域賢。鄴下元瑜今尙在，縱橫彩筆正翩翩。

○ 奉和吉田素行韻 耕牧子

半日清遊亦勝緣，筆床詩墨對開筵。天邊故國空回首，座上群仙共拍肩。瀛海山川偏秀異，鳳岡門弟總才賢。無譁戰士啣枚勇，羡爾臨場逸氣翩。

○ 同和 嘯軒

龍門曩日幸攀緣，更喜侯芭共一筵。萬里雲衢展騏足，妙年風骨宛鳶肩。荒詞敢較才長短，雅趣都憑酒聖賢。仙嶠雨晴詩景好，不妨棕竹又聯翩。

○ 同和 菊溪

一榻團圓信有緣，雍容禮數華筵[2]。在傍珠玉皆殊價，觸目琳琅孰與肩。金谷怳如行罰酒，蘭亭不羡會群賢。彩牋展處爭揮筆，渴驥奔騰瑞鳳翩。

○ 復奉和嘯軒公疊用作謝惠大字[3] 桂軒

揮筆琴泉與忍亭，從客獨向墨池臨。雲烟落紙氣先爽，龍鳳翔空影自深。詞客才高靑玉案，錦衣光映彩雲林。手追心慕君文字，復得瓊筵天上音。

○ 再奉寄三進士公 桂軒

仙郎白雪不尋常，芬芬瓊枝映坐芳。最喜初筵才竝入，交情此日在詞章。

○ 奉次桂軒韻 耕牧子

鶴骨仙姿異俗常，謝蘭郗桂竝芬芳。相逢異國黃花節，脉脉無言贈短章。

○ 同和 嘯軒

唱來詞格逈超常，句句淸含橘柚芳。整宇大名聞已久，始知門下盛文章。

○ 同和 菊溪

仙區物色出凡常，琪草瑤花集衆芳。地勝人賢兩相得，桂軒高藝善

2 필사 과정에서 한 자 빠진 듯하다.

3 원문은 '學'이나, 문맥에 따라 '字'로 교감함.

文章。

○ 再和菊溪公示韻 池菴

三島遠過又九州，牙檣錦纜作淸遊。地殊言異情無隔，百斛明珠誦不休。

○ 和奉耕牧姜公示韻 池菴

麗藻已超柳柳州，山顚水渚極優游。良緣幸得鏗鏘句，反復卷舒更莫休。

○ 和謝嘯軒進士示韻 池菴

客夢徒來多益州，星槎萬里子長遊。一時交會百年思，莫逆親情何日休。

己亥十月五日會集

○ 奉寄朝鮮國製述官申公 葛廬林信如

萬里使槎天一方，長風揮筆賦扶桑。江山處處新圖畵，包括吟囊入樂浪。

○ 奉和葛廬惠韻 青泉

蒹葭秋水杳無方，江上青山是廣桑。自喜君詩淸可挹，不須衣佩濯滄浪。

○奉寄朝鮮國製述官申公　桃原人見知後

殊方風物與天分，客路追追思不群。定有塞鴻能寄字，西邊一顧玉堂雲。

○奉和桃原惠韻　青泉

袖裡天香擁十分，淸如野鶴在雞群。瑤池勝事眞堪託，自有高歌和白雲。一笑烟霞與子分，天長海濶得仙群。遙知逸響從宮府，筆下新凝五色雲。

○奉寄青泉申公　幾菴和田長房

西韙東寄日邊來，幸接芝眉一笑開。異域羞將蒲柳質，辱逢華省棟梁材。

○奉和幾菴惠贈　青泉

客與西山爽氣來，高歌一曲彩雲開。太平天地明堂瑞，千尺空林老杞才。

○奉寄青泉申公　寧參上島英勝

大雅猶傳魯國風，千年姓氏說申公。此行欲極蓬萊水，帆影秋寒滄海東。

○奉和寧參韻　青泉

看君彩筆起長風，詞賦天台屬興公。堪笑三韓藜火客，胡爲竝坐十洲東。

○奉寄青泉申公 天水雨森三哲

錦袍奉使迥乘槎，已見冥烟動日華。不是蓬萊雲近處，爭知佩下天涯[4]。

○奉和天水見贈 青泉

翩翩青雀啄芳槎，報道仙人拾月華。孤興暫隨盃底出，皎然瓊樹在江涯。

○奉寄青泉申公 峴岳小見山昌卿

百代隣交禮數嘉，雲山劍佩遠辭家。才名總入龍頭撰，今日初筵觀國華。

○奉和峴岳惠贈 青泉

九日清狂笑孟嘉，千秋高會在仙家。淸歌自愛新知曲，山有喬松隰有華。

○奉寄青泉申公 廣澤細井知愼

風伯舊邦尋舊盟，使乎東魯老儒生。相歡兩國黎民福，主聖臣賢河此淸。

○奉和廣澤惠韻 青泉

皇華野鹿亦詩盟，君自風流稷下生。解道新篇無俗氣，蓬山雲月十分淸。

4 한 글자 모자란다.

○奉寄青泉申公　桑園松田重度

萬里星槎凌碧雲，大涯鴻雁不堪聞。怪來霞色隨人起，彩筆縱横原屬君。

○奉和桑園惠韻　青泉

歲暮詩情在白雲，風吹鶴唳九霄聞。鳳岡門下千林玉，拾得餘光已到君。

○奉寄青泉申公并三進士　岡島援之

莫道他邦行路難，文旌到此萬人歡。斗山遙望天邊客，千里披雲且問安。

○奉和援之惠韻【玄洲以貴號明敬見稱，今承紙末所示，乃有此語。】　青泉

高歌白雪和皆難，盃酒華堂一笑歡。認得玄洲多少意，驛樓明月夢長安。

○奉和援之韻　耕牧子

玄洲詞翰古來難，旅榻曾尋一夜歡。別後音客頻入夢，逢君且欲問平安。

○奉和援之韻　嘯軒

地角天涯識面難，水萍相遇爲餘歡。休問向來行役若，一心定處海波安。

○ 奉和援之韻 菊溪

勝會今朝並二難，吟詩把酒共清歡。行人別有無窮喜，隣交修來海宇安。

○ 復奉呈援之詞案 菊溪

對床終日共論文，語到玄洲意倍欣。公務歇時應有興，不妨乘月再來勤。

○ 奉和菊溪見視高韻 援之

有緣千里見奇文，頓慰鄙懷何等欣。話及玄洲如舊識，當客異日復勤勤。

○ 再用前韻奉呈援之詞案 菊溪

多子高才似廣文，慚吾拙筆類羊欣。彩牋揮洒今何敢，多識丁寧致意勤。

○ 奉寄青泉申公 黃陵岡井孝祖

海上仙槎水渺茫，蓬萊紫氣擁扶桑。卽今何問支機石，已見雲間織女章。

○ 奉和黃陵見贈 青泉

相逢雲水白茫茫，自喜新知詠隰桑。銀浦夜來多月色，七襄仙錦露文章。

○奉寄青泉申公 芝山岡井孝先

使節翩翩萬里通，壯遊海外復誰同。須知縹緲蓬壺月，化作明珠滿橐中。

○奉和芝山見贈 青泉

瑤絃一闋行心通，十八文瀾滄海同。青鬢祝君登月府，九韶鳴玉彩雲中。

○奉寄姜成張三進士 葛廬

肥馬嘶風裘亦輕，節旄遙指武昌城。詩筒相遞壓元白，羽蓋便傾知孔程。萬水千山僑館夢，孤雲喬木故園情。秖今珍重隣交好，天假良緣尋舊盟。

○奉和葛廬惠韻 耕牧子

騷壇旗皷敢相輕，自愧疲兵但守城。早覺風姿非俗輩，更看詩學有工程。吟成老去驚人語，解釋秋來作客情。吾輩百年肝膽照，珠盤奚俱兩邦盟。

○奉和葛廬韻 長嘯軒

仙鶴乘秋羽翼輕，羅山家世冠江城。胸藏玉笥千年秘，脚踏青雲萬里程。兩國交隣元好意，一場詩會亦歡情。不妨相對披肝膽，整宇虛堂舊有盟。

○奉和葛廬惠示韻 菊溪

沉寥天遠夕風經，濟濟衣冠集武城。砌菊崖楓新物色，綺篇花筆古工程。青霞氣逸皆仙侶，白雪吟高不俗情。最是人間無限慶，兩邦修好百年盟。

○ 奉寄姜成張三進士 桃源

雲外星槎問水濱，初筵相遇喜津津。學源猶不遠千里，俱是文章得意人。

○ 奉和桃源韻 耕牧子

四月鶯花別漢濱，仙槎犯斗泝銀津。長生秘訣烟霞貌，邂逅桃源世外人。

○ 奉和桃原韻 嘯軒

寒梅消息漢江濱，萬里舟經駕石津。暇日華堂成一會，兩邦和好及詩人。

○ 奉和桃原惠視韻 菊溪

歷盡山厓與水瀕，雲帆萬里涉滄津。諸公別有殷勤意，相訪東來久客人。

○ 奉寄姜進士 幾菴

麥秋初出釜山涯，三季推移歲月賖。和氣一團賓館裡，併看冬景似春華。

○ 奉和幾菴惠韻 耕牧子

客子悲秋天一涯，鄉園北望道途賖。寬心獨有詩朋在，旅舍清樽賞菊華。

○奉寄成進士　　幾菴

今日覿儀, 多幸多幸, 承海月翁族胤也。壬戌之歲, 與翁邂逅唱酬, 距今殆四十年, 眞如昨夢, 新懽舊感, 一時計會。卒賦一絶, 以抒卑志, 情見于詩。

四十年前會昔賢, 五千里外迓天仙。一逢如故悲歡半, 傾蓋初知有夙緣。

○肅次和幾菴感舊韻　　嘯軒

海月軒卽不佞伯父也。伯父西歸, 常盛言貴邦文儒之富, 幸而今來, 得拜整宇林公, 又拜執事懿範。說道壬戌唱酬, 宛如昨日事, 其悲喜, 如何如何?

微才已愧嗣宗賢, 萬里來尋采藥仙。鶴骨曜形猶不老, 龍門兩世喜攀緣。

○奉寄張進士　　幾菴

壯遊窮遠海東瀕, 邂逅論文席上珍。槎使重通銀浦路, 追隨漢代姓張人。

○奉和幾菴惠示韻　　菊溪

明珠出自大瀛瀕, 留作林公柙裏珍。身事四朝今老大, 似君榮福更何人。

○ 奉呈諸公要和 耕牧子

餞了黃花不作詩，客愁容易鬢如絲。牙琴此日逢君奏，始覺人間有子期。

○ 奉和耕牧子詞伯 葛廬

奇才開口便爲詩，恰似春蚕初吐絲。吟袂相分山水遠，白雲他後奈幽期。

○ 和 桃源

金玉新聲大雅詩，洋洋繼響入琴絲。水雲不隔三千里，相遇只言得如期。

○ 和 幾菴

太憐英俊悉能詩，清韻豈唯竹與絲。　四十年來三通信，好懷百歲無期。[5]

○ 和 寧參

風騷一一入新詩，壯士何須說鬓絲。好是江城淸曉夢，竹窓明月有心期。

○ 和 峴嶽

軒昂豪氣入新詩，愧我老來雙鬢絲。君去雲山皆寂寂，如何好會更難期。

5 한 글자 모자란다.

○和 廣澤

萬里鄕園夢裡詩，秋風定是憶銀絲。一堂雅會三杯酒，德醉向來何日期。

○和 桑園

醉中驚眼百篇詩，奇遇千年雙鬓絲。聞道右軍思遠寄，優遊塵外有佳期。

○和 黃陵

西山白雪入新詩，一曲彈來寫竹絲。自是朱絃休惜奏，乾坤何處少鐘期。

○和 芝山

彩毫裁作郢中詩，堪寫陽春被竹絲。莫厭巴人酬下調，分携千里更無期。

○奉呈諸公座下 嘯軒

坐對諸賢眼欲青，詞源浩蕩倒滄溟。菅原儒化林公繼，富士山爲稷下亭。

○奉和成進士 葛廬

海東雲盡遠山青，萬里雄飛擊北溟。愧我經霜蒲柳質，對期松柏秀亭亭。

○和 桃原

白雲一擊海東青，羽翼高張超大溟。露宿風湌猶縮遠，經過七十五長亭。

○和 幾菴

白眉初接眼先青，天外遠來九萬溟。冬晷誰吹落梅曲，漸和玉笛出柯亭。

○和 寧參

功名振古煥丹青，忽見鯤鵬搏北溟。美酒盃濃人惚醉，風前吟倚夕陽亭。

○和 峴嶽

神洲仙島眼應青，彩鷁凌波九萬溟。相遇將爲寄字問，異鄕難遇子雲亭。

○和 廣澤

桑韓奇會照汗青，今見圖南自北溟。嘆息星槎難久駐，初筵無奈卽離亭。

○和 桑園

驛路山川萬里青，君携鴻雁到東溟。相逢健筆雲烟起，賓主將登喜雨亭。

○和　黃陵

芙蓉黛色萬重青，縹緲壯遊浮海溟。見說諸君奇字擅，大才何讓子雲亭。

○和　芝山

千仞蓬萊千古青，仙郎文采照重溟。那知萬里風騷客，彩筆縱橫會此亭。

○奉呈諸公詞案要和　菊溪

華堂暇日設賓筵，滿座群賢總地仙。自喜塵蹤叨勝集，强將蕪語染瑤牋。

○奉和張進士　葛廬

清手相接秩初筵，便識風流第一仙。蓬島五雲千里影，縱橫健筆落華牋。

○和　桃原

豈憶來陪秩秩筵，風姿道骨接神仙。殘更唯有還鄉夢，不識關山寄雁牋。

○和　幾菴

韓賓秩秩對初筵，今日先欣會列仙。健筆縱橫都似畵，描成烟幅又霞牋。

○和 寧齋

館舍相逢共一筵，人間邂逅十洲仙。詩成堪訝有詳氣，彩筆揮來鳳字牋。

○和 峴嶽

衣冠濟濟是初筵，文采風流脫俗仙。春蚓秋蛇驚四座，賴君欲寄薛濤牋。

○和 廣澤

老拙誤來詩賦筵，玄蕃席上値儒仙。金生大筆翰林妙，得見換鵝落薛牋。

○和 桑園

唱歌白雪入詞筵，敏捷千篇李謫仙。自是龍蛇雲欲起，彩毫落處五花牋。

○和 黃陵

千年詞賦此開筵，採藥蓬萊欲覓仙。囊裏山川知幾計，彩毫搖動五雲牋。

○和 芝山

聯翩詞賦此開筵，才子爭稱似謫仙。萬里乘鯨東海上，雲霞從筆滿華牋。

○奉呈三進士 寧齋

星槎遙動白雲邊，千里輶軒望正懸。好是風流諸記室，彩毫無處不翩翩。

○奉和寧齋韻 耕牧子

孤鴻落木入吟邊，旅館相逢解榻懸。莫恨山川千里隔，天涯今日共聯翩。

○奉和寧齋韻 嘯軒

天東路指浴鴉邊，萬樹秋光橘柚懸。華館好成詩酒會，諸公文采鳳翩翩。

○奉和寧齋韻 菊溪

仙書來自紫霞邊，摘取明珠樹樹懸。袖裡新篇光彩射，詳鸞瑞鳳共翾翩。

○奉呈三進士 天水

城會衣裳歌頌聞，仰觀兩土共修文。群公才器大夫望，賦就扶桑高處雲。

○奉和天水韻 耕牧子

邂逅相逢愜素聞，知君用意學奇文。自憐天外浮槎客，十載玄亭等子雲。

○ 奉和天水韻　嘯軒

詩韻淸於絲管聞, 不同言語亦同文。何由携得擲金手, 共踏士峯峰上雲。

○ 奉和天水韻　菊溪

詞林聲價聳瞻聞, 爭道夫公善綴文。今日盍簪眞勝事, 喜看詩態藹春雲。

○ 奉寄三進士　峴嶽

徂暑離家歸去春, 三場吉士異邦人。誰知一面心盟在, 莫道相逢笑語新。

○ 奉和峴嶽惠韻　耕牧子

高歌白雪問陽春, 邂逅風流一玉人。南國明珠知幾箇, 逢場靑眼爲君新。

○ 奉和峴嶽韻　菊溪

逢場和氣暖如春, 別是風流浩蕩人。我識相知樂莫樂, 白頭何者尙如新。

○ 奉寄三進士　廣澤

滄溟舞鷁幾時浮, 羨斷圖南擅壯遊。曹偉至誠修聘久, 一篇詩史照春秋。

○奉和廣澤惠韻 耕牧子

約束騷壇大白浮，詩文跌宕亦奇遊。慇懃更識諸君意，共償西風黃菊秋。

○奉和廣澤韻 嘯軒

藹然黃氣兩眉浮，喜接群仙汗漫遊。長短詩篇深淺酌，免敎孤負黃花秋。

○奉和廣澤韻 菊溪

星槎萬里月還浮，踪繼前賢冷海遊。梅老至誠堪敬服，一聯淸藻映千秋。

○奉寄三進士 桑園

使星遙動海西東，帆影映波萬里風。知是鄴中詩賦客，烟雲筆下接高空。

○奉和桑園韻 耕牧子

崆峒一劍更天東，開盡黃花又朔風。邂逅逢君賓館夕，狂歌大醉客愁空。

○奉和桑園韻 嘯軒

萬里尋仙鷄首東，江城落木正西風。黃花不老佳賓至，況復樽中酒不空。

○ 奉和桑園韻　菊溪

文星動彩十洲東，成削清儀有古風。把酒論詩俱不俗，座間渾覺客愁空。

○ 奉寄三進士　黃陵

萬里扶桑波浪高，觀程何減廣陵濤。星槎八月停仙棹，七發知君復抽毫。

○ 奉和黃陵韻　耕牧子

新詩欲就聳眉高，筆下天風送海濤。醉後乾坤雙眼大，泰山眞似一秋毫。

○ 奉和黃陵韻　嘯軒

諸子新詩韻格高，酣來逸氣湧如濤。騷壇無意爭旗鼓，夢裡曾還五色毫。

○ 奉和黃陵韻　菊溪

詩將秋色可爭高，興逸滄溟萬疊濤。仙境對君多雅致，世間塵事總纖毫。

○ 奉寄三進士　芝山

扶桑海嶽接空連，旌旆葳蕤到日邊。那識此行關氣象，客星高拱十洲天。

○ 奉和芝山惠韻　　耕牧子

水仙琴操學成連，偶逐浮槎到日邊。旅館逢君翻一笑，好將樽酒對秋天。

○ 奉和芝山韻　　菊溪

詞場佳會一床連，仙島烟霞笑語邊。青眼相看如舊識，不妨坐到夕陽天。

○ 奉呈青泉申公以慰旅懷　　天水

禹穴龍門作壯遊，扶桑天地復留舟。重關斜日頻回首，十月初寒更裘[6]。

只有西山供劇覽，不那南客遣羈愁。青泉一派雲間落，激起文章萬古流。

○ 重和天水惠韻　　青泉

憐君天地辨豪遊，門繫滄溟萬里舟。珠樹共懸青髩色，瑞雲遙上黑貂裘。囊探藥草秦王夢，筆洒蘭芳楚客愁。禹穴江淮眞隘陋，千秋司馬自名流。

○ 奉呈秋水嘯軒菊溪三公　　峴岳

綺筵軒冕客，兩地太平風。故國飛鴻北，晴曦征鷁東。燃犀窮海物，持石問天工。談笑發豪氣，文光萬丈虹。

6 한 글자 모자란다.

○ 次呈峴岳　　秋水

暇日諸君集，覊懷散北風。詩成黃菊外，墨灑畵屛東。人物鐘靈嶽，文章奪化工。詞宗不相讓，倚醉氣如虹。

○ 次呈峴岳韵　　嘯軒

暇日華堂會，寒天落木風。襟期無彼此，言語異西東。敢擬文章老，深嘆講討工。金臺高幾計，駿價已凌虹。

○ 次呈峴岳韵　　菊溪

鳳岡門下士，俱得古人風。雅望膽星北，芳名播海東。典刑元拔俗，詞翰亦臻工。酒半淸談騁，峥嶸氣吐虹。

○ 寄嘯軒公　　廣澤

旗節風寒萬里雲，桑弧素志與斯文。石璘名翰存金石，今日鴻臚喜見君。

○ 奉和廣澤見示韻　　嘯軒

白首殘生跡似雲，青油裁愧無文[7]。欲知桑獨源流否，同出昌寧府院君。

○ 走筆奉呈韓賢四位　　廣澤

休說人生生若浮，桑弧素願償東游。眼中滄波涵千壑，胸裡堪輿藏九丘。金簡玉文探禹穴，燕山鴨水接神州。錦帆無恙回還日，滿座親

7 한 글자 모자란다.

朋呼萬秋。

○再和呈申青泉案下　　黃陵

滄海長雲波渺茫，錦帆烟月到扶桑。郢中有客裁春雪，此地何人成報章。

○再和呈姜公成公張公案下　　黃陵

海上蓬萊紫氣高，長風萬里夜揚濤。囊中携得江山色，一片烟霞瀉彩毫。

○賦一律呈成公　　黃陵

若木天長紫氣回，乘槎萬里問蓬萊。使星高拱乾坤合，節旄晴懸烟靄開。周禮識方雲裏遠，韓玉帛日邊來[8]。壯遊千載何人比，漢代史遷原上才。

○奉和黃陵韻　　嘯軒

家山入夢幾時回，三逕無人翳草萊。士岳晴雲愁裡過，扶桑曉色望中開。方深客子登樓恨，深喜諸仙控鶴來。彩筆憑凌驚老眼，終軍英妙出群才。

○再和呈成公　　黃陵

紅旆威獎風色回，樓船金鼓接蓬萊。扶桑明月千山出，滄海浮雲萬里開。天上使星飛蓋映，霄間龍氣傍人來。謫仙此日跨鯨到，一斗百

8 한 글자 모자란다.

篇自大才。

○ 復呈成公案下 黃陵

韓庭使者最稱賢，詞賦西來萬里傳。聞道孤槎浮遠海，果然一鶚下青天。關門紫氣烟雲擁，山嶽長風旌旆懸。莫謂東方無和者，朱絃爲奏郢中篇。

○ 奉次黃陵韻 嘯軒

葦原從古盛才賢，況又名公道脈傳。已覺崇蘭香滿谷，會看仙鶴響聞天。憑欄霽色滄溟濶，把筆斜陽士嶺懸。別後可堪雲樹隔，凝神惟有篋中篇。

○ 再和靑泉申學士 芝山

縹緲十洲絳節通，相逢意氣幾人同。携來明月知無價，淸影高懸碧海東。

○ 再和三書記 芝山

迢遞關山萬里連，星軺遙到彩雲邊。此行應是携雄劍，紫氣直衝牛斗天。

○ 奉呈申公姜公成公 芝山

鷄林才子動相聞，詞賦何人復似君。嘗[9]識美名能盖世，卽看彩筆欲凌雲。

---

9 원문은 '掌'이나, 문맥상 '嘗'으로 교감함.

連城元抵荊山價，八斗偏誇鄴下群。此日箕邦傳玉帛，扶桑秋色耀周文。

○ 次贈芝山　　耕牧子

箕壤仁風四海聞，隣邦修幣賀明君。客子奇遊見浴日，詩人逸氣賦凌雲。鷽鳩敢效南溟翼，駿馬元空冀野群。更把一盃相抃喜，時淸八域復同文。

○ 奉和芝山韻　　嘯軒成夢良

整老高名已慣聞，又從門下得吾君。青萍氣欝猶衝斗，緣驥歸高欲籋雲。妙載英才誰復敵，世間兒子謾作群。龍鍾白首眞堪笑，獨抱幽經誦古文。

○ 再和前韻　　芝山岡孝先

朱絃流水有誰聞，千載知音此遇君。英氣曾鍾金嶽秀，壯遊遙指富山雲。蕭條落木秋猶遇，縹緲冥鴻思不群。莫厭暫時傾盖地，一樽斜日細論文。

○ 奉呈張公　　芝山岡孝先

萬里乘槎遠，天南渺不窮。張騫猶奉使，季札更論風。揮翰名山色，濯纓滄浪東。茂先雄劍在，耿耿氣凌空。

○ 再次芝山玉韻　　菊溪張弼文

早承林子訓，學海浩無窮。終氏投繻志，宗生破浪風。奇才推冀北，間趣江東[10]。坐久談詩穩，蟾輪上碧空。

己亥十月七日會集

○贈青泉申公　　鶴汀桂山義樹

仙郎霞佩散紛紛，來探名山石室文。始信扶桑三萬里，天鷄夜喚日邊雲。

○和　　青泉

白雪高音謝俗紛，金鑾仙草耀星文。槎頭客子遙相見，銀浦朝來濕彩雲。

○呈青泉申公　　卓窩秋山正房

風飄文旆影氤氳，客裏江山思不群。莫使雄心窮碧水，扶桑到處是仙雲。

○和　　青泉

仙臺瑞色曉氛氳，秦客吹簫在鶴群。遙唱星華新樂府，聲聲飛繞富山雲。

○呈青泉申公　　翠陰大田重原

彩鷁橫飛涉海濤，遠遊賦就見才豪。平生更負凌霄氣，一入神州製巨鼇。

---

10 한 글자가 모자란다.

○和 青泉

看君筆力起風濤，枚馬梁園第一豪。好是蓬山雲霧裡，釣竿千尺上靈鼇。

○呈青泉申公 竹窩天津憲章

關河曉發馬如飛，客裡風光自念歸。城闕怪來星象動，五雲分映使臣衣。

○和 青泉

新篇題罷海雲飛，木落高樓鴻雁歸。詞賦梁園多客夢，藝陽霜雪黑貂衣。

○寄青泉申公 柳塢川副良有

萬里公程風色新，漢江流接武江濱。莫言海內無知己，萍水相逢是故人。

○和 青泉

裊裊瓊柯望裏新，天寒相揖海東濱。高歌自是千年調，認得梁園賦雪人。

○寄青泉申公 金巒眞木好文

聲名文彩幾人同，仙客形容一世雄。應是關西楊伯起，俱知家學漢儒風。

○和　青泉

青眼開尊喜色同，多君詞筆自豪雄。鳳岡門下千珠樹，東海泱泱見大風。

○寄青泉申公　雪溪井上有基

著作仙郎入海東，文章節義舊稱雄。千年不隔蓬壺路，一泒煙雲落照中。

○和　青泉

恨殺周車不向東，瑤池詩墨亦爭雄。何如絳節蓬萊館，萬斛瓊瑤一笑中。

○寄青泉申公　貴溪村上惟重

日出扶桑萬丈紅，星軺暫駐武陵東。詩篇頻動凌雲氣，君自高才司馬風。

○和　青泉

扶桑雲錦織成紅，寶彩霄連月上東。珍重携來何所報，秖殘鮫淚洒秋風。

○贈耕牧姜公　鶴汀

丹楓館外葉將飛，霜露寒生客使衣。不覺扶桑秋色遠，蒼茫鄉夢逐潮歸。

○和　　　　　　　　　　　　　　　　　　　　　　　耕牧子

華翰淋漓逸興飛，村醪欲換典秋衣。人生此會誠難辨，且帶微醺日暮歸。

○呈秋水　　　　　　　　　　　　　　　　　　　　卓窩

彩鷁風輕萬里程，海山盡處近蓬瀛。相逢先有新知樂，他日應思席上情。

○和　　　　　　　　　　　　　　　　　　　　　　　耕牧子

秋衣典却換烏程，芝蓋翩翩下大瀛。兩國百年誠義重，一場文酒亦深情。

○呈秋水嘯軒菊溪三公　　　　　　　　　　　　翠陰

候館爭迎上國賓，從容態度出風塵。才華共抱荊山玉，鄴下文章不乏人。

○和　　　　　　　　　　　　　　　　　　　　　　　耕牧子

早歲名充觀國賓，南來遇逐使車塵。琉璃寶硯珊瑚筆，旅館逢迎有主人。

○和　　　　　　　　　　　　　　　　　　　　　　　菊溪

暇日華筵對主賓，詩仙雅度逈超塵。方知學海淵源大，俱是鳳岡門下人。

○ 呈耕牧子 竹窩

仙槎萬里度蓬瀛，蜃氣高懸海色晴。爲道他鄕君莫厭，一時傾蓋故園情。

○ 和 耕牧子

名區山水接壺瀛，羽蓋紛紛下晚晴。邂逅莫辭終日醉，十年塵土結遐情。

○ 寄秋水 柳塢

都下望塵漢使車，朝儀賜宴賦皇華。新知傾蓋風騷客，不厭尊前日已斜。

○ 和 耕牧子

十月湖城滯使車，空膽北斗憶京華。逢君冷淡論詩境，坐處渾忘日欲斜。

○ 寄秋水 金巒

碧海風煙夜夜重，何圖詞客忽相逢。樓臺千里望雲物，人度蓬萊第一峯。

○ 和 耕牧子

夢遊蓬島彩雲重，騎鶴仙人忽漫逢。萬古扶輿淸淑氣，芙蓉一朶富山峰。

○寄秋水　雪溪

兩國交歡自有因，風流文雅共相親。莫言一面騷盟淺，傾蓋知心是故人。

○和　耕牧子

萍水相逢似宿因，論襟何異舊情親。淸秋瘦骨君休怪，十載文園抱病人。

僕素善疾病，長路減頓之餘，呻憊涔涔，所以曉赴高會者此也。承此俯念，感荷盛意，不知攸謝。

○寄秋水　貴溪

曲裏陽春白雪飛，五雲光射使臣衣。故鄕遠隔煙波外，萬里仙槎人未歸。

○和　耕牧子

故園消息雁南飛，節過重陽未授衣。賴有主人深愛客，吟詩半日坐忘歸。

○寄嘯軒成公　鶴汀

漢陽如夢隔煙波，秋盡東行客子歌。愁絶西風孤館夜，異鄕明月不勝多。

○和　嘯軒

黃耳何能渡海波，故園西望動悲歌。夢回孤館月明夜，苦竹寒聲簾外多。

○ 呈嘯軒 卓窩

錦帆高掛白雲間，萬里鄕園隔海山。久望天涯浮紫氣，一行仙履入東關。

○ 和 嘯軒

星槎影拂斗牛間，仙侶笑迎鰲背山。拙技眞慚庾開府，敢言詞賦動江關。

○ 呈嘯軒 竹窩

萬里愁看碧海流，天涯心事一登樓。江南自有梅花好，莫向風霜賦遠遊。

○ 和 嘯軒

雲夢胸襟貫九流，相逢豁若上高樓。唱酬不有群賢在，虛作風波萬里遊。

○ 寄嘯軒 柳塢

彩鷁淩波萬里風，風光多少思無窮。參差仙闕五雲色，遙指蓬山向海東。

○ 和 嘯軒

黃菊花殘雁叫風，異鄕時節九秋窮。天涯音信何時到，家在蓮城落日東。

○ 寄嘯軒 金巒

仙郎不厭問蓬萊, 日夜帆牆破浪來。東閣梅花今歲早, 香風十月爲君開。

富山仙境敵雲萊, 白雪峯高宇宙來。喜見衡岑眞面目, 陰氛能爲退之開。【蓬山, 一名雲萊, 見『海內奇觀』。】

○ 寄嘯軒 雪溪

相逢萍水意欣欣, 聞說淸才似右軍。一字黃庭聲價重, 軺車何處不知君。

○ 和 嘯軒

八法猶慚始羨欣, 敢言雄筆掃千軍。枯桐幸有知音在, 千古子期應是君。

○ 寄嘯軒 貴溪

書記翩翩出鳳洲, 何人遙送木蘭舟。芙蓉白雪賦中動, 知是梁園第一流。

○ 和 嘯軒

吟來逸興倒滄洲, 勝會依然李郭舟。筆下新篇飛白雲, 鳳岡門下摠名流。

○ 寄菊溪 鶴汀

仙吏東來鶴影重, 直經雪嶽弄芙蓉。只愁一夜乘風去, 明月蓬萊何處逢。

○ 和 菊溪

東入扶桑路幾重，富山奇色白芙容。相逢未穩却相送，隔海音容難再逢。

○ 呈菊溪 卓窩

文星光彩與時新，淸世唯知有善隣。相遇最歡傾蓋好，心交何說異鄕人。

○ 和 菊溪

邂逅何嫌識面新，兩邦千歲共爲隣。話來肝膽宜相照，一榻團圓萬里人。

○ 呈菊溪 竹窩

客氈秋盡欲生寒，縹渺天涯行路難。紫氣雲高分夜色，江東久倚斗牛看。

○ 和 菊溪

擊節高歌白雪寒，自慚巴曲和之難。鳳岡門館多佳士，邂逅令人拭目看。

○ 呈菊溪 柳塢

殊域千年博望名，使星遠出鳳凰城。彩毫雲動龍蛇走，好是寒江風雨聲。

○和 菊溪

宿昔嘗聞整宇名，偏師尙可敵秦城。法門衣鉢應傳子，詩律淸瑚玉有聲。

○呈菊溪 金巒

仙槎秋度海東流，到日江山風色幽。染翰縱橫干氣象，彩雲吹滿五城樓。

○和 菊溪

聯翩相訪摠詩流，各以名家早蘭幽。要識武城儒雅盛，請看林子起書樓。

○呈菊溪 雪溪

傳聞博望泛仙槎，邂逅相逢天一涯。使節唯知隣好重，碧雲海外不思家。

○和 菊溪

我泛銀河八月槎，君從千里海四涯。狄門桃李令人艷，將見文章作大家。

○呈菊溪 貴溪

一曲陽春不可攀，仙槎遙度碧天間。極知五鳳樓中客，筆下煙雲照萬山。

○ 和 菊溪

皎然瓊樹喜追攀，談塵風生几案間。一詠一觴幽思暢，勝遊何羨會稽山。

○ 奉呈座上群公 嘯軒

昨奉鳳岡會，今逢門下人。淸標蓬島鶴，高調郢中春。已喜寸心照，何論半面新。應知相別後，梁月夜精神。

○ 和 鶴汀

子安何俊偉，嘯賦壓千人。楓葉下遙夜，菊花及小春。風流他月想，態度此時新。早授靑藜枝，文章如有神。

○ 和 卓窩

扶桑寧可極，相遇異鄕人。霜葉猶遮月，靑山却似春。故園千里是，客館一時新。綺席壯遊在，交情欲感神。

○ 和 翠陰

高堂秋後宴，半是異鄕人。菊蕊殘三徑，梅花照小春。豈圖靑眄切，却笑白頭新。始看天仙語，落毫總有神。

○ 和 竹窩

豈憶無知已，交情似故人。瓊筵傾北海，蓬島遇千春。關月照江遠，湖山入夢新。詞壇五雲色，筆勢自傳神。

○和 柳塢

好是風騷席，仙標塵外人。青樽頻對客，白雪已回春。橫海龍蛇動，卷雲鸞鳳新。不知斜日暮，逸興豈勞神。

○和 金巒

名流千里會，同是異鄕人。孤館思歸夢，空林欲動春。魚龍東海冷，鴻雁朔風新。恍見煙雲色，仙臺到處神。

○和 雪溪

海外煙霞裡，相逢仙室人。賦成歌白雪，梅早卜青春。情勝十年舊，興知一日新。明朝分手去，異域各傷神。

○和 貴溪

旅館西風起，詩篇梁苑人。簾前生暮色，樓外唱陽春。萬樹葉初落，一樽客正新。雄才誰得似，彩筆有仙神。

○奉呈座上群公 菊溪

微飆昨夜捲寒雰，老菊衰楓映翠岩。騷客此時乘興到，傾然風骨摠非凡。

○和 鶴汀

高堂把酒送微雰，遙望天中富士岩。原識蓬萊槎上客，詩成標格隔塵凡。

○和 卓窩

高樓搖落對淸雰，樽酒風寒白石岩。天未歸鴻聲韻杳，雄心倚劍識難凡。

○和 翠陰

客衣猶見濕煙雰，水涉奔濤山嶮岩。好是一堂文字飮，群仙不肯隔塵凡。

○和 竹窩

望斷江山萬里雰，客中無賴對寒岩。剡溪廻棹有餘興，奇遇千年亦不凡。

○和 柳塢

夜榻蕭條館外雰，夢迷客路萬重岩。詞華忽見煙霞色，江左風流皆出凡。

○和 金巒

白雪高歌入楚雰，詞場景色自寒岩。五雲深處蓬萊島，仙骨風流獨出凡。

○和 雪溪

西風一夜拂微雰，冬日如春照斷岩。正是瑤池千載會，仙遊原自絶塵凡。

○和 貴溪

筆下龍蛇起暮雰，風聲一夜遠千岩。高名萬里滿天外，仙客相如原不凡。

○疊成前韻呈諸公要和 嘯軒

一座崢嶸會，東西萬里人。酒樽深似海，冬日永於春。燦爾詞華妙，樂哉交態新。風光供逸興，仙境況三神。

○和 鶴汀

兩國太平際，善隣禮使人。詞雷驚百里，佩月照千春。淡水說交久，故園託夢新。如何斯日會，海嶽早鐘神。

一行仙仗美，書劍舊驚人。潮逐龍吟湧，天迎馬首春。自嫌遭遇晩，却恨別離新。詩趣無窮極，解言泣鬼神。

○和 翠陰

精舍僑居客，詞壇獨步人。淸容遙出俗，和氣總逢春。只喜風流宴，共忘會遇新。誰知謫仙後，千歲見詩神。

○和 竹窩

初信瑤臺上，仙才塵外人。今思蘭省月，昔醉杏園春。海闊塞鴻度，霜寒籬菊新。浮槎三萬里，博望豈傷神。

○和 金巒

詞場今日會，親接樂浪人。楓落三秋月，梅開一朶春。衣冠侵座滿，詩賦倚樓新。此處興無盡，淸談自有神。

○和 雪溪

雲煙蓬島外，眉宇見眞人。坐酌九醂酒，庭迎十月春。隣交親睦久，使節逸才新。池上驚龍走，毫端自有神。

○和 貴溪

星槎滄海外，千里異鄕人。菊老天涯晩，梅開雪裏春。遠山孤雁斷，高館一尊新。鸚鵡賦方就，雄才原有神。

○呈諸公 鶴汀

皇華歌罷綴仙班，使者高風誰得攀。萬里帆檣凌白日，一行簫鼓動青山。夢虛蘆葦秋江外，詩滿芙蓉嶽雪間。豫想雲霄勞物色，近來鸞鶴跨天還。

○和 嘯軒

瓊宮暫枉侍臣班，篙質還慚玉樹攀。樽裡綠波傾蟻酒，天邊白雪見鰲山。詩成落葉蕭騷處，興在歸鴻杳靄間。歸去長橋宜帶月，晩來高駕莫催還。

○和 菊溪

長路征驂幾日班，故園叢桂杳難攀。眼看蓬島秦童藥，興入宣城謝眺山。紫洞群仙來座上，青霞奇氣出眉間。樽前且盡新知樂，收拾詩章步月還。

○和 耕牧子

自愧文章學馬班，龍門今日幸躋攀。流光斷送天邊菊，歸思空瞻笏外山。多病禮踈賓館下，吟詩意在晩鴻間。一樽諸白深深酌，且帶湖城暝色還。

○呈四公　　卓窩

相遇寧言萍水新，詩成筆下意先親。三秋瀛海兼天湧，萬里蓬山與月隣。眼入青雲看鵠鶴，氣凌碧漢比麒麟。一來乘興堪裁賦，敢把騷詞擬楚臣。

○和　　青天

崑山玉樹望中新，握手青雲喜共親。萬里詩書人作伴，百年脣齒國爲隣。仙丘逸興騎黃鶴，淸廟休祥頌白麟。自幸吾生酬舊債，偸桃客是柏梁臣。

○和　　耕牧子

客中青眼爲君新，傾蓋何殊宿昔親。吾輩卽今欣共榻，聖朝從古重交隣。詩場處處抽銀管，人物家家降石麟。吟罷不堪宸極望，經秋異國滯微臣。

○和　　嘯軒

交契何論舊與新，樽前半面亦心親。徒知我輩同爲樂，總賴私家好結隣。樓勝蹤如上黃鶴，詩成別似畵麒麟。看君自是青雲器，異日寧爲草野臣。

○和　　菊溪

對榻休言識面新，論詩把袂許心親。謫仙可以旅沽酒，王翰猶堪願卜隣。彩筆飛騰看瑞鳳，好襟醇篤見祥麟。吟來玉律多深意，勤慰殊方奉使臣。

○ 呈青天　　翠陰

藝園英俊漢名流，投筆曾期萬里侯。鴻雁秋高隨使節，魚龍夜暗護仙舟。脫囊毛遂人先見，完璧相如誰得儔。海內祗今總無事，一朝奉命問瀛洲。

○ 和　　青泉

青樽詞筆海爭流，醉裡豪情壓九侯。古峽歌成叢桂曲，煙波興在木蘭舟。秋田府下逢仙侶，祭酒門前得好儔。俱是太平湛樂事，笑看槎客泛滄洲。

○ 呈秋水嘯軒菊溪　　翠陰

聯翩鸞鳳下青霄，飛盡滄溟萬里遙。島上仙雲迎玉節，海東初日耀金鑣。空聞呂政徒驅石，爭識錢王爲射潮。異域蚤傳聲譽美，幾人修剌仰高標。

○ 呈青泉　　竹窩

道骨仙風愜素聞，此生何幸一逢君。論交海內情難盡，裁賦郢中思不群。天外霜鴻悲落日，樓頭玉笛對孤雲。當時誰復經高第，都下先傳星斗文。

○ 呈秋水嘯軒菊溪　　竹窩

遠逐星軺下碧霄，參差霞佩自高標。階前玉露青楓老，客裡朱絃白雲飄。孤館共憐多惑慨，一樽何處不蕭條。鄴中詞客令陳跡，初識風流認六朝。

○和 耕牧子

翩翩仙鶴降雲霄，驚世文章玉雪標。旅館清樽人共醉，湖城短日葉初飄。葦原異蹟傳三島，箕壤遺風說八條。吾輩玆遊天所借，恭歌更祝聖明朝。

○和 菊溪

新月亭亭掛遠霄，好憑佳景對清標。藜笻欲向箱湖擲，霞袂思從富岳飄。話裡爐香盤一縷，吟餘樹影散千條。送君去後羈愁切，一廳丹心戀聖朝。槎上回看海日邊，萬重山壑雁行連。江湖秋盡梧桐月，霜露寒生蘆荻烟。忽覩新篇青玉案，共吟落木白雲天。筆頭風起赤城色，霞靄紛紛聚此筵。

○和 嘯軒

寒雲落木夕陽邊，賓主東南一榻連。三島樓臺含海色，千村橘柚老人烟。已知文墨元同軌，肯歎山河各異天。美景佳辰宜勝會，好將觴詠盡此筵。

○呈菊溪 金巒

鄉關西海外，萬里報平安。風起龍蛇動，霜飛松菊殘。秋峯明月盡，冬嶺白雲寒。不怪斗間氣，高樓倚劍看。

○ 和 菊谿

小春淸朗日，詩墨費吟安。菊葉經霜老，楓香浥露殘。可堪鄕路遠，頗覺客衫寒。賴子談鋒騁，伸眉一笑看。

○ 呈青泉 雪溪

落落詩才似謫仙，使華榮選共稱賢。五千風月袖中滿，百二山河帆外連。夢入蓬萊探玉府，心懸魏闕望青天。殊方自有知音在，別後相思莫絶絃。

○ 呈秋水 雪溪

異邦此會意何如，詩酒相酬談笑餘。別後須傳王粲賦，生前難到李陵書。城頭月照詩人座，江上雲迎使者車。向晩不堪分袂去，丹楓門外獨躊躇。

○ 和 耕牧子

經秋客意自蕭如，啄木飜驚午睡餘。天爲詩翁留敗菊，人通華語有奇書。吾愧駿骨騰燕市，君似明珠照魏車。文酒一場今日會，臨分回首更躊躇。

○ 呈嘯軒 雪溪

驊騮遙駐五花紋，冠蓋相連希瑞雲。萬里間關能報主，百年懷抱此逢君。樓頭作賦人猶在，海上傳書雁幾群。喜見皇華才不乏，漢陽星象元氤氳。

○呈秋水嘯軒菊溪 貴溪

獵獵西風滿坐來，朱欄十二夕陽開。烟雲海上鴻遙度，駿馬天涯人未回。霜落丹楓飛客舍，賦成白雪照仙臺。詩篇難和陽春曲，知是金鑾殿裏才。

○和 秋水

寂寥賓館少人來，君與黃花眼忽開。霜雁蕭蕭談外去，詩魔急急酒中回。歡吾蹤跡趨蓮幕，羨子文章上栢臺。到處琳琅皆玉貝，始知南國儘多才。

○和 嘯軒

富山晴雪照人來，落日淸尊海上開。橘子初因寒露熟，梅心晴共小春回。誰知遠客鴻臚館，便作群仙玄圃臺。載筆靑油空白首，承家愧乏阮咸才。

○和 菊溪

數三童冠惠然來，共上高樓望眼開。霜落海門秋已盡，雲深浦漵雁初回。歸帆我涉鯨魚窟，絶藝君登駿馬臺。疊疊淸談終夕隱，會酬高韻媿微才。

○席上依嘯軒眞韻，古詩一章，以贈四公 鶴汀

鳳凰樓外金銀闕，五羊城上群仙人。環珮昨夜降霄漢，武陵桃花一萬春。見我欣然供鼎役，頃刻爲御玉麒麟。扶桑碧浪蹴天漲，人間無復槎問津。一自諸公驅風雨，重膽佳氣滿城闉。南山野士原姓桂，謬中銅選非席珍。三冬萬卷嚼冰雪，一把雄劍泣鬼神。靑眸賜顧丘山重，

百年夢想林宗巾。只恨紫鸞慕天翥，北斗夜夜望後塵。空將離情附風去，逐君直落漢水濱。

○和 青泉

蓬山峨峨天作隣，中有綠髮湌霞人。婆娑拾翠上雲霄，三十六宮皆青春。繡羅衣裳蘭桂姿，英英雄佩雙金麟。扶桑瑞色映玉樓，薄言一笑看天津。皇皇者華在琴瑟，邂逅旌旄來禁闉。梁珠趙璧色爛慢，忽如玄圃羅奇珍。紅霞滿酌不辭飮，醉看彩毫留精神。鳴禽上樹鹿食苹，興闌欹我芙蓉巾。新知一樂永不諼，笑指碧海生黃塵。明朝雲雨各東西，悵望織女銀河濱。

○和 嘯軒

富士山高桑海濶，淑氣鐘成磊落人。菅原邃學貫久素，至今儒化流千春。桂山道人後來秀，秀骨眞留天上麟。摳衣整宇先生門，學海幾年窮涯津。草玄亭中作侯芭，童年拂袖辭鄕闉。秋天一鶚登玉階，大貝南金眞國珍。與我偶作萍水遇，樽前目整交有神。相將彩筆氣相看，半酣不覺欹烏巾。烱然肝膽照右劍，主賓何曾間諸塵。別後扶桑一輪月，應照萬里蓮海濱。【蓮城卽鄙所居】

○和 菊溪

桑域素稱神仙窟，扶輿秀氣鐘於人。碧落程寬九萬里，蟠桃子熟三千春。蓬島眞官列如麻，或驂紫鳳騎班麟。我隨青丘使星來，乘槎直指銀河津。子晋安期相後先，導我羽蓋過重闉。就中桂山淹留客，瓊琚玉佩誠奇珍。金光之草玉蕊花，一湌可以頤心神。相逢石壇笑相向，擣藥香生紫綺巾。玄談終日演眞訣，恍惚與爾超根塵。塵心一點獨未灰, 故國蒼茫西海濱。

○和　　耕牧子

我今拂劍歌浩浩, 請君見我三韓人。三韓地方萬餘里, 世接窮荒北厚春。奧昔茫茫鳥獸野, 檀君降世騎金麟。箕聖繼之都平壤, 中國人煙限鴨津。樂浪之民服其化, 衣服宮室仍城闉。逮于聖朝篤隣好, 千年聘幣齎奇珍。隣邦古稱日本國, 水有溟渤山三神。其人學古作古文, 邊我賓館整衣巾。相將筆舌通謠俗, 對坐蕭然無俗塵。別後思君問何處, 秋風掩門西湖濱。【僕之處在西湖故云】

○寄嘯軒　　金巒

報道風流第一名, 看君此日客心淸。暗投南海明珠色, 獨說西山白雪情。江武城邊霜葉落, 蓬萊闕下暮雲生。長歌欲得周郎顧, 猶拂朱絃曲未成。

○寄秋水　　金巒

飛閣靑衫客, 風流出世塵。胸中雲夢澤, 眼下武陵津。歌起玉壺響, 詩成彩筆頻。相逢堪竊抃, 別後立江濱。

○寄菊溪　　貴溪

珊珊仙佩滿東京, 一行芙蓉雪色明。落葉千山生朔氣, 淸砧半夜起寒聲。武昌月度還家夢, 江海雁歸故國情。矯矯雄才誰得似, 風流彩筆共縱橫。

○筆語

僕行到馬州, 與雨森·松浦兩君相識, 見其詩文, 是一代奇才。僕之唱酬於萬里川陸間者, 亦不爲不多, 深賀貴邦有此絶群之英材, 獨奈何飄泊海外, 作一梁園倦游人? 此必諸公之所鑒識而發嘅者, 故並呈鄙意。

○答 鶴汀

雨森·松浦二君, 雄思傑才, 眞赤手搏虎豹者也, 如示如示。今日盛會, 瑰瑋畢羅, 惟仰。尊公器度洪裕, 所謂寬厚長者也耶。文詞鎭重, 不漫發一矢, 發必中, 謹知往當經論大任, 預賀預賀。如僕一介鄙命, 旣得覯君子, 親承謦咳, 近奉几杖, 不知何以天貺之盛也。伴來諸子, 意亦如此, 多謝。

【영인자료】

# 朝鮮人對詩集 二

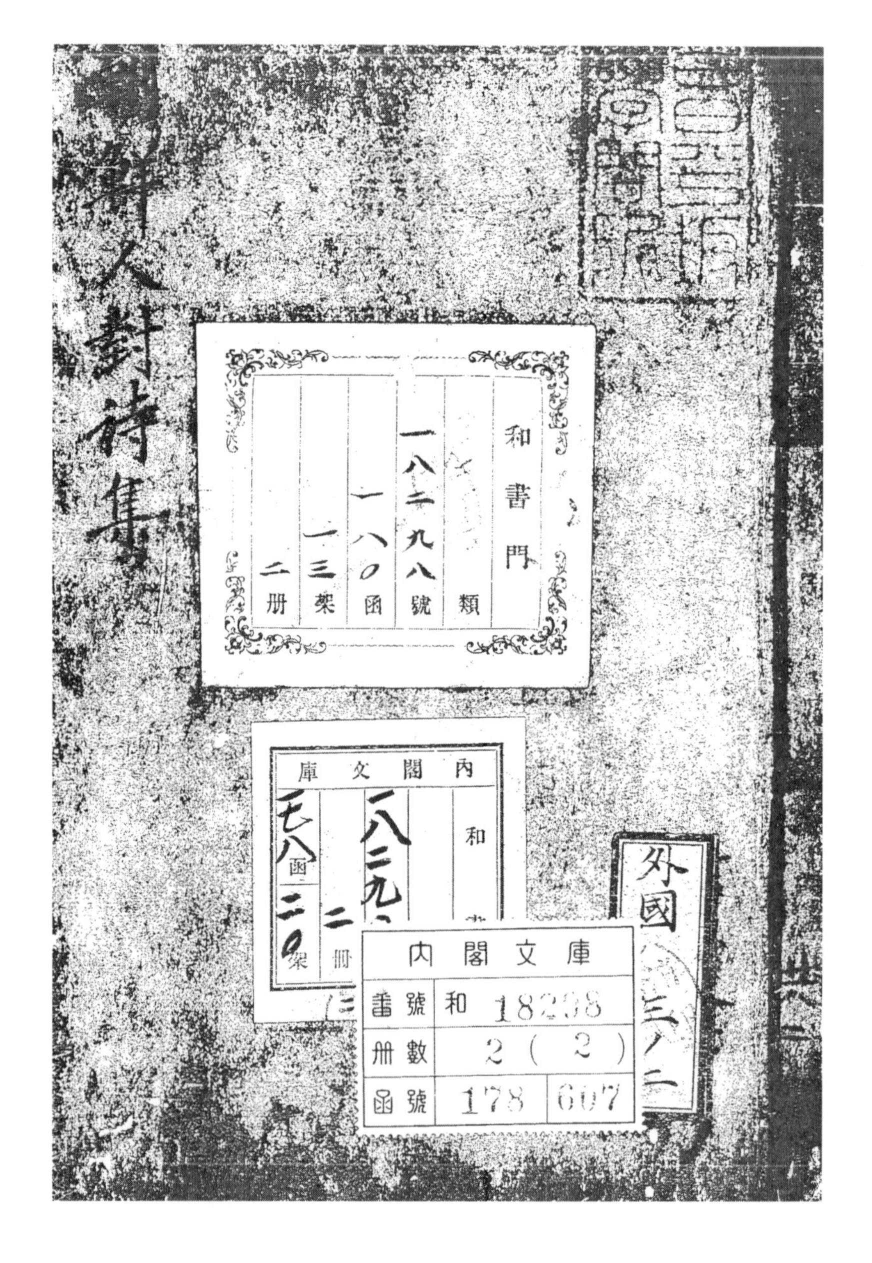
人對詩集
和書門 類
一八二九八號
一八〇函
一三架
二冊
內閣文庫
和
一七八函
二〇架
二冊
內閣文庫
番號 和 18298
冊數 2（2）
函號 178 607
外國

葛廬 林又右衛門

鷺洲 人見七郎右衛門

鶴汀 桂山三郎左衛門

阜窩 秋山半藏

池庵 佐々木万次郎

寧齋 上島彈藏

峴岳 小見山中兵衛

桃原 人見又兵衛

幾菴 和田傳藏

有隣 得力十之丞

二水 津田武右衛門

東溪 飯田尤仲

龍岊 小出義兵衛

天水 雨森三哲

翠陰 太田治太夫

柳塢 川副兵左衛門

金巒 真木弥市

雪溪 井上仁左衛門

素行 吉田清次郎

黄陵 岡井彦太郎

廣澤 細井次郎太夫

竹窩 天津源之丞

桑園 松田新藏

桂軒 小見山次郎右衛門

東里 星野小平太

貴溪 村上舎人

芝山 岡井金治

援之 岡島援之

己亥十月三日會集

奉寄朝鮮国製述官申公　鷺洲人見浩

淸朝眔遠致嘉賓更喜交情舊作隣千古文章長有跡幾年江海自無塵蒼波搖彩蛇矛影紅日添光獸錦身會面浮萍只堪恨玉人萬里玉堂人

奉和鷺洲見贈　青泉

皇華古樂諧周賓天以韓和德有隣滿目雲驕行蹟影開襟海鶴逈離塵百年唇齒相須國萬里詩書

遠適身今日歡娯皆聖澤各將華祝擬對人（華一作三）

謹呈學士申公　　有隣德力良顕

白水青山万里通舟車無恙入天東文中真虎凌雲氣

一嘯扶桑海上風

奉和有隣見贈　　青泉

高歌先與斤心通秋色青山出海東自是君才搏九萬

愧儂旬日御冷風

奉呈青泉申公　　二水津田玄賢

使星始動漢陽城萬里扶桑早識名莫問當年波
息曲仙郎白雪滿東瀛

和呈二水詞案　　青泉

青驄錦帶五雲城上相逢各問名忽聽瑤絃彈一曲
天然仙洞自蓬瀛

奉寄學士申公　　池菴俍々木玄龍

海外先聞博洽名清標新接仰聰明翰場莫惜凌
雲筆雄辯因君豁俗情

奉和池菴見贈　青泉

青春海国振香名詩得扶桑瑞日明萬里相逢言
語異笑誇雙劔一交情

謹奉呈青泉學士申公案下　東溪飯田隆興

香然仙客鮮騤騑十日留歡世所希揮翰海東擎
旭日三山影動五雲飛

奉和東谿見贈　青泉

相逢天馬儼騑々絡月鳴珂世共希解道黃金臺

立意為君千里疾如飛

奉寄青泉申公　　龍岳小出長卿

扶桑日出海城頭雲盡微茫碧水流万里天風吹

不度魚龍長護木蘭舟

奉和龍岳見贈　　青泉

邂逅仙扃自黑頭一坐歌笑最風流興酣欲訪三

山去青鳥催呼海上舟

奉呈青泉申公案下　　桂軒小見山昌嶠

八葉芙蓉碧玉連長風吹散萬重烟蓬萊仙客彩
鸞駕遥繞扶桑天日邊

奉和桂軒見贈　青泉

不看華館坐留連筆洒蓬山五色烟但覺清香来滿
席知君家在桂枝邊

奉寄青泉申公　東里星野惟孝

星槎奉命日邊来萬里蓬壷人未回一向樓頭歌白
雪烟雲五色賦中開

奉和東里見贈　青泉

客有乘槎万里来蓬山雲月暫遲回仙人笑倚蟠
桃樹為道天香待子開

奉寄青泉申公　素行吉田泰明

萬里星槎霄漢間仙帝清蹕孰能攀東来老子
停轅去紫氣雲高函谷關

奉訓素行見贈　青泉

蓬萊宮闕彩雲間玉樹淇花一笑攀滿袖秋香

看不厭醉忘西日落江聞

奉寄姜成張三進士　鷺洲人見浩

官遊莫作客愁深唯有歸程在昨今借問長天
何所記落霞孤鶩故園心

奉和鷺洲韻　耕牧子姜栢

天涯客思與秋深說劔論詩幸有今相對不愁言
詣異湛然相照一腔心

奉和鷺洲示贈韻　長嘯軒成夢良

富士青峯馬首生長亭過盡幾千程瑤琴欲向海
山奏應有子期知我情

奉次鷺洲惠贈韻　菊溪張應斗

武州形勝問如何員嶠殊庭不足過君住此間 仙
趣逸朗吟瓊律思才多

奉寄姜成張三進士　有隣德力良顯

車自轔々蓋自飛東來紫氣映朝暉仙扃縱目
蓬壺外咳唾成珠滿袖歸

奉次有隣堂韻　　耕牧子
湖城木葉雁同飛。客子吟詩坐落暉。萬里悲秋無
限意。斤帆何日故園歸。

奉次有隣堂韻　　嘯軒
一鶴乘秋万里飛。扶桑海色映初暉。雲邊邂逅真
仙侶。共採三山藥草歸。

奉次有隣見示韻　　菊溪
扶桑東畔彩雲飛。觸髮咸池淡淡暉。賴有群仙同

雅致興酣端合詠而歸

奉呈三進士　　二水

海上千山鳴雁秋使臣旌旆下滄洲鄉思唯逐西
歸水日暮烔雲不尽愁

和呈二水詞案　　耕牧子

黃花閑尽客中秋雁陣驚霜下晚洲茶竈筆床塵
事少與君消遣異鄉愁

奉次二水見示韻　　嘯軒

江城落木正高秋仙馭飄然降十洲二水烱波詩
興逸郢中白雪唱堪愁

奉次二水惠贈韻　菊溪

落木蕭〻海國秋列仙真境近瀛洲華軒好作論
文會忘却羇人萬斛愁

兼寄姜成張三進士　池菴

雞林才雋涉蜻洲傾蓋新交喜壯遊詩壓隋唐書
軼晉鍊成門限敢無休

奉次池菴韵 耕牧子

樓臺城郭是雄州。萬里男兒辨壯遊。自笑平生詩癖在。樽前弄墨苦難休。

奉次池菴韻 嘯軒

海外名區說寶州。高標况接列仙遊。筆端清韵鏘金石。從此雷門布鼓休。

奉次池菴惠贈韻 菊溪

星槎初税武藏州。勝會仍成翰墨遊。談笑一堂和

氣動多君雅趣正休休

謹奉呈菱耕牧成嘯軒張菊溪三公　東溪

朝陽綏舞海雲中千里分光一擧風文采齊名新

進士可知三鳳在河東

奉酬東溪韻　耕牧子

倚馬高才藝苑中法門衣鉢有宗風將看鰈域傳

詩草不獨聲名滿日東

奉和東溪見示韻　嘯軒

相逢一笑彩霞中庭樹蕭〻落葉風觴詠不知淸
晝永隔簾蓮漏響丁東

奉次東溪玉韻　　菊溪

群才炳蔚濯磨中爭聳林公愛士風試看諸賢詞
致雅一時華問擅桑東

奉寄三進士　　龍岳

海門淸曉望中開華蓋參差万里來更使碧霄多
五色神仙到處卽蓬來

奉次龍巖韻　耕牧子

楓葉蕭蕭菊尽開異鄉孤客雁俱來長風破浪男
兒志不肯低頭在草萊

奉和龍岳韻　嘯軒

華堂晴日一樽開富岳烟嵐筆底來西望故園雲
海隔片帆何夜到東萊

奉次龍岳所贈韻　菊溪

三嶋烟雲萬里開身隨漢使泛槎來故園消息無

由問戲絲何時學老萊

奉寄秋水嘯軒菊溪三公　　桂軒

玉羽隨風萬里来昂々仙鶴不群才鴻臚初識三
場客五色彩雲筆下開

奉次桂軒公韵　　耕牧子

師門匡鼎說詩来絳帳横經揔異才餘事文章出
機杼筵前筒々筆花開

奉次桂軒公韵　　嘯軒

一代羣賢濟々來鳳毛門下摠英才夜來應有清臺奏東壁奎芒瑞彩開

奉次桂軒公韵　菊溪

袖得驪珠百顆來歡君詩格冠群才東遊万里槎客青眼慇懃對榻開

奉寄三進士　東里

万里仙槎銀漢流天邊蜃氣五層樓闗山月色寒風起落木蕭々添客愁

奉次東里韻　　耕牧子

九月秋空鴈陣流思鄉遠客賦登樓覊愁較似詩
情苦別作樽前一段愁

奉次東里惠贈韻　　嘯軒

士岳金銀華下流共將豪氣倚高樓行々採擷金
光草浮世寧為白髮愁

奉寄三進士 素行
主恩新報是豪英清蕭奇才傳大名一夜文星起
紫海光華猶自滿江城

奉次素行韵 耕牧子
大千詞林有俊英他時朱雀繫高名懸勤廿八瓊
琚字價重和珠十五城

奉和素行韻 嘯軒

筵前麻列揔詞英千古昆卿讓盛名鎬亭相酬元
好意偏陟敢破五言城

奉和素行高韻　菊溪

高風雅韻抜群英誰埒騷壇第一名袖裡清篇同
楚璧定知光價敵連城

奉呈菊塘鄭公　有隣

縹緲江山一路通心交不隔思無窮此行可揔文
章美筆捲波瀾入海東

奉次有隣堂憲韵　　菊塘鄭后僑

赤水遙應銀漢通仙槎迢遆海天窮對君尽〻日成
佳話却忘身遊析木東

奉寄菊塘公　　二水

湖海天風行路難仙袍秋冷映烔峦新詞不入悲
哉賦館外丹楓夜〻寒

奉酬二水憲示韵　　菊塘

秋深海外客懷難愁對煙波又緣峦此日逢君成

一笑青眸相對不知寒

寄鄭菊塘

瀛浮彩鷁陸銀鞍征旆隨行吟興闌川岳形經多
警策囊中蚤許碧眸看

池菴

奉訓池菴憲韵

客到天涯初税鞍殊方歲月已云闌如今勝會何
曾料醉倚黃花共咲看

菊塘

奉菊塘鄭公

東溪

已聽残鶯一別家杪秋云暮到天涯仙標自絶緇
塵色蕭洒東籬霜後花

奉次東溪惠韻　菊塘

帰夢迢〻漢上家嚴霜十月客天涯佳辰邂逅還
奇事喜咲樽前對菊花

奉寄菊塘鄭公　龍岊

書劍天涯此壯遊仙郎逸氣遶滄洲無端夜〻還
家夢風雨蕭條滿驛樓

奉次龍嵒憲韻　　菊塘

扶桑萬里作奇遊秋色悠悠海上州談笑一床清
興動風吹落葉入虛樓

奉寄菊塘鄭公　　東里

文采英名漢省郎天涯帆影帶斜陽雲間豪氣
三千文賦就烟霞滿武昌

奉次東里憲韻　　菊塘

蓬山此日見仙郎坐來虛閣到夕陽羨子逸才凌

勉謝應知此日耀文昌

奉寄菊塘鄭公　素行

遠問台山載筆来飄々風采出塵埃新知恰似舊
相識欲寫深情愧菲才

奉和素行惠贈　菊塘

客帆悠々渡海来余褱元是隔塵埃昨拜林公今
見子候芭亦自有奇才

疊素行韻　菊塘

此月殷勤問客来清俴仙格超塵埃萍蹤一遇真
爲幸更喜新詩七步才

奉寄菊塘鄭公　　桂軒

丈夫推節夙雄飛皀色雲霄倚少微相值文場論
意氣風姿卓犖似君稀

奉次桂軒惠贈韻　　菊塘

海溟天空旅雁飛冨山雲色晩依微相逢此月真
如夢更喜仙風世所稀

疊用桂軒韻奉寄　菊塘

秋晩樓前黃葉飛相留一醉夕陽微天涯文酒逢
知已應識人間此事稀

奉和菊塘公疊用韻　桂軒

白鶴摶風海上飛夕陽帆外轉霏微騷盟堪喜披
雲霧共識天涯際會稀

奉寄菊塘鄭君復乞高和　桂軒

鵬際遙遙海日東錦帆萬里倚長風吳中陸子才

尤秀洛下賈生名不空寒雨鴻声雲路隔故山鶴
夢月明通詞場初值嵩陽客豪氣翩〻飄彩虹

奉次桂軒憲贈韻　菊塘

寄帆初泊海雲東徒倚高樓落木風冨士奇峯明
積雲扶桑秋色泛寒〻空諸賢聯榻文華溢两国交
隣信義通勝會如斯古亦少傑篇雄辯吐長虹

奉寄菊塘鄭兄　鷺洲

客亭秋晩遠人迎落木江頭天氣清料識君今辛

若意海山萬里殺隱晴

再和菊塘鄭公示韻　池菴

扶桑名岳送征鞍趣引風光雅意闌俊逸淸新出

凡品高標無屬下流看

奉贈桂軒兼呈諸公　嘯軒

常時旅館偏寥闃暇日群公乃皆臨一代騷壇山

共屹兩邦交意海俱深閑樽秋晚蓮花界揺筆風

生橘樹林師友淵源知有自鳳岡千古有徽音

奉和嘯軒憲韻　鷺洲

皆言賓館德星聚泰斗高才尤仰臨酒對賢人情不淺毫揮騷客起猶深晴晨有喜朝儀日官路無壓霜落林兩地把交千里熟彈琴休說少知音

同和　有隣

星軺傳信舊盟尋文旆帯霞遥照臨對客一窓風月静論交両国海山深冥鴻縹渺青雲路彩鳳毰毸翠竹林此會人間難再得郢中白雪継清音

同和　二水

把手雅筵如舊識俱歡星使此登臨天邊海嶽月明滿驛上樓臺秋色深仙馭風生降遠地客衣霜冷映炯林却愁別後信書少堪聽江城鴻雁音

同和　池菴

孟冬和煖負暄處賓館相迎仰貢臨謦策翩然筆峯秀文章漪法墨池深長庚勸醉罇金酒杜老題詩楓樹林惆悵瑤筵催短晷余篇它日附潮音

同和　　　　東溪

捲袖江東催短唱，風偏惜夕陽臨。却憶吳質作遊迴，共許陳琳蓄念深。愁裡斷鴻穿杳靄，醉來遠磬動寒林。一爲淸嘯月明夜，都下唯聞鸞鶴音。

同和　　　　龍邑

風塵多少飛無敢，衆鶴仙人正此臨。萬里文旌天際到，三山藥草雨中深。新篇更出庾開府，逸氣先知李翰林。是會萍蓬可難得，絶絃再聽有淸音。

同和　桂軒

海國瑶舟雲際下天涯波浪遠相臨鮫人室裏珠光淨蜃氣樓中月影深萬里衣冠遥奉節一筵翰墨自成林風流最見揮毫客曲就新歌楚郢音

同和　東里

鄴下高名誰得似瓊筵今日始登臨雄才恰若龍蛇起契濶自如滄海深鴻雁書遥千嶺雨霜風葉落萬楓林諸賢不減吳公子且喜天涯聽鳳音

同和　　　　　　　　　　素行

寥秋高堂詞墨苑江東諸子此登臨丹楓樓上交歡切白雪歌中意氣深簾外風声飛一樹峯頭霜色動千林知君夜〻還家夢鴻雁何時通信音

別呈一律要諸公高和　　　　耕牧子

客思無聊甚詩朋意外來談間鴻雁過樽外菊花開已分偏師倚敢思一戰摧況吟無好語終日費敲推

席上和耕牧子姜公韻 鷺洲

輕肥千里使清世去還来蜀道行無嶮函關夜亦開才豪言外秀詩戰到頭摧館裡三盃酒客愁當自推

同和 有隣

雲山蒼海外使節度關来信義両邦合好懷一日開酬款豪氣發壮志劍鋒摧千里文壇會多君執轂推

同和　二水

異鄉看夜月應懷故人来白日依樓轉青雲落紙
開扃空珠履響歌就玉臺推君是山東妙騷壇誰
不推

同和　池菴

星使修鄰好指東日下来士峯朱轂緩瀛海錦帆
開驅俗蓺圃異抜群筆陳摧高歌飄白雪為我定
敲推

同和　東溪

迢遞仙山外，鸞驂萬里來。飛雲烏帽岸，落日翠屏開。年久松杉勁，霜寒蒲柳摧。宏才早攀桂，華轂孰何推。

同和　龍岳

青鳥披雲下，冥鴻度海來。清吟千首就，豪氣一樽開。遠水兼林暗，薄氷受葉摧。臨歸思再會，何日戶堪推。

同和　　　　　　　　　　桂軒

初見鄉袍客威儀濟々来文豪聯榻語毫彩映筵
開暮色深林暗風声枯葉摧群公才自富何用對
人推

同和　　　　　　　　　　東里

落木西巒外霜風萬里来炯雲毫裏起白雪賦中
閑量似江湖濶氣凌山岳摧今知三使客轂下舊
相推

同和　素行

飄々槎上客千里駕風来東海晩潮濸西々山落照
開夢残銀燭冷詩就玉壺摧誰當芙蓉羨奇才不
易推

臨分呈一律要諸公電覧　耕牧子

兩邦方継好吾輩亦吟詩意逐杯心見詫憑筆舌
知霜鴻翻日去老菊向人垂惜別無窮意洋瀾浮
墨池

奉和耕牧子姜公韻　　鷺洲

酒雖非一斗能賦百篇詩佗態有高趣交情如舊知村中桑落熟橋上柳條垂惜別異邦客才名出鳳池

同和　　有隣

誰通殊域語幸有一篇詩風月開樽對乾坤傾蓋知海山過轍遍竹帛美名垂歸後掌綸誥料君浴鳳池

同和　二水

客路三千里錦囊多少詩星軺思故業雲蓋樂新知夜月滄溟遠鄉天河漢垂華闕仙子會疑入鳳凰池

同和　池菴

群英隨使節再示李唐詩別淚盈双袖新交勝舊知颯秌經雨滌橘柚帶霜垂故苑今歸去前程依鳳池

同和　　　　　　　　　　　　東溪

靡絶蘇州美鷺看五字詩厚情何又盡聆語託相
知故国路千里長天雲四垂一樽賓館暮落日蘸
秋池

同和　　　　　　　　　　　　龍嵒

江上丹楓色風烔都是詩論文非舊識傾蓋有新
知登閣鳳毛見摩天鵬翼無斜陽帰不去更醉習
家池

同和　　桂軒

百年文雅會珠玉幾新詩才氣一時秀名声萬古知雄風思磊落愛日晩低無共對淸樽下優遊想習池

同和　　東里

聞道輶軒使江山總入詩金樽同一醉縞苧遇相知流水世中動柵條笛裏無幾年詞賦客鳴玉鳳凰池

同和 素行、

群仙飛彩筆雲水入新詩才調空堪愧俊雄素已知孤鴻風信遠萬樹月光無定識帰家後恩波滿鳳池

臨罷之章短律奉呈諸公詞案以申鄙忱 菊溪

旅館無人問終朝坐寂寥雲鴻心共遠霜葉鬢俱凋感子風情厚令人逸趣饒新歡猶未洽悵望海天遥

奉和菊溪張公憲韻　鷺洲

賓席高談裡鄉心映碧寥羨君文躰健愧我鏡光凋歸思舟輿滯愁情霜雪饒憑誰得書信海路雁山遥

同和　有隣

共修文字飲旅館慰寥々黃菊須延壽青松本後凋殊幾懷裡滿風月橐中饒傾蓋談難盡歸程雲水遥

同和　　　　　　　　　二水

群仙何歷々勝會不寥々驛路梅花發関河草色凋海声臨館遠星影倚樓饒早想觧携後烟雲入夢遥

同和　　　　　　　　池菴

賓館英髦至更無説沉寥芝蘭須讓馥松栢不稱凋攜拙餞詩々雅操執御饒萍逢交語短偏恨去程遥

同和　東溪

褰袂逢晴日天寒自沉寥梅侵深雪發草帶肅霜
凋百歲丹心在千莖白髮饒高歌山水咀唯思玉
人遥

同和　龍邑

相逢孤館暮晤語散寥寥丹桂身先達青松志不
凋夢繞殘夜少詩入異鄉饒只恨江頭別白雲萬
里遥

同和　　　　　　　　　　桂軒

雅筵冠蓋聚風日尚清寥天桂香将散雪松絲不
凋才華盈案淨斜景入簾饒目送飛鴻影白雲心
自遙

同和　　　　　　　　　　東里

仙槎通絶域鄉信自寥ゝ月色千山遠寒ゝ風萬木
凋揮毫珠玉落傾蓋酒盃饒知是還家夢猶看碧
海遙

同和　　　　素行

天涯秋盡後無處不寥〻海面奐龍動池頭楊柳凋何嫌容愁切常浴主恩饒博望千年事休言故国遥

更賦一律奉贈諸公　　　　菊塘

佳辰得佳士一榻動光輝白雁何心叫黃花不肯飛有縁今日會知己古來稀吟罷還深酌諸君且莫歸

奉和菊塘鄭公憲韻　鷺洲

千里懸傳命朝鮮覽德輝關山從驥去江海附鴻飛才子星相列英雄世不稀雲間猶有路只道士龍歸

同和　有鄰

蓬山仙客到若木發晨輝一劍腰間耀五雲衣上飛清樽豪氣滿白雪和人稀相遇便相別驂鸞千里歸

同和　二水

千仞鳳凰翼青霄覽德輝交兼秋水浩思逐朔雲飛江上明珠合郢中白雪稀悵然看落日棄與不知歸

同和　池菴

星槎千里外文藻仰光輝籬下菊花馥馬前林葉飛摄衣佳日會連榻異年稀無奈贈言拙臨岐羨錦歸

同和　東溪

那識客氈冷海東拂曰輝殊方交且厚遥夜夢相飛應聞履声劇偏題柎葉稀須生書帶艸此去早當帰

同和　龍邑

経君評品後草木發明輝健筆龍蛇走雄文鸞鳳飛風声楓樹老雨色菊花稀應是天仙會笙歌不識帰

同和　　　　桂軒

匹似高陽里聚星見德輝浮雲遥睥睨新曲自翻飛故国関山隔天涯音信稀行途多雨雪楊柳拂衣帰

同和　　　　東里

烔雲隨使者帆影掛秋輝當座清風動揮毫白雪飛月輪千里滿木葉萬山稀萍水相逢處一醉不思帰

相遇蘭陵酒萬山多落輝樓前霜樹老天外白雲飛爲客辭袍遠思家尺素稀望中何所見不斷朔鴻歸

同和　　　　素行

羨君千里志詩賦發淸輝丹穴鳳毛奮玉樓客夢飛交情長不忘好會亦應稀欲寄慇懃語斜陽空促歸

再奉寄秋水嘯軒菊溪三進士　東里

高樓十月起寒風客子才名滿海東賦就玲瓏何所似芙蓉白雪五雲中

奉次東里韻　耕牧子

侯芭自有子雲風詩道千秋在海東香色分明較何似芙蓉一朶出池中

再次東里韻　耕牧子

代馬蕭蕭懷北風一年恷色客天東行裝悠泊詩囊在萍水逢君旅館中

奉次東里韻　　嘯軒

萬里遥来宗慤風群仙笑逐海雲東揮毫珠玉鷲
壓眼怳若自遊紫府中

同和　　菊溪

數叢佳菊背西風細々寒香小塢東坐上詩仙耽
物色一時収入錦囊中

奉寄秋水嘯軒菊溪三進士　東里

西来紫氣滿層臺十月天風落木寒山色雁飛烔

雨外海門帆度碧雲端詩篇萬里名声起縞苧千
年契濶寛夜々樓頭遊子意遥知御夢入三韓

奉次星野東里惠投韻　耕牧子

馬首晴光富士嶽天時漸迫朔吹寒王程遠接扶
桑外故国空瞻折木端衰菊已隨鬢髮改羈愁無
賴酒杯寛南來最是開懷處萬戸侯輕一識韓

同次　嘯軒

六鰲頭上聳青巒落楓江城暮色寒偏喜詩仙來

席上忽驚妹而颯毫端異𦂳蕭㢤黃花老故国帰
心碧海寛觴詠何妨終日夕唱酬従古說和韓

同次　　　　菊溪

風吹細靄捲青巒雁陣驚霜廻吽寒天外客心偏
少况病中御思太多端交酬媿我詞鋒鈍對討喜
君学海寛且喜仙區不相遠清都従此可親韓

再奉寄三進士　　　　素行

蘭舟蒼海度清秋雨地江山窮壮遊都下群雄誰

得似健毫詩賦自風流

再奉次素行見贈韻　菊溪

旅牕吟病度三秋喜遇諸公辨勝遊唱和從容永
今夕滿堂佳客摠詩流

又寄三進士　素行

上天此月假良緣冠佩遥臨玳瑁筵丘壑雲閑渾
入眼關山路遠孰差肩奇才無敵騷壇將盛篇可
觀殊域賢鄰下元瑜今尚在縱橫彩筆正融々

奉和吉田素行韻
耕牧子

半月情遊亦勝緣筆床詩墨對開筵天邊故国空
回首座上羣仙共拍肩瀛海山川偏秀異鳳岡門
弟總才賢無譁戰士啣枚勇義爾臨場逸氣翩

同和
嘯軒

龍門晨日幸攀緣更喜侯芭共一筵萬里雲衢展
騏足妙年風骨宛鳶肩荒詞敢較才長短雅趣都
憑酒聖賢仙嶠雨晴詩景好不妨棕竹又聯翩

淂似健毫詩賦自風流

再奉次素行見贈韻　菊溪

旅牕吟病度三秋喜遇諸公辨勝遊唱和從容永
今夕滿堂佳客摠詩流

又寄三進士　素行

上天此月假良緣冠佩遥臨玳瑁筵丘壑雲開渾
入眼關山路遠孰差肩奇才無敵騷壇將盛籌可
觀殊域賢鄰下元瑜今尚在縱横彩筆正翩々

奉和吉田素行韻　　　　耕牧子

半月清遊亦勝緣
筆床詩壘對開筵
天邊故国空回首
座上羣仙共拍肩
瀛海山川偏秀異
鳳岡門弟總才賢
無譁戰士啣枚勇
羨爾臨場逸氣翩

同和　　　　嘯軒

龍門曩日幸攀緣
更喜侯芭共一筵
萬里雲衢展騏足
妙年風骨宛鳶肩
荒詞敢較才長短
雅趣都憑酒聖賢
仙嶠雨晴詩景好
不妨棕竹文聯翩

同和　菊溪

一榻團圓信有緣雍容禮數華筵在傍珠玉皆
殊價網月琳琅孰與肩金谷悅如行罰酒蘭亭不
羨會群賢彩牋展處爭揮筆渴驥奔騰瑞鳳翩

復奉和嘯軒公疊用作謝惠大学　桂軒

揮筆琴泉與忍亭從容獨向墨池臨雲烟落紙氣
先爽龍鳳翔空影自深詞客才高青玉案錦衣光
映彩雲林手追心慕君文字復得瓊筵天上音

再奉寄三進士公　　　　　　　　桂軒

仙扉白雪不尋常芬々瓊枝映坐芳最喜初筵才並入交情此月在詞章

奉次桂軒韻　　　　　　　　耕牧子

鶴骨仙姿異俗常謝蘭郗桂並芬芳相逢異国黃花節脉々無言贈短章

同和　　　　　　　　嘯軒

唱来詞格逈超常句々清含橘柚芳整宇大名聞

已知始知門下盛文章

同和　　　　　　　　　菊溪

仙區物色出凡常琪草瑶花集衆芳地勝人賢雨

相得桂軒高藝善文章

再和菊溪公示韻　　　　池菴

三島遠過又九州牙檣錦纜作清遊地殊言異情

無隔百斛明珠誦不休

和奉耕牧姜公示韻　　　池菴

麗藻已超柟〻州山顛水渚極優游良緣幸得鏗
鏘句反復卷舒更莫休

和謝嘯軒進士示韻　池菴

客夢從來多益州星槎萬里子長遊一時交會百
年思莫逆親情何日休

己亥十月五日會集

奉寄朝鮮国製述官申公　葛廬林信如

萬里使槎天一方長風揮筆賦扶桑江山處々新

圖畫包括吟囊入樂浪

奉和葛廬惠韻　青泉

蒹葭秋水杳無方江上青山是廣桑自喜君詩清

可挹不須衣佩濯滄浪

奉寄朝鮮国製述官申公　桃原人見知後

殊方風物與天分客路迢々思不群定有塞鴻能
寄字西邊一顧玉堂雲

奉和桃原惠韻　　青泉

袖裡天香擁十分清如野鶴在雞群瑶池勝事真
堪記自有高歌和白雲

一笑烟霞與子分天長海闊得仙群遥知逸響從
宮府筆下新凝五色雲

奉寄青泉申公　　毅菴和田長房

西覲東寄日邊来幸接芝眉一笑開異域羞將蒲
柳質辱逢華省棟梁材

奉和幾菴惠贈　　青泉

客與西山爽氣来高歌一曲彩雲開太平天地明
堂瑞千尺空林老杞才

奉寄青泉申公　　寧坐上嶋英勝

大雅猶傳魯国風千年姓氏説申公此行欲極蓬
莱水帆影秋寒滄海東

奉和寧奎韻　青泉

看君綵筆起長風詞賦天台屬興公堪笑三韓蔡火客胡為並坐十洲東

奉寄青泉申公　天水而森三哲

錦袍奉使逈乘槎已見冥焵動日華不是蓬莱雲近處爭知佩下天涯

奉和天水見贈　青泉

翩〻青雀啄芳槎報道仙人拾月華孤興暫隨盃

底出皎然變樹在江涯

奉寄青泉申公　　　　峴岳小見山昌卿

百代隣交禮數嘉雲山劍佩遠辞家才名總入龍頭撰今日初筵観国華

奉和峴岳惠贈　　　　青泉

九日清狂笑孟嘉千秋高會在仙家清歌自愛新知曲山有喬松隰有華

奉寄青泉申公　　　　廣澤細井知慎

風伯舊邦尋舊盟使乎東魯老儒生相歡兩国黎
民福主聖臣賢同此情
奉和廣澤憲韻　　　　　　　　　青泉
皇華野鹿亦詩盟君自風流稷下生解道新篇無
信氣蓬山雲月十分清
奉寄青泉申公　　　　　　　桑園松田重度
萬里星槎凌碧雲大涯鴻雁不堪聞怪来霞色隨
人起彩筆縱横原屬君

奉和桑園惠韻　青泉

歲暮詩情在白雲風吹鶴唳九霄聞鳳岡門下千林玉拾得餘光已到君

奉寄青泉申公并三進士　岡嶋援之

莫道他邦行路難文旌到此萬人歡斗山遙望天邊客千里披雲且問安

奉和援之惠韻 玄洲以貴号明敬見称今兼紙末所示乃有此語　青泉

高歌白雪和皆難盃酒華堂一笑歡恐得玄洲多

少憩驛樓明月夢長安

奉和掇之韻　耕牧子

玄洲詞翰古来難旅榻曽尋一夜歡別後音容頻

入夢逢君且欲問平安

奉和掇之韻　嘯軒

地角天涯識面難水萍相遇爲餘歡休問向来行

役苦一心定處海波安

奉和掇之韻　菊溪

勝會今朝並二難吟詩把酒共情歡行人別有無
窮喜鄰交修来海宇安

復奉呈援之詞案　菊溪

對床終日共論文語到玄洲意倍欣公務歇時應
有興不妨乘月再来勤

奉和菊溪見賜高韻　援之

有緣千里見奇文頓慰鄙懷何等欣話及玄洲如
舊識當容異日復勤々

再用前韻奉呈撥之詞案　菊溪

多子高才似廣文慚吾拙筆類羊飲彩牋揮洒今
何敢多謝丁寧致意勤

奉寄青泉申公　黄陵岡井孝祖

海上仙槎水渺茫蓬萊紫氣擁扶桑昂今何問支
機石已見雲間織女章

奉和黄陵見贈　青泉

相逢雲水白茫々自喜新知詠隰桑銀浦夜来多

月色七襄仙錦露文章

奉寄青泉申公　芝山岡井孝先

使節翩々萬里通壯遊海外復誰同須知縹緲蓬壷月化作明珠滿槖中

奉和芝山見贈　青泉

瑶絃一闋斤心逼十八文瀾滄海同青鬢賀祝君登月府九韶鳴玉彩雲中

奉寄姜成張三進士　葛廬

肥馬嘶風裘亦輕旆旄遥指武昌城詩筒相遞歷
元白羽蓋便傾知孔程萬水千山僑館夢孤雲喬
木故園情紙今珍重隣交好天假良緣尋舊盟

奉和葛廬惠韻　　耕牧子

騷壇旗鼓敢相輕自愧疲兵但守城早覺風姿非
俗輩更看詩學有工程吟成老去驚人語解釈秋
来作客情吾輩百年肝膽照珠盤奚俱两邦盟

奉和葛廬韻　　長嘯軒

仙鶴乘秋羽翼輕羅山家世冠江城胸藏玉笥千
年秘脚踏青雲萬里程両国交隣元好意一塲詩
會亦歡情不妨相對披肝膽整宇盡堂舊有盟

奉和菖蘆憲示韻　菊溪

沉寥天遠夕風輕濟々衣冠集武城砌菊崖楓新
物色綺篇花筆古工程青霞氣逸皆仙侶白雪吟
高不俗情最是人間無限慶両邦修好百年盟

奉寄姜成張三進士　桃源

雲外星槎問水濵初莚相遇喜津〻学源猶不遠
千里倶是文章得意人

奉和桃源韻 耕牧子

四月鶯花別漢濵仙槎犯斗泝銀津長生秘訣烔
霞貌邂逅桃源世外人

奉和桃原韻 嘯軒

寒梅消息漢江濵萬里舟經駕石津暇月華堂成
一會兩邦和好及詩人

奉和桃原憲聯韻　菊溪

歷盡山厓與水濱
雲帆萬里涉滄津
諸公別有殷勤意
相訪東來久客人

奉寄姜進士　幾菴

麥秋初出釜山涯
三季推移歲月賒
和氣一團賓館裡
併着冬景似春華

奉和幾菴憲韻　耕牧子

客子悲秋天一涯
鄉園北望道途賒
寬心獨有詩

明在旅舍清樽賞菊華

奉寄成進士　　　　　　　　幾庵

今日覲儀多幸〻〻兼海月翁族胤也壬戌

之歳與翁邂逅唱酬距今殆四十年真如耶

夢新懽舊感一時計會卒賦一絶以掃卑志

情見于詩

四十年前會昔賢五千里外逻天仙一逢如故悲

歡半傾蓋初知有夙緣

肅次和幾菴感舊韻　　嘯軒

海月軒昂不侫伯父也伯父西歸常盛言貴邦
文儒之冨幸而今來得拜整宇林公又拜執事
懿範說道壬戌唱酬宛如昨日事其悲喜如何
〻〻

微才已愧嗣宗賢萬里來尋采藥仙鶴骨臞形猶
不老龍門兩世喜攀緣

奉寄張進士　　幾菴

壯遊窮遠海東濱邂逅論文席上珍槎使重通銀浦路追隨漢代姓張人

奉和幾菴惠示韻　菊溪

明珠出自大瀛濱留作林公柙裏珍身事四朝今老大似君榮福更何人

奉呈諸公要和　耕牧子

餞了黃花不作詩客愁容易鬢如絲牙琴此日逢君奏始覺人間有子期

奉和耕牧子詞伯　葛廬

奇才開口便爲詩恰似春蚕初吐絲吟袂相分山水遠白雲他後奈盡期

和　桃源

金玉新声大雅詩洋〻繞響入琴絲水雲不隔三千里相遇只言得如期

和　幾菴

太憐英俊悉能詩清韻豈唯竹與絲四十年来三

逼信好懷百歲無期

和　　　　寧望

風騷一〻入新詩壯士何須說鬢絲好是江城清
曉夢竹窓明月有心期

和　　　　峴嶽

軒昂豪氣入新詩愧我老来雙鬢絲君去雲山皆
寂〻如何好會更難期

和　　廣澤

萬里鄉園夢裡詩秋風定是憶銀絲一堂雅會三
杯酒德醉向来何日期

和　　桑園

醉中驚眼百篇詩奇遇千年雙鬢絲聞道右軍恩
遠寄優遊塵外有佳期

和　黄陵

西山白雪入新詩一曲彈来寫竹絲自是朱絃休惜奏乾坤何處少鍾期

和　芝山

彩毫裁作郢中詩堪寫陽春被竹絲莫厭巴人酬

下裯分携千里更無期

奉呈諸公座下　　嘯軒

坐對諸賢眼欲青詞源浩蕩倒滄溟菅原儒化林
公継富士山爲纓下亭

奉和成進士　　葛盧

海東雲盡遼山青萬里雄飛擊北溟愧我経霜蒲
柳質對朝松栢秀亭〻

和　　桃原

白雲一擊海東青羽翼高張超大溟露宿風飡猶縮遠經過七十五長亭

和　　　　　　　　　　　毅菴

白眉初接眼先青天外遠來九萬溟冬晷誰吹落梅曲解和玉笛出柯亭

和　　　　　　　　　　　寧盦

切名振古煥丹青忽見鯤鵬搏北溟美酒盃濃人惣醉風前吟倚夕陽亭

和　峴嶽

神洲仙島眼應青彩鶴淩波九萬溟相遇將爲寄
字問異鄉難遇子雲亭

和　廣澤

桑韓奇會照汗青今見圖南自北溟嘆息星槎難

久駐初筵無柰昂離亭

和　　　　　　　　　桑園

驛路山川万里青君携鴻雁到東溟相逢健筆雲
焗起賓主將登喜雨亭

和　　　　　　　　　黃陵

芙蓉黛色萬重青縹緲壯遊浮海溟見說諸君奇
字擅大才何讓子雲亭

和　　　　　　　　　芝山

千仞蓬萊千古青仙郎文采 照重溟那知萬里風

騷客彩筆縱橫會此亭

奉呈諸公詞案要和 菊溪

華堂暇日設賓筵滿座群賢總地仙自喜塵蹤叨

勝集强將蕪語染瑶牋

奉和張進士 葛廬

清手相接秩初筵便識風流第一仙蓬島五雲千

里影縱橫健筆落華牋

和　　桃原

豈憶来陪秩々筵風姿道骨接神仙殘更唯有還
郷夢不識關山寄雁牋

和　　幾菴

韓賓秩々對初筵今日先欲會列仙健筆縱横都似
畫描成炯幅又霞牋

和　　寧齋

館舎相逢共一筵人間邂逅十洲仙詩成堪訝有

詳氣彩筆揮来鳳字殘

和　　峴嶽

衣冠儕〻是初筵文采風流脫俗仙春蚓秋蛇驚四

和　　廣澤

座賴君欲寄薛濤牋

老拙誤来詩賦筵玄蓄席上值儒仙金生大筆輪
林妙得見摸鷲落薛牋

和　　　　　　　　　　　　　　桑園

唱歌白雪入詞筵敏捷千篇李謫仙自是龍蛇雲
欲起彩毫落處五花牋

和　　　　　　　　　　　　　　黄陵

千年詞賦此開筵採藥蓬莱欲覓仙囊裏山川知
幾汁彩毫搖動五雲牋

和　芝山

聯翩詞賦此開筵才子爭稱似謫仙萬里乘鯨東
海上雲霞從筆滿華牋

奉呈三進士　寧齋

星槎遥動白雲邉千里輶軒望正懸好是風流諸
記室彩毫無處不翩〻

奉和寧齋韻　耕牧子

孤鴻落木入吟邉旅舘相逢解榻懸莫恨山川千

里陽天涯今日共聯翩

奉和寧齋韻　嘯軒

天東路指浴鴉邉萬樹秋光橘柚懸華館好成詩
酒會諸公文采鳳翩々

奉和寧齋韻　菊溪

仙曹來自紫霞邉擷取明珠樹々懸袖裡新篇光
彩射祥鸞瑞鳳共翩翩

奉呈三進士　天水

娀會衣裳歌頌聞仰觀兩士共修文群公才器大
夫望賦就扶桑高處雲

奉和天水韻 耕牧子

邂逅相逢愜素聞知君用意学奇文自憐天外浮
槎客十載玄亭等子雲

奉和天水韻 嘯軒

詩韻清於絲管聞不同言語亦同文何由携得擲
金手共踏士峯峰上雲

奉和天水韻　菊溪

詞林聲價聳騰聞爭道夫公善綴文今日盡簪真
勝事喜看詩態藹春雲

奉寄三進士　峴嶽

徂暑離家歸去春三場吉士異邦人誰知一面心
盟在莫道相逢笑語新

奉和峴嶽惠韻　耕牧子

高歌白雪問陽春邂逅風流一玉人南國明珠知

幾箇逢場青眼爲君新

奉和峴嶽韻 菊溪

逢場和氣暖如春別是風流浩蕩人我識相知樂

莫樂白頭何者尙如新

奉寄三進士 廣澤

滄溟舞鷁幾時浮羨斷圖南擅壯遊曹傳至誠修
聘久一篇詩史照春秋

奉和廣澤憲韻　耕牧子

約束騷壇大白浮詩文跌宕亦奇遊懲懃更謝諸
君意共償西風黃菊秋

奉和廣澤韻　嘯軒

藹然黃氣兩眉浮喜接羣仙汗漫遊長短詩篇深
淺酌免教孤負黃花秋

奉和廣澤韻　菊溪

星槎萬里月還浮踪継前賢冷海遊梅花至賊堪
敬服一聯清藻映千秋

奉寄三進士　桑園

使星遙動海西東帆影映波万里風知是鄴中詩
賦客烔雲筆下接高空

奉和桑園韻　耕牧子

崆峒一劔更天東開盡黄花又朔風邂逅逢君賓

館夕狂歌大醉客愁空

奉和桑園韻　嘯軒

万里尋仙鷄首東江城落木正西風黄花不老佳賓至況復樽中酒不空

奉和桑園韻　菊溪

文星動彩十洲東成削清儀有古風把酒論詩俱不俗座間渾覚客愁空

奉寄三進士　黄陵

万里扶桑波浪高觀程何減廣陵濤星槎八月停
仙棹七發知君後抽毫

奉和黃陵韻　　　　　　耕牧子

新詩欲就聳肩高筆下天風送海濤醉後乾坤雙
眼大泰山眞似一秋毫

奉和黃陵韻　　　　　　嘯軒

諸子新詩韻格高酬来逸氣湧如濤騷壇無意争
旗鼓夢裡曾還五色毫

奉和黄陵韻　菊溪

詩將秋色可争高興逸滄溟万疊濤仙境對君多
雅致世間塵事総纎毫

奉寄三進士　芝山

扶桑海嶽接空連旌旆藏甤到日邊那識此行関
氣象客星高拱十洲天

奉和芝山恵韻　耕牧子

水仙琴操学成連偶逐浮槎到月邊旅舘逢君翻

一笑好將罇酒對秋天

奉和芝山韻　菊溪

詞場佳會一床連仙島烟霞笑語邊青眼相看如

舊識不妨坐到夕陽天

奉呈青泉申公以慰旅懷　天水

禹穴龍門作壯遊扶桑天地復留舟重闕斜月頻
回首十月初寒〻更裘只有西山供劇覽不那南
客遣羈愁青泉一派雲間落激起文章萬古流

重和天水惠韻　青泉

憐君天地辨豪遊門繫滄溟萬里舟珠樹共懸青
鬢色瑞雲遙上黑貂裘囊探藥草秦王夢筆洒
蘭芳楚客愁禹穴江淮真隘陋千秋司馬自名流

奉呈秋水嘯軒菊溪三公　峴岳

綺筵軒冕容両地太平風故国飛鴻北晴曦征鷁東燃犀窮海物持石問天工談笑發豪氣文光萬丈虹

次呈峴岳　秋水

暇日諸君集羈懷散北風詩成黃菊外墨灑畫屛東人物鍾靈嶽文章奪化工詞宗不相讓倚醉氣如虹

次呈峴岳韵 嘯軒

暇日華堂會寒天落木風襟期無彼此言語異西
東敢擬文章老深嘆請討工金臺高幾計駿價已
淩虹

次呈峴岳韵 菊溪

鳳岡門下士俱得古人風雅望瞻星北芳名播海
東典刑元拔俗詞翰亦臻工酒半清談騁崢嶸氣
吐虹

寄嘯軒公　　　　廣澤

旗節風寒万里雲桑弧素志與斯文石璘名翰存

金石今日鴻臚喜見君

奉和廣澤見示韻　　　　嘯軒

白首殘生跡似雲青油裁愧無文欲知菜獨源流

否同出昌寧府院君

走筆奉呈韓賢四位　　　　廣澤

休說人生〻若浮桑弧素願償東遊眼中滄波涇

千壑胸裡堪輿藏九丘金簡玉文探禹穴燕山鴨
水接神州錦帆無恙回還日滿座親朋呼万秋

再和呈申青泉案下　黄陵

滄海長雲波渺茫錦帆烟月到扶桑郢中有客裁
春雪此地何人成報章

再和呈姜公成公張公案下　黄陵

海上蓬萊紫氣高長風萬里夜揚濤囊中携得江
山色一片烱霞浧彩毫

賦一律呈成公　黄陵

若木天長紫氣囬秉槎萬里問蓬萊使星高拱乾

坤合節旄晴懸炯靄開周禮職方雲裏逶韓玉帛

日邉来壯遊千載何人比漢代史遷原上才

奉和黄陵韻　嘯軒

家山入夢幾時回三逕無人翳草萊士岳晴雲愁

裡過扶桑曉色望中開方深客子登樓恨深喜諸

仙控鶴来彩筆憑陵鷲老眼終軍英妙出群才

再和呈成公　黄陵

紅旆蕆𨖼風色回樓船金鼓[illegible]蓬莱扶桑明月千

山出滄海浮雲萬里開天上使星飛蓋映霄間龍氣
傍人來謫仙此日跨鯨到一斗百篇自大才

復呈成公案下　黃陵

韓庭使者最稱賢詞賦西來萬里傳聞道孤槎浮
遠海果然一鶚下青天閶門紫氣烔雲擁山嶽長
風旌旆懸莫謂東方無和者朱絃為奏郢中篇

奉次黃陵韻　嘯軒

幕原從古盛才賢况又名 公道脉傳已覺崇蘭香

滿谷會看仙鶴響聞天憑欄霽色滄溟濶把筆斜

陽士嶺懸別後可堪雲樹隔凝神惟有篋中篇

再和青泉申學士　芝山

縹緲十洲旌節通相逢意氣幾人同攜來明月知

無價清影高懸碧海東

再和三書記　芝山

迢遞關山萬里連星軺遙到彩雲邊此行應是攜

雄劍紫氣直衝牛斗天

奉呈申公姜公成公　芝山

鷄林才子動相聞詞賦何人後似君韋識美名能
盖世昂看彩筆欲凌雲連城元抵荆山價八斗偏
誇鄴下群此日箕邦傳玉帛扶桑秋色耀周文

次贈芝山　耕牧子

箕壤仁風四海聞隣邦修幣賀明君客子奇遊見
浴日詩人逸氣賦凌雲鶯鳩敢效南溟翼駿馬元
空冀野群更把一盃相拚喜時清八域復同文

奉和芝山韻　　　嘯軒成夢良

整尭高名已慣聞又從門下得吾君青萍氣欝猶衝斗綠驥歸高欲籋雲妙載英才誰復歆世間兒子謾作群龍鍾白首眞堪笑獨抱遺經誦古文

再和前韻　　　芝山岡孝先

朱絃流水有誰聞千載知音此遇君英氣曾鍾金嶽秀壯遊遥指富山雲蕭條落木秋猶遇縹緲冥鴻思不群莫厭暫時傾盖地一樽斜日細論文

奉呈張公　芝山岡孝先

萬里乘槎遠天南渺不窮張騫猶奉使季札更論風揮翰名山色濯纓滄浪東筏先雄劍在耿々氣凌空

再次芝山玉韻　菊溪張繗文

早羨林子訓学海浩無窮終氏投繻志宗生破浪風奇才推冀北間趣擬江東坐久談詩穩轡輪上碧空

己亥十月七日會集

贈青泉申公　鶴汀桂山義樹

仙郎霞佩散紛〻来探名山石室文始信扶桑三萬里天鷄夜喚日邊雲

和　青泉

白雲高音謝俗紛金壺仙草耀星文槎頭客子遥相見銀浦朝来濕彩雲

呈青泉申公　阜窗秋山正房

風飄文旆影氤氳客裏江山思不群莫使雄心窮
碧水扶桑到處是仙雲

和　　　青泉

仙臺瑞色曉氛氳秦客吹簫在鶴羣遥唱皇華
新樂府聲々飛繞冨山雲

呈青泉申公　　　翠陰大田重厚

彩鷁横飛涉海濤遠遊賦就見才豪平生更負淩
霄氣一入神州製巨鼇

和　　青泉

看君筆力起風濤枚馬梁園第一豪好是蓬山雲
霧裡釣竿千尺上靈鼇

呈青泉申公　　竹窩天津憲章

関河曉發馬如飛客裡風光自念歸城闕怪來星
象動五雲分映使臣衣

和　　青泉

新篇題罷海雲飛木落高樓鴻鴈歸詞賦梁園多

客夢藝陽霜雪黑貂衣

寄青泉申公　栟榈川副良有

萬里公程風色新漢江流接武江濱莫言海內無

知己萍水相逢是故人

和　青泉

裊々瓊柯望裏新天寒相揖海東濱高歌自是

千年調認得梁園賦雪人

寄青泉申公　金鑾眞木好文

聲名文彩幾人同仙客形容一世雄應是關西楊
伯起俱知家学漢儒風

和　青泉

青眼開尊喜色同多君詞筆自豪雄鳳凰門下
千珠樹東海決〻見大風

寄青泉申公　雪溪井上有基

著作仙郎入海東文章節義舊稱雄千年不隔
蓬壺路一泒煙雲落照中

和　　　　　　　　　　青泉
恨殺周車不向東瑶池詩墨示争雄何如絳節蓬
萊舘万斛瓊瑶一笑中

寄青泉申公　　　　　　貴溪村上惟重
日出扶桑万丈紅星軺暫駐武陵東詩篇頻動凌
雲氣君自高才司馬風

和　　　　　　　　　　青泉
扶桑雲錦織成紅寶彩霄連月上東珍重携来何

所報綫残皴涙洒秋風

贈耕牧姜公　　鶴汀

丹楓館外葉将飛霜露寒生客使衣不覚扶桑秋
色遠蒼茫郷夢逐潮帰

和　　耕牧子

華翰淋漓逸興飛村醪欲換典秋衣人生此會誠
難辨且帯微醺月暮帰

呈秋水　　阜窩

彩鷁風輕万里程海山盡處近蓬瀛相逢先有新
知樂他日應思席上情

和　　　　　　　　　　　　　　　　耕牧子

秋衣典却換烏程芝蓋翩翩下大瀛兩国百年誠
義重一場文酒亦深情

呈秋水嘯軒菊溪三公　　　　　　　　翠陰

候館爭迎上國賓從容態度出風塵才華共抱荊
山玉鄰下文章不乏人

和 耕牧子

早歳名充觀國賓南来偶逐使車塵琉璃寶硯
珊瑚筆旅館逢迎有主人

和 菊溪

暇日華筵對主賓詩仙雅度逈超塵方知学海淵
源大俱是鳳岡門下人

呈耕牧子 竹窩

仙槎萬里度蓬瀛蜃氣高懸海色晴為道他鄉君

莫厭一時傾盞故園情

和　　耕牧子

名區山水接壺瀛羽盖紛〻下晩晴邂逅莫辞終日醉十年塵土結遐情

寄秋水　　栖鳩

都下望塵漢使車朝儀賜宴賦皇華新知傾盞風驂容不厭尊前日已斜

和　　耕牧子

十月湖城滯使車空牕北斗憶京華逢君冷々論
詩境坐處渾忘月欲斜

寄秋水 金臺

碧海風煙夜々重何圖詞客忽相逢樓臺千里望
雲物人度蓬萊第一峯

和 耕牧子

夢遊蓬島彩雲重騎鶴仙人忽漫逢萬古扶輿清
淑氣芙蓉一朶富山峯

寄秋水　　　　雲溪
両国交歡自有因風流文雅共相親莫言一面驗
盟淺傾蓋知心是故人

和　　　　耕牧子
萍水相逢似宿因論襟何異舊情親清秋瘦骨君
休怗十載文園抱病人
僕素善疾病長路撼頓之餘呻憊涔〻所以曉
赴高會者此也兼此俯念感荷盛意不知攸謝

寄秋水　　　　貴溪

曲裏陽春白雪飛五雲光射使臣衣故鄉遠隔煙
波外万里仙槎人未帰

和　　　　　　　　　　耕牧子

故園消息雁南飛篤過重陽未授衣賴有主人深
愛客吟詩半日坐忘帰

寄嘯軒成公　　　　　　鶴汀

漢陽如夢隔煙波秋盡東行客子歌愁絶西風孤
館夜異鄉明月不勝多

和　　　　　　嘯軒

黄耳何能渡海波故園西望動悲歌夢回孤館月
明夜苦竹寒聲簾外多

呈嘯軒　　　　卓窩

錦帆高掛白雲間万里鄉園隔海山久望天涯浮
紫氣一行仙履入東関

和　　　　　　嘯軒

星槎影拂斗牛間仙侶笑迎鰲背山拙技真慚便

開府敢言詞賦動江関

呈嘯軒　竹窗

萬里愁看碧海流天涯心事一登樓江南自有梅

花好莫向風霜賦遠遊

和　嘯軒

雲夢胸襟貫九。流相逢豁若上高樓唱酬不有群賢

在虛作風波万里遊

寄嘯軒　栁塢

彩鷁凌波万里風　風光多少思無窮　参差仙闕五雲色　遥指蓬山向海東

和　嘯軒

黄菊。残花雁叫風　異郷時節九秋窮　天涯音信何時到　家在蓮城落日東

寄嘯軒　金峦

仙郎不厭問蓬萊　日夜帆檣破浪来　東閣梅花今歳早　香風十月為君開

富山仙境敵雲莱白雪峯高宇宙来喜見衡岑真
面目陰氛能爲退之閒
蓬山一名雲莱
見海内奇觀

寄嘯軒　　　　　雪溪

相逢萍水意欣〻聞說清才似右軍一字黄庭聲
價重軺車何處不知君

和　　　　　嘯軒

八法猶慚始羨欣敢言雄筆掃千軍枯桐幸有知

音在千古子期應是君

寄嘯軒　　　　　　貴溪

書記翩〻出鳳洲何人遥送木蘭舟芙蓉白雪賦
中動知是梁園第一流

和　　　　　　　　嘯軒

吟來逸興倒滄洲勝會依然李郭舟筆下新篇
飛白雪鳳岡門下揔名流

寄菊溪　　　　　　鶴汀

仙吏東來鶴影重直經雪嶽弄芙蓉只愁一夜乘
風去明月蓬萊何處逢

和　　　　　　　　　　菊溪

東入扶桑路幾重富山奇色白芙容相逢末穩却
相送陽海音容難再逢

呈菊溪　　　　　　　　阜窗

文星光彩與時新清世唯知有善隣相遇最歡傾
蓋好心交何説異鄕人

和 菊溪

邂逅何嫌識面新兩邦千歲共爲隣話來肝膽宜相照一榻團圓万里人

呈菊溪 竹窗

客鐔秋盡欲生寒縹渺天涯行路難紫氣雲高分夜色江東久倚斗牛看

和 菊溪

擊節高歌白雪寒自慚巴曲和之難鳳岡門館多

佳士邂逅令人拭目看

呈菊溪　柳塢

殊域千年慱望名使星遠出鳳凰城彩毫雲動龍蛇走好是寒江風雨声

和　菊溪

宿昔嘗聞整宇名偏師尚可敵秦城法門衣鉢應傳子詩律清瑯玉有声

呈菊溪　金峦

仙槎秋度海東流到日江山風色幽染翰縱橫于
氣象彩雲吹滿五城樓

和　　　　　　　　　　菊溪

聯翩相訪捴詩流各以名家早闡幽要識武城儒
雅盛請看林子起書樓

呈菊溪　　　　　　　　雪溪

傳聞博望泛仙槎邂逅相逢天一涯使節唯知隣
好重碧雲海外不思家

和　　菊溪

我泛銀河八月槎君從千里海四涯狄門桃李令
人豔將見文章作大家

呈菊溪　　貴溪

一曲陽春不可攀仙槎遥度碧天間極知五鳳樓
中容筆下烟雲照萬山

和　　菊溪

皎然瓊樹喜追攀談麈風生几案間一詠一觴幽

思暢勝遊何羨會稽山

奉呈座上群公　　　嘯軒

昨奉鳳岡會今逢門下人清標蓬島鶴高調郢中
春已喜寸心照何論半面新應知相別後梁月夜
精神

和　　　鶴汀

子安何俊偉嘯賦壓千人楓葉下遥夜菊花及小
春風流㐌月想態度此時新早㩼青藜枝文章如

有神

和　　　　　　　　阜窗

扶桑寧可極相遇異鄉人霜葉猶遮月青山却似

春故園千里是客館一時新綺席壯遊在交情欲

感神

和　　　　　　　　翠陰

高堂秋後宴半是異邦人菊英殘三徑梅花照小

春豈圖青眄切却笑白頭新始看天仙踣落毫總

有神

和 竹窩

豈憶無知己交情似故人瓊(筵)頭北海蓬嶋遇千春

閑月照江遼湖山入夢新詞壇五雲色筆勢自

傳神

和 楩塢

好是風騷席仙標塵外人青樽頻對客白雪已回

春横海龍蛇動卷雲鸞鳳新不知斜日暮逸興豈

勞神

和　　金峦

名流千里會同是異鄉人孤館思帰夢空林欲動
春魚龍東海冷鴻雁朔風新悦見煙雲色仙臺到

慁神

和　　雪溪

海外煙霞裡相逢仙室人賦成歌白雪梅早卜青
春情勝十年舊輿知一日新明朝分手去異域各

傷神

和　　　　　　　　　貴溪

旅館西風起詩篇梁苑人簾前生暮色樓外唱陽
春万樹葉初落一樽客正新雄才誰得似彩筆有
仙神

奉星座上群公　　　　菊溪

微颸昨夜捲寒雰老菊衰楓映翠岩騷客此時来
興到傾煞風骨揔非凡

和　　鶴汀

高堂把酒送微霽遙望天中冨士岩原識蓬莱槎
上客詩成標格隔塵凡

和　　阜窩

高樓搖落對清霽樽酒風寒〻白石岩天末帰鴻聲
韻沓雄心倚劍識難凡

和　　翠隂

客衣猶見濕煙霽水涉奔濤山嶮岩好是一堂文

字飲群仙不肯陽塵凢

和　　　　　　　　　　　竹窗

望断江山万里雩客中無頼對寒岩剡溪廻棹有

餘興奇遇千年亦不凢

和　　　　　　　　　　　梆鳩

夜榻蕭條館外雩夢迷客路万重岩詞華忽見煙

霞色江左風流皆出凢

和　　　　　　　　　　　金峦

白雪高歌入楚雰詞塲景色自寒〻岩五雲深処蓬
萊嶋仙骨風流獨出凡

和　雪溪

西風一夜拂微雰冬日如春照斷岩正是瑤池千
載會仙遊原自絶塵凡

和　貴溪

筆下龍蛇起暮雰風声一夜遶千岩高名万里滿
天外仙客相如原不凡

疊成前韻呈諸公要和

嘯軒

一座峥嵘會東西，万里人酒樽深似海，冬日永於春，燦爾詞華妙，樂哉交態新，風光供逸興，仙境况三神

和

鶴汀

兩國太平際，善隣禮使人，詞雷驚百里，佩月照千春，湙水說交久，故園託夢新，如何斯日會，海嶽早鍾神

和 阜宮

一行仙仗美書劔旧驚人潮逐龍吟湧天迎馬首
春自嫌遭遇晩却恨別離新詩趣無窮極觧言泣
鬼神

和 琴隠

精舎僑居客祠壇獨步人清容遥出俗和氣總逢
春只喜風流宴共忘會遇新誰知謫仙後千歳見
詩神

和　　竹窩

初信瑤臺上仙才塵外人今思蘭省月昔醉杏園
春海濶塞鴻度霜寒〻籬菊新浮槎三萬里博望豈
傷神

和　　金嵤

詞場今日會親接樂浪人楓落三秋月梅開一朶
春衣冠侵座滿詩賦倚樓新此處興無盡清談自
有神

和　　　　　　　　雪溪

雲煙蓬島外賔宇見眞人坐酌九醞酒庭迎十月
春隣交親睦久使篇逸才新池上鶩龍走毫端自
有神

和　　　　　　　　貴溪

星槎滄海外千里異鄉人菊老天涯晩梅開雪裏
春遠山孤雁断高舘一尊新鸚鵡賦方就雄才原
有神

呈諸公　鶴汀

皇華歌罷綴仙班使者高風誰得攀万里帆檣凌
白日一行簫鼓動青山夢盡蘆葦秋江外詩滿
芙蓉嶽雪間豫想雲霄勞物色近來鸞鶴跨天還

和　嘯軒

瓊宮暫枉侍臣班蕭貸還慚玉樹攀樽裡綠波傾
蟻酒天邊白雪見鰲山詩成落葉蕭騷處興在歸
鴻杳靄間歸去長橋宜帶月晚來高駕莫催還

和　菊溪

長路征驂幾日班故園叢桂杳難攀眼看蓬島秦
童藥輿入宣城謝眺山紫洞群仙來座上青霞奇
氣出賓間樽前且盡新知樂收拾詩章步月還

和　耕牧子

自愧文章学馬班龍門今日幸躋攀流光斷送天
邊菊帰思空瞻笏外山多病禮踈賓館下吟詩意
在晩鴻間一樽諸白深〻酌且帯湖城暝色還

臺四公　　　　　　　　　阜窩

相遇寧言萍水新詩成筆下意先親三秋瀛海兼
天渴万里蓬山與月鄰眼入青雲看鵠鶴氣凌碧
漢比麒麟一來兼興堪裁賦敢把騷詞擬楚臣

和　　　　　　　　　　　青泉

崑山玉樹望中新握手青雲喜共親万里詩書人
作伴百年唇齒国為隣仙丘逸興騎黃鶴清廟休
祥頌白麟自幸吾生酬舊債偷桃客是柏梁臣

和　　耕牧子

客中青眼為君新傾蓋何殊宿昔親吾輩昂今飲
共榻聖朝從右重交隣詩場處〻抽銀管人物家
家降石麟吟罷不堪宸極望經秋異国滞微臣

和　　嘯軒

交契何論舊與新樽前半面亦心親徒知我輩同
為樂総賴私家好結隣樓勝蹤如上黃鶴詩成別
似畫麒麟看君自是青雲器異日寧為草野臣

和　菊溪

對榻休言識面新論詩把袂許心親謫仙可以旋
沽酒王翰猶堪顛卜隣彩筆飛騰看瑞鳳好襟醇
篤見祥麟吟來玉律多深意勤慰殊方奉使臣

呈青泉　翠隱

藝園英俊漢名流投筆曾期萬里侯鴻鳫秋高隨
使節魚龍夜暗護仙舟脫囊毛遂人先見完璧相
如誰得儔海內旅今總無事一朝奉命問瀛洲

和　　　　　　　　青泉

青樽詞筆海爭流醉裡豪情歷九侯古峽歌成叢桂曲煙波興在木蘭舟秋田府下逢仙侶祭酒門前淂好儔俱是太平湛樂事笑看槎客泛滄洲

呈秋水嘯軒菊溪　　　　　　　　翠陰

聯翩鸞鳳下青霄飛盡滄溟万里遙島上仙雲迎玉節海東初日耀金鑣空聞呂政徒驅石爭識錢王爲射潮異域蚤傳聲譽美幾人修剌御高標

呈青泉 竹窩

道骨仙風愜素聞此生何幸一逢君論交海內情
難盡裁賦郢中思不群天外霜鴻悲落日樓頭玉
笛對孤雲當時誰復經高第都下先傳星斗文

星秋水嘯軒菊溪　竹窩

遠逐星軺下碧霄參差霞佩自高標階前玉露青
楓老客裡朱絃白雪飄孤館共憐多感慨一樽何
處不蕭條鄴中祠客今陳跡初識風流認六朝

和 耕牧子

翩々仙鶴降雲霄驚世文章玉雪標旅館淸樽人共醉湖城短日葉初飄蓬原異蹟傳三島箕壤遺風說八條吾輩玆遊天所借恭歌更祝聖明朝

和　　　　　　　　菊溪

新月亭亭掛遠霄好憑佳景對清標蔡節欲向箱湖擲霞袂思從冨岳飄話裡爐香盤一縷吟餘樹影散千條送君去後羈愁切一片丹心戀聖朝

呈嘯軒　　　　　　金峦

槎上回看海日邊萬重山壑鴈行連江湖秋盡梧桐月霜露寒寒生蘆荻烟忽覩新篇青玉案共吟落木白雲天筆頭風起赤城色霞霭紛紛聚此筵

和　　　　　　　　　　　　　嘯軒

寒雲落木夕陽邊賓主東南一榻連三島樓臺含
海色千村橘柚老人烟已知文墨元同軌旨歎山
河各異天美景佳辰宜勝會好將觴詠盡此筵

呈菊溪　　　　　　　　　　　金峦

鄉関西海外萬里報平安風起龍蛇動霜飛松菊
殘秋峯明月盡冬嶺白雲寒不怪斗間氣高樓倚
劍看

和　　　　菊谿

小春清朗月詩墨費吟安菊蘂経霜老楓香浥露
殘可堪御路遠遊頗覚容衫寒頼子裘鋒騁伸眉一
笑看

呈青泉　　　　雪溪

落々詩才似謫仙使華榮選共称賢五千風月袖
中滿百二山河帆外連夢入蓬萊探玉府心懸魏
闕望青天殊方自有知音在別後相思莫絶絃

呈秋水　　　　　雪溪

異邦此會意何如詩酒相酬談笑餘別後須傳王
粲賦生前難到李陵書城頭月照詩人座江上雲迎
使者車向晩不堪分袂去丹楓門外獨躊躇

和　　　　　耕牧子

經秋客意自蕭如啄木飜驚午睡餘天爲詩翁留
敗菊人通華語有奇書吾愧駿骨騰燕市君似明
珠照魏車文酒一場今日會臨分回首更躊躇

呈嘯軒　　雪溪

驊騮遥駐五花紋冠蓋相連布瑞雲萬里間關能
報主百年懷抱此逢君樓頭作賦人猶在海上傳
書鴈幾羣喜見皇華才不乏漢陽星象元氤氳

呈秋水嘯軒菊溪　　貴溪

獵〻西風滿坐來朱欄十二夕陽開煙雲海上鴻
遙度駿馬天涯人未回霜落丹楓飛客舍賦成白
雪照仙臺詩篇難和陽春曲知是金鑾殿裏才

和　　秋水

寂寥賓館少人来君與黃花眼忽開霜雁蕭々𧇊
外去詩魔急々酒中回歡吾蹤跡趨蓮幕羨子文
章上栢臺到處琳琅皆玉貝始知南国儘多才

和　　嘯軒

富山晴雪照人来落日清尊海上開橘子初因寒
露熟梅心晴共小春回誰知遠客鴻臚館便作群
仙吾圃臺載筆青油空白首羨家愧乏阮咸才

和　　菊溪

數三童冠悤然來共上高樓望眼開霜落海門秋
已盡雲深浦溆雁初回歸帆我涉鯨魚窟絕鞿君
登駿馬臺疊〻清談終夕穩會酬高韻媿微才

席上依嘯軒真韻賦古詩一章以贈四公

鶴汀

鳳凰樓外金銀闕五羊城上群仙人環珮昨夜降
霄漢武陵桃花一萬春見我欣然供昂役頃刻為
御玉麒麟扶桑碧浪蹴天漲人間無復槎問津一

自諸公驅風雨重騰佳氣滿城闉南山野士原姓
桂繆中銅選非席珍三冬万卷嚼冰雪一把雄劍
泣鬼神青眸賜顧丘山重百年夢想林宗巾只恨
紫鸞慕天翥北斗夜〻望後塵空將離情附風去
逐君直落漢水濱

和　　　　　　　　　　青泉

蓬山峩〻天作隣中有綠髮飡霞人婆娑拾翠上
雲霄三十六宮皆青春繡羅衣裳蘭桂姿英〻雄

佩雙金麟扶桑瑞色映玉樓薄言一笑看天津皇
皇者華在琴瑟邂逅旋旎来禁闥翠珠翡璧色爛
慢忽如玄圃羅奇珍紅霞滿酌不辞飲醉看彩毫
留精神鳴禽上樹鹿食苹興闌歌我芙蓉中新知
一楽永不淺笑指碧海生黃塵明朝雲雨各東西
悵望織女銀河濱

和　　嘯軒

富士山高桑海濶淑気鍾成磊落人菅原家学貫

久素至今儒化流千春桂山道人後来秀々骨真
留天上麟摳衣整宇先生門学海教年窮涯津草
玄亭中作倭芭童年拂袖辞鄉國秋天一鶚登玉
階大貝南金真国珍與我偶作萍水遇樽前目撃
交有神相将彩筆気相看半酣不覚款烏中烱
然肝膽照古劍壬寶何曾間諸塵别後扶桑一輪
月應照萬里蓮海濱 蓮城帚鄙所居

和　　　　菊溪

桑域素称神仙窟扶興秀气鍾於人碧落程寬九
萬里蟠桃子熟三千春蓬島真官列如〻麻或驂紫
鳳騎班麟我隨青丘使星來槎直指銀河津子
晋安朝相後先導我羽蓋過重闉就中桂山淹留
客瓊琚玉佩祓奇珍金光之草玉英花一飡可以頤
心神相逢石壇笑相向樹葉香生紫綺巾玄談終
日演真诀恍惚與爾超根塵〻心一點獨未灰故
国蒼茫西海濱

和　　　　　　耕牧子

我今拂剣歌浩〻請君見我 三韓人三韓地方萬
餘里世棲窮荒北享春與昔茫〻鳥獸野檀君降
世騎金麟箕聖繼之都平壤中国人煙限鴨津樂
浪之民服其化衣服宮室仍城闉逮于聖朝篤隣
好千年聘幣賫奇珍隣邦古称日本国水有溟渤
山三神其人学古作古文邀我賓館整衣巾相将
筆舌通謡俗對坐蕭然無俗塵別後思君問何處

秋風掩門西湖濱 僕之處在西湖故云

寄嘯軒　金亞

報道風流第一名看君此日客心清暗投南海明珠色獨說西山白雪情江武城邊霜葉落蓬萊闕下暮雲生長歌欲得周郎顧猶拂朱絃曲未成

寄秋水

金峦

飛閣青彩客風流出世塵胷中雲夢澤眼下武陵津歌起玉壺響詩成彩筆頻相逢堪竊作別後立江濵

寄菊溪　貴溪

珊々仙佩滿東京一斤芙蓉雪色明落葉千山生朔气清砧半夜起寒聲武昌月度還家夢江海鳫歸故国情矯々雄才誰得似風流彩筆共縱橫

筆語

僕行到馬州與雨森松浦雨君相識見其詩文是一代奇才僕之唱酬於萬里川陸間者亦不為不

多深賀貴邦有此絕群之英材獨奈何飄泊海外
作一梁園倦游人此必諸公之所鑒識而發嘅者
故並呈鄙意

答　　　　　　　　　　鶴汀

雨森松浦二君雄偲傑才真赤手搏虎豹者也如
示々々今日盛會瑰瑋畢羅惟仰尊公器度洪
裕所謂寬厚長者也耶文詞鎮重不漫發一矢發
必中謹知徃當經綸大任。預賀如僕一介鄙命蔬

預賀

得覯君子親羕謦咳迮奉几杖不知何以天貺之
盛也伴来諸子意亦如此多謝

【영인자료】

# 朝鮮人對詩集 二

여기서부터 영인본을 인쇄한 부분입니다. 이 부분부터 보시기 바랍니다.

# 조선후기 통신사 필담창화집 번역총서를 간행하면서

20세기 초까지 한자(漢字)는 동아시아 사회의 공동문자였다. 국경의 벽이 높아서 사신 외에는 국제적인 교류가 불가능했지만, 문자를 통한 교류는 활발했다. 중국에서 간행된 한문 전적이 이천년 동안 계속 한국과 일본을 비롯한 주변 나라에 전파되었으며, 사신의 수행원들은 상대방 나라의 말을 못해도 상대방 문인들에게 한시(漢詩)를 창화(唱和)하여 감정을 전달하거나 필담(筆談)을 하며 의사를 소통했다.

동아시아 삼국이 얽혀 싸웠던 임진왜란이 7년 만에 끝난 뒤, 조선에 군대를 파견하였던 중국과 일본은 각기 왕조와 정권이 바뀌었다. 중국에는 이민족인 청나라가 건국되고 일본에는 도쿠가와 막부가 세워졌다. 조선과 일본은 강화회담이 결실을 맺어 포로도 쇄환하고 장군이 계승할 때마다 통신사를 파견하여 외교를 회복했지만, 청나라와 에도 막부는 끝내 외교를 회복하지 못하고 단절상태가 계속되었다. 일본은 조선을 통해서 대륙문화를 받아들일 수밖에 없었고, 그 방법 중 하나가 바로 통신사를 초청할 때 시인, 화가, 의원 등의 각 분야 전문가를 초청하는 것이었다.

## 오백 명 규모의 문화사절단 통신사

연암 박지원은 천재시인 이언진(李彦瑱, 1740~1766)이 11차 통신사 수행원으로 일본에 다녀온 지 2년 만에 세상을 뜨자, 이를 애석히 여겨 「우상전」을 지었다. 그 첫머리에 일본이 조선에 다양한 전문가들로 구성된 문화사절단을 파견해 달라고 요청한 사연이 실려 있다.

> 일본의 관백(關白)이 새로 정권을 잡자, 그는 저축을 늘리고 건물을 수리했으며, 선박을 손질하고 속국의 각 섬들에서 기재(奇才)·검객(劍客)·궤기(詭技)·음교(淫巧)·서화(書畵)·여러 분야의 인물들을 샅샅이 긁어내어, 서울로 모아들여 훈련시키고 계획을 갖추었다. 그런 지 몇 달 뒤에야 우리나라에 사신을 파견해 달라고 요청하였는데, 마치 상국(上國)의 조명(詔命)을 기다리는 것처럼 공손하였다.
>
> 그러자 우리 조정에서는 문신 가운데 3품 이하를 골라 뽑아서 삼사(三使)를 갖추어 보냈다. 이들을 수행하는 사람들도 모두 말 잘하고 많이 아는 자들이었다. 천문·지리·산수·점술·의술·관상·무력으로부터 퉁소 잘 부는 사람, 술 잘 마시는 사람, 장기나 바둑 잘 두는 사람, 말을 잘 타거나 활을 잘 쏘는 사람에 이르기까지, 한 가지 기술로 나라 안에서 이름난 사람들은 모두 함께 따라가게 되었다. 그런데 이들 가운데서도 문장과 서화를 가장 중요하게 여기지 않을 수가 없었다. 왜냐하면 그들은 조선 사람의 작품 가운데 한 글자만 얻어도 양식을 싸지 않고 천리 길을 갈 수 있기 때문이었다.

도쿠가와 이에하루(德川家治)가 쇼군을 계승하자 일본 각 분야의 대표적인 인물들을 에도로 불러들여 조선 사절단 맞을 준비를 시킨 뒤, "마치 상국의 조서를 기다리는 것처럼 공손하게" 조선에 통신사를 요청하였다. 중국과 공식적인 외교가 단절되었으므로, 대륙문화를 받아들이기 위해 조선을 상국같이 모신 것이다. 사무라이 국가 일본에는 과거제도가 없기 때문에 한문학을 직업삼아 평생 파고든 지식인들이 적어서, 일본인들은 조선 문인의 문장과 서화를 보물같이 여겼다.

조선에서도 국위를 선양하기 위해 여러 분야의 문화 전문가들을 선발하여 파견했는데, 『계림창화집(鷄林唱和集)』이 출판된 8차 통신사(1711년) 때에는 500명을 파견했다. 당시 쓰시마에서 에도까지 왕복하는 동안 일본인들이 숙소마다 찾아와 필담을 나누거나 한시를 주고받았는데, 필담집이나 창화집은 곧바로 출판되어 널리 읽혔다. 필담 창화에 참여한 일본 지식인은 대륙의 새로운 지식을 얻었을 뿐만 아니라, 일본 사회에서 전문가로서의 위상도 획득하였다.

8차 통신사 때에 출판된 필담 창화집은 현재 9종이 확인되었으며, 필담 창화에 참여한 일본 문인은 250여 명이나 된다. 이는 7차까지 출판된 필담 창화집을 모두 합한 것보다 훨씬 많은 수인데, 통신사 파견이 100년 가까이 되자 일본에서도 한문학 지식인 계층이 두터워졌음을 알 수 있다. 8차 통신사에 참여한 일행 가운데 2명은 기행문을 남겼는데, 부사 임수간(任守幹)이 기록한 『동사록(東槎錄)』이나 역관 김현문(金顯門)이 기록한 또 하나의 『동사록』이 조선에 돌아와 남에게 보여주기 위해 일방적으로 쓴 글이라면, 필담 창화집은 일본에서 조선과 일본의 지식인들이 마주앉아 함께 기록한 글이다. 그러기에 타인의 눈을 통해 자신의 모습을 객관적으로 볼 수 있다.

## 16권 16책의 방대한 분량으로 다양한 주제를 정리한 『계림창화집』

에도막부 초기의 일본 지식인은 주로 승려였기에, 당연히 승려들이 통신사를 접대하고, 필담에 참여하였다. 그 다음으로 유자(儒者)들이 있었는데, 로널드 토비는 이들을 조선의 유학자와 비교해 "일본의 유학자는 국가에 이용가치를 인정받은 일종의 전문 지식인에 지나지 않았다"고 규정하였다. 그 가운데 상당수는 의원이었으므로 흔히 유의(儒醫)라고 하는데, 한문으로 된 의서를 읽다보니 유학에도 관심을 가지게 된 것이다. 이노 작스이(稻生若水)가 물고기 한 마리를 가지고 제술관 이현과 서기 홍순연 일행을 찾아가서 필담을 나눈 기록이 『계림창화집』 권5에 실려 있다.

> 이 현 : 이 물고기는 우리나라의 송어입니다. 조령의 동남 지방에 많이 있어, 아주 귀하지는 않습니다.
>
> 홍순연 : 이 물고기는 우리나라의 농어와 매우 닮았습니다. 귀국에도 농어가 있는지 모르겠지만, 이것과 같지 않습니까? 농어가 아니라면 내가 아는 물고기가 아닙니다.
>
> 남성중 : 이 물고기는 우리나라 송어입니다. 연어와 성질이 같으나 몸집이 작으며, 우리나라 동해에서 납니다. 7~8월 사이에 바다에서 떼를 지어 강으로 올라가는데, 몸이 바위에 갈려 비늘이 다 떨어져 나가 죽기까지 하니 그 성질을 모르겠습니다.

그는 일본산 물고기의 습성을 자세히 설명하고 조선에도 있는지 물었지만, 조선 문인들은 이 방면의 전문가들이 아니어서 이름 정도나

추정했을 뿐이다. 홍순연은 농어라고 엉뚱하게 대답하기까지 하였다. 조선 문인이라면 모든 것을 알 수 있을 것이라고 기대했기에 생긴 결과인데, 아직 의학필담으로 분화되기 이전의 형태다. 이 필담 말미에 이노 작스이는 이런 기록을 덧붙여 마무리했다.

> 『동의보감』을 살펴보니 "송어는 성질이 태평하고 맛이 달며 독이 없다. 맛이 진기하고 살지다. 색은 붉으면서 선명하다. 소나무 마디 같아서 이름이 송어이다. 동북쪽 바다에서 난다"고 하였다. 지금 남성중의 대답에 『동의보감』의 설명을 참고하니, '鮏'은 송어와 같은 것이다. 그러나 '송어'라는 이름은 조선의 방언이지, 중화에서 부르는 이름이 아니다. 『팔민통지(八閩通志)』(줄임) 『해징현지(海澄縣志)』 등의 책에 모두 송어가 실려 있으나, 모습이 이것과 매우 다르다. 다른 종류인데, 이름이 같을 뿐이다.

기록에서 보듯, 이노 작스이는 다수의 의견에 따라 이 물고기를 '송어'라고 추정한 후, 비교적 자세한 남성중의 대답과 『동의보감』의 기록을 비교하여 '송어'로 결론 내렸다. 그런 뒤에 조선의 '송어'가 중국의 송어와 같은 것인지 확인하기 위해 중국의 여러 지방지를 조사한 후, '송어'는 정확한 명칭이 아니라 그저 조선의 방언인 것으로 결론지었다. 양의(良醫) 기두문(奇斗文)에게는 약초를 가지고 가서 필담을 시도하였다.

> 稻生若水 : 이 나뭇잎은 세 개의 뾰족한 끝이 있고 겨울에 시들지 않으며, 봄에 가느다란 꽃이 핍니다. 열매의 크기는 대두만하고, 모여서 둥글게 공처럼 되며, 생길 때는 파랗고, 익으면 자흑색이 됩니다. 나무

에 진액이 있어 엉기면 향이 나고, 색이 붉습니다. 이름은 선인장 나무입니다. (줄임)

기두문 : 이것이 진짜 백부자(白附子)입니다.

제술관이나 서기들이 경험에 의존해 대답한 것과 달리, 기두문은 의원이었으므로 자신의 지식을 바탕으로 확실하게 대답하였다. 구지현박사의 연구에 의하면 이노 작스이는 『서물류찬(庶物類纂)』이라는 박물지를 편찬하기 위해 방대한 자료를 수집·고증하고 있었는데, 문화 선진국 조선의 문인에게 서문을 부탁하여, 제술관 이현이 써 주었다. 1,054권이나 되는 일본 최대의 백과사전에 조선 문인이 서문을 써 주어 권위를 얻게 된 것이다.

## 출판사 주인이 상업적인 출판을 위해 직접 필담에 참여하다

초기의 필담 창화집은 일본의 시인, 유학자, 의원 등 전문 지식인이 번주(藩主)의 명령이나 자신의 정보욕, 명예욕에 따라 필담에 나선 결과물이지만, 『계림창화집』 16권 16책은 출판사 주인이 직접 전국 각 지역에서 발생한 필담 창화 원고들을 수집하여 출판한 것이다. 따라서 필담 창화 인원도 수십 명에 이르며, 많은 자본을 들여서 출판하였다. 막부(幕府)의 어용 서적을 공급하던 게이분칸(奎文館) 주인 세오겐베이(瀨尾源兵衛, 1691~1728)가 21세 청년의 몸으로 교토지역 필담에 참여해 『계림창화집』 권6을 편집하고, 다른 지역의 필담 창화 원고까지 모두 수집해 16권 16책을 출판했을 뿐 아니라, 여기에 빠진 원고들까지 수집해 『칠가창화집(七家唱和集)』 10권 10책을 출판하였다.

『칠가창화집』은 『계림창화속집』이라고도 불렸는데, 7차 사행 때의 최대 필담 창화집인 『화한창수집(和韓唱酬集)』 4권 7책의 갑절 규모에 해당한다. 규모가 이러하니 자본 또한 막대하게 소요되어, 고쇼모노도코로(御書物所)인 이즈모지 이즈미노조(出雲寺 和泉掾) 쇼하쿠도(松栢堂)와 공동 투자하여 출판하였다. 게이분칸(奎文館)에서는 9차 사행 때에도 『상한창화훈지집(桑韓唱和塤箎集)』 11권 11책을 출판하여, 세오겐베이(瀨尾源兵衛)는 29세에 이미 대표적인 출판업자로 자리매김하게 되었다. 그러나 안타깝게도 38세에 세상을 떠나, 더 이상의 거질 필담 창화집은 간행되지 못했다.

## 필담창화집 178책을 수집하여 원문을 입력하고 번역한 결과물

나는 조선시대 한문학 연구가 조선 국경 안의 한문학만이 아니라 국경 너머를 오가며 외국인들과 주고받은 한자 기록물까지 연구해야 한다는 생각으로, 첫 번째 박사논문을 지도하면서 '통신사 필담창화집'을 과제로 주었다. 구지현 선생은 1763년에 파견된 11차 통신사 구성원들이 기록한 사행록 9종과 필담창화집 30종을 수집하여 분석했는데, 박사학위를 받은 뒤에도 필담창화집을 계속 수집하여 2008년 한국학술진흥재단의 토대연구에 『조선후기 통신사 필담창수집의 수집, 번역 및 데이터베이스 구축』이라는 과제를 신청하였다. 이 과제를 진행하면서 우리 팀에서 수집한 필담창화집 178책의 목록과, 우리가 예상한 작업진도 및 번역 분량은 다음과 같다.

1) 1차년도(2008. 7.~2009. 6.) : 1607년(1차 사행)에서 1711년(8차 사행)까지

| 연번 | 필담창화집 책 제목 | 면 수 | 1면 당 행수 | 1행 당 글자 수 | 예상되는 원문 글자 수 |
|---|---|---|---|---|---|
| 001 | 朝鮮筆談集 | 44 | 8 | 15 | 5,280 |
| 002 | 朝鮮三官使酬和 | 24 | 23 | 9 | 4,968 |
| 003 | 和韓唱酬集首 | 74 | 10 | 14 | 10,360 |
| 004 | 和韓唱酬集一 | 152 | 10 | 14 | 21,280 |
| 005 | 和韓唱酬集二 | 130 | 10 | 14 | 18,200 |
| 006 | 和韓唱酬集三 | 90 | 10 | 14 | 12,600 |
| 007 | 和韓唱酬集四 | 53 | 10 | 14 | 7,420 |
| 008 | 和韓唱酬集(결본) | | | | |
| 009 | 韓使手口錄 | 94 | 10 | 21 | 19,740 |
| 010 | 朝鮮人筆談幷贈答詩(國圖本) | 24 | 10 | 19 | 4,560 |
| 011 | 朝鮮人筆談幷贈答詩(東京都立本) | 78 | 10 | 18 | 14,040 |
| 012 | 任處士筆語 | 55 | 10 | 19 | 10,450 |
| 013 | 水戶公朝鮮人贈答集 | 65 | 9 | 20 | 11,700 |
| 014 | 西山遺事附朝鮮使書簡 | 48 | 9 | 16 | 6,912 |
| 015 | 木下順菴稿 | 59 | 7 | 10 | 4,130 |
| 016 | 鷄林唱和集1 | 96 | 9 | 18 | 15,552 |
| 017 | 鷄林唱和集2 | 102 | 9 | 18 | 16,524 |
| 018 | 鷄林唱和集3 | 128 | 9 | 18 | 20,736 |
| 019 | 鷄林唱和集4 | 122 | 9 | 18 | 19,764 |
| 020 | 鷄林唱和集5 | 110 | 9 | 18 | 17,820 |
| 021 | 鷄林唱和集6 | 115 | 9 | 18 | 18,630 |
| 022 | 鷄林唱和集7 | 104 | 9 | 18 | 16,848 |
| 023 | 鷄林唱和集8 | 129 | 9 | 18 | 20,898 |
| 024 | 觀樂筆談 | 49 | 9 | 16 | 7,056 |
| 025 | 廣陵問槎錄上 | 72 | 7 | 20 | 10,080 |
| 026 | 廣陵問槎錄下 | 64 | 7 | 19 | 8,512 |
| 027 | 問槎二種上 | 84 | 7 | 19 | 11,172 |

| 028 | 問槎二種中 | 50 | 7 | 19 | 6,650 |
|---|---|---|---|---|---|
| 029 | 問槎二種下 | 73 | 7 | 19 | 9,709 |
| 030 | 尾陽倡和錄 | 50 | 8 | 14 | 5,600 |
| 031 | 槎客通筒集 | 140 | 10 | 17 | 23,800 |
| 032 | 桑韓醫談 | 88 | 9 | 18 | 14,256 |
| 033 | 辛卯唱酬詩 | 26 | 7 | 11 | 2,002 |
| 034 | 辛卯韓客贈答 | 118 | 8 | 16 | 15,104 |
| 035 | 辛卯和韓唱酬 | 70 | 10 | 20 | 14,000 |
| 036 | 兩東唱和錄上 | 56 | 10 | 20 | 11,200 |
| 037 | 兩東唱和錄下 | 60 | 10 | 20 | 12,000 |
| 038 | 兩東唱和後錄 | 42 | 10 | 20 | 8,400 |
| 039 | 正德韓槎諭禮 | 16 | 10 | 18 | 2,880 |
| 040 | 朝鮮客館詩文稿(내용 중복) | 0 | 0 | 0 | 0 |
| 041 | 坐間筆語附江關筆談 | 44 | 10 | 20 | 8,800 |
| 042 | 七家唱和集－班荊集 | 74 | 9 | 18 | 11,988 |
| 043 | 七家唱和集－正德和韓集 | 89 | 9 | 18 | 14,418 |
| 044 | 七家唱和集－支機閒談 | 74 | 9 | 18 | 11,988 |
| 045 | 七家唱和集－朝鮮客館詩文稿 | 48 | 9 | 18 | 7,776 |
| 046 | 七家唱和集－桑韓唱酬集 | 20 | 9 | 18 | 3,240 |
| 047 | 七家唱和集－桑韓唱和集 | 54 | 9 | 18 | 8,748 |
| 048 | 七家唱和集－賓館縞紵集 | 83 | 9 | 18 | 13,446 |
| 049 | 韓客贈答別集 | 222 | 9 | 19 | 37,962 |
| 예상 총 글자수 | | | | | 589,839 |
| 1차년도 예상 번역 매수 (200자원고지) | | | | | 약 8,900매 |

## 2) 2차년도(2009. 7.~2010. 6.) : 1719년(9차 사행)에서 1748년(10차 사행)까지

| 연번 | 필담창화집 책 제목 | 면수 | 1면 당 행수 | 1행 당 글자 수 | 예상되는 원문 글자 수 |
|---|---|---|---|---|---|
| 050 | 客館璀璨集 | 50 | 9 | 18 | 8,100 |
| 051 | 蓬島遺珠 | 54 | 9 | 18 | 8,748 |
| 052 | 三林韓客唱和集 | 140 | 9 | 19 | 23,940 |
| 053 | 桑韓星槎餘響 | 47 | 9 | 18 | 7,614 |

| | | | | | |
|---|---|---|---|---|---|
| 054 | 桑韓星槎答響 | 106 | 9 | 18 | 17,172 |
| 055 | 桑韓唱酬集1권 | 43 | 9 | 20 | 7,740 |
| 056 | 桑韓唱酬集2권 | 38 | 9 | 20 | 6,840 |
| 057 | 桑韓唱酬集3권 | 46 | 9 | 20 | 8,280 |
| 058 | 桑韓唱和塤篪集1권 | 42 | 10 | 20 | 8,400 |
| 059 | 桑韓唱和塤篪集2권 | 62 | 10 | 20 | 12,400 |
| 060 | 桑韓唱和塤篪集3권 | 49 | 10 | 20 | 9,800 |
| 061 | 桑韓唱和塤篪集4권 | 42 | 10 | 20 | 8,400 |
| 062 | 桑韓唱和塤篪集5권 | 52 | 10 | 20 | 10,400 |
| 063 | 桑韓唱和塤篪集6권 | 83 | 10 | 20 | 16,600 |
| 064 | 桑韓唱和塤篪集7권 | 66 | 10 | 20 | 13,200 |
| 065 | 桑韓唱和塤篪集8권 | 52 | 10 | 20 | 10,400 |
| 066 | 桑韓唱和塤篪集9권 | 63 | 10 | 20 | 12,600 |
| 067 | 桑韓唱和塤篪集10권 | 56 | 10 | 20 | 11,200 |
| 068 | 桑韓唱和塤篪集11권 | 35 | 10 | 20 | 7,000 |
| 069 | 信陽山人韓館倡和稿 | 40 | 9 | 19 | 6,840 |
| 070 | 兩關唱和集1권 | 44 | 9 | 20 | 7,920 |
| 071 | 兩關唱和集2권 | 56 | 9 | 20 | 10,080 |
| 072 | 朝鮮人對詩集1권 | 160 | 8 | 19 | 24,320 |
| 073 | 朝鮮人對詩集2권 | 186 | 8 | 19 | 28,272 |
| 074 | 韓客唱和/浪華唱和合章 | 86 | 6 | 12 | 6,192 |
| 075 | 和韓唱和 | 100 | 9 | 20 | 18,000 |
| 076 | 來庭集 | 77 | 10 | 20 | 15,400 |
| 077 | 對麗筆語 | 34 | 10 | 20 | 6,800 |
| 078 | 鳴海驛唱和 | 96 | 7 | 18 | 12,096 |
| 079 | 蓬左賓館集 | 14 | 10 | 18 | 2,520 |
| 080 | 蓬左賓館唱和 | 10 | 10 | 18 | 1,800 |
| 081 | 桑韓醫問答 | 84 | 9 | 17 | 12,852 |
| 082 | 桑韓鏘鏗錄1권 | 40 | 10 | 20 | 8,000 |
| 083 | 桑韓鏘鏗錄2권 | 43 | 10 | 20 | 8,600 |
| 084 | 桑韓鏘鏗錄3권 | 36 | 10 | 20 | 7,200 |
| 085 | 桑韓萍梗錄 | 30 | 8 | 17 | 4,080 |
| 086 | 善隣風雅1권 | 80 | 10 | 20 | 16,000 |
| 087 | 善隣風雅2권 | 74 | 10 | 20 | 14,800 |
| 088 | 善隣風雅後篇1권 | 80 | 9 | 20 | 14,400 |

| | | | | | |
|---|---|---|---|---|---|
| 089 | 善隣風雅後篇2권 | 74 | 9 | 20 | 13,320 |
| 090 | 星軺餘轟 | 42 | 9 | 16 | 6,048 |
| 091 | 兩東筆語1권 | 70 | 9 | 20 | 12,600 |
| 092 | 兩東筆語2권 | 51 | 9 | 20 | 9,180 |
| 093 | 兩東筆語3권 | 49 | 9 | 20 | 8,820 |
| 094 | 延享五年韓人唱和集1권 | 10 | 10 | 18 | 1,800 |
| 095 | 延享五年韓人唱和集2권 | 10 | 10 | 18 | 1,800 |
| 096 | 延享五年韓人唱和集3권 | 22 | 10 | 18 | 3,960 |
| 097 | 延享韓使唱和 | 46 | 8 | 14 | 5,152 |
| 098 | 牛窓錄 | 22 | 10 | 21 | 4,620 |
| 099 | 林家韓館贈答1권 | 38 | 10 | 20 | 7,600 |
| 100 | 林家韓館贈答2권 | 32 | 10 | 20 | 6,400 |
| 101 | 長門戊辰問槎상권 | 50 | 10 | 20 | 10,000 |
| 102 | 長門戊辰問槎중권 | 51 | 10 | 20 | 10,200 |
| 103 | 長門戊辰問槎하권 | 20 | 10 | 20 | 4,000 |
| 104 | 丁卯酬和集 | 50 | 20 | 30 | 30,000 |
| 105 | 朝鮮筆談(元丈) | 127 | 10 | 18 | 22,860 |
| 106 | 朝鮮筆談1권(河村春恒) | 44 | 12 | 20 | 10,560 |
| 107 | 朝鮮筆談1권(河村春恒) | 49 | 12 | 20 | 11,760 |
| 108 | 韓客對話贈答 | 44 | 10 | 16 | 7,040 |
| 109 | 韓客筆譚 | 91 | 8 | 18 | 13,104 |
| 110 | 韓人唱和詩 | 16 | 14 | 21 | 4,704 |
| 111 | 韓人唱和詩集1권 | 14 | 7 | 18 | 1,764 |
| 112 | 韓人唱和詩集1권 | 12 | 7 | 18 | 1,512 |
| 113 | 和韓文會 | 86 | 9 | 20 | 15,480 |
| 114 | 和韓唱和錄1권 | 68 | 9 | 20 | 12,240 |
| 115 | 和韓唱和錄2권 | 52 | 9 | 20 | 9,360 |
| 116 | 和韓唱和附錄 | 80 | 9 | 20 | 14,400 |
| 117 | 和韓筆談薰風編1권 | 78 | 9 | 20 | 14,040 |
| 118 | 和韓筆談薰風編2권 | 52 | 9 | 20 | 9,360 |
| 119 | 鴻臚傾蓋集 | 28 | 9 | 20 | 5,040 |
| 예상 총 글자수 | | | | | 723,730 |
| 2차년도 예상 번역 매수 (200자원고지) | | | | | 약 10,850매 |

3) 3차년도(2010. 7.~ 2011. 6.) : 1763년(11차 사행)에서 1811년(12차 사행)까지

| 연번 | 필담창화집 책 제목 | 면수 | 1면당 행수 | 1행당 글자수 | 예상되는 원문 글자수 |
|---|---|---|---|---|---|
| 120 | 歌芝照乘 | 26 | 10 | 20 | 5,200 |
| 121 | 甲申槎客萍水集 | 210 | 9 | 18 | 34,020 |
| 122 | 甲申接槎錄 | 56 | 9 | 14 | 7,056 |
| 123 | 甲申韓人唱和歸國1권 | 72 | 8 | 20 | 11,520 |
| 124 | 甲申韓人唱和歸國2권 | 47 | 8 | 20 | 7,520 |
| 125 | 客館唱和 | 58 | 10 | 18 | 10,440 |
| 126 | 鷄壇嚶鳴 간본 부분 | 62 | 10 | 20 | 12,400 |
| 127 | 鷄壇嚶鳴 필사부분 | 82 | 8 | 16 | 10,496 |
| 128 | 奇事風聞 | 12 | 10 | 18 | 2,160 |
| 129 | 南宮先生講餘獨覽 | 50 | 9 | 20 | 9,000 |
| 130 | 東渡筆談 | 80 | 10 | 20 | 16,000 |
| 131 | 東槎餘談 | 104 | 10 | 21 | 21,840 |
| 132 | 東游篇 | 102 | 10 | 20 | 20,400 |
| 133 | 問槎餘響1권 | 60 | 9 | 20 | 10,800 |
| 134 | 問槎餘響2권 | 46 | 9 | 20 | 8,280 |
| 135 | 問佩集 | 54 | 9 | 20 | 9,720 |
| 136 | 賓館唱和集 | 42 | 7 | 13 | 3,822 |
| 137 | 三世唱和 | 23 | 15 | 17 | 5,865 |
| 138 | 桑韓筆語 | 78 | 11 | 22 | 18,876 |
| 139 | 松菴筆語 | 50 | 11 | 24 | 13,200 |
| 140 | 殊服同調集 | 62 | 10 | 20 | 12,400 |
| 141 | 怏怏餘響 | 136 | 8 | 22 | 23,936 |
| 142 | 兩東鬪語乾 | 59 | 10 | 20 | 11,800 |
| 143 | 兩東鬪語坤 | 121 | 10 | 20 | 24,200 |
| 144 | 兩好餘話상권 | 62 | 9 | 22 | 12,276 |
| 145 | 兩好餘話하권 | 50 | 9 | 22 | 9,900 |
| 146 | 倭韓醫談(刊本) | 96 | 9 | 16 | 13,824 |
| 147 | 倭韓醫談(寫本) | 63 | 12 | 20 | 15,120 |
| 148 | 栗齋探勝草1권 | 48 | 9 | 17 | 7,344 |
| 149 | 栗齋探勝草2권 | 50 | 9 | 17 | 7,650 |
| 150 | 長門癸甲問槎1권 | 66 | 11 | 22 | 15,972 |

| | | | | | |
|---|---|---|---|---|---|
| 151 | 長門癸甲問槎2권 | 62 | 11 | 22 | 15,004 |
| 152 | 長門癸甲問槎3권 | 80 | 11 | 22 | 19,360 |
| 153 | 長門癸甲問槎4권 | 54 | 11 | 22 | 13,068 |
| 154 | 萍遇錄 | 68 | 12 | 17 | 13,872 |
| 155 | 品川一燈 | 41 | 10 | 20 | 8,200 |
| 156 | 表海英華 | 54 | 10 | 20 | 10,800 |
| 157 | 河梁雅契 | 38 | 10 | 20 | 7,600 |
| 158 | 和韓醫談 | 60 | 10 | 20 | 12,000 |
| 159 | 韓客人相筆話 | 80 | 10 | 20 | 16,000 |
| 160 | 韓館應酬錄 | 45 | 10 | 20 | 9,000 |
| 161 | 韓館唱和1권 | 92 | 8 | 14 | 10,304 |
| 162 | 韓館唱和2권 | 78 | 8 | 14 | 8,736 |
| 163 | 韓館唱和3권 | 67 | 8 | 14 | 7,504 |
| 164 | 韓館唱和續集1권 | 180 | 8 | 14 | 20,160 |
| 165 | 韓館唱和續集2권 | 182 | 8 | 14 | 20,384 |
| 166 | 韓館唱和續集3권 | 110 | 8 | 14 | 12,320 |
| 167 | 韓館唱和別集 | 56 | 8 | 14 | 6,272 |
| 168 | 鴻臚摭華 | 112 | 10 | 12 | 13,440 |
| 169 | 鷄林情盟 | 63 | 10 | 20 | 12,600 |
| 170 | 對禮餘藻 | 90 | 10 | 20 | 18,000 |
| 171 | 對禮餘藻(明遠館叢書 57) | 123 | 10 | 20 | 24,600 |
| 172 | 對禮餘藻(明遠館叢書 58) | 132 | 10 | 20 | 26,400 |
| 173 | 三劉先生詩文 | 58 | 10 | 20 | 11,600 |
| 174 | 辛未和韓唱酬錄 | 80 | 13 | 19 | 19,760 |
| 175 | 接鮮瘖語(寫本)1 | 102 | 10 | 20 | 20,400 |
| 176 | 接鮮瘖語(寫本)2 | 110 | 11 | 21 | 25,410 |
| 177 | 精里筆談 | 17 | 10 | 20 | 3,400 |
| 178 | 中興五侯詠 | 42 | 9 | 20 | 7,560 |
| 예상 총 글자수 | | | | | 786,791 |
| 3차년도 예상 번역 매수 (200자원고지) | | | | | 약 11,800매 |

1차년도에는 하우봉(전북대) 교수와 유경미(일본 나가사키국립대학) 교수를 공동연구원으로 하여 고운기, 구지현, 김형태, 허은주, 김용흠 박

사가 전임연구원으로 번역에 참여하였다. 3년 동안 기태완, 이지양, 진영미, 김유경, 김정신, 강지희 박사가 연구원으로 교체되어, 결국 35,000매나 되는 번역원고를 마무리하였다.

일본식 한문이 중국식 한문과 달라서 특히 인명이나 지명 번역이 힘들었는데, 번역문에서는 독자들이 읽기 쉽도록 한국식 한자음으로 표기하고, 첫 번째 각주에서만 일본식 한자음을 표기하였다. 원문을 표점 입력하는 방법은 고전번역원에서 채택한 방법을 권장했지만, 번역자마다 한문을 교육받고 번역해온 과정이 다르기 때문에 재량을 인정하였다. 원본 상태를 확인하려는 연구자를 위해 영인본을 뒤에 편집하였는데, 모두 국내외 소장처의 사용 승인을 받았다.

원문과 번역문을 합하여 200자원고지 5만 매 분량의 『조선후기 통신사 필담창화집 번역총서』를 12,000면의 이미지와 함께 편집하고 4차에 나누어 10책씩 출판하는 과정이 복잡하고 힘들었기에, 연세대학교 정갑영 총장에게 편집비 지원을 신청하였다. 『조선후기 통신사 필담창수집 번역본 30권 편집』 정책연구비(2012-1-0332)를 지원해주신 정갑영 총장에게 감사드린다.

『조선후기 통신사 필담창화집 번역총서』를 편집하는 과정에 문화재청으로부터 『통신사기록 조사 및 번역, 데이터베이스 구축』 연구용역을 발주받게 되어, 필담창화집을 비롯한 통신사 관련 기록을 세계기록유산으로 등재하는 작업에 참여하게 된 것도 기쁜 일이다. 통신사 관련 기록들이 모두 데이터베이스로 구축되어 국내외 학자들이 한일문화교류, 나아가서는 동아시아문화교류 연구에 손쉽게 참여하게 된다면 『통신사 필담창화집 번역총서』의 사명을 다하는 것이라고 생각한다.

조선후기 통신사가 동아시아 문화교류 연구에 중요한 이유는 임진왜란 이후에 중국(청나라)과 일본의 단절된 외교를 통신사가 간접적으로 이어주었기 때문이다. 통신사 필담창화집 번역총서 60권 출판이 마무리되면 조선후기에 한국(조선)과 중국(청나라) 지식인들이 주고받은 척독집 40여 권도 데이터베이스로 구축하여, 일본에서 조선을 거쳐 청나라로 이어지는 '동아시아 문화교류의 길' 데이터베이스를 국내외 학자들에게 제공하고자 한다.

▒ 김유경(金裕卿)
1961년 서울 출생.
숙명여자대학교 국어국문학과 및 연세대학교 대학원 졸업. 문학박사.
민족문화추진회 국역연수원 수료.
현재 연세대학교 국학연구원 전문연구원.
저서로는 『세책고소설 월왕전·김진옥전·김홍전』(이회문화사), 『식민지시기 한시자료집』(공저, 성균관대학교 대동문화연구원), 『향가의 깊이와 아름다움』(공저, 보고사), 『향가의 수사와 상상력』(공저, 보고사), 『한국문학과 여성』(공저, 국학자료원) 등이 있다.

조선후기 통신사 필담창화집 번역총서 23
**朝鮮人對詩集 二**

2014년 8월 28일 초판 1쇄 펴냄

**역　자** 김유경
**발행인** 김흥국
**발행처** 도서출판 보고사

**등록** 1990년 12월 13일 제6-0429호
**주소** 서울특별시 성북구 보문동7가 11번지 2층
**전화** 922-5120~1(편집), 922-2246(영업)
**팩스** 922-6990
**메일** kanapub3@naver.com
http://www.bogosabooks.co.kr

ISBN 979-11-5516-298-9 94810
979-11-5516-055-8 (세트)


정가 34,000원


이 도서의 국립중앙도서관 출판예정도서목록(CIP)은 서지정보유통지원시스템 홈페이지(http://seoji.nl.go.kr)와 국가자료공동목록시스템(http://www.nl.go.kr/kolisnet)에서 이용하실 수 있습니다. (CIP제어번호 : CIP2014024679)